T0349415

Greta & Valdin

Greta & Valdin

Rebecca K Reilly

Traducción de José Monserrat Vicent

Ọ Plata

Argentina – Chile – Colombia – España
Estados Unidos – México – Perú – Uruguay

Título original: *Greta & Valdin*
Editor original: Te Herenga Waka University Press, Nueva Zelanda
Traducción: José Monserrat Vicent

1.ª edición: octubre 2024

© 2021 Rebecca K Reilly
This edition is published by arrangement with The Bent Agency UK Ltd
through International Editors and Yañez' Co
All rights reserved
© de la traducción, 2024 *by* José Monserrat Vicent
© 2024 *by* Urano World Spain, S.A.U.
Plaza de los Reyes Magos, 8, piso 1.º C y D – 28007 Madrid
www.letrasdeplata.com

ISBN: 978-84-92919-71-0
E-ISBN: 978-84-10365-21-6
Depósito legal: M-18.172-2024

Fotocomposición: Urano World Spain, S.A.U.
Impreso por: Rodesa, S.A. – Polígono Industrial San Miguel
Parcelas E7-E8 – 31132 Villatuerta (Navarra)

Impreso en España – *Printed in Spain*

Al hombre desconocido

PERSONAJES

Greta Svava Valdinova Vladisavljevic es la hermana de Valdin.

Valdin Valdinovich Vladisavljevic es el hermano de Greta.

Valdin Vladisavljevic, a quien solo llaman *Linsh,* es su padre.

Beatrice, a quien en general llaman *Betty,* es su madre.

Lavrenti Vladisavljevic, a quien suelen llamar *Casper,* es su
hermano mayor.

Greta Gregers, a quien en ciertos contextos llaman «*la otra Greta*»,
es su cuñada.

Tang es su sobrino y tiene diecisiete años.

Freya es su sobrina y tiene seis años.

Anthon Vladisavljevic, a quien suelen llamar *Thony,* es su tío.

Giuseppe Alonso, a quien suelen llamar *Gep,* es el marido de su
tío.

Xabier Alonso es el hermano del marido de su tío y nada más.

Geneviève es la mejor amiga de su madre.

Cosmo es lo más parecido que tienen a un primo.

Lavrenti Vladisavljevic, a quien siempre llaman *Vlad,* es su abuelo.

Fereshteh, Rashmika y *Elliot* son amigos de Greta.

Vyacheslav, a quien llaman *Slava,* es un amigo de Valdin.

Holly es alguien que trabaja en la universidad.

Ell es una estudiante de doctorado de Biología en la
universidad.

REMITENTE

V

Al volver a mi apartamento me encuentro con lo peor que me podía encontrar. Me han dejado un papel entre la puerta y el marco. No es la típica postal en la que pone: «Ojalá estuvieras aquí en la Costa del Sol conmigo» o «¿Por qué no me dijiste que el Camino de Santiago estaba lleno de jubilados lentorros?». Este papel es un Aviso de Llegada, lo cual significa que alguien ha llegado a mi piso con un paquete tras recorrer las calles estrechas de la ciudad, aparcar en doble fila y subir los seis tramos de escaleras y que, al ver que no estaba en casa porque era un miércoles a mediodía y tengo algo parecido a una vida, se ha vuelto a llevar consigo el paquete. Ahora me va a tocar localizarlo, dondequiera que esté, y espero que no esté en Penrose, porque no tengo coche.

Tiro del papel y, mientras pienso en cómo podría encasquetarle este marrón a otro, caigo de repente en que yo no he pedido nada. A lo mejor ha sido Greta. Compra muchos libros por internet y luego me grita cuando los recibe en casa y me dice que sabe que no es ético comprar libros a un gran conglomerado, pero que no puede ser una consumidora responsable por culpa del Gobierno, que retiró las ayudas a los estudiantes de posgrado en 2012. Esa es la versión oficial que cuenta ella, pero yo sé que lo que le pasa es que no soporta a la chica que trabaja en la librería que tenemos al lado de casa.

Hace poco, Greta y yo fuimos al cumpleaños de mi tío, y Greta se bebió demasiados Bacardi Limón y le dijo a todo el mundo que la chica que trabaja en la librería que tenemos al lado de casa se cree mejor que nadie porque trabaja en una librería y tiene un tatuaje tontísimo de un ruiseñor y que, bueno, que ella también ha leído a Oscar Wilde, así que esa chica se puede ir a tomar por culo. Yo le dije que los empleados de la librería no estaban mal, y ella me contestó que me podía ir a tomar por culo con ellos y con el Príncipe Feliz. No me gustan tanto como para proponerles que hagamos una orgía con una estatua ficticia francesa. Al menos por ahora. Cuando le doy la vuelta al aviso y lo leo bien, me doy cuenta de que no es para Greta porque, escrito bien grande y con rotulador permanente, pone: VALADDIN VLADISAV J. No es así como suelo deletrear mi nombre, pero no puedo demostrar sin lugar a dudas que esto sea para otra persona. Introduzco meticulosamente la referencia, ese número de doce dígitos, en la página web de la empresa de mensajería. El paquete está en el almacén de Victoria Street West, que no queda muy lejos, pero hace calor y solo quiero meterme en casa. Bajo las escaleras sin dejar de quejarme. Quiero sentarme en mi cómodo sofá turquesa, beberme el zumo de manzana con gas que tengo en la nevera y leerme mi libro de poesía española. No me gusta leer sobre el dolor y el trauma; para eso ya tengo la app de Al Jazeera. Y, de momento, por motivos personales, tampoco me apetece leer sobre gente que se enamora. Greta estudia Literatura Comparada y me paso los días oyéndola exclamar cosas tipo: «¡Ay, Dios, este hombre acaba de arrojarse por la ventana por culpa de la hiperinflación!» o «¡Joder, todo el mundo ha enfermado de cólera porque los avisos estaban escritos en italiano!», desde su cuarto. En general, un libro que trata sobre la belleza del desierto, el mar, las montañas y demás paisajes españoles evita todos esos temas.

Una vez salgo del edificio, no me planteo volver al interior. Tengo que seguir adelante con los planes que trazo porque, de lo contrario, me siento como si hubiera alterado el orden normal de las cosas. A veces, cuando creo que las cosas no van como a mí me gustaría, rompo a llorar o vomito. Es terrible; da mucha vergüenza. No soporto que la gente me cancele los planes. Y es algo que pasa, como es lógico; los planes cambian cada dos por tres. Ojalá no me importara; ojalá recibiera un mensaje en el que me dijeran que no quieren ir a ver el nuevo remake de *Cementerio de animales* porque se supone que es malísima y que me diera igual, pero soy incapaz. Digo que no importa, pero es mentira, y al final acabo yendo al Event Cinemas de Queen Street solo, porque, de lo contrario, vomitaré en el lavamanos justo después de haberlo limpiado. Tener un TOC es una mierda. Ojala tuviera algo guay como hipermovilidad articular o los ojos morados. A veces me da la sensación de que las sendas de las mentes de otras personas son como las rutas para senderistas de cuyo buen estado se encarga el Ministerio de Conservación. Las mías, en cambio, parecen los toboganes más chungos de las aguas termales del Waiwera después de que las cerraran.

Hay muchos adolescentes alrededor de la fuente de Ellen Melville Square con las manos metidas en el agua para soportar el calor de enero. Se trata de niños que van al instituto para ricachones de la ciudad en el que, en vez de uniformes, hay asignaturas como Diseño Digital. Yo fui a un instituto público que tenía buena fama porque sus equipos deportivos ganaban campeonatos y mala fama porque robaban atletas prometedores a otros institutos. A mí eso ni me iba ni me venía. Greta tampoco practicaba ningún deporte, salvo por aquella vez que le dio por el tenis porque había leído un relato sobre gente que jugaba al tenis en los años cuarenta y porque quería ponerse una falda blanca. Nuestro hermano mayor, Casper, estaba tan metido en los deportes que hasta quiso denunciar al instituto ante los medios por la llegada repentina de varios chicos, que parecían tener veintiún años y que afirmaban venir de Foxton, al equipo de rugby, pero nuestra madre le sugirió que agachara la cabeza y que consiguiera los créditos necesarios para aprobar sin montar un circo mediático ante la puerta de nuestra casa.

Yo no causé problemas. No le dirigí la palabra a nadie en todo el tiempo que estuve en el instituto, lo cual inquietó a mis padres, pero no a los profesores, que no tenían tiempo para preocuparse. Luego mis padres también dejaron de tenerlo porque Casper dejó preñada a una y se largó a Moscú. De todos modos, yo era un buen estudiante. Era el mejor en Física, en Matemáticas y en Historia. Sin embargo, me moría de ganas de estudiar Francés. Quería ponerme una boina y conocer a un hombre misterioso a altas horas de la noche en un parque de París. Mis ideas sobre lo que era sexi y sobre lo que ocurría al amparo de la noche debido a las condiciones que imponía la opresión homofóbica aún no estaban del todo desarrolladas por aquel entonces.

La acera de High Street es estrecha. Me toca ir esquivando las bolsas de basura que hay frente a las tiendas y bajar de la acera para dejar pasar a la gente. Llevo vaqueros y unas zapatillas blancas; mala elección, porque ahora me preocupa que se me ensucien y hace demasiado calor. En esta parte de la calle, la gente se pasa los días y las noches fumando una cachimba, y el humo con olor a frambuesa no se desvanece por culpa de la densa humedad. Debe de hacer unos 30 grados. Nunca he fumado cachimba; me parece una declaración pública demasiado exagerada. Los hombres se sientan con las piernas muy separadas, y los vaqueros que llevo son demasiado nuevos y me quedan demasiado pegados como para que pueda hacerlo. De todos modos, prefiero sentarme con las piernas cruzadas. En Victoria Street empiezo a rayarme por qué puede ser el paquete. Quizá sea una carta oficial en un paquete de cartón plano. Técnicamente, podrían concederme la nacionalidad rusa… A lo mejor me han mandado una carta para informarme de que debo viajar hasta allí para alistarme en el ejército. Joder, sería horrible. ¿Cómo es el uniforme de allí? El verde me sienta bien, pero no quiero matar a nadie ni madrugar. Además, tengo la intuición de que será azul marino. ¿Qué otra cosa podría contener ese paquete? Espero en el cruce diagonal frente a Farmers y siento una confusión y un mal cuerpo que no creo que se deban solo al calor.

¿Y él? ¿Por qué iba a mandarme algo? Hace ya más de un año que se fue y hace poco que casi he logrado que desaparezca de mi mente. ¿Por qué he vuelto a pensar en él? Siento el Aviso de Llegada doblado en el bolsillo de los vaqueros y pienso en que él puede haberlo tocado; aunque, en realidad, eso no tiene ningún sentido y me odio por pensarlo. ¿Por qué iba a mandarme algo? ¿Por qué iba a querer saber de mí? Fue él quien rompió conmigo aquel día lluvioso de junio en que volví a casa antes de hora porque creía que podíamos conseguir una mesa en algún restaurante bonito si nos íbamos en ese mismo instante.

Dios. Xabi. Intento no pensar en su nombre ni decirlo en alto, y empleo expresiones como «un viejo conocido» o «aquel chico con el que estuve saliendo». Así siempre consigo engañar a mi público. Con ellas, Xabi se convierte en un chico al que conocí de fiesta y con que el fui a tomar el brunch unas cuantas veces antes de darme cuenta de que lo que me gustaban eran los cuencos de açaí, no él. Pero el caso es que no fue así. A Xabi lo quería como no he vuelto a querer a nadie. Cuando estaba con él, sentía que todo lo demás daba igual y que siempre estaría bien. Suena tonto, pero es como me sentía. Y creo que él también. Y no me estaba montando ninguna película, mis amigos no estaban en el Food Alley bebiendo Black Russians mientras comentaban lo estúpido que era por querer a alguien ridículo, a alguien que tenía un tatuaje en el pecho y un vaporizador cubierto de pedrería, a alguien que me dejaría por otro en la discoteca de música trap a la que yo no quería ir porque me parecía apropiación cultural y porque no abría hasta medianoche.

La gente decía que hacíamos buena pareja, aun cuando él era mayor que yo. Xabi era consciente de ello, y no era uno de esos que casi siempre salen con chicos más jóvenes. En realidad, casi nunca salía con nadie, y yo me sentía especial por ello, pero puede que, ahora que lo pienso, aquello fuera motivo de alarma. Xabi estaba acostumbrado a estar solo y siempre sentía que estaba en medio. La relación se torció cuando yo empecé a sentirme mal todo el tiempo y a llorar todas las mañanas antes de ir al trabajo. No sabía qué me pasaba. A nadie le gusta ir al trabajo, pero es lo que toca. Xabi creyó que era todo culpa suya y se fue a vivir solo a un rancho en Argentina. No lo culpo por ello. Yo estaba tan hundido en el pozo que era incapaz de explicarle a nadie qué me pasaba; ni siquiera a mí mismo. Lo único que quería era que Xabi me quisiera, y estaba tristísimo porque me había convertido en alguien a quien era imposible amar. Además, luego resultó que ya no quería ser físico, aun cuando llevaba ocho años estudiando para serlo; pero Xabi ya hacía tiempo que se había ido cuando llegué a aquella conclusión.

A veces pienso que puedo recuperar el control si lo hago todo bien, pero las cosas que creo que tengo que hacer no tienen el menor sentido. Es como ser muy supersticioso y, al mismo tiempo, odiarte a ti mismo. Cuando no hago las cosas bien y pongo las noticias en Al Jazeera, siento que todo es culpa mía. La guerra sigue en Yemen porque no cerré bien el congelador. El Amazonas se quema porque los calcetines que me compré en el puesto coreano del salón de recreativos me vienen pequeños. Hay gente que tiene cinco pisos en propiedad mientras otros duermen en coches porque se me cayó el teléfono y se me partió la pantalla. Soy consciente de lo narcisista que suena. Me siento horrible, y ojalá no me sintiera así. Asciendo por la colina junto a la Sky Tower y, si se cae hoy, no será culpa mía. Voy a recoger el paquete ahora mismo.

En cuanto entro en el almacén de la empresa de mensajería, sé que no van a ponerme las cosas fáciles. Hay cola y la empleada parece una antigua atleta profesional de lanzamiento de peso. Tengo a un hombre delante que lleva un uniforme de baloncesto mal emparejado y unas chanclas de Nike, y que sostiene un pasaporte malasio, el carné de conducir y algo que parece una factura de la luz. Joder, ni que quisiera comprar un arma o sacarse el carné de la biblioteca.

El hombre que está el primero en la fila no tiene su Aviso de Llegada ni su documento de identidad, pero lleva bermudas y un buen montón de llaves. Grita algo de que es electricista. Aquí eso da igual. A nadie le apetece tragarse un dramón. La discusión sigue durante varios minutos cargados de tensión y, al final, el hombre se va con las manos vacías y me aparta de un empujón mientras murmura para sí mismo. Con ese gesto, me hace sentir que formo parte del espectáculo. Soy la señorita Brill (de *La señorita Brill*, de Katherine Mansfield), que se cree que está observando a todo el mundo en un parque de Francia cuando resulta que, en realidad, es todo el mundo el que la observa a ella mientras piensa que no es más que una puta vieja amargada. No me apetece nada ser ella.

—¡Siguiente!

El hombre del uniforme de baloncesto suelta todos sus documentos de identificación. La encargada del almacén lo evalúa con la mirada: ¿logrará salir de aquí con su paquete? Ella se compadece de él, y él le da las gracias una y otra vez. Abre el paquete sin cuidado. Es un cable HDMI.

Doy un paso adelante. El mostrador es gris, está cubierto por una lámina de plástico y varios avisos sobre los requisitos de identificación. Frente a la ventanilla hay tres alambres, supongo que para impedir que la saltes y te adueñes de tu paquete en un arrebato de frustración. Soy demasiado alto, así que observo a la mujer entre los alambres. En su placa pone: Loretta.

—¿Cómo puedo ayudarte? —me pregunta Loretta.

—Hola, me gustaría recoger un paquete —respondo, y espero haberlo hecho con un tono animado y amistoso.

Me mira como si acabase de soltarle la gilipollez más gorda que le han soltado nunca. Lleva el pelo recogido en un moño y cubierto de gomina. Yo también me he puesto gomina alguna vez, pero daba muy mal rollo y me di a mí mismo un susto de muerte porque parecía Bela Lugosi.

—¿Has traído el Aviso de Llegada?

—Sí.

—Bueno, ¿y dónde está?

Lo dejo sobre el mostrador y Loretta lo toma con gesto incrédulo.

—¿Este es tu nombre? ¿Te llamas Valaddin? ¿Cómo Aladdín?

—No, me llamo Valdin.

—¿Valdin Valaddin?

—No, Valdin Vladisavljevic.

Me mira como si le estuviera tomando el pelo. A mí me gusta mi nombre, pero ojalá le estuviera tomando el pelo.

—¿Y entonces aquí por qué pone Valaddin?

—No lo sé. Supongo que el repartidor lo ha deletreado mal —respondo, y, al momento, me siento mal porque no suelo echarle la culpa a cualquiera que no sea yo.

Loretta niega con la cabeza y se vuelve hacia el ordenador.

—Deletréamelo —me ordena.

—Mmm... V-A-L, como valor artístico, y D-I-N.

Enarca una ceja.

—¿B-I-N? ¿Como Bin Laden?

—No, con «D» de... ¡*Destino final*!

—Ah, vale. ¿Y el apellido?

—¿Y si le enseño el carné de conducir?

—Es que no me he traído las gafas —responde, y mira impaciente hacia la pantalla del ordenador.

—V-L-A-D, como *Gladiator*, pero con V de vampiro. Luego I-S, como... —no puedo decir «ISIS», no es un buen ejemplo— como Isla Bonita, A-V de «aviso de spoiler»; L-J como... L. J. Smith...

—¿La autora de *Crónicas vampíricas*?

—Exacto.

—¿Y luego qué?

—E-V-I-C. Eco, Víctor, Índigo y Charlie.

Se me había olvidado que me sé el alfabeto radiofónico.

—¿Eres de Eslovaquia? —me pregunta mientras le da a varias teclas.

—Eh, ah, no, soy maorí. Pero... mi padre es ruso.

Enarca otra vez la ceja.

—Aquí está el paquete. Voy a por él.

Estaba tan distraído que hasta se me ha olvidado lo preocupado que estaba. El corazón se me acelera cuando Loretta se levanta y va a buscar en varios contenedores que tiene detrás. ¿Quién me lo habrá enviado? ¿Por qué? Espero que Xabi no me haya mandado nada por mi cumpleaños. ¿Por qué haría algo así? Además, mi cumpleaños no es hasta el mes que viene.

Loretta vuelve con un grueso sobre marrón, escanea el código de barras y me lo entrega bajo el alambre inferior.

—Aquí tienes, Valdin. Ahora échame una firma aquí y que tengas un buen día.

—Igualmente, Loretta.

—Vaya si voy a tenerlo —responde, llena de seguridad.

Salgo con el paquete y me siento como si se me fueran a abrir las costillas de par en par. Bajo los escalones de cemento y me detengo en un aparcamiento chiquitito junto a varios buzones rojos. Creo que es un libro. De repente, me viene una imagen horrible en la que Xabi me ha enviado un libro mío que acabó entre sus cosas. El libro se llamaba *Corales rojos*, y le tenía mucho cariño, pero no quiero volver a verlo en mi vida. No quiero que vuelva a mí con una nota en la que ponga algo rollo: «Lo encontré mientras ordenaba mis cosas, V. Espero que estés bien. X.». No quiero.

Rasgo el sobre y saco el contenido. Es un libro; un libro que se llama *Los hongos del mar Muerto: vida fúngica en el mar Muerto*. Qué título tan bobo. Tras la cubierta encuentro una nota.

Querido profesor Vladisavljevic:

Muchísimas gracias por la última conferencia que dio en nuestras instalaciones de investigación. La disfrutamos mucho y fue una experiencia muy enriquecedora sobre los últimos avances que se han producido en su región.

Confiamos en que vuelva pronto a Omán.

Dr. Hissah Asfour

No es para mí; es para mi padre. Mi padre se llama igual que yo. Deben de haberme encontrado en la base de datos de la universidad porque ambos estamos en ella. Nadie me ha mandado nada. Aunque tampoco sé por qué he creído que iban a hacerlo.

LIANTA

G

Creo que puede que odie la universidad como institución y que quizá me plantee mi papel en ella, tanto como miembro del personal como estudiante, pero me da todo igual cuando llego a la quinta planta de la biblioteca, toco los libros y observo las vistas del puerto y de las islas del golfo de Hauraki. Me gusta mirar la parte de atrás de los libros para ver cuánto tiempo llevan en las estanterías; a veces llevan más de cincuenta años. La de cosas que han ocurrido en el mundo durante estos últimos cincuenta años... y esos libros siempre han estado ahí. Menos cuando se han pasado una temporada en el piso de alguien o cuando han acompañado a alguien en un viaje a Motueka Top 10 Holiday Park, donde ni siquiera los leyeron porque estaban demasiado ocupados haciendo kayak en la bahía de Tasmania o algo parecido.

Estoy tan contenta porque estoy enamorada. Se me pasa por la cabeza susurrárselo a un ejemplar de *Anton Chekhov: The Voice of Twilight Russia*, pero no quiero hacer el ridículo. Estoy enamorada de una profesora de Inglés. Por ahora solo la llamo «mi compañera de trabajo», así que mis sentimientos por ella siguen siendo un misterio. Si digo algo del palo: «Mi compañera de trabajo y yo nos tomamos un helado anoche en Island Gelato» y alguien responde algo tipo: «Ah, sí, me lo dijo Holly», me hago la sorprendida. Puede que se llame así. ¿Cómo voy a saberlo? No somos más que compañeras del curro.

Me dejo llevar por una fantasía en la que Holly me invita a pasar la Navidad con su familia en Napier, donde se encuentra el Acuario Nacional de Nueva Zelanda. Me imagino que sus padres llaman por el nombre de pila a todos los pingüinos que viven allí. Holly diría algo tipo: «Os presento a Greta Vladisavljevic» porque sabe cómo me llamo, no teme decir mi nombre en alto y, en esta fantasía, sabe pronunciarlo a la perfección. No habrá acebo* (en algunas partes del mundo se considera una planta navideña), y lo mencionaré para soltar alguna bromita relacionada con la época del año. Todos se partirán de risa conmigo; hasta el perro. Doy por hecho que tienen un perro. Y también un porche. Un porche enorme. Y todos llevamos sombreritos de papel que no se caen ni nos cubren los ojos.

Mi familia ni siquiera se dará cuenta de que me he ido a pasar la Navidad fuera. Mi hermano, V, estará ocupadísimo siendo un mandón, escondiendo los regalos por si nos las apañamos para abrirlos mal y cambiándose de modelito como si estuviéramos en la retransmisión de su convite de bodas. Mientras esperamos a que V se cambie de ropa, mi padre se pasará con el brandi de ciruela y empezará a hablar solo en ruso y le dirá a mi madre que es tan guapa e inteligente como Sofia Kovalevskaya, la primera mujer que se sacó un doctorado en Matemáticas.

Holly no bebe brandi de ciruela, sino whisky. En la vida se me ha pasado por la cabeza: «Voy a tomarme un whisky, mira tú por dónde». Holly se pasea por las fiestas con una copa de whisky en la mano y ríe y asiente. Conoce a muchísima gente, y todo el mundo quiere hablar con ella. A los chicos les gusta hablarle de libros y política. Conmigo nunca sacan esos temas, a pesar de que mi tesis trata acerca de las novelas inglesas y rusas sobre la Guerra Fría. Lo único que me preguntan es con quién he venido. En las fiestas me dedico a deambular por ahí mientras busco la papelera de reciclaje.

* En inglés, «acebo» significa «holly». (Todas las notas son del traductor).

Cuando las fiestas llegan a su fin, siempre tengo la esperanza de que Holly me pregunte si quiero ir con ella a casa, pero nunca me lo pregunta. A lo mejor quiere que tengamos una relación estrictamente profesional. A lo mejor no debería pensar tanto en besar a mi compañera de trabajo. A lo mejor no debería mirarle el culo a mi compañera de trabajo cuando ayuda a mi supervisor a conectar la pantalla del ordenador. Hago todo lo posible por no mirar las fotos que tiene Holly en Instagram con su ex, de cuando hizo el máster en Reino Unido. Lo único que sé de esa mujer es que es rubia, pero imagino que se llama Natasha y que iban a cafeterías enanas con poca luz para hablar de Proust. Me imagino que, si la conociera, le parecería que soy monísima y que me diría que jamás podría dejarse el pelo tan largo como yo.

A veces, cuando le pregunto a Holly cómo está, me responde: «Ahora que estás tú, mejor», y, en esos momentos, si abriera la boca se me desparramarían todos los órganos sobre el suelo de la biblioteca. Sin embargo, nadie alzaría la vista de sus ordenadores portátiles porque todo el mundo sabe lo que se siente al estar enamorado. En este mismo momento, ocurre uno de esos instantes. Estoy mirando la parte de atrás de un libro que sacaron de la biblioteca por última vez en 1978 y entonces me llega un mensaje suyo en el que me dice: *Hola, sigues en la uni? me ayudas con una cosa?*

Me enorgullece que me necesiten para algo. Es como cuando en el colegio el profesor les pide algo a dos chicos fuertes... Debe de ser genial ser uno de esos chicos fuertes a los que escogen. Me aliso el vestido mientras recorro Symonds Street para reunirme con ella. Holly se viste como Hannah Gadsby, y yo, como una chica cuyo novio llega tarde a un festival de cine francés. La veo apoyada en la barandilla de la rampa de la Facultad de Arte, mirando el teléfono. Lleva una camisa blanca de manga larga, unos pantalones formales azul marino y unas Dr. Martens negras. No es un modelito muy de verano. Faltan meses para que caigan las hojas de los árboles que bordean esta parte de la calle.

—Ay, gracias por venir —me dice, y yo intento mostrarme lo más despreocupada posible—. No creo que tardemos mucho.

—Ah, no pasa nada —le digo—. Tampoco estaba haciendo nada.

Tocar libros no se puede considerar una tarea como tal. Holly se pasa los dedos por el pelo cuando cruzamos las puertas automáticas y entramos en el edificio. Lo lleva corto, de punta, y me recuerda a la ilustración de un tiburón que había en un libro que me gustaba de pequeña. Me pregunto si ella pensará en mi pelo y a qué clase de ilustraciones le recordará. Me pregunto si se acordará de aquella vez que nos tumbamos en el suelo de la sala común de los doctorandos, después de que todo el mundo se hubiera ido a casa, y escuchamos aquella canción en bucle.

Nos metemos en el ascensor y aún no sé qué estamos haciendo aquí. Ella le da al botón de la cuarta planta y esconde las manos en los bolsillos. Parece nerviosa.

—¿Qué haces esta noche? —me pregunta.

—Pues no lo sé —le digo, e intento parecer una chica que está demasiado ocupada como para quedar con ella y, al mismo tiempo, que no tiene amigos ni vida social—. Mañana me voy a Wellington, no sé si te acordabas.

—Sí. Tu madre está allí, ¿no?

—Sí, lleva un par de semanas allí al mando de un campamento de verano de teatro. Voy con su amiga Geneviève que… es de armas tomar, así que no sé qué va a pasar.

Holly se ríe y sacude la cabeza. Tiene algo que hace que, cada vez que estamos juntas, parezca que es la primera vez que nos vemos. Jamás llegamos a sentirnos cómodas la una con la otra. Me deja salir primero del ascensor. Recorremos el pasillo y nos detenemos frente al despacho de doctorandos del departamento de Inglés. Holly se acerca a la puerta y la abre con una llave que cuelga de una cinta azul marino de la universidad. En este mundo existen dos clases de personas, las que tienen cintas y las que no. Holly es de las que sí tienen. También tiene la confianza necesaria para sacarla. Sujeta la puerta para que entre. Eso es algo que a mí no me sale bien: cuando le sujeto la puerta a alguien, siempre acaban pasando diez personas porque creen que me dedico a eso y ya de paso me preguntan dónde está el baño.

Holly se planta frente a dos pilas de cartulinas y se lleva las manos a las caderas.

—¿Cómo vamos a hacerlo? —me pregunta.

—¿El qué? —pregunto yo, y las palabras brotan entremezcladas con desconcierto e insinuación.

—Tengo que llevarme todo esto a la galería de Shortland Street. ¿No te lo había dicho?

—Ah. —No, claro que no me lo ha dicho—. ¿A cuánto está? ¿A 850 metros?

—No tengo muy claro cuántos metros exactos son, Greta.

Voy directa a por las cartulinas. Son tamaño A1 y pesan un cojón. Tengo los brazos largos, pero, en lo que a anchura se refiere, parecen un par de ramitas.

—¿Pesan mucho? —me pregunta Holly mientras me observa—. ¿Voy a pedirle ayuda a alguien?

—¡No! Voy bien, de verdad.

Toma otras cartulinas sin apenas esfuerzo. Holly tiene una constitución física mucho más adecuada para esta clase de tareas. A mí se me da bastante bien el origami. ¿Debería comentárselo? A lo mejor luego. Abro la puerta con la rodilla y avanzamos con dificultad hasta llegar al ascensor; también le doy al botón de la planta baja con la rodilla.

Holly se ríe.

—¿Lo estás haciendo para que vea lo hábil que eres?

—No. No necesito demostrarle nada a tipas como tú.

—Eso es verdad. Una vez te vi abrir una botella de preparado de gin-tonic en el borde de una parada de buses.

Hago una pausa, y entonces se lo suelto:

—También se me da muy bien el origami.

—Pues venga —me dice, mirando las cartulinas.

Estamos muy juntas dentro del ascensor. Nuestros codos se rozan.

—Ahora no puedo. Necesito estar en modo zen.

—¿Y yo no te parezco zen?

Niego levemente con la cabeza.

—Eres lo contrario a zen. Eres una lianta.

—¿Cómo que «una lianta»?

—Lo dijo alguien de mi clase de primero —respondo—. «Chaucer es un liante».

Salimos del ascensor en la planta baja, atravesamos el vestíbulo, pasando junto al recepcionista alemán que siempre me ha odiado, y cruzamos el patio. Cuando salía de clase los miércoles, solía encontrarme aquí con mi padre. Decía que yo era su cita de los miércoles a las 15:30 para que me sintiera importante. Él se compraba sushi y café, y yo patatas fritas y Powerade azul. Por aquel entonces no había muchas opciones. Ahora hay tacos, crepes y cualquier cosa que se te ocurra, y los venden en contenedores de carga pintados. A lo mejor podría irme con Holly a tomarnos unas crepes cuando acabemos. Podríamos irnos al Kāpiti a tomar un helado. Me encanta el helado. Hace un par de semanas fuimos a mis cuatro heladerías favoritas del distrito empresarial de Auckland en un mismo día. Mi preferido es el de arándanos, lima y sake de la terminal de ferris, a pesar de que las dependientas te ponen los ojos en blanco si tardas mucho en decidirte. Holly suele pedirse un sabor pocho: ron con pasas, sésamo negro…, pero no se lo tengo en cuenta.

Llegamos hasta el cruce que hay frente al Ministerio de Justicia, pero nadie ha apretado el botón.

—¿Quieres darle con la rodilla también? —me pregunta Holly.

—No —respondo, y me recoloco el pelo tras los hombros con falsa modestia.

Ella enarca una ceja y le da al botón con el codo, sin soltar las cartulinas ni romper el contacto visual.

Cuando mis padres se fueron después de pasar Nochevieja con mi tío y su marido, Holly vino a mi casa a arreglarme la bici. Al final no fuimos a Mission Bay, sino que nos quedamos en el camino de entrada de la casa y nos quemamos porque estuvimos hablando hasta que anocheció. Me desnudé en el baño de la planta de arriba y me miré las marcas de la espalda. Fue como si llevara la conversación que habíamos mantenido sobre la piel.

Pasamos junto a la antigua casa del gobernador de Nueva Zelanda y al trozo de hierba en el que montaban la marquesina en la que servían zumo de naranja y vino espumoso durante las graduaciones. V se enfadó en su graduación, y no dejaba de repetir que era porque no quería ponerse el birrete. Siempre hace lo mismo cuando tiene un problemón (como cuando quiso dejar de ser científico): se imagina que todos sus problemas se deben a un solo objeto. Todo es culpa del birrete. No llora porque echa de menos a su ex, sino porque la esquina de su cama está demasiado pegada a la pared.

—¿Vas bien? —me pregunta Holly mientras yo intento agarrar mejor la cartulina.

—Sí, sí.

Ella me sonríe, y yo le devuelvo la sonrisa.

—Perdona por convertirte en mi manitas de la casa.

—No, no. Me viene genial el ejercicio. Ya verás los brazacos que se me ponen.

Vuelve a sonreírme y sacude la cabeza.

—Podría haberlo hecho en dos viajes, pero es que tengo prisa. Esta noche voy a conocer a una amiga de Sonja y estoy nerviosísima. Se me hace muy raro volver a tener novia después de tanto tiempo y tener que pasar otra vez por esa fase de conocer a los amigos y a la familia. No lo hacía desde... bueno, desde el desastre de Portsmouth. Pero con Sonja las cosas son distintas. Sé que solo han pasado... ¿Cuánto llevamos? ¿Un par de meses? ¿Tú te acuerdas?

—No.

Jamás he oído hablar de esa tal Sonja. Sujeto con fuerza las cartulinas mientras cruzamos Princes Street y bajamos la colina por Shortland Street.

—¿Cuánto crees que se tarda en llegar al hospital desde aquí? Se supone que hemos quedado allí a las cinco, cuando salga del trabajo.

—¿Y qué hace? ¿Flebotomías?

—Ay, Gre, qué cosas tienes —responde—. No, es enfermera de salud mental. Yo juraría que ya te lo había contado.

—Pues no.

—Me da la sensación de que estas últimas semanas no hago otra cosa que pensar en ella.

Me dan ganas de arrojar las cartulinas al suelo, pero me contengo y las agarro más fuerte, tan fuerte que hasta la piel de alrededor de las cutículas se me pone blanca. Me cuesta respirar. Tomo todo el aire posible sin levantar sospechas, y ojalá pudiera tragarme todas las tonterías que he dicho y pensado y enterrarlas muy hondo hasta que dejaran de existir.

—¿Cómo os conocisteis? —le pregunto.

—Ya sabes, lo típico.

—Ah, ¿en una coctelería?

Me mira como si hubiera perdido el juicio.

—No, en Tinder.

Cada vez que entro en Tinder solo me encuentro con madres solteras con ganas de experimentar y parejas de heteros que buscan «un par de manos extra». ¡Es enfermera! ¡Las enfermeras son las heroínas de la sociedad! ¡No como las estudiantes de literatura rusa! ¡Y encima Holly me dice que está segura de que ya me lo había contado!

—¿Voy guapa? —me pregunta—. Es que quiero caerle bien a su amiga.

—¿Por qué no vas a caerle bien? Vas estupenda.

Me estoy derritiendo sobre la acera. Veo la galería, nuestro destino, pero está lejísimos. Para cuando lleguemos, ya habré muerto. Alguien tendrá que llamar a mi madre para que vaya a buscar una pala y rasque el charco en el que me habré convertido para meterme en un cubo. Me arrojará sobre las gardenias, y también se morirán. Los vecinos vendrán a preguntar qué ha pasado con esas flores tan bonitas, las que tenían esas hojas verdes resplandecientes, y de dónde ha salido ese montón de cenizas humeantes, y mi madre les dirá: «¿Os acordáis de mi hija, Greta? Se murió. Juraría que ya os lo había contado».

—Gracias, amiga —me dice Holly—. Contigo siempre me siento mejor.

Intento encogerme de hombros, pero cuesta bastante cuando estás muerta por dentro y parece que los brazos se te van a caer de un momento a otro.

—Estoy segura de que Sonja te caería bien. Es buena persona... Se preocupa por las cosas que de verdad importan, ¿sabes? No se preocupa por las mierdas que nos preocupan a nosotras. No se pasa la vida quejándose de que los eruditos anglófonos han malinterpretado totalmente *Das Kapital*. Con ella no discuto sobre si el padre de John Stuart Mill y todos sus amigos académicos eran gais.

Pues claro que todos los amigos del padre de John Stuart Mill eran gais. Todos, sin excepción. Por el amor de Dios, pero si uno de ellos vivía en Montpellier. Y siempre estaban paseando y hablando de Heródoto. Se escribían cartas, ¡cartas!, en las que confesaban que no querían participar en la guerra. Si eso no es ser gay, tú me dirás...

—Además está buena —me dice Holly en voz baja, como si fuéramos un par de bros fumando en la parte de atrás de un pub, apoyados en un puto Subaru o haciendo lo que sea que hagan los hombres—. Es eslovaca.

Quiero abrir la alcantarilla que estoy pisando de una patada y caerme en ella. Seguro que el apellido de Sonja es uno de esos que encaja en los formularios, algo como Jovich o Bobkov. Me la imagino al teléfono, de lo más atractiva, diciendo: «Sí, justo, B-O-B-K-O-V». Seguro que nunca ha tenido que tumbarse bocabajo en el suelo de la cocina mientras le grita a algún pobre que trabaja en el Studylink: «No, V de Víctor, L de lianta, A de... aneurisma, D de... didáctico. Espere, solo quedan once letras. I de Ícaro, S de Susan Sarandon...».

—Qué guay. ¿Y está buena? Qué bien —respondo, como si estuviera anunciando una bebida.

—Ya, no tengo ni idea de qué hace conmigo.

La que no sabe qué está haciendo contigo soy yo, Holly, pienso. Debería estar en una playa en la que la gente me sirviera bebidas y me dijera que yo también estoy buena y que las cosas de las que me gusta hablar son brillantes y no una pérdida de tiempo.

Holly abre la puerta de la galería con una tarjeta. Yo no la miro. Dejo las cartulinas con pesadez en el vestíbulo y me cruzo de brazos.

—Oye, ¿y para qué las necesitas? —le pregunto.

—Para un concurso en el que la gente hace carteles sobre el tema de su tesis.

Se me pasa por la cabeza hacer un cartel enorme y brillante sobre mi tesis, con la cara de Mijaíl Gorbachov hecha de pedrería y purpurina, pero no se lo digo a Holly porque imagino que le parecerá una tontería. Cuando salimos, se queda delante de mí con las manos en los bolsillos. Yo no descruzo los brazos.

—Será mejor que me vaya al hospital. ¿Hacia dónde vas tú?

—Hacia el otro lado.

—Ah —responde asintiendo—. Bueno, gracias por ayudarme. Nos vemos.

—Sí, supongo.

—¿Cómo que supones? —Me mira directamente a los ojos y me sonríe como si no pasara nada—. Qué misteriosa eres, Greta.

Nos despedimos y me doy la vuelta para descender la colina. No sé a dónde voy, pero no me doy la vuelta. No puede enterarse de que estoy llorando.

ESCRITORIOS

V

Odio que el libro no sea para mí. Me quema en las manos tanto como el sol que me da en la cara, así que decido librarme de él tan pronto como sea posible. Desando todo el camino hasta llegar a Victoria Street y luego sigo por el sendero pronunciado que conduce a la universidad. Tomo la peor ruta posible porque no quiero cruzarme con ninguno de mis antiguos compañeros de trabajo y tener que escuchar la preocupación de sus voces cuando me pregunten cómo me va. En un país tan pequeño y en un campo tan reducido como la física, no puedes inventarte que has encontrado un curro parecido en otra parte y que por eso tuviste que dimitir. Todo el mundo se acaba enterando de que te dio una crisis nerviosa y tienes que vivir con el recuerdo de haberte borrado la cuenta de correo y de haber tenido que averiguar cómo cambiar el número del teléfono para que nadie se pusiera en contacto contigo mientras estabas sentado en el suelo del sótano de tus padres, viendo el cuadragésimo episodio de *¡Sí, quiero ese vestido!* Decido dejar de pensar en ello.

No hay mucha gente en la universidad porque es verano. En general, solo hay gente que está escribiendo más artículos o gente que trabaja en la radio, así que no me topo con nadie. En este edificio, nadie me pregunta si estoy bien o si sé a dónde voy, porque el motivo de que esté aquí es más que evidente. He venido a ver a una de las personas más prestigiosas y tristemente célebres de la Facultad de Ciencias Biológicas; alguien a quien, por si fuera poco, encima me parezco un montón.

Llamo a la puerta y mi padre responde «adelante» con un tono autoritario y profesional porque no sabe que soy yo quien está llamando; no alguien que lo respeta por ser un experto en la simbiosis entre los crustáceos y las bacterias gramnegativas, sino alguien que lo respeta porque es quien le enseñó a programar el vídeo para que grabara *McDonald's Young Entertainers* en 1997.

Alza la mirada y deja lo que está haciendo.

—¿Qué haces aquí, V? —me pregunta. Se ha impreso el crucigrama del *New York Times* y lo tiene sobre el escritorio. Siempre me resulta extraño verlo en su oficina con la ropa de trabajo (unos chinos marrones y una camiseta verde bosque), casi siempre pensando en algo serio—. ¿Ha ocurrido alguna calamidad?

Niego con la cabeza.

—No que yo sepa. Me han enviado esto por error. ¿Por qué estás de pie?

—¿Sabes lo que son los escritorios para trabajar de pie? —me dice, quitándome el paquete de las manos—. Están muy de moda, hoy en día todo el mundo trabaja de pie.

—Pero no creo que baste con ponerse de pie delante de un escritorio normal y corriente.

Me meto las manos en los bolsillos y, mientras observo el cuartito, me imagino qué imagen tendrán de mi padre los estudiantes y los compañeros con los que interactúa a diario. La de un hombre nervioso debido a la próxima reunión de la tesis, emocionado por... no sé, ¿los hongos? De la pared cuelga el dibujo de un payaso en el que pone: «Hola abuelo Linsh. ¿Te dan miedo los payasos? A mí no. Freya, 6 años». Freya es mi sobrina. También hay una foto de todos nosotros frente a un restaurante de hace algunos años. Yo salgo con la boca abierta; Casper, con los ojos cerrados; y Greta, mirando hacia otro lado. Pero mi madre sale bien. Aunque no parece muy contenta de estar ahí. Seguramente sea porque el restaurante estaba en Ponsonby. No le gusta rodearse de gente que se cree superior. La foto la hizo mi padre, y supongo que le pareció una idea estupenda imprimirla y colgarla de la pared. ¿Qué habrá sido de la camisa de seda verde que llevaba puesta?

—*Los hongos del mar Muerto: vida fúngica en el mar Muerto.* Creativo el título, ¿eh? —me dice tras abrir el sobre y examinar la nota que venía tras la cubierta del libro—. Anda, pero si es de Hissah. Se portaron genial conmigo en Omán, tendré que enviarles algo. Gracias.

—¿Por?

—Por traérmelo. Podrías habértelo quedado hasta que nos viéramos la próxima vez.

Me encojo de hombros.

—No es nada. Quería librarme de él.

Mi padre me dedica una mirada intensa y me percato de que mis palabras tienen un poquito más de subtexto del que me habría gustado.

—¿Y eso?

Vuelvo a mirar a mi alrededor. Al otro lado de la ventana, alguien que lleva un mono verde parece estar limpiando un tejado con una manguera.

—No… No sé —respondo—. He tenido que ir a recogerlo al almacén y he pensado que podía ser de alguien que me estaba devolviendo un libro que le presté hace ya tiempo.

—¿Quién mandaría un libro por correo en vez de usarlo como excusa para quedar a tomar un café y cotillear?

El que estaba limpiando con la manguera no lo ha calculado muy bien porque el agua está bajando por el tejado hacia él.

—No sé, puede que Xabi.

—Ah —exclama mi padre, y no lo miro por si acaso le doy pena—. ¿Quieres que te devuelva el libro? Si quieres, se lo puedo pedir a Thony.

—No —respondo, y espero haberlo hecho con tono ligero e indiferente. No me gusta pensar en que hay miembros de mi familia que siguen en contacto con Xabi. Aunque ahora mismo no me apetece demasiado explicar por qué—. Puedo comprarme otro ejemplar.

—Mírate, ahí comprando libros como si fueras a salvar tú solito a la industria del libro local. —Se apoya en el respaldo de la silla y permanece tras el escritorio—. ¿Va bien el trabajo?

—Sí, bien.

—¿Crees que alguna vez grabarás algo en Omán? Creo que podría gustarte. Se ven tortugas en la playa. Sé que te gusta que la columna vertebral de las tortugas se curve en el interior del caparazón.

—No sé si es posible ahora mismo. Me metí en un lío con la junta de turismo por el episodio que grabamos en Matamata por culpa de lo que dije de los hobbits.

Mi padre niega con la cabeza.

—Ay, Valdin. Es que los hobbits son un tesoro de la nación.

—No hace falta que me lo digas. Me pusieron en copia en muchos correos.

Mi padre baja la vista hacia el escritorio. Me encantaría tener mi propio escritorio. Supongo que si hubiera seguido trabajando como físico, podría tenerlo. Pero ahora estoy en una zona de trabajo conjunto con una sala de reuniones. No sé qué haría con un escritorio… Supongo que podría conseguir uno, colocarlo en mitad del salón y sentarme ante él. A Greta no le haría ninguna gracia. Pensaría que me he apropiado de una zona común.

—¿Cómo esta Slava? —me pregunta mi padre sin venir a cuento de nada.

Slava es mi amigo ruso. Trabaja en marketing y me mantiene al día con la jerga gay y las peleas de famosos, quiera yo o no.

—Bien. Lo vi el otro día. Me dijo que iba a empezar a beber más frappés para mostrarse más dominante y no tengo ni idea de lo que significa eso.

—¿Hay algo entre vosotros?

—¿Qué? No. Es mi amigo. Además, no quiero salir con él. Me obligaría a ir a bodegas y a esas cafeterías en las que los camareros son demasiado amables y te venden rebanadas de pan vegano, sin gluten ni ningún tipo de alérgeno.

Mi padre se encoge de hombros.

—Es que he pensado que a lo mejor te sientes un poco solo.

—Para nada —respondo, pero no sé hasta qué punto es cierto; la verdad es que no me había parado a pensarlo hasta que he recibido ese estúpido Aviso de Llegada.

—¿Y qué hay de Greta? —me pregunta.

Arqueo las cejas.

—No estoy tan desesperado como para iniciar una relación incestuosa con mi hermana.

—Me refiero a que si está saliendo con alguien.

—Ah. Hay una mujer que ronda mucho por casa, y Greta se ríe de manera forzada cuando está con ella, así que imagino que se ha enamorado. Aunque a mí no me da buena espina. Siempre está explicándole cosas a Gre que ella ya sabe.

—¿Tipo qué?

Le doy un par de vueltas.

—Pues, por ejemplo, cómo usar la función de los cubitos de hielo de la nevera cuando la nevera es nuestra. Greta sabe hacer hielo. Siempre está preparándose caipiriñas para ver culebrones brasileños. Me dijo que no quería ver mi programa porque se le hacía raro verme de una forma tan pública. Pero, bueno, el caso es que no me fío de esta mujer. El otro día se puso a soltar un discurso sobre el motivo por el que Miguel Ángel pintó la Capilla Sixtina; y llevaba puesta una chaqueta en mitad del verano. Me recordó a una de esas profesoras que parecen divertidas y enrolladas durante las dos primeras semanas del curso, y que luego te calzan un suspenso porque no les gusta tu actitud.

—¿Así que no crees que la cosa vaya a seguir adelante entre tu hermana y esta mujer de la chaqueta?

—No sabría decirte. Greta parece adquirir cierto interés por gente que le explica cosas que ya sabe.

—Ya me he dado cuenta… Estaba preocupado cuando has venido, Valdin. Creía que te había pasado algo.

—¿Como qué?

—Cualquier cosa. Tenía que ser algo importante para que aparecieras por aquí. —Guarda silencio y luego añade—: No sé, que tu hermano hubiera tenido un accidente en el trabajo y hubiera perdido una mano.

—Pero ¿qué dices? Es profesor de arte visual, no trabaja en una fábrica. No va a perder una mano preparando un PowerPoint. —Menos mal que no ha mencionado la última vez que me presenté aquí sin avisar. Aquella vez acababa de dejar el trabajo y no paraba de llorar mientras le preguntaba si podía volver a vivir con mamá y con él. Puede que me pusiera melodramático y le dijera que estaba destinado a una vida de pobreza y absoluta miseria—. Además, en caso de emergencia, Casper no me llamaría a mí, sino a mamá. Ya te avisaré si Greta se aburre como una ostra cuando uno de sus amores le explique cómo funciona el sistema de recogida de basura.

Alguien llama a la puerta, y mi padre dice «adelante» con el mismo tono de voz profesional.

—Perdón por interrumpir. —Una mujer con un corte a lo bob brillante y una camisa con botones asoma la cabeza desde la puerta, como si yo fuera alguien importante y mi padre no estuviera haciendo crucigramas—. Solo quería preguntarte si sabes dónde está Erik.

—Sí —responde mi padre con gesto preocupado—. Se ha ido al dentista por una emergencia. Se le ha roto la corona y ha tenido que irse antes. ¿Todo bien? ¿Alguien necesita que le echen una mano en el laboratorio?

Cuando mi padre dice «corona», no suena bien. Bueno, no suena como lo diría yo o como lo dirían en un anuncio de cervezas de la marca Corona. Lleva mucho tiempo viviendo aquí, desde que era adolescente, pero hay palabras que siguen sonando un poco rusas cuando las pronuncia. Se me hace raro pensar que hubo un tiempo en el que no hablaba inglés, en el que debía de tener un acento muy marcado. La gente no se grababa tanto por aquel entonces, por lo que no conservamos archivos visuales. Supongo que, en ese sentido, el fenómeno de que mi padre tenga otra voz no existe.

—Ah, no. No pasa nada. Solo era para una supervisión. No, para una reunión de supervisores —se corrige la persona, que tampoco es de aquí y suena como… como si Sean Connery interpretara el papel de un ratón.

—Ah, seguro que se lleva un chasco por habérsela perdido. Le diré que has venido a buscarlo cuando lo vea.

La chica le da las gracias, después me mira, asiente y vuelve a cerrar la puerta, como si quisiera indicarme que podemos volver a centrarnos en mi asunto vital. En verdad no me apetece. No he meditado bien lo de traerle el libro a mi padre, y he revelado demasiadas emociones que tenía ocultas sobre lo de Xabi.

Mi padre me mira con cara seria.

—Ven a cenar conmigo.

Niego con la cabeza.

—No me siento tan solo. He exagerado un poco por culpa del calor.

Mi padre se encoge de hombros.

—Pues yo sí. Tu madre lleva una buena temporada fuera de casa.

—¿Por qué no has querido ir a verla este finde con Greta y Geneviève?

—Ah, no quería molestar. Volverá pronto. —Deja el libro recto sobre la mesa, casi con demasiado cuidado—. ¿Por qué no vamos a algún buen restaurante en Newmarket? Podemos invitar a Thony; y también a Greta.

—Greta está bien. Ella nunca se siente sola.

Mi padre frunce el ceño y asiente.

—Pues venga, vámonos al centro.

LA COLINA

G

He quedado con una mujer. Ahora soy la Greta de Wellington y soy alguien que le pide salir a mujeres. Me he puesto pintalabios morado oscuro y llevo una chaqueta de pana color lavanda que me ha comprado mi madre porque tenía frío. No se ha creído que me hubiera olvidado de la chaqueta, pero es que no sabe que no he parado de llorar mientras hacía la maleta. La mujer con la que he quedado no forma parte del repertorio habitual de la Greta de Auckland; en su perfil tan solo ponía: «Estoy deprimida y soy una frígida» y un emoji con la lengua fuera. A la Greta de Auckland suelen fascinarle las personas a las que les gustan los libros, las pelis y esas cosas, y mira lo bien que me ha ido hasta ahora. Es hora de que las cosas cambien.

Se supone que he quedado con esta mujer en un barrio de las afueras de Brooklyn y que vamos a ir al after-party del elenco de una obra de teatro. Como es evidente, no he visto la obra, pero se llamaba *provocaciones* y parecía que el público participaba bastante y que se arrojaba harina por todas partes. Todo eso suena maravilloso, no a que me da ansiedad ni a que es una situación que debería evitar a toda costa porque ya no soy una sosainas. Soy divertida, soy guay y voy a fiestas en las que no conozco a nadie, en Wellington, donde la gente pronuncia la «T» con tanta fuerza que, cuando te preguntan si te apetece un té, parece que te están amenazando. Me había preparado un discurso entero para cuando Geneviève me preguntara por qué iba a salir del hotel a las diez de la noche para quedar con una desconocida de internet, pero lo único que me ha dicho ha sido: «Vale, pásatelo bien». Mi madre me habría interrogado más a fondo, pero se está alojando con una amiga suya. Le sabía fatal que no quedara hueco para mí, pero a mí no me apetecía quedarme en la costa. Prefiero la ciudad, que es donde está la acción.

Voy desde Courtenay Place a Victoria Street y espero al autobús 7. El centro de esta ciudad es bastante distinto al de mi ciudad un sábado por la noche. El de aquí debe de medir unos cincuenta metros, y punto. En Auckland, el concepto del «centro» se extiende a lo largo de varios kilómetros. Supongo que, si quisieras emplear una comparación del expresionismo abstracto, sería como comparar un cuadro de Helen Frankenthaler con el estilo de Mark Rothko que se lleva aquí. Me siento como si estuviera en una peli. En *Trainspotting*. O en uno de esos realities de la tele en los que te enseñan cómo es la vida entre bambalinas de los seguratas del norte de Inglaterra.

Me froto las piernas para entrar en calor. La mayoría de las faldas me quedan cortas, pero la que llevo puesta es así a propósito. Espero que la mujer con la que voy a quedar no me odie. ¿Qué es lo peor que me puede pasar en una fiesta? Quizá que me ofrezcan heroína. «¿Te apetece un poco de heroína? Lo siento, es que mañana tengo un vuelo muy temprano, si no, hala, sí, habría estado… de categoría». No me meto bajo la marquesina del bus porque hay tres personas fumando. Aunque puede que a la gente de la fiesta le parezca más divertida si huelo a tabaco.

Llega el bus y subo y paso la tarjeta como si fuera de aquí y fuera a Brooklyn por algún motivo normal (como si alguna amiga cercana o yo viviéramos allí), no porque he quedado con una mujer a la que, cuando acabe la noche, puede que no vuelva a verle el pelo en toda mi vida. Debería ahorrarme expresiones como «no volver a verle el pelo» cuando llegue a la fiesta. La antigua Greta, la que se enamora de cualquiera que diga que ha leído un libro, lo habría dicho. La nueva Greta dice cosas como «brutal» y «literal».

El autobús tiene fluorescentes intensos. Los asientos tienen un estampado de helechos y me siento alocada. ¿Y si se sienta alguien a mi lado y, en vez de ir a la fiesta, me voy a casa de esta persona nueva a fumar hierba y a ver un programa de sketches absurdos, de esos en los que aparecen un montón de hombres y ocurren cosas asquerosas, pero, en vez de fruncir el ceño y decir que no lo soporto, digo: «¡Hala, me parto!»? ¿Y si llevo a esa persona a la fiesta y la mujer con la que he quedado me dice: «¡Hala, qué chula eres por traerte a otra persona a una cita» y luego en la fiesta todo el mundo se me acerca para felicitarme por lo atrevida que soy? Sí, sí, sí. No voy a volver a estar triste nunca. ¿Estaré borracha? Gen no ha dejado de pedirme copas durante la cena. A los adultos les gusta gastar dinero a espuertas para compensar que no se enteran de la mitad de la película de lo que ocurre en el mundo. Ni siquiera sabía que existieran los cócteles de absenta.

La colina hasta Brooklyn es tan empinada que hasta resulta ridículo. Sería facilísimo ponerse en forma en esta ciudad porque todo parece estar donde no debería y las líneas del bus no tienen el menor sentido. La planificación urbana me interesa muchísimo porque antes vivía en Alemania. Seguro que mis amigos se esperaban que volviera de Europa transformada en una persona insufrible que les contara que había estado bebiéndose botellas de vino de $5 mientras contemplaba una fortaleza bajo la luz del atardecer; pero no, cuando volví solo podía pensar en cómo mejorar la red de autobuses.

Los otros tres pasajeros del bus comienzan a comprobar que lo llevan todo en los bolsillos y a removerse. Esta debe de ser la parada en la que se baja todo el mundo. Paso de nuevo la tarjeta por el lector y doy las gracias al conductor con la voz cargada de confianza en mí misma.

Los que iban en el bus bajan por la calle en fila y se detienen frente a varios semáforos junto a los que hay tiendas. Hay una peluquería que tiene una pizarra en la que me animan a que Sarah, una estilista de prestigio, me corte y me tiña el pelo por un precio especial para nuevas clientas: $180. Observo el cartel para impresionar a la gente del bus, como si no me gastara $28 en peluquería cada seis meses y me sintiera la reina de Saba.

La mujer no se encuentra frente a las tiendas de Brooklyn, como habíamos acordado. De momento no le mando un mensaje para no parecer una ansiosa. Me quedo frente a un fish & chips durante unos treinta segundos y entonces le escribo: *hola, estoy delante de las tiendas*. Así, como si nada. Me pregunto si hemos quedado en plan amigas o para besarnos y tal. No sé quién en su sano juicio usa apps de citas para hacer amigos, pero, por lo visto, hay un montón de gente que lo hace. Por eso hay que darle que sí a los perfiles en lo que pone «soy una perra cachonda queer» o «lesbiana a tiempo completo y camarera a tiempo parcial». Mi «estoy deprimida y soy una frígida» podría ser cualquier cosa. A veces es bastante deprimente ser queer. Y no es mala idea decir que eres una frígida para que la gente no se emocione y se monte películas en la cabeza.

Me meto en una licorería y echo una ojeada para matar el tiempo. Quizás un buen pinot noir…, o puede que algo más atrevido, como un cabernet sauvignon. El dependiente es un chico blanco de mi edad que no me mira. En esta ciudad no hay mucha gente que pertenezca al sector demográfico adecuado como para que me esté mirando: hay muchos adolescentes con el pelo azul y muchos ancianos con bolsas reutilizables. En Auckland, los hombres me miran a diario y me gritan desde sus coches que les gustaría conocerme mejor; a mí y a mis servicios orales. No me lo dicen así, sino con otras palabras. No son tan buenos oradores como yo.

Me gustaría comprarme una botella de preparado de gin-tonic, pero solo las venden en packs de cuatro. Me compro un pack de cuatro. El dependiente comprueba mi documento de identidad durante un buen rato; como si fuera a escoger a «Greta Svava Valdinova Vladisavljevic» si hubiera querido comprar un carné falso que no levantara sospechas. Intento fulminarlo con la mirada, pero me sale una sonrisa sola, puede que por culpa del sexismo.

Veinte minutos más tarde ya he inspeccionado todos y cada uno de los escaparates, y ninguno me dice nada salvo el de la farmacia, que tiene una fotografía inmensa de una familia claramente eslava que agradece los consejos de un farmacéutico. Tengo frío. Y encima ahora echo de menos a mi abuelo. Decido que tengo que llamar a la chica, lo cual no es muy agradable. Antes trabajaba en un servicio de atención al cliente telefónico, así que estoy acostumbrada a llamar a gente con la que no me apetece hablar; no obstante, no me siento mejor por ello. No me responde al teléfono. Quizás haya mucho ruido en la fiesta y no lo oiga. Quizá ya haya consumido demasiada heroína. Debería haberle pedido la dirección para poder ir por mi cuenta. A estas alturas, cualquier opción sería mejor que estar aquí plantada delante de un Ray White observando las distintas posibilidades de compra de inmuebles en Brooklyn y en el vecindario de Happy Valley. No sé si voy a contarle todo este incidente a V cuando vuelva a casa. Si esto le hubiera pasado a él, lo habría convertido en una anécdota de dos horas durante las que me habría asignado el papel de uno de los personajes (puede que me tocara hacer de V) mientras él se bebía un cóctel y narraba los acontecimientos. Aunque tampoco es que siempre me lo cuente todo. Es su derecho de hermano mayor.

Ya ha pasado una hora. Son las diez y once. Debería haberle pedido a la mujer que me agregara a Messenger para así saber al menos si está leyendo mis mensajes y pasando de mí. Yo ya le he dado mi número porque es algo que hago últimamente. Así me siento guay, como si estuviera en el pasado. Pero no lo estoy, estoy en el presente, caminando de un lado a otro sin rumbo por un barrio de las afueras oscuro.

Vuelvo a llamarla y no responde, de modo que la llamo por tercera vez. Me acuerdo de un meme que vi en el que ponía: «¿Que si te voy a llamar dos veces? Y cuatro también, *riiin riiin*, soy yo, pedazo de puta». En serio, ¿qué coño hace? ¿Se habrá muerto? ¿Habrá arrojado el teléfono por la ventana? Estoy haciendo el tonto. Fue ella la que me preguntó si me apetecía ir a la fiesta, ¡así que es ella la que debería comportarse como una anfitriona como Dios manda! Podría mandarles un mensaje a mis amigas para quejarme, pero lo más seguro es que me digan que vuelva al hotel. Pues claro que debería volver al hotel, joder. No hace falta que me lo diga nadie, joder.

Le doy al botón del semáforo de esta calle desierta y cruzo cuando se pone verde. Pues aquí estoy, en el otro lado de la calle. Llamo por cuarta vez. Nada. Observo mi reflejo en el restaurante indio de comida para llevar y la verdad es que parezco una diosa. Parezco una chica a la que le encantan las fiestas, pasárselo bien y que nunca habla de temas como el fracking o la Primavera Árabe. Me bebo una de las botellas de gin-tonic y sigo contemplando mi reflejo. Compruebo el teléfono: cero notificaciones. Es la primera vez que me dejan plantada y no sé qué hacer. A la Greta de Wellington no le están yendo bien las cosas. Y, por si fuera poco, ya no pasan más autobuses. Pero si ni siquiera es tan tarde. ¿Cómo va a volver a casa el dependiente de la licorería? Seguro que tiene una moto. No va a llevarme con él porque no le caigo bien. Empiezo a descender por la colina. Me siento pequeñísima, como si la colina no fuera para que la gente bajara paseando, sino para caballos y montañeros intrépidos. No es para chicas a las que les ha dado un bajón y llevan minifalda. Veo una papelera, pero no es de reciclaje, así que cierro los ojos cuando tiro la botella de cristal en el interior. Pasa un bus. FUERA DE SERVICIO. Si estuviéramos en un pueblecito, el conductor se ofrecería a llevarme hasta el pie de la colina. Me pregunto si aún tendré bien el pintalabios. La abuela de mi madre llevó pintalabios todos los días de su vida y, en una ocasión, detuvo el coche en un puente con un carril de un solo sentido porque había un hombre que la seguía muy de cerca. Yo también sería peleona si tuviera la dirección de las casas de la gente con la que me quiero pelear.

Doblo la esquina más grande que he visto en toda mi vida y paso junto a la Embajada de Malasia. No tengo ni idea de por qué está aquí arriba. A lo mejor los embajadores querían recrear la sensación de tener que subir las escaleras de las cuevas de Batu o a la cima del monte Kinabalu. Imagino cómo deben sentirse. Yo también añoro las comodidades de mi hogar, donde los autobuses circulan hasta bien entrada la noche y hay semáforos eficaces, y solo llevo dos días fuera de casa.

Me topo con una señal que me sugiere que podría tomar un sendero oscuro y pedregoso a través del bosque para llegar al centro. *Parece una opción peligrosa*, pienso mientras enfilo por el sendero del bosque. Qué elección tan interesante he tomado. Parece que no hay nadie aquí, de modo que me pongo a cantar «Uninvited», de Alanis Morrisette, de la banda sonora de *City of Angels*. Hay quien dice que esa peli es un remake de *El cielo sobre Berlín*, pero la verdad es que no se parecen mucho. Berlín no me gusta demasiado, pero seguramente me mudaría hasta allí si una mujer me dijera que debo hacerlo. ¿Qué traman las mujeres? ¿Qué es lo que me están haciendo? A lo mejor debería participar en un remake de *¿En qué piensan las mujeres?*, para averiguar qué es lo que quieren las mujeres. Tengo ganas de llorar, pero es que me da todo tan igual que ni me molesto.

¿Qué ha pasado con el sendero? Joder. Doy una vuelta sobre mí misma. ¿Por dónde he venido? ¿Por qué no se ven luces? Tomo la dirección que creo correcta, pero acabo topándome con un arbusto. Estúpidos helechos arbóreos de Nueva Zelanda. Me arranco las hojas del pelo. Parece que cada vez está más oscuro, y no tengo ni la menor idea de dónde estoy. Compruebo el mapa, pero tampoco me sabe decir dónde estoy. Joder, joder. Me va a tocar llamar a mi madre para que venga a rescatarme. Abro la app de «Buscar» y veo puntitos donde imaginaba que estarían: V está en The Wine Cellar, en K Road; tres amigos míos están en un piso de Kingsland; mi madre no está en Evans Bay, aquí al lado, que es donde está la casa de su amiga. Hay un punto cerca, un punto que se llama MP y sube despacio la colina. Ay, joder. Le mando un mensaje: *hola, ¿estás en Brooklyn Road? jajaja*. Al momento aparece un check, y siento que alguien me ve por primera vez en toda la noche.

Sí... ¿Por?

¡Ajá! ¿Puedes venir a buscarme? Me he perdido en el bosque jajajá.

Añado todos esos «jajaja» para que parezca que me lo estoy pasando en grande en el bosque y no que me han dejado plantada en mi camino hacia la iluminación después de que me rompieran el corazón hace solo dos días.

¿Qué? ¿Qué bosque? ¿Te refieres al sendero de central park?

De verdad espero que no se llame así. Sería patético que Nueva Zelanda tuviera un Central Park al lado de la calle Brooklyn.

No lo sé. ¿Puedes mirarlo en «Buscar»?

Eh... sí. ¿Qué haces ahí?

Exploro.

Da igual, voy. No te muevas de ahí.

Me quedo tan quieta como me resulta posible. Aquí estoy, absolutamente tranquila bajo las copas de los árboles, lista para que me rescaten.

—¿Greta? —grita una voz.

—¿Quién es? —contesto, y me río de mi propio chiste.

—El helicóptero de la Westpac, que ha venido a rescatarte a un parque.

Es Matthew. Está mucho más guapo que antes, cuando me movía por círculos distintos. Círculos heteros. Me mira la coronilla y me dice:

—Tienes hojas en el pelo.

—Las llevo a propósito —respondo, e intento quitármelas.

—¿Qué haces aquí?

—Me encanta la naturaleza.

—Me refería a la ciudad.

—Mi madre ha organizado un taller de teatro de verano para jóvenes en situación de riesgo, pero solo he venido a pasar el finde. Mañana me vuelvo. ¿Qué haces tú aquí?

—Vivo aquí —responde, y echa a andar con la linterna del teléfono encendida—. Ya lo sabes.

Matthew era mi novio. Vivíamos juntos cerca de Western Springs, en una casa rural que estaba que se caía a cachos, con otras tres personas que dejaban ollas repletas de espaguetis por todas partes y que creían que los lavabos se limpiaban solos. Lleva unos chinos marrones y una camisa de botones azul que le quedan bien pero raro porque es rollo funcionario público. No lo es, pero lo parece. Seguramente yo aún esté sexi, aunque me haya convertido en una persona indefensa que se ha perdido.

—Me refería al bosque.

—Pues estaba volviendo a casa desde el centro porque han cancelado el último bus y mis amigos ya no querían quedarse en el bar. Entonces, de repente, mi ex ha aparecido de la nada y me ha mandado un mensaje en el que me decía que necesitaba que la rescataran de un parque. ¿Cómo has acabado ahí?

—Una cita de Tinder me ha invitado a una fiesta y me ha dicho que quedáramos delante de las tiendas, pero no se ha presentado.

—¿Cuánto rato has esperado?

—Hora y media. —Le entrego una de los dos botellas que me quedan y las abrimos. Matthew se guarda el tapón en el bolsillo—. Chinchín.

Brindamos y él se queda mirándome a los ojos y me dice:

—Los alemanes creen que da mala suerte no hacerlo, ¿no?

—Sí, te caen siete años de polvos malos.

—Pues ya hemos echado bastantes de esos.

Frunzo el ceño y permito que me saque del bosque sin dejar de beber de la botella.

—¿Y quién te ha dado plantón? —me pregunta.

—Una especie de actriz. Era una fiesta que había organizado el elenco de una obra en la que participaba.

—No sería *provocaciones*, ¿no?

—Puede. ¿La has visto?

—Sí. No te habría gustado nada. No entiendo por qué tenían que tirarle harina al público.

—¿Y por qué fuiste?

—¿Qué iba a hacer si no? ¿Quedarme en casa limpiando la condensación de las ventanas?

No respondo. Parece que hay luces a lo lejos, así que puede que no vayamos a morir en el bosque esta noche. Si morimos, saldremos en las noticias y la gente debatirá sobre si nos los buscamos nosotros solitos o si fue culpa del primer ministro (aunque no sé muy bien cómo van a cargarle el muerto a él). V no soportaría que me muriera. Tendría que buscarse a otro compañero de piso que no aceptara a ciegas todas sus costumbres solo porque se acostumbró a ellas mientras se hacía mayor.

—¿No te gusta estar aquí? —le pregunto a Matthew.

—No sé —responde, encogiéndose de hombros—. Aquí la gente es más simpática, tiene más tiempo para ti, ¿sabes? Allí todo el mundo está agotado por culpa de su curro de mierda y de lo pesado que se hace tener que ir todos los días al trabajo, y el alquiler está por las nubes, así que ni siquiera les queda dinero para salir a hacer planes. Sin embargo, este sitio puede ser un poco claustrofóbico sin esas 1,2 millones de personas a las que estoy acostumbrado. Aparte me entra la nostalgia cuando veo a la gente de allí comiendo en el New Flavour en camisa de tirantes.

Recuerdo que la semana pasada estaba en camisa de tirantes en el New Flavour, comiendo legumbres al horno y ternera a la pimienta negra. No tengo que ir a un curro estresante ni tragarme un trayecto de varias horas para llegar al trabajo, pero dependo de que V se encargue de pagar casi todo el alquiler, y recuerdo que lloré todos los días de la carrera porque si no sacaba sobresalientes, no me darían la beca para el máster, y encima el Gobierno ya no concede ayudas a los estudiantes de posgrado.

—¿Vas a volver?

—Primero tengo que acabar el máster. En Auckland no imparten Política, Filosofía ni Economía. Luego no sé. Puede que me vaya a Londres una temporada.

Arrugo la nariz.

—Londres es un peñazo. Deberías mudarte a Bucarest; es como Berlín, solo que más barato.

—Pero si tú odias Berlín. Siempre dices que allí se va toda la gente que es demasiado insufrible como para quedarse en Melbourne.

—Pero esa gente aún no ha descubierto Bucarest.

—¿Y por qué no te mudas tú allí? Sabes rumano.

—Más o menos. Pero no, también estoy con el máster de Literatura Comparada. Ah, y soy profesora.

—¿De alemán?

—No, de ruso e inglés. Es más fácil leer en ruso, aunque los libros me gustan menos.

—No sé si hiciste bien. Deberías haber hecho lo que te interesaba.

Le fulmino el cogote con la mirada, pero no le digo nada.

—Mira, me he perdido y me han roto el corazón; tampoco hace falta que eches sal en la herida.

—¿Cómo que te han partido el corazón? —me pregunta. Se da la vuelta y el pelo flexible le tapa la cara. Se lo recoloca—. Estás exagerando. Ni siquiera has llegado a conocer a esa chica.

—No lo digo por ella, sino por otra que estaba saliendo con alguien a quien no había mencionado nunca.

—Ay —responde, y de repente hemos vuelto a la calle.

Unos focos brillantes iluminan una pista de tenis. Siento que volvemos a formar parte del mundo.

—No pasa nada. Puede que, a fin de cuentas, la odie.

Matthew se ríe.

—¿Cómo pudiste equivocarte de esa manera?

—Creía que teníamos un vínculo especial, pero puede que tan solo se hubiera leído uno de esos libros sobre el arte de la conversación y que lo estuviera poniendo a prueba conmigo para que le echara una mano con unas cosas de la uni.

—¿Es de las que leen muchos libros de autoayuda?

—No, siempre leía libros que habían ganado premios y cosas por el estilo. Clásicos, libros que promocionan como si fueran clásicos modernos… Creo que se pensaba que yo no había leído nada porque no he leído lo mismo que ella.

—Parece un poco gilipollas —comenta él, agitando la cabeza—. Me recuerda a mí. ¿Tu familia la odiaba?

—V siempre ponía muecas cada vez que venía a nuestra casa.

Pasamos junto a un bloque de viviendas sociales con las ventanas cubiertas de mugre. Al principio me asusta, pero luego me enfado con el ayuntamiento por no mantenerlo en buen estado.

—No puedo opinar porque no la conozco —me dice Matthew—, pero no me extrañaría que estuviera intentando impresionarte, que se le diera fatal, se rindiera y fuera a buscarse a otra. Sé lo que se siente.

—¿Intentabas impresionarme?

—Es evidente que no lo hice muy bien.

—Sí que lo hacías, solo que no sabía que lo estabas intentando.

Pasamos junto a un hotel con ventanas de cristal espejo y aprovecho para mirar si estoy guapa o desaliñada. Odio estas ventanas: me gusta mirarme, pero nunca sabes quién está al otro lado.

—Antes era muy pretencioso. Aún me sabe mal haberme pasado una Navidad entera hablándole a Casper de *Matadero cinco*.

—Culpa suya por habérselo leído. Si no te has leído el libro del que te están hablando, puedes preparar el halloumi de Navidad en la barbacoa sin que te peguen la brasa. ¿Seguís jugando a ese juego extraño con globos en Navidad?

—No sé yo si estás tú para tildar de raras a las familias de los demás.

Aún no sé dónde estamos, pero, cuando aparecemos de nuevo frente a un McDonald's, reconozco una calle muy curiosa en la que, por lo visto, a todo el mundo lo atropella un autobús por cruzar sin mirar.

Matthew se detiene.

—¿Te apetece tomar algo?

—La verdad es que no diría que no a un helado.

El McDonald's está lleno de gente joven pasando una gran noche. Cuando nos llega el turno en la pantalla táctil, me pido un cono de nata y Matthew se pide un McFlurry. Qué extravagante. Menudo caos hay aquí formado. Los empleados gritan los números del pedido y les desean una buena noche a los clientes mientras les arrojan bolsas de papel repletas de hamburguesas y patatas fritas. Me encanta este tipo de trabajo de cara al público. El frenesí, el ruido... Es ese tipo de curro que la gente considera inferior al trabajo de oficina o a darle la tabarra a la gente por teléfono. Ni siquiera el sueldo cambia. Si lo sabré yo, que vendía entradas para el rugby y me pasaba el día gritando. Me encantaba.

Despejamos una montaña de basura de una mesa para sentarnos con los helados.

—Cuéntame más sobre esa relación fallida —me dice Matthew.

—¿Por?

Una de las cosas buenas que tiene Wellington es que puedes tomarte un helado sin que se te derrita al instante y se te caiga al suelo.

—Porque me he borrado las apps de citas y quiero vivir tu drama desde fuera.

Me parece de mala educación, pero le hablo de Holly. Le cuento lo de la boda a la que me invitó a última hora, que nos comimos un montón de gambas, que nos tocábamos el pelo, lo de *El arcoíris de gravedad*, que una vez la llamé porque me caí por las escaleras al lado de la galería de arte y le pedí que me sustituyera en mi clase pero me dijo que no podía porque tenía que procesar que a su ex le hubieran dado un trabajo como profesora en Goldsmiths, lo del helado de salvia que compré por error para intentar ser más atrevida. Matthew le da vueltas a su cucharilla de plástico. Espero que no me diga que ha sido todo culpa mía. Cuando salimos, siempre me daba la impresión de que intentaba enseñarme una lección cuando lo que yo quería era a alguien que escuchara mis quejas y me dijera: «Joder, ¡qué putada!».

—No puedo creerme que pasara tanto tiempo contigo y te contara tantos detalles de su vida, incluyendo lo del hongo asqueroso del pie, y que no te mencionara en ningún momento que se había echado novia. ¿Te invitó a ti, en vez de a su novia, a la boda de su amiga y dormisteis en la misma cama?

Dicho así, suena fatal.

—¿En qué crees que me equivoqué? —le pregunto.

—¿A qué te refieres? —responde, sosteniendo un Malteser con la cuchara.

—Seguro que piensas que tengo parte de culpa.

Matthew me sonríe.

—Mira, Greta, vives la vida como si esperaras que ocurriera algo emocionante todos los días. Se te da bien hablar con la gente, podrías haberle preguntado qué rollo se llevaba, pero no lo hiciste porque no querías que te dijera que no era nada y que el misterio se desvaneciera.

Se encoge de hombros, y yo doblo el trocito de papel en el que venía el helado.

—Yo no hago eso. Soy buena persona; soy normal.

—No es verdad. Serías aburridísima.

Cuando terminamos, me acompaña hasta el hotel Museum. Ya no se llama así, pero me gustaba más ese nombre. Le digo que pudo volver sola, que las calles de aquí no son tan chungas como a las que estoy acostumbrada, pero dice que le da igual. Cuando llegamos al hotel, intento despedirme de él estrechándole la mano, pero Matthew me abraza, y me da lo mismo.

—Perdona por todas aquellas veces en que te dije que Jack Kerouac era un genio, Gre.

—Perdona por que hayas tenido que venir a rescatarme. ¿Quieres que te pida un taxi?

Matthew da un paso atrás, niega con la cabeza y se mete las manos en los bolsillos.

—No. Me apetece pasear. Dime algo cuando te vayan mejor las cosas.

Se aleja hacia la oscuridad, de vuelta hacia Brooklyn y la colina.

PURPURINA

V

Cuando salgo del baño de la planta de abajo de casa de mis padres, me quedo quieto durante un instante. Las voces de mi padre y su hermano resuenan por el pasillo. Me gusta estar con ellos a pesar de que, cuando hablan, cambian del ruso al rumano y al inglés y no puedo seguir la conversación. Como me canso de intentarlo, empiezo a hablar en ruso con acento de Nueva Zelanda, y mi padre no lo soporta. Yo soy el que peor lo habla. A Greta le encantan los idiomas y cree que la lingüística le interesa a todo el mundo. Casper le da mucha importancia al patrimonio cultural; además, siendo sincero, es de los que hacen todo lo posible por quedar bien. Y, bueno, que vivió cinco años en Moscú.

De la pared del pasillo cuelga un collage de fotos en finos marcos negros, y en la de la esquina izquierda superior salimos Casper y yo. Es de mi primer día de instituto, y se me ven las piernas delgadísimas con los pantalones del uniforme. A Casper se le nota la influencia del disco pirata que tituló *Temazos de Rock Indie de 2004*. Al final del curso, yo había crecido quince centímetros y había convencido a mis padres de que contrataran internet de banda ancha para que pudiera descargarme *Brokeback Mountain*. Casper era padre. Se me hace rarísimo ver esa foto. En otra sale Greta de pequeña con una barba falsa y con un hueso viejo en la mano. No tengo ni idea de a qué venían esas pintas.

En la cocina, mi padre y Thony discuten por algo, pero no me acuerdo de qué significa «înṣelātor». Me acuerdo de aquella vez que Xabi se olvidó de cómo se decía «toallas» en inglés y lo dijo en español, que suena como «koalas». Me dijo que no había ninguna en el armario en el que está el calentador del agua, donde dejábamos que se secara la ropa, y yo le dije que seguramente estaban en un eucalipto. Se quiso morir de la vergüenza. En Irlanda, a estos armarios los llaman «hot presses». Greta y yo lo averiguamos gracias a una serie de la tele en la que había muchas más escenas de sexo de las que necesitan ver dos hermanos juntos. Por suerte, Greta se sabía muchas otras palabras que eran distintas en otros países anglófonos para que nos distrajéramos. No tenía ni idea de que los australianos llaman «Dagwood dog» a los perritos calientes que vienen en un palo, ni que en Gales los «togs» son botas de rugby. Menuda tontería.

Thony y mi padre se callan en cuanto me ven. Mi padre carraspea, saca una botella de cristal de la nevera y sirve tres vasos con algo que burbujea y tiene hojas de menta flotando en lo alto.

—Por fin sales —me dice Thony, y me pasa el brazo por los hombros cuando me coloco a su lado frente a la encimera.

Thony parece una versión más normal de mi padre: tienen los mismos ojos y la misma nariz, pero Thony mide quince centímetros menos que mi padre y no viste como si hubiera formado parte de una banda de art pop de finales de los ochenta. Lleva mucha ropa de lino, jerséis de cuello alto y prendas de cachemira; imagino que la gente sabe que es un fotógrafo gay europeo sin que él tenga que decirlo abiertamente. También habla de cosas normales: de cafeterías que acaban de abrir, de diseño de interiores..., lo cual resulta muy agradable porque, en una ocasión, mi padre y mis hermanos se pasaron tres horas discutiendo sobre lo que de verdad le había ocurrido a la familia del zar Nicolás II aquella fatídica noche de 1918. Mi madre se fue a la cocina y se comió entero el cafoutis de ciruelas que había preparado.

—Oye, V, me he enterado de que necesitas que Xabi te devuelva un libro. ¿Quieres que se lo pida yo? —me pregunta

Thony, que me mira como si hubiera perdido algo con un gran valor sentimental, un medallón que contiene un mechón de pelo de cuando era niño o el anillo de bodas de mi abuela, y no un libro.

Ojalá no le hubiera mencionado a mi padre nada sobre ese estúpido libro.

Niego con la cabeza.

—No hace falta —respondo, y no añado más porque quiero que la conversación muera antes de que Thony me cuente cualquier cosa sobre qué ha estado haciendo Xabi.

—No me importa, se lo puedo pedir mañana a Giuseppe.

—Que no —repito.

Giuseppe es el marido de Thony. Xabi es el hermano de Giuseppe. Sé que suena raro, por eso es mejor no darle demasiadas vueltas. Ahora ya no tengo que dárselas porque Xabi está lejísimos, en Argentina, pero a veces no me queda otra que ver a Giuseppe, que me mira de un modo que no me mola nada, como si ambos compartiéramos un secreto. Quizá sea verdad, pero todas esas cosas (las rarezas, las cicatrices y las anécdotas) ya me dan igual.

Thony asiente y se bebe la copa (que aún no sé qué contiene) de un trago. Ahí hay como mínimo un cuarenta por ciento de ron. Thony empieza a contar que el otro día se topó con un antiguo compañero de clase (un tal Richard Brooker) que ahora es un banquero muy importante. Observo la cocina y el salón, los mapas enmarcados que cuelgan de la pared y la enorme mesa de madera con las seis sillas que necesitábamos todas las noches, y pienso en lo vacío que me resulta todo sin mamá. Es raro estar aquí si ella no está. A lo mejor debería haber ido a Wellington. Me pidió que fuera, y le dije que no porque esperaba que algo inesperado, dramático y emocionante me ocurriera durante las tres semanas que transcurrieron desde que Greta sacó el billete.

El teléfono me vibra en el bolsillo. Slava quiere que vaya al centro. Son casi las diez y no sé si es muy buena idea. Tengo veintinueve años, debería estar subiendo una foto en la que salgo tomándome una copa a las cinco y cuarto con los del trabajo y luego volverme a casa dos horas después con un ciego de tres pares de narices en un taxi. Me siento estafado por que las cosas no hayan salido como me las imaginaba de adolescente, y la culpa la tiene la crisis financiera mundial.

—¿Quién era? —me pregunta mi padre.

—Slava quiere que vaya al centro —le digo sin mirarlo—, pero no sé si me apetece salir.

—Puedes decirle que venga aquí.

Ni de coña. A Slava le parece gracioso ligar con mi padre, y a mí no me mola un pelo. Además lo hace en ruso, y no acabo de comprender las connotaciones de lo que le dice. Creo que mi padre tampoco, pero porque él es hetero.

—Deberías salir —me anima Thony, y me toca otra vez el brazo—. A lo mejor te sienta bien.

—Es imposible que me sienta mejor de lo que me siento ahora mismo —respondo, lo cual es una exageración, por lo que me miran como si se me hubiera ido la cabeza.

Vuelvo a mirar el teléfono y le envío un mensaje a Slava para decirle que voy.

Llega un momento de la noche en el que está bien visto sentarse en el suelo, aun cuando no se está en parques, pedruscos o cualquier otro asiento natural. Slava y yo nos hemos sentado en la acera, frente a los recreativos de St Kevin. No tenemos ningún plan. Tenemos a un tercer amigo, Chris, pero contestó: *ni de puta coña!* cuando Slava le preguntó si le apetecía venirse al Family esta noche. Habría encajado sin problema; casi todo el mundo era hetero. Chris se ha ido a vivir con su novia, así que tienen que hacer un montón de cosas como probar recetas nuevas y plantearse salir a correr. Antes, los sábados por la noche, salíamos el grupo entero, pero uno se mudó a Londres y los otros dos tuvieron un hijo y se compraron una casa en Hamilton. Si quieres quedarte en Auckland y tener hijos, necesitas encontrar a alguien con mucha pasta. Es una de las cosas que no me gustan de esta edad en la que hubo un tiempo en que era posible tener una vida estable, pero las cosas ya no son así. Al menos me conozco a mí mismo y me siento bien con la persona que soy.

—¿Quieres que vayamos a The Wine Cellar? —le pregunto a Slava.

Se está quitando purpurina del antebrazo. Había gente arrojando purpurina por los aires en el Saloon Bar, pero nos hemos ido en cuanto alguien ha dado comienzo a una de las peores actuaciones de *Back to Black* que he presenciado en toda mi vida en un karaoke.

—No. Siempre te topas con alguno de tus amigos cerebritos y os ponéis a hablar de cosas que no me importan lo más mínimo.

—¿Cuándo ha pasado eso?

Apoyo la cabeza en el hombro y lo miro. Se está estirando el dobladillo de los pantalones.

—Aquella vez que estaba enfadado con Leo porque se estaba tirando a otro y, cuando volví del baño, estabas hablando con aquella chica con gafas y flequillo sobre Sartre. Fue un peñazo.

—Estábamos hablando de Satya, el restaurante que está en Mount Eden Road.

—Me da igual. Estaba sensiblón.

—Además, el chico se llamaba Liam, no Leo. Creo que te has pasado romantizando la situación.

—Eres un amigo de mierda.

—No es verdad.

Se frota el pelo para quitarse los restos de purpurina. Slava es rubio natural, algo que a mí me resulta impensable. Es uno de los pocos rusos que conozco aparte de mi familia. Nació en San Petersburgo y no tiene familia aquí; vino de intercambio cuando tenía dieciséis años y no volvió a casa. Puede que le tire la caña a mi padre por las movidas que tiene con los suyos.

—Sí que lo eres. Todos los chicos van a por ti cuando salimos porque eres alto —me dice quitándose la purpurina de la nariz.

Slava tiene los rasgos suaves; es como un ave elegante.

—No es verdad.

—Debería advertirlos sobre esa personalidad rara tuya.

—Ya se dan cuenta enseguida ellos solitos. ¿Qué quieres que hagamos?

Observamos a un grupo de chicos que hace cola frente a un club en el que ponen música pasifika. Deben de tener entre dieciocho y veinte años, llevan camisas blancas, vaqueros oscuros y zapatos de cuero relucientes. ¿Cómo será el local por dentro? Greta tiene una amiga en la uni que se la llevó al bar tongano de Dominion Road. Me dijo que fue una puta pasada y que cantó «Mysterious Girl». A uno de los chicos le ha caducado el documento de identidad: «Venga, hombre, no me seas co... muermazo».

—No sé. ¿Quieres que vayamos al Eagle? —me pregunta Slava.

—Somos demasiado jóvenes para entrar ahí.

Ahora se está igualando los calcetines. Son blancos y tienen el logo de Nike. Slava no entiende que las marcas me den igual.

—A ti te gustan mayores. Podríamos ligarnos a un par de osos. A lo mejor nos llevan a su apartamento de ricachones y nos regalan coca.

—Que no voy a acostarme con un viejo para que me dé drogas, Slava.

—¿No salías con ese viejo español por eso?

Le arreo un codazo.

—No. Eso no era lo mismo.

Slava deja escapar un suspiro.

—No entiendo cómo puedes querer a alguien que recuerda la época en la que no existían los ordenadores.

—Pues tú saliste con uno que tenía veinte años y que no sabía que los móviles plegables existían. No sé. Cuando conocí a Xabi fue raro. Estábamos en uno de esos restaurantes en los que sirven ostras sobre hielo y los comensales les hacen fotos. Fuimos con mi tío porque Xabi acababa de llegar de España. Fui solo desde el trabajo y estuve a punto de chocarme con él porque Xabi estaba hablando por teléfono delante del restaurante. Me pidió perdón, yo no le contesté... Nos conocimos en aquella época en que yo no hablaba en público. Sin embargo, cuando nos miramos, fue extraño. Sencillamente tuve la sensación de que iba a ocurrir algo. Cuando todo el mundo se sentó a la mesa, mi tío me lo presentó y nos dimos la mano. Xabi no mencionó que acabábamos de vernos. Y sentí... sentí que él sentía lo mismo que yo.

—¿Cuándo fue eso?

—Creo que hace tres años.

Detrás tenemos a un grupo de cuarentones y cincuentones que se ha sentado frente al Verona. Hablan con un hombre que lleva un chándal antiguo y una barba muy larga. No sé si es alguien que vive en la calle o su amigo. Ambas opciones son posibles.

—¿No os conocíais de nada?

Se acerca a mí. No hace frío; 20 grados. Ninguno nos hemos traído chaqueta. Yo llevo una camiseta blanca arremangada, y Slava, una camisa a rayas rosas y amarillas de manga corta.

—No. Su hermano vive aquí, obvio, con Thony, pero él vivía en España. Vivió aquí hace mucho tiempo.

—Siempre he pensado que lo conocías de toda la vida.

El comentario me sorprende.

—¿No te parecería raro? A mí sí, y estoy seguro de que a él también. A Xabi le preocupaba mucho todo el tema de la diferencia de edad.

—Yo no veo el problema. El marido de mi hermana es mucho más viejo —comenta—. En Rusia hay muchas chicas que tienen maridos mucho mayores que ella. Mis padres consideraron que a mi hermana le vendría bien que estuviera con alguien que tiene dinero, piso propio, un buen trabajo... Pero aquí las cosas son distintas. Aquí la gente es criticona para otras cosas. ¿Qué te dijeron tus padres?

—Comencé a hablar en público. Mis padres jamás me habían visto hablar en una tienda, presentar en una conferencia de física o que le gritara al conductor del autobús para que abriera la puerta de atrás. Imagino que les dio igual cuando empecé a salir con alguien a quien consideraban amigo suyo. ¿No habíamos hablado ya de esto?

No entiendo por qué jamás hemos hablado de esto. Slava y yo nos conocemos desde hace cinco años. Nos conocimos en una fiesta que organizó uno en su casa, y Slava se emocionó muchísimo porque al fin conocía a otro ruso (aunque «ruso» es una de muchas identidades en las que no termino de encajar del todo).

—Estaba enfadado contigo. No nos hablábamos.

—Ay, es verdad.

El motivo por el que Slava dejó de hablarme es uno de esos muchos temas a los que no me gusta darles vueltas.

—Lo de que no hablaras era una tontería. En tu antiguo piso no callábamos y, en cuanto salías a la calle, me tocaba hablar a mí con los taxistas, los camareros y los que trabajaban en el kebab.

—Ya sé que era una tontería, pero no podía hacer nada al respecto. Gracias por no darme la patada ni siquiera en el peor momento.

—Deberías darme las gracias todos los días de tu vida.

—A lo mejor la próxima vez puedo salir con alguien que te compre droga.

Slava apoya la cabeza en mi hombro.

—Puedo comprarme mis propias drogas. Trabajo en marketing. —Lo miro. Nuestras rodillas se rozan junto a la carretera—. ¿Y de qué conocían tus padres a Xabi? ¿Eran amigos suyos y de Giuseppe en la uni?

—No. Thony y Giuseppe se conocieron en Roma cuando tenían dieciocho años. Thony estaba de vacaciones, y creo que Giuseppe estaba allí por trabajo. Su abuela es italiana. Xabi estaba estudiando aquí y no conocía a nadie, así que Thony le dio el número de mi padre. Por aquel entonces Thony aún no había salido del armario. Le dijo a mi padre que Giuseppe era amigo de un coro para jóvenes itinerante.

—Que romántico que tu tío haya estado saliendo con el mismo chico desde los dieciocho.

Cuando inspiro, le huelo el pelo. Huele a algo caro. A algo sacado de una tienda de Aesop: a salvia y bergamota.

—No. Rompieron al final del verano. La verdad es que no sé cómo acabaron juntos de nuevo. Hay épocas sobre a las que nadie le gusta hablar. Ocurrieron cosas feas. No creo que Giuseppe y Xabi tengan una relación de hermanos maravillosa. Xabi se enfadó tanto con él que se volvió a España y se quedó allí hasta que... bueno, hasta que volvió aquí.

—Siento que te dejara.

—No pasa nada. Yo no estaba bien. Me sentía todo el tiempo como una mierda, y no fui capaz de explicarle que no era culpa suya, sino por haberme pasado ocho años estudiando para trabajar de algo de lo que no quería trabajar. Aunque me vino bien que todo el mundo pensara que me había dado una crisis porque mi novio me había dejado y no porque... porque no me sentía bien en un trabajo en el que cobraba noventa mil al año. Ahora estoy bien. Mejor que nunca.

La gente pasa por nuestro lado gritando. Sus amigos cruzan la calle corriendo frente a un Uber. Se ríen cuando se reúnen de nuevo frente a la licorería y el puesto en el que venden helado enrollado. Una de las chicas se cierra una chaqueta por encima del vestido. No es de su talla y le queda muy grande por delante. «Joder, Marty, casi te matas. A tu madre se le habría ido la puta olla».

—Me caes mejor ahora —me dice Slava—. Hablas menos de matemáticas y me llevas a fiestas de los medios de comunicación. ¿No hay ninguna esta noche?

—Sí, pero no me apetece ir. Mi hermana tuvo una cita con uno de MediaWorks, así que ese contacto ya me lo ha jodido.

Slava me acaricia la palma de la mano con esos dedos delicados.

—No está en casa, ¿no?

—No.

—¿Puedo quedarme contigo? No me apetece volver a Ellerslie.

—Pues no deberías haberte mudado allí.

—V...

—Vale. —Le agito levemente el pelo con el aliento—. Pero solo esta noche. No quiero que te enfades conmigo y que te pases meses sin hablarme.

Alza la mirada y se acerca a mí.

—Bueno, ya veremos.

APAÑADO

G

—¿Sabes dónde están tus hijos? —le pregunta Geneviève a mi madre, dándole golpecitos agresivos con el dedo a la pantalla del móvil.

Estamos en la cafetería del Te Papa y hay demasiada luz para alguien que se ha pasado la noche haciendo montañismo y bebiendo preparados de gin-tonic. Varios ancianos que han bajado de un bus turístico forman una cola que avanza despacio. Un niño que tenemos detrás grita que quiere chocolate caliente con dos nubes.

—Greta está aquí con nosotras —responde mi madre, que frunce el ceño frente a su té de frutas del bosque; creo que no es lo que había pedido.

—¿Y los demás?

Me alegro de volver a ver a mi madre porque Geneviève puede ser un poquito intensa cuando no hay nadie más con quien repartirse su energía. No sé si ha sido así siempre o es una de esas mujeres mayores que se hartan de las normas sociales y se sienten machacadas por el patriarcado hasta tal punto que se ponen a hablar a gritos en la galería de un museo sobre todos los artistas a los que conocía en los ochenta, qué drogas consumían y lo bien que besaban. Una vez en el colegio tuve a un profesor de arte que me dijo que lo mejor de ir a las galerías de arte de París es que te dejan tocar los cuadros. «Puedes tocar un Picasso —me dijo—. Puedes acercarte a todos los cuadros y tocarlos». Puede que todos los artistas se comporten fatal en las galerías de arte. Una vez le pregunté a mi madre cómo era Geneviève de joven, a lo que respondió con un suspiro tras el que me dijo que no le apetecía hablar del tema.

—No sé —le dice mi madre a Geneviève—. V me ha enviado un mensaje diciéndome que iba a cenar con Linsh, y Casper me ha dicho que tenía muchísimo trabajo, así que no creo que anden muy lejos.

Mi madre se recoloca un mechón de pelo tras la oreja. ¿Cómo es posible que esté tan guapa con un moño en lo alto de la cabeza? A mí no me queda así de bien.

—Anda, así que sabes qué están haciendo en todo momento. ¿Alguna vez piensas que no lo has hecho bien con ellos?

—¿A qué te refieres?

Geneviève está buscando las gafas en el bolso. No puede decirse que no haya intentado no ponérselas cuando se ha puesto el teléfono a un metro de la cara.

—A si has metido la pata y por eso has acabado con unos hijos tan dependientes y una hija lesbiana.

—Pero bueno… —protesto en voz baja.

Llevo todo el finde respondiéndole a Geneviève todas sus preguntas sobre sexualidad y género. Me ha dicho que si más adelante decide hacerse hombre, se cambiará el nombre a Bob Hawke. No le he dicho que así es como se llama el primer ministro de Australia. A veces hay personas que se llaman igual.

—Adoro a mis hijos dependientes y a mi hija lesbiana —responde mi madre, que deja la taza de té y observa el final de la cola, en la que debe de haber unos veintisiete ancianos mirando a la nada.

Geneviève mira el móvil y refunfuña.

—¿Qué tengo que hacer para que este hombre deje de mandarme mensajes?

—¿Qué hombre? ¿Hay algún nuevo hombre en tu vida, Gen?

—No, es el viejo de siempre, Giuseppe Alonso, que quiere saber dónde está nuestro hijo. Tiene treinta años, que haga lo que le dé la gana.

—¿No sabes dónde está Cosmo?

—No. ¿Por? —pregunta Geneviève, que deja el teléfono y se corta el trozo de bizcocho de jengibre por la mitad.

—¿Cuándo fue la última vez que supiste algo de él?

—Hace un mes. Estaba en París, actuando en una obra nueva.

—¿Y dónde está ahora?

—Pues el caso es que nadie lo sabe, y ese es el problema. Al menos para Giuseppe. Él cree que Cosmo se ha enfadado por algo y que se ha largado a otra parte.

—¿Ni siquiera sabes en qué país está?

Mi madre parece preocupada y le da vueltas al anillo de casada. Si yo desapareciera en un país extranjero, mi madre se preocuparía lo bastante como para hacer algo al respecto. ¿Dónde estará Cosmo? Me cae muy bien. Es tranquilo, amable y muy considerado. Esos adjetivos suenan a algo que escribiría en un examen de Lengua de la carrera tras leer un texto breve sobre la amistad de Pierre y Emile o algo por el estilo, pero es así de veras. Lo que pasa es que casi nunca viene a Nueva Zelanda. Tiene pasaporte francés. Mi padre me dijo que podía conseguirme un pasaporte moldavo porque conoce a alguien que puede hacerle el favor, pero yo no tenía muy claro que quisiera meterme en un fregado burocrático internacional. El teléfono de Geneviève comienza a sonar, y lo coloca bocabajo sobre la mesa.

—Deberías contestarle. Estará preocupado —le dice mi madre, que se recuesta y se cruza de brazos.

Me pregunto si será verdad. Jamás he visto a Giuseppe preocuparse por nada, pero supongo que a veces la gente se preocupa. Giuseppe es un hombre de negocios español seguro de sí mismo que tiene un coche caro y que se casó con mi tío. No sé cómo acabó teniendo un hijo con Geneviève, pero tengo la sensación de que, si se lo preguntara, me contaría más detalles de los necesarios.

Vuelvo a enroscar el tapón de la botella de Coca-Cola de $5 y miro a mi madre, que lleva una camisa a rayas blancas y azul marino, y una bufanda de seda roja. También es una mujer muy segura de sí misma, pero de un modo más sereno y asertivo. Me encantaría ser como ella. Mi madre no acabaría caminando en círculos a oscuras como un fantasma tristón con el que nadie quiere salir. ¿Qué le habría dicho ella a Holly si le hubiera hecho ilusiones? Para empezar, seguro que no la habría sustituido en ninguna de sus clases ni habría observado fotos de sus pies desde un punto de vista clínico.

—¡Betty!

Mi madre se gira, sorprendida, y yo la imito. Tres ancianas, vestidas con unas chaquetas negras que les quedan sueltas y que llevan unos pendientes muy largos tallados en hueso, nos saludan con la mano y se acercan a nosotras.

—¿Quiénes son esas mujeres? —le pregunto a mi madre.

—No des por hecho el género de la gente. A lo mejor son exlesbianas —me regaña Geneviève, y luego sigue comiéndose su bizcocho de jengibre.

Mi madre se levanta, así que yo hago lo mismo, y las tres mujeres nos dan besos a ambas en las mejillas. A mí se me dan fatal, casi me voy por el lado que no toca y tiro la Coca-Cola al suelo de hormigón.

Una de las mujeres me agarra de las manos.

—¿Es tu kõtiro, Betty? Qué pena que no te conociéramos ayer en la playa.

Mi madre parece quedarse en blanco durante un instante.

—Ay, sí, es mi hija, Greta. No es de a las que les gusta salir a pasear por la mañana temprano.

—¿Sabes a quién te pareces? —me dice la mujer mirándome directamente a los ojos—. A Hiria Hine Te Huia.

Una de las mujeres deja escapar un sonido aprobatorio.

—La viva imagen de ella. ¿Tu padre es alto, Greta?

Miro a mi madre, que tiene la vista clavada en el suelo y no me está ayudando en lo más mínimo.

—Pues… Yo diría que un metro noventa y cinco o así.

—¿En serio? No me pareció tan alto. Yo habría dicho metro ochenta y siete como mucho —responde.

—Es que siempre está... agachándose y tal.

No tengo ni idea de quién es esta gente o por qué consideran que pueden debatir conmigo cuánto mide mi padre.

—El caso es que tus padres forman una pareja encantadora. Además, seguro que estás orgullosísima de tu hermano —me dice la mujer que me sostiene las manos.

—Ah, sí, supongo —le digo mientras me preguntó por qué debería estar orgullosa de V.

A lo mejor han visto ese episodio de su programa en el que dijo que Waikato era objetivamente la peor región de toda Nueva Zelanda y creen que ya era hora de que alguien se atreviera a decirlo.

—Ese dinero le va a venir muy bien a los rangatahi —afirma con gesto serio, asintiendo, y luego las tres asienten a la vez y me miran envueltas en esos atuendos negros.

Me siento como si estuviera en una versión extraña de la escena de las brujas de *Macbeth*, solo que en esta todo el mundo es maorí y yo estoy más perdida que el mismísimo Macbeth. ¿A qué jóvenes les está dando dinero V? Vale, sí, a veces se lleva a nuestro sobrino al cine, pero ¿cómo se han enterado estas mujeres? Al mismo tiempo, parece que ya saben muchas cosas.

—Sí, estamos muy orgullosos de Casper —interviene mi madre de repente, como si acabara de despertar de un trance.

Ay, claro, mi otro hermano, el que ha presionado al Gobierno para que les diera dinero a los adolescentes maorís y así tuvieran una orientación laboral en condiciones. Mis dos hermanos han aparecido en la tele protestando por algo que no les gusta, ya sea la gran ventaja con la que cuentan los estudiantes Pākehā a la hora de acceder a la educación superior, o Hobbiton.

—Esto... Gre, te presento a Pātia, Te Paea y Tūī. Las tres trabajan en el Consejo Artístico.

Me sorprende que estas mujeres se llamen así. Todos los parientes de mi madre tienen nombres tipo «Eksodus» o «Angel B». Cuando cumplí nueve años, Angel B tenía una gorra de Von Dutch y me aconsejó que me casara con alguien rico y que no acabara viviendo en un zulo. Se casó con un entrenador personal y ambos se dedican a salir a correr por la cuenca Whangārei. No sé qué fue de Eksodus; una vez llamó a V «nenaza» porque tenía quince años y no sabía conducir. Después de aquello no volvimos a verlo mucho. Supongo que estará ocupado dando vueltas por ahí con su coche.

—Casper, es verdad, así se llamaba tu hijo —dice la tal Pātia—. Sabía que era un nombre como de dibujos animados, pero creía que se llamaba Scooby.

—Ay. —Mi madre se sonroja un poco, lo cual no ocurre casi nunca—. Solo es un mote que le pusimos.

En realidad, Casper se llama Lavrenti, como mi abuelo paterno, pero solo lo llaman así cuando está en Moscú. Cuando mi madre se lo trajo a Aotea después de que naciera, mi abuelo materno le dijo: «Joder, está tan blanco que deberíais llamarlo Casper, como el fantasma». Me lo contó mi padre. Aquella interacción lo inspiró tanto que, desde entonces, siempre ha llamado Casper a mi hermano. Todo lo que sé sobre mi abuelo materno lo sé por mi padre. Mi madre no habla de él. Murió a los pocos meses de que naciera V.

No sé si mi madre se avergüenza porque estas tres señoras se creen que le puso a su primogénito el nombre de un personaje de dibujos animados, o si es porque no nos puso un nombre maorí a ninguno. ¿Es posible que un nombre distinto me hubiera cambiado la vida para mejor? ¿O la gente se habría cortado menos a la hora de ser racista? Una vez, en el colegio, me mandaron al despacho del director porque no me presenté a una reunión de orientación laboral para estudiantes maorís y dieron por hecho que estaba haciendo novillos. Resulta que mi antiguo profesor creyó que debía de haberse producido un error y tiró la carta en la que me informaban de la reunión a la basura. Me pasé todo el tiempo en clase de mates, intentando medir unos putos triángulos, cuando podría haber estado aprendiendo que podía unirme al ejército o trabajar de guardia de seguridad. Todos volvieron a clase con un llavero en el que ponía POLICÍA DE NZ. Mi vida sería distinta si no perdiera las llaves todo el tiempo.

Antes, cuando estábamos en la galería, en la planta de arriba, me he quedado mirando un cuadro que no me gustaba, un cuadro de una mujer de piel oscura, pelo dorado; en la plaquita de abajo ponía: «Una diosa mestiza». Igual y al revés que yo, que tengo la piel pálida y el pelo negro. No soy ninguna diosa, solo soy una mestiza mortal y normal. No le he dicho a Geneviève que me ha sentado mal ver el cuadro porque no sabía si me iba a comprender. Tampoco he podido pasar al siguiente cuadro porque delante había una anciana y alguien que puede que fuera un estudiante de intercambio. «Hubo muchos problemas entre los maorís y los europeos con aquello del tratado y tal —le estaba diciendo ella, alto y claro, pero empeñándose en pronunciar «maorís» con acento inglés—, pero, salvo por temas relacionados con la pesca, ya está todo apañado». El cuadro que estaban contemplando era uno sobre la migración del Pacífico en los setenta. El estudiante asentía. ¿Por qué iba a cuestionar el conocimiento de alguien sobre el país del que afirma venir? No sabía qué hacer, así que me he ido a una sección distinta y me he quedado mirando un cuadro de un hombre que se alzaba frente a las llanuras de Canterbury. Me ha recordado a Slava, el amigo de V, con quien mi hermano, por mucho que finja que no es cierto, se acuesta cada vez que se pone triste.

—Nos alegramos mucho de verte, Betty —dice la tal Te Paea—. Inanahi, nōnāianei y quizás āpōpō también.

Las señoras se ríen, y mi madre sonríe y asiente, aunque no tengo muy claro si conoce el significado de esas palabras. Yo, desde luego, no.

Geneviève deja escapar un suspiro y me muestra el teléfono.

—Mi único hijo no está muerto —me informa.

En lo alto de la pantalla hay cinco mensajes escritos en mayúscula en los que pone lo mismo: *LLAMA A TU PADRE AHORA MISMO!!!* Abajo viene la respuesta, un único: *ok*.

PLANTAS (I)

V

Greta ha vuelto de Wellington con un traje sastre azul claro. Está frente al espejo del salón, analizándose. Yo leo una revista sobre cómo cuidar plantas. Tenemos un montón de plantas en el piso, pero no sé si son las que mencionan en la revista, que es de un país distinto en el que tienen plantas distintas, por lo que hay que cuidarlas de distinta forma porque el tiempo es distinto. Aquí hoy hay un noventa por ciento de humedad, lo cual es estupendo para las calateas.

Sé que Greta está a punto de decirme algo. Paso la página de la revista. Estaría genial tener un cactus de San Pedro. Uno muy alto. Lo pondría en el rincón, entre la ventana y el sofá. Las plantas que ya han crecido son caras, por lo que las nuestras aún son pequeñas. A lo mejor podría buscarme un novio con un coche que me lleve al vivero del sur, donde las plantas son más baratas. Pero ¿y si monto todo el lío de buscarme un novio con coche que quiera llevarme por ahí, y luego resulta que es uno de esos que se ponen de los nervios si les llenas de tierra el asiento de atrás? ¿Y si es uno de esos que quiere saber dónde estás a todas horas? ¿Y si tiene una página de memes que no me hacen gracia? Puede que mi madre quiera llevarme al vivero. Le gustan las plantas. Quizá quiera comprar a medias un cactus alto.

—¿Este pantalón me hace parecer marimacho?

Miro a Greta, que lleva el pelo largo y ondulado, sombra de ojos con purpurina y una camisola de encaje. Huele mucho a ese perfume nuevo que se ha comprado en como quiera que se llame ahora Kirkcaldie & Stains.

—No —le digo, cerrando la revista.

—¿Qué has hecho mientras estaba fuera?

Observo la puerta abierta del dormitorio, donde veo mi bufanda doblada con cuidado en un extremo de la cama.

—Nada. ¿Y tú que has hecho mientras estabas fuera?

—Ah, nada —responde, y se quita una hojita del pelo.

TEMPORAL

G

Estoy en los baños mal iluminados del Bluestone Room y estoy teniendo una cita hetero con un hombre. ¿Cómo he acabado aquí? En tres minutos ya había descartado a todas las mujeres disponibles en la app y mis amigos, que son mucho más flexibles sexualmente hablando y tienen un sinfín de horas de mirar perfiles, me han dado envidia, así que he decidido darles otra oportunidad a los hombres. No sé si la gente me parece atractiva con tan solo ver sus fotos, así que he aceptado a cualquier chico que tuviera gato. Intento no mirarme en el espejo. No sé quién es esta mujer. Serás idiota, Greta. ¿Qué coño haces? Si querías ver gatos, haberte ido a dar una vuelta por los barrios de las afueras. Seguro que los gatos que salían en las fotos ni siquiera son de esos hombres, que solo los usan para llamar la atención. Joder. No me creo que en este bar le echen pepino a la ginebra.

Cuando vuelvo a la barra, el hombre sigue ahí con la cerveza que le he comprado en un arrebato de frivolidad.

—¡Anda, no te has ido! —le digo para bromear un poco.

Él frunce el ceño; qué sensibles son los hombres.

—¿Cómo va? —me pregunta, y le pega un trago a la cerveza de nueve dólares.

—¿Que cómo va la cita? Ah, no sé, ¿un siete de diez?

Yo diría que siete es un número adecuado. Con el ocho pareces demasiado ansiosa, y con el seis una maleducada. Desde luego está siendo mejor que la última cita hetero que tuve con un hombre de la Isla Sur. Le conté una batallita de cuando fui a Nelson y vi por primera vez a una ancianita blanca dirigiendo el tráfico en un desvío y pasándoselo bomba, como si fuera un hobby. A mí me pareció de lo más exótico. En el bolso llevaba un libro de Marian Keyes. A mi cita no le sentó muy bien. A lo mejor se pensaba que estaba fetichizando su cultura. También le dije que todos los empleados de la empresa de medios de comunicación que había frente a la oficina de atención al cliente en la que trabajaba antes eran unos capullos, y resultó que era uno de esos capullos. Aun así, yo le pondría un siete de diez a la cita. Por ser educada y tal.

—No. ¿Para qué iba a preguntarte cómo va esta cita? —me dice mi cita de ahora—. Me refería a que cómo va el partido del críquet —me explica, y señala todas las pantallas que hay por el pub, que retransmiten el mismo partido en el Eden Park.

Le dedico una mirada rápida al partido, pero estoy fingiendo. No veo ni torta. No me he puesto las gafas porque quería que se pensara que estoy buena. Tan solo veo unos manchurrones que dan vueltas en torno a un gran círculo verde.

—Yo creo que bien —respondo, y él vuelve a negar con la cabeza.

Parece molesto por que haya dado por hecho que le interesaría que le hiciera un informe sobre sus progresos en mitad de la cita. Me planteo decirle que provengo de una familia de científicos, pero entonces puede que quiera preguntarme a qué rama se dedican. Se me da muy mal explicarlo; lo único que sé decir es que a mi padre le entusiasman en exceso los calamares y que V es la única persona que conozco que entiende lo que son los agujeros negros.

Vuelvo a mirar el partido de críquet.

—Que vuelva Daniel Vettori.

—¿Qué? —pregunta mi cita, que parece confundido y se acerca más a mí.

—No sé, estaba soltando frases típicas de los deportes para… para ver si me invadía el espíritu deportivo. Si encuentras las palabras adecuadas, la gente da por hecho que sabes del tema. ¡Árbitro comprado! Debería haber lanzado la pelota y darle una patada antes de que tocara el suelo, eso es penalti, tarjeta amarilla, golden duck, está obstruyendo el campo, Zinzan.

Formo un cuadrado con los dedos, como si estuviera llamando al árbitro asistente de vídeo. Mi cita asiente, educado. Es un tipo educado. Ha intentado comprarme palomitas en el cine. Me apetecía un helado, pero era más caro, así que le he dicho que no, pero puede que lo haya dicho un poquito alto.

Mi cita sigue bebiéndose su cerveza y yo me dedico a observarlo. Es el típico hombre blanco. Antes le he hecho algunas bromas con el tema y parece habérselas tomado bien. Vive en Ponsonby, en casa de un familiar. Le he dicho de broma que era un terrateniente, y eso no le ha hecho tanta gracia. No sé si me parece sexi. No es como los típicos hombres que me parece que están buenísimos (Adrien Brody, Stalin cuando era joven…), pero pertenece a esa clase de empollones con las habilidades sociales justas a los que les he gustado en otras ocasiones. Les gusto porque soy lista, pero luego dejo de gustarles porque los hechos y la lógica me importan un bledo; lo único que quiero es pasármelo bien. A veces también son ricos y no entienden mis ideales de clase obrera. Ahora mismo, se podría decir que mis padres son bastante de clase media, pero no es algo que den por sentado.

«Mambo N° 5» comienza a sonar por los altavoces y, mentalmente, preparo nuestra próxima conversación. Voy a decirle que es una canción maravillosa y le preguntaré si sabía que Lou Bega era de Alemania. No, me dirá mi cita, qué dato tan interesante. Y yo le diré: Pues sí, y Boney M también. Mi canción preferida de Boney M es «Daddy Cool». En la peli *Moscú no cree en las lágrimas*, de 1980, suena durante una escena fantástica en la que sale una chica bailándola. Seguramente me dirá que su preferida es «Mary's Boy Child», que es un tostonazo, pero se lo pasaré por alto. Luego podemos hablar de cuando mi padre estuvo en la Unión Soviética, con lo que pareceré de lo más interesante sencillamente porque soy su hija.

Mi cita se inclina hacia mí y me dice:

—¿Te molesta la música? No entiendo por qué siempre ponen música en los bares...

—¿Qué? —le digo; esto no formaba parte de la conversación que tenía planificada.

—La verdad es que no me gusta la música —me confiesa—. Me daña los oídos.

Me mira a los ojos y me dedica una sonrisa así como tímida. Ajá. No le gusta la música. No pasa nada. Sería raro que nos gustaran exactamente las mismas cosas. Los opuestos se atraen, como dice la canción de Paula Abdul, que es buenísima, por cierto. A mí me encanta la música. Las chicas de la oficina de atención al cliente en la que trabajaba no se creyeron que era maorí hasta que les conté que obligaba a Matthew a cantar «Cheryl Moana Marie» cada vez que me ponía triste. No tengo muy claro si los Pākehā van por ahí cantando para sentirse mejor. Una vez fui a uno de sus funerales y no cantó nadie. Enterraron a la mujer, comieron sándwiches chiquititos y se fueron a casa.

Miro a mi cita a los ojos. Los tiene grises y son bonitos; en cierto modo, me recuerda a un pez koi. Me río para no tener que pensar en que no le gusta la música y me inclino hacia él por si quiere mirarme las tetas. A lo mejor podríamos hablar de mis tetas. Ya llevo tres de estos espantosos gin-tonics con pepino y se me están acabando los temas de conversación. Tengo que hallar el modo de conquistar a este hombre, de convencerlo de que soy deseable. Además, él tampoco está del todo mal; aún no me ha preguntado si me gusta que me meen encima.

—Creo que van a cerrar ya —me dice, y se reajusta las gafas mientras ve al camarero apilar las sillas—. ¿A dónde quieres que vayamos?

—Mmm... No lo sé.

Me levanto y busco el bolso bajo la mesa porque se me ha olvidado que no me lo he traído. Me ha costado volver a incorporarme... A mala hora me he pedido los tres gin-tonics.

Salimos del bar. Las calles de esta parte de la ciudad son callejones estrechos que huelen a basura, sobre todo con el calor que hace. Varios jóvenes hacen cola frente a una discoteca en la que ponen música K-pop y tienen luces parpadeantes y máquinas de humo.

—Ahí ya te digo yo que no vamos —me dice riéndose.

—Podríamos irnos a un karaoke —le propongo—. Conozco un sitio chulísimo en el que te dan panderetas.

Mi cita se ríe, pero no lo decía en broma. Me apetece mucho cantar «At Seventeen», de Janis Ian.

Paseamos hasta que llegamos a un cruce, el mismo en el que colocan a un muñeco de Papá Noel en la fachada del edificio de Farmers cuando llega la Navidad. Echo de menos cuando me guiñaba el ojo y me hacía señas para que entrara en la tienda. Me da la sensación de que, por aquel entonces, la ciudad no estaba tan reprimida sexualmente como ahora.

Mi cita se acerca a mí.

—También podemos ir al casino a jugar al blackjack —le sugiero, pero él niega con la cabeza.

Se cree que me estoy haciendo la extravagante. Cuando mi abuelo (a quien todo el mundo llama Vlad aunque en realidad no se llame así) viene de visita, siempre vamos al casino a jugar al blackjack y a comer en el bufet. Es divertidísimo. Creo que Vlad viene a Nueva Zelanda en noviembre; este año no va a dirigir ningún concierto en Navidad ni en Año Nuevo. A lo mejor no es muy buena señal que en mitad de una cita piense que me gustaría estar con mi abuelo.

Mi cita me mira de forma seductora (o eso creo) y me dice:

—Sería todo un placer que vinieras a mi casa, Greta.

Dejo de pensar en mi abuelo y lo miro. ¿He logrado mi objetivo sexual? ¿Era esto lo que quería?

Asiento sin reparar en lo que hago.

—Vale, pues vamos a tu casa de Ponsonby.

Giro sobre los talones y echo a andar hacia Victoria Street. Ahora o nunca, como la canción de Elvis Presley. Mi cita me sigue al trote. La calle es empinada, pero tengo buenas piernas. Una de mis ancestros fue andando desde Hastings hasta Kawakawa con un tipo y eso son unos... ¿650 kilómetros? Aunque me quiere sonar que el tipo en cuestión la había secuestrado. No me pidáis que verifique los hechos. Joder, ahora me apetece irme de viaje a Hastings. Podría ir al Splash Planet, el parque acuático. Quiero sentir en la piel las maravillas de la bahía de Hawke, aunque será mejor que evite Napier para no toparme con los idiotas de los padres de Holly y con su perro idiota. Sonja se ha alojado en Napier con ellos. Lo vi en una story de Instagram por error y no pude pararla porque tenía las manos llenas de masa para hacer una tarta.

Pasamos frente al vestíbulo del hotel Best Western, el colmado y esos curiosos restaurantes sombríos en los que jamás he visto a nadie comiendo. Esperamos frente al semáforo de Albert Street y leo los titulares de los periódicos raídos que cuelgan frente al minisúper. Por lo visto, algunos neozelandeses lo están pasando mal por culpa de los impuestos. Bajo mi punto de vista, los neozelandeses sufren porque a otros neozelandeses no les cobran los impuestos que deberían cobrarles. ¿Los impuestos son un buen tema de conversación? A lo mejor, si resulta que mi cita es un socialista embravecido, quizás eso me motive para que quiera acostarme con él.

—¿Qué piensas de los impuestos?

—Ja, ja —me responde—. Greta, ya sabes que soy abogado especialista en impuestos.

—Creía que habías dicho que trabajabas en la biblioteca.

—Pero eso solo es algo temporal —me responde, quitándole importancia con la mano—. Los impuestos son un campo del Derecho en el que puedes ponerte muy creativo.

Me mira fijamente a los ojos y me acaricia la cintura. Ojalá llevara gafas de sol, aunque sea medianoche. Observo la Sky Tower como si fuera la Virgen. Oh, icono de estuco de la Ciudad de las Velas, sálvame, por favor. Pienso en mi cita de la Isla Sur. Me dijo que la Sky Tower se ve desde cualquier parte de Auckland. Después hizo una floritura con la mano, y no la vimos por ninguna parte. Fue un chiste buenísimo; y luego cortó toda comunicación conmigo.

Las calles están más tranquilas cuando pasamos junto al edificio de la tele pública; por aquí no hay tantos chicos intentando ligar con mochileras francesas y brasileñas. No está mal. Pues claro que puedo irme a casa de este hombre para follar con él. Es lo que hace la gente; y yo formo parte de esa gente. Si va mal la cosa, buscaré un patinete eléctrico y me largaré a casa a toda leche. Lo único que tengo que hacer es no pensar en ese momento de la cena en que mi cita ha pronunciado mal «Taupō».

—¿Qué piensas de los juegos de mesa de estrategia?

Dejo de andar. De repente me duele muchísimo detrás de los ojos.

—¿Estás bien?

—Sí —respondo, y me apoyo en una farola, y espero haberlo hecho con gesto despreocupado—. A lo mejor, mmm… A lo mejor el satay que me he comido antes en la zona de restauración me… me ha sentado mal.

Mi cita asiente y comenta:

—Sí que parece que te estás quedando sin energía.

—Además, se me había olvidado que mañana tengo que ir a una exhibición de bromelias, y hay que ir supertemprano si quieres llevarte una buena. De verdad que no te estoy mintiendo.

Parece decepcionado y se saca el teléfono.

—Siendo sinceros, has hablado mucho sobre bromelias durante la cena. —¿Por qué ha sacado el teléfono? ¿Va a llamar a la policía para que venga a por mí?—. ¿Con qué bus tienes que irte?

No necesito ningún bus. Vivo en el centro. ¿No se lo he dicho? Sin embargo, me descubro a mí misma diciéndole:

—El 22N.

—Mierda. Va a pasar en dos minutos por lo alto de la colina.

—Pues será mejor que corra entonces —le respondo, y mi cita echa a correr a mi lado.

Ay, Gre, esto te pasa por mentir. Es la primera vez en este rato tan cortito que hemos vivido juntos en el que ambos tenemos un objetivo en común: que me suba a ese bus que pasa por St Lukes para llegar a Avondale, donde no vivo. Mi primer novio tomaba siempre esta ruta. Su compañero de piso ponía el disco *Born in the USA* en mitad de la noche y nos poníamos a cantar en la cama, que olía a CK One y no tenía fundas de almohada a juego. Ojalá pudiera regresar a ese instante. Ojalá estuviéramos cantando «I'm on Fire». Es la última canción de la cara uno, y luego teníamos que esperar a que su compañero de piso le diera la vuelta al disco. Me gusta más «Streets of Philadelphia», pero eso no viene en el álbum. Solo está en la banda sonora de *Philadelphia*.

El bus se detiene ante nosotros, y estoy convencida de veras de que tengo que montarme en él. Soy como Alfred III en esa obra de Friedrich Dürrenmatt: «¡Suba de una vez! ¡Suba de una vez!*». Hay gente haciendo cola para subirse al bus, y uno quiere pagar en efectivo, así que no voy a perderlo. Las luces brillan con intensidad, por lo que me siento aún más borracha y enajenada.

—Bueno, pues adiós —me despido, e intento estrecharle la mano porque le tomé el gusto cuando vivía en Alemania; pero mi cita me da un abrazo, y luego un beso en el cuello.

El conductor del autobús comienza a mosquearse.

—Greta —me llama mi cita cuando ya he pasado la tarjeta por el lector.

Ahí está en mitad de la calle.

—Dime.

—Pásatelo bien en la exhibición de bromelias.

Se despide con la mano y se aleja, adentrándose en la noche.

Me bajo del bus en la tercera parada, frente a la universidad, y luego vuelvo a la ciudad a través de un parque vacío mientras canto «The River».

---

* N. del T.: Friedrich Dürrenmatt, *La visita de la dama vieja*, trad. de Juan José del Solar (Tusquets Editores, 1990).

UN FRUTERO

V

Ha llegado la hora de que dé comienzo a un nuevo capítulo en mi vida. Voy a olvidarme de los hombres y voy a centrarme en mi carrera profesional, como si fuera una mujer de una peli de los años noventa. Me levanto temprano y me pongo unos vaqueros negros con raya que no me he puesto nunca y una camiseta de cuello alto azul marino. Pienso en preguntarle a Greta si quiere acompañarme en este nuevo capítulo de mi vida y salir a desayunar, pero imagino que no va a querer porque la oí llegar a casa después de medianoche y, por alguna extraña razón, se puso a escuchar a Paula Abdul.

Mientras paseo por la ciudad, me fijo en que las calles están tranquilas y que los únicos que las ocupan son los turistas que salen de la estación de ferris y las familias jóvenes que van con los carritos a un evento que han organizado en la galería de arte. Han plantado flores nuevas en el parque y le sonrío a la gente con la que me cruzo para que sepan que yo también soy una de esas personas que madrugan los domingos. Subo por Symonds Street, cruzo el puente y tomo el desvío hacia Grafton mientras me pregunto cuánto debería pasear antes de meterme en una cafetería y disfrutar de mi desayuno como la persona independiente que soy. Pero entonces veo a alguien a quien conozco y a quien hacía mucho que no veía.

Y la persona a la que conozco detiene la bici cuando nos encontramos en el sendero y me sonríe.

—Ostras, V, hace siglos que no te veo.

—Ya, yo a ti tampoco —respondo.

Menuda tontería le he soltado. Pues claro que no lo he visto si él tampoco me ha visto a mí. Ahora he quedado como si fuera un espía malísimo.

—Me han dicho que ahora eres cómico —me dice con una sonrisa.

—Ah, sí —le digo, mesándome el pelo—. Sí, más o menos.

—¿Y qué ha pasado con lo del laboratorio de física? Me habían dicho que estabas en proyectos importantes.

—Sí, bueno, más bien proyectos normalitos, pero... bueno, no era lo mío.

—¿El qué?

—El mundo de la física.

Y se ríe. No lo he dicho para que se riera. Por eso soy mejor cómico que físico; para eso último tenía que esforzarme muchísimo todos los días. Ahora me dedico a vivir mi vida y a intentar no morir, y a la gente le parece lo bastante divertido como para pagarme por ello.

—¿Y tú qué, Ben? —le pregunto, y digo su nombre para que sepa que me acuerdo de él—. Creía que estabas viviendo en Chemnitz.

—Sí, sí; estuve allí siete años, en el laboratorio de la Universidad de Tecnología de Chemnitz. Estuvo bien, salvo por los neonazis, pero también echaba de menos mi casa. Aunque estés viviendo en un apartamento barato con calefacción central y comiendo fresas egipcias en mitad del invierno, no se está tan bien como aquí. Me enteré de que había una oferta de trabajo y... —se encoge de hombros.

—Y te has traído hasta aquí lo de ir a todas partes con bici.

—Sí —responde, y sonríe mirando la bici—. Se me había olvidado lo peligroso que es aquí.

—No pasa nada una vez aceptas que formas parte de la minoría más odiada de toda Nueva Zelanda.

—También me había olvidado de lo gracioso que eres.

Ben me mira durante un segundo, con ese pelo castaño brillante y los dientes blancos y perfectos, y recuerdo cómo me sentía de pequeño, cuando Ben venía a casa para estudiar con Casper o cuando se quedaba todo el fin de semana. Me pasaba el rato en la cocina, sacando piezas de fruta del frutero solo para volver a dejarlas, inspirado por un anuncio de DKNY en el que salía gente sujetando manzanas de forma incitadora. *Be delicious*, decían. Luego abría y cerraba la nevera hasta que comenzaba a pitar y Casper me gritaba que escogiera un yogur o que me largara de una puta vez. Espero que Ben no recuerde nada de eso.

—¿Has visto a Casper? Perdona, es que no sé cuánto hace que has vuelto.

—Desde Navidad. Sí, lo he visto, cené en su casa. La verdad es que no fue como esperaba.

—¿Qué paso?

—No veía a Freya desde que era un bebé, y...

—Ay, Dios, ¿qué te preguntó?

Adoro a mi sobrina, pero tiene la manía de hacer esas preguntas que te haces a ti mismo a las dos de la mañana después de haber tenido un día horrible.

—Lo típico: que cuántos años tengo, de qué trabajo, si estoy casado, si tengo hijos... y al momento pasó a preguntarme por qué no iba a la iglesia, de dónde venían mis ancestros, que si alguna vez había disparado con un arma. Ah, y que, si tuviera un caballo que habla, si dejaría que durmiera al raso.

—¿Y bien?

—Pues me sabría mal —responde, pasándose una mano en el pelo—, pero vivo en una de esas casas divididas y no sé si el caballo entraría por la puerta.

Le sonrío.

—Pero me gustó ver a Casper tan contento —prosigue—. Mujer, hijos, casa y gente que sabe apreciar sus ganas de alcanzar la justicia social, no como la secretaría del instituto.

—Ya, ya. No veas cómo se pone con los rangatahi.

—Es muy guay. Me da ganas de hacer algo que sea más beneficioso para el mundo.

—¿No te dedicas a desarrollar medicamentos?

—Pues sí, se me había olvidado. Qué tonto. Sí, en general me dedico a eso.

Se ríe incómodo y baja la mirada al suelo, y me siento mal por haberlo hecho sentirse tonto. Ben no es tonto. Para nada. Fue el mejor estudiante de nuestro instituto. Lo recuerdo porque mi madre fue a la entrega del premio y los padres de Ben estaban en Singapur, de viaje de negocios. Siempre estaban allí. Ben tenía en la mochila una etiqueta de Singapore Airlines que yo no dejaba de mirar cada vez que Casper me obligaba a volver a casa varios pasos por detrás de ellos.

—¿Y cómo están tus padres? —le pregunto.

—Bueno, como siempre. Se compraron una casa en Tauranga por «el estilo de vida de allí». Me llaman para hablar de economía y esas cosas... Oye, V, ¿sigues siendo igual de fan de Eurovisión?

Me muerdo el labio y me hago el tonto. Nadie debería poder recordarme tal y como era antes de... los últimos dos años. Lo digo por su propio bien. El bueno de Ben no debería recordarme como un adolescente al que le flipaba Eurovisión, que una vez tiró las pilas del mando para que nadie pudiera cambiar de canal, y que luego se puso a gritar porque no podía subir el volumen. Hoy en día soy una persona mucho más seria.

—Me acordaba de ti cada vez que lo emitían —me confiesa.

Qué vergüenza. Ben agacha la mirada, y yo hago lo mismo, preocupado por que piense que mis zapatos dan tan mal rollo como yo. ¿Quién se va a desayunar solo y se pone unas zapatillas de cuero blanco?

—Deberíamos quedar algún día para tomar un café.

«Deberíamos quedar algún día para tomar un café» es la típica frase que sueltas cuando quieres poner fin a una conversación y no quieres volver a ver a esa persona en tu vida. Donde trabajo, la dicen cada dos por tres.

—Claro —respondo.

—Ya te dejo en paz. Perdona, te estoy entreteniendo —me dice, sin dejar de sonreír.

Tiene el pelo del color de la arena no volcánica.

—Me alegro de verte —le digo, sin llegar a mirarlo a los ojos del todo.

—Yo también me alegro de verte.

Sigo andando hasta que llego a una de mis cafeterías preferidas, llena de gente madrugadora normal que no se está humillando a sí misma. Luego me acerco a la licorería de al lado, donde me quedo mirando la nevera de las cervezas hasta que el dependiente sale de detrás del mostrador para comprobar que no me he muerto.

OLAS

G

El domingo me tumbo en mi antigua cama de la casa de mis padres y estoy triste. Les dije que vendría a verlos, pero la verdad es que, tras mi cita, me siento vacía y lo único que he hecho ha sido tumbarme aquí. Aunque he dejado la puerta abierta para que sean conscientes de que estamos pasando tiempo juntos. Llevo un jersey gris enorme y unos pantalones de lino beis que no terminan de convencerme. No llevo nada debajo del jersey porque me parecía sexi, pero ha resultado ser una idea espantosa porque hace calor y ahora no me lo puedo quitar. Casi ha acabado el verano. Observo las marcas de las chanclas en mis pies morenos. Los tengo que parecen dos tapires, ahora que lo pienso. Estoy examinándolos de cerca cuando mi padre pasa junto a la puerta.

—Oye, papá.

Mi padre retrocede hasta volver a la puerta.

—¿Qué pasa, Greta?

Lleva vaqueros negros, una camiseta negra, y carga en brazos una de esas cestas de la ropa sucia que todo el mundo tiene en este país.

—¿Crees que mis pies parecen tapires?

—¿En qué sentido?

Lo que le pasa a mi padre es que se toma en serio cualquier pregunta, y siendo sincera, no sé hasta qué punto esto ha supuesto algo positivo en mi vida adulta.

—Lo digo por el color.

Me los mira desde la puerta.

—¿Un tapir adulto malasio? Sí, supongo. Podrían parecerse más si el verano que viene solo llevaras chanclas de dedo para la piscina, para acertar más con la proporción del color.

—Mejor unas de esas que te cubren el empeine.

—Mmm… Les quedan mejor a quienes tienen los pies planos. Tú tienes el arco plantar alto, es mejor que te pongas unas Birkenstocks —me dice, y asiente para sí mismo y sigue su camino.

—Espera, papá.

Me siento correctamente y mi padre vuelve hasta la puerta.

—¿Qué pasa, Greta?

—¿Te puedo preguntar una cosa?

—Claro.

—¿Alguna vez le has pedido a una chica que se fuera contigo a casa?

Mi padre parpadea sorprendido.

—Últimamente no, y no creo que a tu madre le hiciera mucha gracia. No sería lo más apropiado. A menos que lo hubiéramos hablado antes, claro.

—Me refiero a cuando eras joven y salías por el centro.

—No sé si alguna vez he sido uno de esos jóvenes que salen por el centro, pero ya te entiendo… Sí, de joven, le pedí a una chica que se viniera a mi casa.

—¿Y cómo se lo pediste?

Se queda pensativo.

—Qué difícil acordarse… Es que era una época distinta; el plástico nos parecía lo más.

—¿Le dirías algo tipo: «Sería todo un placer que vinieras a mi casa?».

—Uy, no —responde, sujetando la cesta de la ropa con fuerza—. Qué horror.

Mi padre tiene un tatuaje de los Cárpatos en la cara interna del brazo. Creo que mi cita no tenía tatuajes, pero supongo que no le vi gran parte del cuerpo.

—¿No se lo dirías?

—Para nada, suena a la frase que le dirías a alguien al acabar un funeral. «Sería todo un placer que vinieras a mi casa. Mi esposa ha preparado brisket para todo el mundo».

Qué vergüenza. Hasta mi padre es más guay que mi cita. Mi padre, que se dedica a analizar hongos marinos. Bajo la cara hasta el regazo.

—No sé, Gre. Supongo que intentaría no sonar desesperado. Diría algo tipo: «¿Quieres venirte a mi casa?» o «Puedes quedarte a dormir si quieres», algo que dé a entender que es una opción. —Se queda pensando durante un instante—. Una vez, tu madre estaba mirando el horario del autobús en mi piso y le dije que no hacía falta que lo hiciera si no quería.

—¿Y qué te contestó?

Me llevo las rodillas al pecho y apoyo la barbilla en ellas. Me gusta que mis padres me hablen el uno del otro.

—Me dijo que no quería dormir en el sofá, y yo le contesté que yo tampoco quería que durmiera ahí.

—Espera, ¿por qué iba a dormir en el sofá? ¿Eras famoso por ofrecer tu casa para hacer couch-surfing?

—No —responde, y deja la cesta de la colada—. Eso fue después. No sé muy bien por dónde empezar. Qué vergüenza...

—Pero si a ti no te da vergüenza nada.

—Eso no es verdad. Mmm, a ver, creo que esto pasó a finales de mayo. Yo acababa de cumplir los veintiuno y había empezado el posgrado en Biología. Estaba en la camioneta de Xabi. Quizá te acuerdes de él por la angustia infinita que se apoderó de tu hermano.

—¿Cuánto hacía que conocías a mamá?

—Tres años.

—¿Qué?

—Sí —responde, levantando las manos—. Por eso me da vergüenza. La conocía desde hacía tres años, y me gustaba mucho, pero ella no dejaba de quedar con otros porque era popu y tenía buenas habilidades sociales. Y entonces Xabi se puso serio conmigo.

—¿Sabía que te gustaba mamá?

—No. Xabi me preguntó si la odiaba. Eran muy buenos amigos; hasta se habían ido de vacaciones juntos a Italia con la familia de él, pero me dijo que, si me molestaba, podía dejar de invitarla a que viniera con nosotros. Entonces me di cuenta de que quizás había sido un poco brusco a la hora de mostrar falta de interés para ocultar lo que sentía por ella. Digamos que le confesé que no la odiaba, sino que estaba enamorado de ella.

—¿Y lo estabas?

—A ver… —empieza, pero hace una pausa—. No creía que tuviera mucho sentido seguir yéndome por las ramas. Llevaba tres años pensándomelo.

—¿Y luego qué pasó?

—Xabi me dijo que creía que yo también le gustaba a ella, a pesar de que, en ese momento, se estaba viendo con otro. Así que, ese finde, cuando se puso a mirar el horario del bus, pensé en proponerle que se quedara más tiempo. Jamás habíamos hablado a solas hasta ese momento. Bueno, salvo aquella vez que… —Niega con la cabeza y cierra los ojos durante un segundo—. Por lo visto, una vez, en una fiesta, apoyé la cabeza en su regazo y le hablé de la infancia tan triste que había tenido; pero yo no me acuerdo.

—¿Y por qué te gustaba tanto?

Me sonríe.

—¿Es que no la conoces? No sé. Me hacía sentirme tonto a todas horas, y eso me gustaba. Resucitó todas nuestras plantas. Sacó un wētā de casa porque a mí me daba demasiado miedo. Lo único malo era lo nervioso que me ponía con ella. Jamás la miraba a los ojos e intentaba no reírme de sus chistes, lo cual era bastante complicado. A menudo pensaba en que me estrangularía con el pelo y que todo el mundo la aplaudiría y le diría que me lo tenía merecido.

—Papá…

—Es mi historia, Greta. Has sido tú la que me ha pedido que te la contase. Tu madre era muy buena conmigo, se acordaba de las cosas que me gustaban. Cuando íbamos a un restaurante chino siempre decía: «Vamos a pedir las alubias al horno, que le gustan a Linsh. ¿Has visto que el Sparkling Duet está de oferta en Foodtown?». Y cosas por el estilo…

—¿Y tú eras un maleducado que no la miraba?

—Sí, fui muy maleducado. Salvo en una ocasión en que conté un chiste buenísimo sobre Bismarck e hice reír a tu madre. Yo también me reí, y fue como si estuviéramos en nuestro propio mundo. Aunque nada más lejos de la realidad, porque estábamos en el coche de uno de sus novios, y a él no le hizo tanta gracia la situación.

—¿Otto von Bismarck? ¿El canciller prusiano del Imperio alemán?

—Sí, fue quien creó el primer estado de bienestar de la historia moderna. Aunque el chiste iba por otra cosa, algo de la guerra de Crimea y «Cry Me a River».

—No me creo que estos sean mis orígenes.

—Podría ser mucho peor. Mis padres se conocieron de adolescentes, borrachos en un tren, y les robaron los pasaportes y se quedaron en la RSS de Moldavia.

—Pero, papá, esa es una historia misteriosa y sombría. El Sparkling Duet ni siquiera está tan bueno, por eso siempre lo ponen de oferta. No entiendo nada. Mamá era simpática contigo; tú, por alguna extraña razón, te comportas como un capullo, pero la quieres, ¿y das por hecho que ella no te quiere?

—Creía que le daba pena. No tenía mucha confianza en mí mismo. Y ella no dejaba de salir con otros.

—Pero lo hacía porque tú fingías que la odiabas.

—Pues sí. Eso fue lo que pasó. Durante tres años. Y un día le pregunté si quería quedarse a dormir y le dije que no tenía que hacerlo en el sofá.

—¿Y se quedó?

—Sí. Dobló la hoja con el horario del bus y cerró el bolso de mano. Yo no tenía ni idea de qué hacer, así que me fui a mi cuarto y ella vino tras de mí.

—Vaya, ¿y ya está?

—No, porque uno es fiel a su estilo y lo de ligar no se me daba muy bien. Nos quitamos los zapatos. Tu madre se tumbó en la cama con los brazos cruzados, como si estuviera muerta, y me dijo: «Así que esto es lo que se siente al ser tú». Quizá fuera un poco racista, por eso de que vengo de la región de los vampiros. Entonces me disculpé por cómo me había comportado y le dije que no la odiaba.

—¿Y qué te dijo ella?

—Que ya lo sabía. Me dijo que, cuando no pasaba de ella, empleaba un tono de voz concreto, como si supiéramos algo que nadie más sabía. Además, ya te he dicho que cuando acabó la temporada de exámenes me emborraché muchísimo, apoyé la cabeza en su regazo y le solté un monólogo en rumano del que no entendió ni torta, salvo porque al final la agarré de la muñeca y le dije: «No hay forma de saberlo».

—Lo sabía y, aun así, dejó que te comportaras raro con ella.

—Sí. Me preguntó qué sentía, y le dije que pensaba que era una ciudadana ejemplar y que lograría grandes cosas.

—No puedo creerme que al principio de esta historia me preocupara que pudiera haber demasiado sexo.

—Ya, bueno, a tu madre no le gustó mi respuesta, así que le dije: «No, Beatrice, eres tan guapa y tan especial que no sé cómo describirlo, salvo por...». ¿Quieres oír el discurso entero? Creo que aún lo recuerdo.

Asiento y apoyo la cabeza en las rodillas.

—Vale —me dice mi padre, y mira detrás de mí, hacia el jardín que se ve tras la ventana—. «La primera vez que vi el mar tenía nueve años. Fuimos a Odesa, en Ucrania. Me quedé embelesado. Me planté en la playa, junto al borde del agua, entre un montón de ucranianos con la piel chamuscada, y observé el mar. Jamás había visto algo tan inmenso ni tan poderoso, capaz de matarte si así lo quería. Se extendía hasta Turquía, que ni siquiera formaba ya parte de Europa; y eso era todo lo que sabía. Una vez vi un documental en el que dijeron que tan solo se había explorado un cinco por ciento de océano, que era como otro universo sobre el que no sabíamos nada y que lo teníamos ante nuestras narices. Entonces supe que siempre sentiría la fuerza inconmensurable de ese mundo desconocido. Contigo me siento del mismo modo», le dije.

Mi padre se queda muy quieto junto al marco de la puerta, con la cesta de la colada a los pies. No sé qué decirle. Jamás me han dicho algo así. Matthew me dijo que mi redacción sobre *La muerte en Venecia* era objetivamente buena. Holly me dijo que tengo los ojos azules, pero no es verdad. Mi cita me dijo que tenía una opinión muy firme sobre los kebabs. Me pregunto si a la gente le dicen cosas bonitas todo el tiempo y si yo la he cagado de alguna manera.

—¿A santo de qué viene esto? —me pregunta mi padre—. ¿Te ha dicho alguien lo de que sería todo un placer que fueras a su casa?

—Sí. Exacto.

Mi padre arruga el rostro.

—Y no fuiste, ¿no?

—No —respondo, negando con la cabeza—. Estuve a punto, pero luego le dije que a la mañana siguiente tenía que ir a una exhibición de bromelias.

—Ah, y ahora tu madre está sola en la exhibición de bromelias y tú estás aquí tirada, compadeciéndote de ti misma, porque, en tu búsqueda del amor, has acabado en otro callejón sin salida.

—En su momento, mientras estaba con él, me dio la sensación de que era como si estuviera teniendo una cita con mi padre, pero tú eres mucho más guay. Aunque te pasaras tres años sin decirle a mamá que te gustaba y que... acabaras diciéndole que era una ciudadana ejemplar.

Mi padre asiente.

—En esta familia somos un poco raros, románticos y emotivos.

—¿Y te parece algo bueno?

—Sí. Menos aquella vez en que estábamos cenando cuando erais pequeños. Casper y V lloraban por algo injusto que había pasado en el colegio y, en ese momento, pensé: *¿Cómo es posible que haya criado a dos niños tan sensibles y maravillosos?*, y lo único que quería en ese instante era que saliéramos y... que quemáramos algo. Me habría gustado que, al menos una vez, mis hijos hubieran dejado de quejarse de lo horrible que era todo y que se hubieran bebido una cerveza conmigo mientras veíamos un partido de hockey sobre hielo.

—¿Hoy juega Codru?

Codru es el equipo de hockey sobre hielo moldavo favorito de mi padre. No emiten los partidos en ningún lado, pero alguien los graba con el teléfono y los sube a Facebook. A mi padre le encantan. No tengo ni idea de por qué va con ellos. Codru representa a una zona que queda cerca de Chisináu, que está bastante lejos de la región del norte de la que viene él. Mi padre se refiere a la gente de Chisináu como «ratones de ciudad». En la ciudad hay un circo terrorífico de la época soviética con un emblema inmenso de unos payasos sin cabeza. También hay un centro comercial que se llama Malldova.

—No, pero el Bucarest juega contra el Galati.

—Creía que Bucarest tenía dos equipos.

Mi padre me sonríe.

—Así es. Juegan los Rangers.

—¿Van a comentar el partido en inglés?

—Estoy bastante seguro de que no.

Gruño a modo de protesta.

—Pero si seguro que entiendes el rumano.

—Bueno, vale —accedo con otro gruñido.

Mi padre choca los talones y recoge la cesta de la colada.

—Creo que abajo tenemos una caja de Tui, y podemos jugar a las preguntas. ¿Le has mandado un mensaje a ese hombre para decirle que no quieres volver a verlo?

—No. Le he preguntado qué hacía y me ha dicho: «Lo siento, Greta, pero no siento ninguna conexión».

—Ni que fueras la compañía del internet. Vaya, qué feo. Creo que también hay una bolsa de patatas fritas. Baja cuando estés lista; sería todo un placer que lo hicieras.

Vuelvo a protestar con un gruñido y mi padre se va por el pasillo.

FACHADA

V

Las casas de este barrio de las afueras son demasiado grandes y elegantes, y los árboles, demasiado altos y de importación. Aquí la gente instala verjas con teclados numéricos para protegerse los unos de los otros. Cuando pasas por su lado, unos perros carísimos te ladran entre los barrotes negros de hierro para que sepas que no deberías estar ahí. Por esta zona siempre ando un poco más rápido de lo habitual, por si acaso aparece la policía y me detiene. Hombre maorí delgado de unos treinta años que estaba disfrutando a la sombra de un árbol colonial. Entre los testigos hay: un Pomerania de tres mil dólares y diez sistemas de seguridad para el hogar de última tecnología. Acaricio las azaleas verdes y blancas al llegar al camino de entrada de Thony. Thony y Giuseppe no tienen verja. Su casa es más moderna que las minimansiones de los noventa y las casas antiguas restauradas del vecindario. Es un bloque de cemento de dos plantas con muchas ventanas, suelos de madera pulida y balaustradas de cristal. Llamo al timbre. Thony se sorprende al abrirme la puerta.

—¿Qué haces aquí, V?

A lo mejor los perros tenían razón y no debería estar aquí.

—Me pediste que viniera, que tu portátil y el teléfono no se estaban sincronizando. La noche en que cenamos con mi padre.

—Ay, perdona, no me acuerdo, pero… pasa, pasa. —Abre la puerta del todo y me deja entrar. Una parte de mí sigue pensando que no debería—. Me habría arreglado un poco más si hubiera sabido que venías.

Lleva un jersey de cachemira a pesar de que estamos en febrero, unos pantalones beis de lino y un par de zuecos de fieltro de esos que se pone la gente que aparece en los catálogos de Ikea. La casa es mucho más elegante que las que aparecen en dichos catálogos. De las paredes de color blanco roto cuelgan cuadros de los buenos; parece más una galería de arte que un lugar en el que vive la gente. Sin embargo, el cuadro que más le gusta a Thony no está aquí. Geneviève lo pintó y quiso regalárselo, pero, cuando llamó a su agente, ya se lo había vendido a otra persona. Es uno en el que salen varias mujeres que nadan juntas en Grecia y se dan la mano para formar un círculo sobre un mar de un azul intenso; un mar mucho más azul que el que tenemos aquí, que, en general, es gris y, a veces, verde.

—¿Dónde está Gep? —le pregunto.

—Ah, se ha ido a Yakarta —responde, frotándose el cogote, donde aún se le ve la cicatriz de la cirugía.

—¿Estás bien?

—Sí, sí. —Entonces se para y me mira—. Oye, V, no has venido a por maría, ¿no?

—Eh, no. No puedo fumar, por lo de los pulmones.

—Ya, ya. Claro. Voy a prepararte un Aperol Spritz.

No le llevo la contraria, aunque la verdad es que no me parece que sea el momento más adecuado para tomarse un cóctel afrutado. Reparo en que hay tres discos y un cenicero en el centro del suelo del salón. Todas las ventanas y las puertas que dan al porche están abiertas. Tomo asiento en el sofá de cuero marrón; menos mal que no llevo pantalones cortos, o me quedaría pegado. Quiero saber por qué Gep se ha ido de repente a Indonesia, pero no me siento cómodo preguntándolo.

Thony regresa y coloca la bebida, de un naranja chillón, sobre un posavasos en la mesita auxiliar que tengo delante. Después examina los discos que tiene desperdigados por el suelo.

—¿Te apetece escuchar a Laura Branigan, a Whitney Houston o a Gloria Estefan?

—Mmm… Pues no sé…

Thony me hace un gesto con la mano.

—Ya sé que solo escuchas a hombres tristones que dan brincos con mallas. ¿Sabes que antes la gente que se ponía mallas era a la que le gustaba pasarlo bien? Antes ser gay era divertido. Ilegal, peligroso… Ahora todo gira en torno a ser un romanticón y a estar triste.

Thony pone uno de los discos y se sienta en el otro sofá con las manos apoyadas en las rodillas, como si le estuvieran haciendo una foto para algún equipo deportivo del instituto.

—Dime, Valdin, ¿alguna vez has fantaseado con cómo sería tu vida?

Observo la mesita auxiliar, sobre la que hay una revista de fotos, pero no es la clase de revista que publicaría las fotos que hace Thony. Thony hace fotos a actores y actrices que enseñan sus casas por primera vez, que se abrazan el cuerpo, de anuncios de perfumes y esas cosas.

—Intento no agobiarme mucho pensando en el futuro.

—Eso es porque tu generación sabe que no merece la pena tener sueños. Cuando tenía quince años, soñaba con irme a la Costa Oeste y con ir a guateques en la playa.

—¿Guateques en la playa?

—Lo vi una vez en una peli: había un montón de estadounidenses, jóvenes y guapos, que bailaban en la playa y bebían cocos. En mi pueblo no había muchas pelis buenas, así que veíamos cualquier cosa que encontrara la gente en el sótano de la biblioteca. —En ese momento se tumba en el sofá, que mide lo mismo que él—. ¿Alguna vez te has enamorado? ¿Querías a Xabi?

—Eh, sí, supongo.

Le doy pataditas a la alfombra de yute. No me apetece recopilar todas las veces que le dije a Xabi que lo quería, pero lo hago de todos modos.

Thony asiente.

—Sé lo que se siente. ¿Lo echas de menos?

—Sí —respondo, y no me sale el tono de voz que me gustaría, pero Thony no parece darse cuenta.

—Gep también lo echa mucho de menos —comenta con un suspiro—. Y siempre está preocupado por Cosmo.

—¿Qué sabes de Cosmo?

—Le pasó algo y se fue de París, pero no sabemos a dónde ha ido ni qué le sucedió. Casi nunca contesta y, cuando lo hace, dice que está bien, que no nos preocupemos, pero Gep se preocupa igual. Discutió con Geneviève por eso mismo; ella dice que, si Cosmo dice que está bien, es que está bien, pero Gep también desaparecía igual cuando le pasaba algo, así que sabe que no está bien. Y yo me siento como si fuera una pieza que sobra. Adoro a Cosmo, pero soy consciente de que soy como un tercer padre. Y ya tiene bastante con los dos que le han tocado. También soñaba con tener un bebé mío.

—¿Y por qué no lo tuviste? ¿Era muy complicado?

—No puedo —responde—. Por culpa de la medicación que me dieron cuando estuve enfermo. Las cosas eran mucho más difíciles por aquel entonces y, de todos modos, ya teníamos a Cosmo la mitad del tiempo. Era un tema que solo me importaba a mí. Pero no pasa nada, tengo muchas cosas en mi vida por las que mostrarme agradecido. Además, ir por ahí reproduciéndose no es muy responsable, medioambientalmente hablando.

Lo miro. Thony sigue tumbado en el sofá, mirando el techo.

—Lo siento, Thony. No tenía ni idea.

—Creo que nunca se lo he contado a nadie. Hay temas sobre los que se habla todo el tiempo, y otros sobre los que no se habla nunca. A veces tus sueños se cumplen y no te sientes como pensabas que te sentirías. Yo tenía muchísimo miedo.

—¿Cuando te pusiste enfermo?

Tomo el Aperol Spritz y le pego un trago porque considero que es lo correcto. Aparte de Thony, soy el único miembro de la familia que ha estado gravemente enfermo, por lo que a él le da igual hablarme del tema. Mi padre y Casper son más de poner cara de pena y decirte que así son las cosas.

—No, cuando me enteré de que nos veníamos a Occidente. Cuando tenía quince años. Linsh tenía catorce. Creía que, si nos marchábamos, sería porque quienquiera que estuviera al mando en Moscú nos diría que podíamos hacerlo, porque Brézhnev habría llegado a un acuerdo para que pudiéramos irnos de vacaciones por ser tan buenos soviéticos, porque a lo mejor lo consideraría bueno para las relaciones internacionales. Pensaba que viajaríamos a Londres o a Berlín, que compraríamos vaqueros, comeríamos hamburguesas y luego volveríamos. Jamás pensé que seríamos desertores. Ahora tengo una vida tan acomodada que, cuando oigo que la gente escapa de Corea del Norte, me sabe fatal por ellos, por que tengan que enfrentarse a esas dificultades, y entonces recuerdo que nosotros hicimos lo mismo. Aunque no hablemos de ello, hicimos lo mismo.

—¿De qué estás hablando?

Es la primera vez que me doy cuenta de que todas las reconstrucciones que he imaginado sobre la llegada de mi padre a Nueva Zelanda no tienen sentido alguno. Las escenas en las que mi abuelo Vlad se acerca a la agencia de viajes para comprar los billetes, la emoción mientras espera a que el visado llegue por correo, la nostalgia con la que prepara el equipaje en aquel pueblecito moldavo, las sonrisas y las lágrimas en la fiesta de despedida... Todo son escenas que me he inventado. Nadie me las ha contado, sencillamente di por hecho que así fue como ocurrieron las cosas; pero claro, es imposible que fuera así.

—Aún recuerdo aquel día con claridad. Era noviembre, durante la primera nevada de aquel invierno. Había encendido un fuego y me había sentado junto a él. Linsh hablaba por teléfono con un chico del colegio: estaban quedando para ver una peli en el sótano de la biblioteca al día siguiente. Era una peli de monstruos. Cuando colgó, Vlad nos dijo que teníamos que preparar una maleta cada uno y meternos en el coche. Por el tono de voz que empleó, supimos que se trataba de algo serio y que no íbamos a volver. Jamás nos habíamos imaginado que nuestro padre fuera uno de esos traidores sobre los que leíamos en la noticias y que, a su vez, fuera a convertirnos en traidores.

—¿Hubo algún motivo en concreto por el que quiso marcharse?

Thony hace una pausa para pensar.

—Recuerdo que Linsh le dijo que no se metería en el coche hasta que supiera el porqué. Siempre igual, tu padre: necesitaba que se lo explicaran todo o no hacía nada. Vlad fue muy directo con él. Lo único que le dijo fue: «No podéis quedaros aquí». Yo sabía que lo decía por mí. Linsh se había metido en líos en el colegio y en un grupo juvenil por poner en duda cosas que no debíamos poner en duda, pero yo sabía que la gente estaba hablando de mí, y sabía lo que me ocurriría si descubrían que lo que decían era verdad. Y Vlad también lo sabía. No podía mirarlo a la cara. Estaba muerto de vergüenza.

Una de las peores sensaciones que he sentido nunca se apodera de mí y, nervioso, cruzo las piernas.

—¿Mi padre lo sabía?

—No lo sé. No siempre se enteraba de lo que decía la gente del pueblo; le interesaban más los libros o reclamarle cosas al ayuntamiento. Pero no le llevó la contraria al abuelo. Nos subimos al coche, un Lada viejo y blanco, y condujimos seis horas hasta Kiev. No tuvimos problemas en cruzar la frontera interna con Ucrania porque Vlad lo hacía cada dos por tres porque tocaba en una orquesta de allí. Era el primer violín.

—Pero, entonces, ¿por qué vivíais en Moldavia?

—No tengo muy claro cuáles eran los motivos de Vlad. Creo que pensaba que allí estábamos a salvo. En realidad, nunca nos decía lo que pensaba. En el coche nos peleamos. Linsh quería que Vlad nos contara todo el plan, pero se negaba. Yo pensaba que debíamos confiar en él. En general, no me cuesta confiar en la gente. Llegamos a Kiev sobre las tres de la mañana. Paramos el coche en el parking de un supermercado, donde ya había varios miembros de la orquesta. Todos estaban en el ajo. Entonces nos dimos cuenta de que Vlad era el cabecilla, y que había organizado una gira falsa.

—¿Cómo?

—Uno de los motivos por los que nos dejaban salir de forma temporal era para transmitir la alegría de la cultura y el patrimonio soviéticos. Vlad había organizado una gira falsa para la orquesta. Había carteles, itinerarios, cartas de confirmación por parte de los hoteles, un disco conmemorativo que habían grabado… Entonces todo comenzó a cobrar sentido. Vlad nos había hecho practicar las piezas musicales durante meses: Chaikovski, Stravinski, Borodín… Los guardias de la frontera habrían sospechado si hubiera dado la impresión de que Vlad se llevaba a sus hijos a un viaje de trabajo sin motivo alguno, así que tuvimos que fingir que formábamos parte de la orquesta. Linsh y él no paraban de discutir porque Vlad quería que tu padre aprendiera a tocar la viola en vez del piano. Si nos obligaban a tocar para demostrar que decíamos la verdad, no habría un piano en la oficina del KGB, pero la viola cabía en el coche.

Tengo frío, como si yo también hubiera estado en aquel parking ucraniano en mitad de la noche bajo la nieve.

—Volamos a Moscú. —Thony guarda silencio, y me pregunto si es aquí donde termina la historia. Seguro que no—. Valdin, me da mucha vergüenza. He estado fumando maría y ahora te estoy revelando todos mis secretos cuando tú solo has venido a arreglarme el ordenador. Debería pagar a un psicólogo para que me escuchara.

—No pasa nada. Quiero que me lo cuentes. Me sabe mal no saberlo y que nunca se me haya pasado por la cabeza preguntar nada al respecto.

—No quiero que te sientas mal. Eres muy especial para mí. —Se incorpora y se recoloca un mechón tras la oreja—. Jamás había estado en Moscú. Linsh ni siquiera había ido a Rusia, pero yo siempre iba a Sochi en verano y me quedaba con nuestra madre. Linsh se quedaba en casa y se aseguraba de que los trenes pasaran a su hora. ¿Te lo ha contado alguna vez?

—Lo de los trenes sí que me suena.

Y es un asunto delicado para mi padre. Sé que, cuando yo lo paso mal, mi padre recuerda que se pasaba los veranos mirando trenes y cree que, por su culpa, he salido así. Durante un instante, me planteo qué opción es preferible: soñar con tener un hijo y que este no llegue nunca, como Thony, o tener un hijo que es un recordatorio de todo lo malo que hay en ti, como en el caso de mi padre. Mi padre jamás habla de su madre.

—No era culpa suya que no quisiera venir a Sochi —dice Thony entonces—. Le daba demasiado miedo pasar el verano entero fuera de casa. No se acordaba en absoluto de nuestra madre; para él, era una desconocida. Ella le escribía dos veces al año, pero Linsh jamás abría las cartas. Cuando él salía de casa, me dedicaba a examinar sus cosas. Tenía bastantes libros con contenido sexual.

—Qué asco... ¿Tipo revistas porno soviéticas de los años ochenta?

—Ay, no. Claro que no. Me refiero a libros en los que las mujeres se descubrían a sí mismas.

—¿Libros en los que viajaban a India y aprendían a cocinar?

Mi tío niega con la cabeza.

—No. Libros en los que se masturbaban. En Moscú, Vlad estaba nervioso. Pasamos tres días en la ciudad porque teníamos que recoger nuestra documentación. Linsh quería montarse a todas horas en el metro, ya fuera de día o de noche, pero Vlad pensó que la gente creería que estábamos organizando un ataque terrorista con bombas. Linsh también quiso ir al museo de Cosmonáutica, pero Vlad nos dijo que teníamos que ir a otro sitio. Estaba muy serio, y no nos explicó nada de nada. Fuimos a una zona residencial. Recuerdo que subimos un montón de escaleras, que Vlad llamó a una puerta y que nos abrió un anciano. Entramos en la casa sin que nadie pronunciara palabra alguna. Linsh y yo nos sentamos en una banqueta de piano, y Vlad y el anciano se quedaron de pie. Entonces el anciano comenzó a gritar: «¿Cómo pudiste, Lavrenti? Te fuiste un día al colegio y desapareciste. Creía que estabas muerto». No sabíamos que Vlad tuviera padre; creíamos que había muerto. Tampoco sabíamos que, en realidad, no se llamaba Vlad.

—¿Y la madre?

—Se había ido. Eso era lo que había ocurrido: la madre de Vlad había abandonado Moscú y se había ido a Alemania, y Vlad intentó ir tras ella. A los quince años, conoció a nuestra madre en la orquesta nacional de jóvenes, y ella accedió a fugarse con él. Viajaron al sur en tren porque habían oído que por ahí era más fácil, pero solo llegaron hasta la frontera con Rumanía antes de que les robaran el dinero y los pasaportes, así que se quedaron en Moldavia. Se cambiaron los nombres, fingieron que tenían dieciocho años y consiguieron empleos en el pueblo. Tres años después, nuestra madre no pudo soportarlo más y se largó, pero Vlad era demasiado orgulloso como para volver con nosotros a Moscú. Eso fue lo que dijo su padre. Vlad lo llamó en una ocasión y le contó que tenía dos hijos y que su novia lo había dejado, pero colgó antes de que a su padre le diera tiempo a responder. Vlad le mandó fotos nuestras todos los años, fotos que estaban en un armarito de aquel piso. Descubrimos todo aquello en el transcurso de una hora, mientras gritaban. —Agacha la cabeza entre las manos y se le escapa un suspiro—. A lo mejor no debería contarte todo esto. No quiero que Linsh se enfade conmigo.

—Pero también es tu historia —le digo.

No puedo procesar la información lo bastante rápido como para saber si sentirme mal por mi padre o si ofenderme por que jamás me haya contado nada.

—Linsh tenía muchísimo miedo. Yo lo único que quería era abrazarlo y decirle que no pasaba nada, que podíamos ir al museo espacial y aprender cosas sobre Yuri Gagarin. Nunca me ha dejado comportarme como el hermano mayor, pero en ese instante lo hice. Le habría dado todo mi dinero para que se comprara esa tontería de trozo de roca espacial y luego se hubiera montado en el metro todo el día. Cuando terminó la discusión tomamos el té y Vlad hizo que Linsh jugara al ajedrez; y ganó. El padre de Vlad estaba complacido. Vlad le dijo que nos íbamos a Occidente y que necesitaba un documento. Su padre se limitó a asentir y nos lo consiguió. Luego, antes de que nos marcháramos, nos dio cien rublos a cada uno. Al día siguiente volamos a Hong Kong y, al siguiente, llegamos aquí. Hasta que no estuvimos en Hong Kong, Vlad no nos dijo que íbamos a Nueva Zelanda. Yo no había oído hablar de este sitio en mi vida. Linsh me dijo que había muchas playas y que alguien que se llamaba John Walker había ganado algo por correr en las Olimpiadas de Montreal. Después se enfadó por que no hubiera entendido el chiste, pero es que mi inglés era malísimo. Yo en lo único que pensaba era en los guateques en la playa. Cuando llegamos, Vlad les dijo a los agentes de la aduana que éramos refugiados rusos y les enseñó el documento que le había entregado su padre, en el que ponía que su madre era judía. Aquello tampoco lo sabíamos, pero claro, es que no sabíamos nada.

—¿Y qué pasó luego?

Thony se encoge de hombros.

—Entramos en el país. Vlad conocía a alguien que había hecho lo mismo que nosotros, de modo que la chica vino a recogernos y nos enseñó la zona. Vlad tenía una audición programada con una orquesta de aquí y, de repente, teníamos casa nueva, vida nueva, y jamás le dijimos a nadie que éramos refugiados. Nos pareció más fácil no decir nada. De todos modos, la gente no parecía entender de dónde veníamos ni cómo habían sido nuestras vidas.

—¿Y qué hay de tu madre?

Se me hace extraño tener una abuela por ahí perdida en el mundo, y aún más el hecho de que no sería capaz de reconocerla si me cruzara con ella. Me pregunto si sabrá que existo.

—Vive en Sochi. Es profesora de literatura rusa e inglesa en la universidad.

—Greta estudia lo mismo.

Thony se levanta para darle la vuelta al vinilo.

—Pues deberías contárselo.

Asiento, y sé que debería, pero, al igual que todas las generaciones que me han precedido, no lo hago.

UN ABRIDOR

G

Estoy en una fiesta con Rashmika, Fereshteh y nuestro amigo Elliot, que es blanco. En mi familia, nadie recuerda su nombre y lo llaman Greg. Hemos llegado tarde a la fiesta porque hemos tenido que esperar a que Rashmika terminara de grabar un rap en su estudio nuevo. A su madre no le entusiasma la idea de que el cuarto que tenía libre se haya convertido en un estudio de grabación, ni tampoco que el rap de Rashmika vaya de cancelar a la peña disparándole en la polla, pero nos ha dado un vaso de agua a Elliot y a mí y nos ha enseñado el título académico de Rashmika mientras esperábamos. Luego hemos tenido que ir hasta Greenlane porque Fereshteh se ha echado un novio que vive allí. El tráfico no es demasiado horrible porque es Viernes Santo. Rashmika ha gritado: «¡Yo no lo celebro!» desde la ventanilla del coche ante cada una de las licorerías por las que hemos pasado.

La fiesta es justo tal y como me la esperaba: está llena de gente que parece que conduce Subarus antiguos y que conoce a alguien que está a punto de preparar una exposición de arte. Hay lucecitas rosas y suena una canción sobre empotrar a una chica. En general, nos mantenemos juntos y, de vez en cuando, hablamos con alguien a quien conocíamos más de lo que lo conocemos ahora para que nos ponga al día de su vida. Hay quien trabaja en la oficina de atención al cliente de una distribuidora de vinos, hay quien se está pensando volver a la uni, hay quien va a mudarse a Berlín. No les digo que lo que deberían hacer sería mudarse a Bucarest porque no los conozco tanto. Hablo con un chico que estudió Artes Visuales en la Universidad Tecnológica de Auckland. Casper era su profesor preferido. Lleva una camisa vaquera abierta, una camiseta blanca de tirantes y un pendiente dorado largo. Está pensando en volver a la uni. Repito: «¡Anda!» muchas veces hasta que me dice que tiene que irse a hablar con alguien que acaba de volver de Berlín.

Rashmika aparece de la nada y me agarra del brazo.

—Greta, en el baño hay una chica que es cien por cien tu tipo.

¿Cuál es mi tipo? Pienso rápidamente en todas las chicas que me han gustado. La que se vino a mi colegio de uno privado, vapeaba mucho, tenía un piercing en el labio y el pelo decolorado. La que iba al Modelo de las Naciones Unidas, con un vestido elegante negro y un fez, y tenía una voz estridente durante unas refutaciones sobre la subcontratación laboral. La chica larguirucha de mi clase de introducción a los estudios europeos que tenía la nariz grande, mofletes de ardilla y ni puta idea de la Revolución francesa pero la sacaba a colación todo el tiempo. Una azafata guapísima de Korean Air que estaba aburridísima y a la que se le derramó vino por encima de la mujer que tenía a mi lado.

—¿Cuál es mi tipo? Y espera, ¿cómo que está en el baño?

—Sí, me he topado con ella. He abierto la puerta sin llamar. Me ha pedido perdón, la he mirado y he pensado: *Esta chica... es cien por cien el tipo de Greta.* Así que le he guiñado un ojo y luego he cerrado la puerta.

—¿Le has guiñado el ojo?

No me responde, tan solo me guiña el ojo a mí también. Fereshteh intenta abrir una botella de tónica. Su nuevo novio se la abre, y ella lo mira como si fuera un héroe de nuestro tiempo. No recuerdo cómo se llama; puede que William. Respeto las decisiones de Fereshteh, pero no me hace falta otro hombre blanco en el grupo cuyo nombre deba recordar la gente; las cosas ya son bastante confusas de por sí. No es que esta zona esté muy abarrotada, pero se miran a los ojos con los antebrazos muy juntos.

—¿Dónde vas a servirte eso? —pregunto.

Fereshteh mira a su alrededor y responde:

—Ay, no. No lo he pensado. Necesitamos vasos.

—Échamelo a la boca —le dice Rashmika.

Frunzo el ceño y miro a nuestro alrededor. Elliot parece haberse esfumado. Puede que también haya ido al baño a guiñarle el ojo a alguien. Fereshteh y el blanco se están liando.

—Voy a ver si encuentro —le digo a nadie en particular.

Rashmika se une a un grupo de gente que está bailando «God's Plan». Abandono el salón y recorro el pasillo. La cocina es la típica que te encuentras en un piso como este: tiene demasiadas alacenas con las finas puertas de madera pintadas de azul chillón y unos fogones amarillos que deben llevar aquí desde los años setenta. El suelo está cubierto de un linóleo con un diseño a cuadros blancos y negros; faltan algunos trozos. A través de la ventana veo a gente bebiendo y liándose cigarrillos en el patio de atrás. Seguro que los llaman «pitis». Me imagino que esta casa debe de ser espantosamente húmeda en invierno y que puede que cueste unos dos millones de dólares neozelandeses.

Cierro la puerta de una de las alacenas y me encuentro con una chica. Lleva el pelo a lo bob, oscuro y brillante, y se ha puesto una camisa azul marino con lunares y unos pantalones azul marino con el dobladillo recogido. También tiene puntitos en la cara. Eso, pecas.

—¿Tú también estás buscando vasos? —le pregunto.

—No —responde—. Buscaba un abrebotellas.

Pero no dice «abrebotellas» de forma normal. Suena un poco como Shrek. Extiendo la mano y la chica me tiende su botellín de sidra con pepino y lima, y entonces la abro con el borde de la encimera de formica.

—Ay, muchas gracias —me dice riéndose—. No me juzgues por el sabor; estaba barata.

—A mí, plin —respondo. ¿Por qué he dicho eso? A lo mejor debería tomármelo como una señal para dejar de beber—. ¿Vives aquí?

Pues claro que no vive aquí; no tiene ni idea de dónde están las cosas.

—No, pero mi compañera de piso salía con alguien que sí vive aquí. Intentan hacer como si llevaran bien lo de verse de nuevo en un ambiente distendido. ¿Tú vives aquí?

Pues claro que no vivo aquí; no tengo ni idea de dónde están las cosas.

—No vivo aquí, sino en otra parte. En una de esas casas o viviendas de la ciudad.

—Qué coincidencia —responde asintiendo—. Yo también vivo en una de esas casas o viviendas de la ciudad.

Le sonrío mostrándole los dientes, y ella me devuelve la sonrisa, pero no me enseña los dientes. Vaya, así que se está haciendo la guay. ¿Qué hago yo para parecer guay? Me cuelgo de una de las manillas de las alacenas que tengo por encima, pero la abro sin querer y casi me mato. Los vasos. Aquí hay vasos. Son altos, de metal y seguramente se usen para preparar batidos, pero me valen. Ahora que ya tengo los vasos, no me hace falta seguir aquí, pero no dejo de mirar a la chica.

—¿Quieres darme tu número? —me descubro a mí misma preguntándole.

—¿Mi número? —repite sorprendida—. ¿No quieres que nos sigamos en Instagram, que nos agreguemos en LinkedIn o algo así?

—No, no quiero investigar tu pasado ni establecer una conexión laboral contigo. Me parece muy precipitado.

—Bueno, pues vale —responde la chica, que abre un par de cajones hasta que encuentra un rotulador y, con delicadeza, me escribe su número en la cara interna del brazo.

—Muchas gracias —le digo.

Y dicho esto, apilo los vasos de metal y vuelvo al salón. Llamo a Rashmika con el brazo y le guiño un ojo.

GENTE GUAPA

V

Estamos de pie alrededor de una mesa de madera alta en la terminal de vuelos nacionales. El resto de las personas del trabajo parecen sorprendidas de que nunca haya ido a Queenstown.

—¿Seguro que no? ¿Ni siquiera de pequeño? —me pregunta Kayleigh frunciendo el rostro.

Kayleigh es ayudante de producción y lleva el pelo rojo recogido en un moño.

—Segurísimo —respondo con una sonrisa, porque quiero caerle bien a todo el mundo.

Soy incapaz de imaginarme, ni siquiera durante un segundo, a mis padres llevándonos de vacaciones caras, con vuelos y actividades para turistas de por medio, y aún menos yendo a una estación de esquí a la que la gente va a pasar frío a propósito. Mis padres solían llevarnos en coche a cabañas en ruinas que estaban más o menos cerca de la playa. De adolescente, a veces acompañaba a mi padre en los viajes de trabajo, pero una vez allí me dedicaba a pasear solo por Cairns o Puerto Princesa. No hacía puenting ni iba a escape rooms.

El productor, Simon, nos manda el itinerario definitivo y el horario de rodaje por Bluetooth porque nos hemos apuntado a eso de no producir desechos. Lo examino y veo que es más o menos lo de siempre, solo que también hay una entrevista con el dueño de un campo de golf que no recuerdo que se mencionara en la reunión de producción. Desde hace poco, el dinero que maneja el programa ha aumentado y, con ello, me he percatado de que se ha establecido una jerarquía y que se han tomado varias decisiones sin consultarme. Pero me da igual; no estoy al mando y tengo suerte de tener curro siquiera, pero a veces pienso que podrían haberme preparado mejor para el trabajo que se supone que debo desempeñar.

La gente habla sobre si habrá forma de conseguir un café en condiciones allí.

—Vale, gente —dice Simon, dando una palmada—. Primero que todo, quiero daros las gracias por vuestro mahi en este proyecto. Seguro que es el primero de muchos otros aún más grandes. Gracias por comprometeros a grabar durante el finde de Pascua. De verdad, no sabéis lo mucho que apreciamos vuestros sacrificios para que esto salga adelante. Quisiera hacerle una mención especial a Mia, que retrasó su viaje a Rarotonga para estar aquí, y a todo el mundo que trabajó horas extra anoche. Si nos centramos y seguimos el horario tan a rajatabla como sea posible, quizá nos dé tiempo a tomarnos unas cervezas cuando estemos allí. —Todo el mundo suena conforme, y Simon se gira hacia mí y me dice—. ¿Alguna última cosa que quieras decir, V?

Parpadeo sorprendido e intento recordar qué puedo querer decir.

—Eh… no. Creo no hay nada que añadir.

—Ah, me refería a alguna karakia rápida antes de que nos subiéramos al avión.

Todo el mundo me mira. Parecen serios y tolerantes con mis creencias. No me viene a la cabeza ni una sola karakia. Recuerdo el campamento del colegio, donde nos obligaban a cantar: «Gracias, Señor, por proporcionarnos alimento» con la melodía de *Superman*. Presa del pánico, me pregunto si será adecuado cantar una canción de Herbs, el grupo de reggae maorí y pasifika.

—Ah, bueno, si alguien más quiere hacerlo, por mí bien —les digo, y quito las gafas de la mesa porque acabo de recordar que dejar algo que te ha tocado la cara sobre una superficie en la que comes va contra mis prácticas culturales.

—Yo me encargo —dice Bailey, la encargada de producción.

Tiene el pelo a lo bob muy afilado y lleva unas gafas redondas, un vestido amarillo, botas y una cinta de la que cuelga su acreditación. Todo el mundo agacha la cabeza en señal de respeto mientras ella recita la karakia: «Nau mai e ngāhua». Estoy bastante seguro de que esta es sobre comida, no sobre viajes, pero entonces dudo. Busco otro rostro marrón que pueda sentirse como me siento yo ahora, pero al único que veo es al segurata que se encuentra en la otra punta de la terminal.

La cultura rusa establece que, antes de embarcarte en un viaje, debes permanecer sentado un minuto. Tengo ganas de sentarme, pero estamos cruzando el control de seguridad a toda prisa.

—¿No has estado nunca en Queenstown porque siempre vas a la casa que tiene tu familia para pasar las vacaciones? —me pregunta Kayleigh, que arrastra la maleta mientras avanzamos.

—Sí, tenemos una justo en playa Papamoa —respondo, porque es la opción fácil.

EXPECTATIVAS

G

Estoy en el jardín de atrás de mis padres, recortando un arbusto con mi madre. No recuerdo haber accedido a hacerlo, pero aquí estoy, con unas tijeras de podar en la mano y hojas y trocitos de ramas por todo el suelo. Ni siquiera me acuerdo de si he pasado la tarjeta del bus o no.

—¿Qué pasa, Greta?

—¿Eh? ¿Qué pasa dónde?

Miro a mi alrededor, pero aquí solo está mi madre, que se apoya las manos en las caderas y me mira como si yo fuera una joven aquejada por un montón de problemas. Se ha puesto un vestido verde que no le había visto nunca, con unos tirantes anchos y un escote cuadrado. No es de esas madres que se ponen mallas y camisetas viejas para cuidar del jardín. Tampoco es una de esas ancianas que usan pantalones piratas de jardinería y gorros de pescador y que le gritan «qué buen día hace» a todo el que pasa por su lado. También llevan zapatos especiales de jardinería: unos zuecos de goma con estampado de flores. ¿De dónde los sacan?

—Debe de estar pasando algo en alguna parte —responde—, porque no estás prestando atención a lo que ocurre aquí.

—Perdona. ¿Qué decías?

Mi madre deja escapar un suspiro.

—Te estaba diciendo que lo siento por que no podamos cenar contigo esta noche porque tenemos el viaje a Whitsundays.

—¿Cómo? ¿Desde cuándo vais a Whitsundays? ¿Vais a renovar vuestros votos?

—No. Greta, por eso te pregunté si preferías venir por la mañana. Llevo hablando del tema todo el tiempo. ¿Cómo es posible que no te hayas enterado?

Me siento fatal, así que me pongo a podar con entusiasmo para compensárselo.

—Bueno, ¿y a qué vais?

—Anoche llamaron a tu padre del laboratorio que tienen allí. Creen que han descubierto algo muy emocionante.

—¿Un hongo?

—No, algo emocionante de veras. Creo que era una anémona. Bueno, que quieren que le eche un ojo. Tengo entradas para una obra en el teatro Waterfront, te lo comento por si las quieres.

—¿Qué obra es?

—No me acuerdo del nombre. Es nueva; una de esas compañías de toda la vida ha contratado a un director joven e intentan venderla con que es un enfoque novedoso de la sociedad actual. Aunque a mí no me parece tan joven, y seguro que es uno de los hijos de alguien de la junta. —Me observa para comprobar que le estoy haciendo caso. A mi madre debe de resultarle muy difícil que siempre estemos hablando sobre nosotros mismos, opinando sobre algún tema candente o no prestando atención. Hasta cuando V no hablaba, parecía que armaba mucho alboroto—. A ver, a lo mejor es original, pero, lo siento, no puedes venir a cenar con nosotros esta noche. Sé que querías ir a ese restaurante nuevo y que pagara yo.

—No pasa nada —respondo, observando las flores que crecen en el arbusto que estamos podando. En realidad, aquí no hay invierno como tal. Siempre hace sol y hay flores del color de los melocotones con hojas oscuras y brillantes. Acaricio una de las hojas. Es tan suave… Decido no arrancarla de la rama—. De todos modos, esta noche tengo una cita.

—Anda —comenta mi madre mientras poda—. ¿Es alguien a quien llevas viendo desde hace un tiempo?

Sería muy típico de mí haber conocido a alguien y tirarme meses sin hacer ningún comentario al respecto. No me gusta decir en público si me gusta alguien porque nunca sé cuánto me gusta esa persona en cuanto empezamos a salir. Esto ha causado algún que otro problema de vez en cuando. La gente quiere caerle bien a tu madre. Estoy bastante segura de que V le cuenta a mamá cada vez que le ha parecido ver a un chico guapo esperando el pedido del almuerzo en los recreativos de St Kevin, por lo que ya recibe información de sobra.

—No. Nos conocimos anoche.

—Ah.

No insiste para que le cuente más porque sabe que acabaré soltándoselo todo. En cuanto empiezo a hablar, ya no me callo. Dejo escapar un suspiro y confieso:

—Estoy nerviosa.

—¿Y eso? ¿Has cambiado de opinión respecto a esa persona?

—No. Es que... ¿Y si la cosa va bien y nos casamos o celebramos una unión civil en un edificio público aconfesional y no nos separamos para el resto de nuestras vidas? ¿Y si tengo que cambiar mis expectativas de futuro para incluir a esta persona?

—Vaya. Qué atrocidad...

—Y no quiero que V se enfade conmigo.

—¿Por qué iba a enfadarse contigo? ¿Es que no piensas dejarle leer un discurso emotivo durante la ceremonia de la unión civil con alguien a quien conociste anoche?

—Le gusta que los dos estemos solteros a la vez. Así no tiene que preocuparse por su soltería.

—Ay, Valdin...

Mi madre deja de podar y se aleja del seto con gesto de preocupación. Yo frunzo el ceño. No me apetece hablar de V ni de sus movidas emocionales, quiero hablar de mí.

—A lo mejor me estoy adelantando; a lo mejor ni siquiera celebramos una unión civil. Puede que nunca mantengamos una discusión sobre si deberíamos irnos de la ciudad y mudarnos al campo. Al menos no hasta que vuelva V.

—Greta, V vuelve el miércoles. ¿Quién es esta persona? ¿Qué tiene para que te hayas convencido a ti misma de que debes empezar a pensar cómo se lo tomará tu hermano cuando te cases?

—Nada. No sé nada de ella. Solo me sé su número de teléfono porque no puedo borrármelo del brazo. Sé qué cara tiene, más o menos, porque puede que sea un recuerdo falso ya que solo hablamos durante unos minutos. Tiene una voz muy bonita, se parece a una de esas carreras en las que tiran un queso por una colina, solo que, en esta carrera, el queso se ha derretido y corre por mis orejas.

—Vale —responde mi madre—. ¿Y qué sabe ella de ti?

—¡Nada! Supongo que sabe qué cara tengo y cómo suena mi voz, pero no sé qué opina al respecto. —O si le parece que mi voz suena a queso—. Creo que ni siquiera le dije cómo me llamaba. Ah, no, sí que se lo dije cuando la llamé por teléfono y le dije: «Hola, soy Greta Vladisavljevic, nos conocimos anoche en una casa antigua en Murdoch Road». No sé por qué le solté todo eso; me puse nerviosísima y me convertí en papá.

—Linsh y tú siempre os habéis parecido mucho. En una ocasión le pidió una cita a una chica a la que había visto por la calle. Se fueron a ver *Risky Business*.

Dejo de podar y me apoyo una mano en la cadera mientras sujeto las tijeras con la otra.

—Me contó que se pasó tres años sin pedirte salir.

—Fue una situación complicada.

—Me dijo que tú ya estabas saliendo con alguien.

—Así es.

—¿Con quién?

—¿Cómo que «con quién»? ¿Qué te hace pensar que fue alguien a quien conoces? ¿Crees que voy a responderte: «Ay, pues mira, con tu profesor del colegio, el señor Horrocks» y que tú vas decirme que lo sabías, que menudo canalla está hecho el viejo?

—A ver, no se me había pasado por la cabeza hasta que lo has mencionado. Pero lo de que el señor Horrocks era un canalla es verdad; a veces se iba a fumar con los de último curso al fondo del campo de críquet. ¿Y cómo era entonces ese hombre sin nombre? ¿Les prestaba el mechero a los adolescentes?

—Pues era muchas cosas —responde, y se toma muy en serio la poda del seto, porque no me mira.

—¿Podrías proporcionarme una lista de adjetivos?

—Mmm... Era alto, tenía el pelo oscuro, los ojos verdes, los hombros anchos...

—No te he pedido una descripción policial sexi... ¿Qué tipo de personalidad tenía?

Mi madre se detiene y reflexiona al respecto, lo cual mola porque tiende a decir con facilidad que no tiene por qué contarme nada.

—Tenía mucho carisma. Lo conocí de vacaciones. Al principio no pensé que fuera a gustarme porque me pareció un poco arrogante. Podría haber hablado con cualquiera, pero que me quisiera a mí más que a ninguna otra me hizo sentir especial. Todo había cambiado demasiado rápido para mí. En la isla, no le caía muy bien a la gente porque los de allí pensaban que tenía una posición que no me merecía, solo porque había ganado una beca a los dieciséis y porque me había mudado a Auckland. La gente decía de todo sobre mí. Y de repente mi vida cambió, me vine aquí, y a la gente le interesaba lo que tenía que decir y lo que opinaba sobre las cosas. Me invitaron a manifestaciones en contra de las armas nucleares y a irme de vacaciones con ellos. Y a los hombres les gustaba; no decían que era una frígida ni nada por el estilo.

—Entonces, ¿este hombre te pareció arrogante, pero, como no te llamó «frígida», te moló?

—Lo has resumido muy mal. Era un tipo estupendo, con una gran cantidad de cualidades personales atractivas. Además, bailaba muy bien. Aunque no todo era de color de rosa. Este hombre no vivía en ninguna parte en concreto. Tenía apartamentos en varias ciudades, pero, en realidad, no vivía en ninguno de ellos. Tampoco parecía tener cosas. Trabajaba hasta bien pasada la medianoche, y lo único que había en el apartamento éramos las flores que me había comprado y yo. Al final comencé a sentirme como si no fuéramos más que un par de cosas bonitas que observar. Era una vida emocionante, internacional, pero no era una vida para mí.

—Mmm... —respondo. Creo que es la primera vez que mi madre me cuenta algo así de personal—. ¿Por eso comenzó a gustarte más papá? ¿Porque te parecía más digno de confianza?

—A mí Linsh me gustaba desde antes de que conociera a este otro hombre. Lo único que quería era que Linsh me dijera lo que sentía, y le costó años. No quiero que pienses que estoy con tu padre solo porque me parece digno de confianza. Ni tampoco que soy una anciana triste que se conformó con el primer hombre responsable al que conoció.

—Ni por asomo.

La miro, con ese vestido nuevo que lleva y maquillada pese a que solo estamos trabajando en el jardín, y me pregunto cómo alguien pensaría algo así de ella.

—Quiero mucho a Linsh. También quería a ese otro hombre, pero era incapaz de imaginarme una vida en la que ambos éramos felices juntos. Así que, cuando me pidió que me casara con él, tuve que decirle que no.

—¿Qué?

—Sí, había ido a Estambul a verlo cuando me lo pidió, y le dije que no. Le dije que quería volver a casa, y él me dijo que también, aunque no sé qué consideraba su «casa». Quizás él tampoco lo supiera. Entonces llamó a la aerolínea, me compró un billete y volví directa a Linsh. Fue en mitad de la noche, pero lo encontré despierto; estaba leyendo un libro de teorías conspiratorias sobre lo que les había pasado a los dinosaurios.

—¿Y se alegró de verte?

—Los dos nos alegramos mucho de vernos.

—¿Y qué paso con el otro?

—Ah, por ahí anda.

—¿Qué quieres decir? ¿Está aquí en Auckland?

—No lo sé, Greta. Puede que se haya ido. Hay mucha gente que se va fuera para Pascua.

—¿Y cómo lo sabes? ¿Te dedicas a vigilarlo?

Mi madre se gira hacia mí con las tijeras de podar abiertas en una mano.

—El tiempo que fuimos amantes es desproporcionado con respecto al tiempo que hemos sido amigos.

Sé que no va a añadir nada más al respecto, así que no la obligo. Las tijeras que lleva en la mano son mucho más grandes que las que me ha dado a mí. Me pregunto qué otras cosas no sabré.

VIENNA CALLING

V

Tras el rodaje, todo el mundo me da una palmadita en la espalda y me dice que lo he hecho bien, pese a lo que ha ocurrido. Hablan entre sí, pero no conmigo, sobre «iniciar una conversación» y «dar a estas voces la importancia que merecen». Les digo que no me apetece ir a tomar nada e intento inventarme una excusa, pero creo que no me están haciendo caso. Emprendo el camino de vuelta al hotel. Quiero comprarme una bomba de baño para animarme, pero el Lush que me queda más cerca es el que está en Dunedin: a cincuenta y dos horas a pie. Intento no establecer contacto visual con los turistas (tanto con los que provienen del propio país como los que vienen de otros lugares) ni con sus cosas de turistas, porque hacen que me sienta absolutamente desconectado del lugar. Esta ciudad repleta de atracciones y restaurantes clonados del centro me hace sentir como si estuviera en uno de esos juegos de simulación a los que solía jugar, solo que no tengo a Greta de fondo diciéndole a mamá cuántos minutos han pasado desde que le tocó a ella.

Compro un buen bote de sales de baño de la marca Radox, de esas que relajan los músculos y que dicen que contienen extractos de hierbas naturales y aceites esenciales. Solo con olerlas, no sé cuáles son. Quizá sean de eucalipto. La chica de la caja me pregunta si me ha dado un tirón haciendo kayak y, por alguna extraña razón, le contestó que sí. No me veo capaz de contarle la verdad y confesar que ha habido un problema en el trabajo, que hace poco que he descubierto que mi padre es refugiado y que temo que nadie vuelva a quererme nunca.

De vuelta en el hotel, me doy cuenta de que la bañera es demasiado pequeña para mí y que no quepo, así que echo las sales de baño en el plato de la ducha. Me hace el apaño. Hago dos sudokus para intentar calmar la mente. Resuelvo varios problemas de mates de una página que se encarga de generarlos. Me bebo un litro de zumo de arándanos. Me planteo mandarle un mensaje a Slava, pero luego me lo pienso dos veces. Descargo Grindr. Lo desinstalo. Me descargo Tinder. Hay mucha gente que quiere hacer un trío durante su escapada de fin de semana de Pascua. No creo que quieran animar a un hombre muy alto, con los músculos muy poco definidos y mucho talento para el cálculo. Busco «mates» en Pornhub, pero solo me sale gente que se acuesta con sus profesores y un vídeo que explica cómo resolver derivadas que no parece nada sexual. Lo miro mientras me como los minihuevos de Pascua que los del hotel me han dejado sobre la almohada.

El incidente de hoy me hace pensar en las pūrākau que Casper le cuenta a mi sobrina Freya y que mi madre solía contarme cuando era pequeño. Ella las llamaba «leyendas». Mi padre solía contarme cuentos rusos, pero siempre daban miedo y trataban sobre gente a la que secuestraban los cisnes o a la que se comía Baba Yaga. Lo que hace que las pūrākau sean tan buenas es que entremezclan la verdad y la ficción, y que te dejan un regustito especial cada vez que mencionan a tus ancestros. Supongo que en verdad no sé nada sobre mis ancestros rusos. Se me ocurre algo y compruebo la hora. Las ocho. Me adueño del teléfono.

—Hallo, hier ist Vladimir.

—Hola, Vlad, soy Valdin. Esto… guten Morgen.

—Ay, V, perdona, ¿me llamas desde un teléfono nuevo?

—Sí, sí… Es bastante nuevo. ¿Cómo estás? ¿Por dónde andas?

No sé exactamente dónde está, pero suena como si estuviera en un lugar público. Me imagino a la gente de Viena empezando la jornada, en busca de señales de la primavera, enfureciéndose si el U-bahn se retrasa más de un minuto. Vlad se habrá puesto ropa bonita: un abrigo camel, una bufanda de tartán y zapatos de cuero marrón.

—Estoy en una Kaffeehaus, leyendo las notas del programa de concierto para una reunión que tengo luego. No te preocupes, no estoy en un ambiente demasiado formal; puedo hablar. ¿Desde dónde me llamas?

—Desde un hotel en Queenstown. Estoy aquí por trabajo.

—Ah, ¿y cómo te va?

—Ah... bien. ¿Y a ti?

—Ahhh —responde riéndose—. Creo que estamos en la misma situación. Siempre hay directores que se creen que saben más que nadie y contables con un balance. Encima me he buscado más líos con las negociaciones porque soy el único que habla rumano. Se supone que tenemos un concierto especial de Navidad y...

—¿No vendrás este año para Navidad?

—Claro que voy a ir; me da igual lo que diga la gente. Iré en noviembre. Estoy demasiado mayor como para soportar los inviernos de aquí.

—¿Estás pensando en jubilarte?

—Algún día. Solo que aún no sé cuál será.

Esto es lo que me imagino que pasa: que discutimos sobre si hace demasiado calor para ser noviembre, que los alumnos que van al colegio pasan por nuestro lado con sandalias romanas y que alguien propone que saquemos la barbacoa al jardín. En esta fantasía, yo soy el que trae a Vlad desde el aeropuerto, aunque no lo veo probable porque no tengo coche. Aquí sentado en la moqueta, con la espalda apoyada en los pies de la cama, dándole vueltas al papel de aluminio del huevo de Pascua, siento cierto consuelo en pensar que llegará noviembre.

—Vlad —le digo, sin saber muy bien por dónde empezar. No llamo a mi abuelo «abu» o «yayo» como hace otra gente, sino por el nombre que se puso él mismo cuando se fugó de casa con quince años y necesitaba encontrar trabajo—. He estado hablando con Thony y...

—No está enfermo, ¿no?

—No, no. Está bien. Bueno, parecía que estaba metido en alguna especie de lío, pero no estaba enfermo.

Vlad deja escapar un suspiro y responde:

—Ah, bueno. Ya sería demasiado si encima de todo lo que está aguantando se hubiera puesto enfermo.

Me planteo preguntarle más al respecto, pero decido no hacerlo. Ahora mismo quiero saber muchas otras cosas.

—Thony me contó cómo vinisteis a Nueva Zelanda, lo de la gira falsa y todo... Es la primera vez que oigo esa historia.

—Vaya. Qué interesante que Anthon haya decidido contártelo todo ahora.

—Ojalá lo hubiera sabido antes. O sea... Ojalá me lo hubiera contado mi padre.

Mi abuelo vuelve a suspirar.

—Sí, imagino que habría debido hacerlo él, pero no siempre tomamos las mejores decisiones.

—¿Cómo supiste que estabas tomando la decisión correcta?

—Creo que no lo sabía. En realidad, llegados a ese punto, había tomado muchas malas decisiones; pero, de repente, tenía treinta años, y dos hijos adolescentes que solo podían contar conmigo y entre sí para salir adelante. Era culpa mía que nos hubiéramos aislado tanto. Podría haberme encargado de que vivieran más cerca de mi padre o de su madre, pero no lo hice por los problemas que tenía yo con ellos. —Hace una pausa, y entonces oigo una sonrisa en su voz cuando añade—: Menudo sermón les estoy soltando hoy a los de la Kaffeehaus, ¿eh?

—Lo siento. No hace falta que hablemos del tema. Es que he tenido un mal día.

—No pasa nada, así la mañana es un poco más interesante. Bueno, pues supe que tenía que dejar de ser ese joven dramático y sensible, salir de esa ridícula casa con tejado de paja que estaba en mitad de la nada, y proporcionarles a mis hijos una vida mejor.

Además, sabía que no podía llevármelos de vuelta a Moscú porque estaba seguro de que allí también se meterían en líos.

—Thony me dijo que la gente del pueblo hablaba de él.

—Sí. Aquello fue la gota que colmó el vaso. Me daba igual que la gente no se fiara de mí porque era ruso, y siempre me llamaban del colegio por esa costumbre que tenía tu padre de poner en duda todo cuanto le enseñaban. Tampoco creo que gestionara muy bien la situación con esa profesora.

—¿La amenazaste?

—No, no. Era una mujer encantadora que venía de Kolomyia. Es una ciudad preciosa con una historia complicada. Perdona, ¿qué era lo que me habías preguntado?

Durante un segundo, yo tampoco consigo recordarlo.

—Ah, que si la gente sabía que Thony era gay.

—Ah. No estaban del todo seguros, pero sí sabían que no era como los demás niños del pueblo. Solo se juntaba con chicas, se gastaba todo su dinero en revistas y no dejaba de hablar de la ceremonia de apertura de los Juegos Olímpicos de Moscú. Yo lo sabía; a pesar de que recortó un anuncio de un mecánico y lo pegó en la pared. También hizo lo mismo con un equipo de fútbol, pero tu tío no tenía ni idea de quiénes eran. Yo venía de la ciudad y sabía que ese tipo de cosas iban a más. Adoraba a mi hijo. Algunos de los chicos intentaron obligarlo a que fuera con ellos a cazar un jabalí salvaje. Fue entonces cuando supe que teníamos que marcharnos, antes de que alguien le hiciera daño.

—¿Y no te daba miedo? Yo no sé si habría podido hacerlo.

—Pues claro que me daba miedo, pero sabía que era lo que tenía que hacer. Sabía que podíamos hacerlo, que podíamos obtener la condición de refugiado por motivos de persecución religiosa, aunque el único que sabía que era judío fuera mi padre. Conocía a alguien de la orquesta que había conseguido llegar a Nueva Zelanda, y quería marcharme tan lejos como fuera posible, aunque fuera difícil. No podíamos comprar la comida a la que estábamos acostumbrados, nadie nos entendía y echábamos de menos a algunas personas.

Me froto el ojo con el dorso de la mano.

—A la profesora de mi padre, por ejemplo.

Mi abuelo se ríe y responde:

—Funcionarios hay en todos los países.

—Bueno, pues muchas gracias. Tengo mucha suerte de tener la vida que tengo.

—Tú habrías hecho lo mismo. Estoy seguro.

Asiento a pesar de que no puede verme y de que no sé si creo tanto en mí como lo hace él.

—¿Y qué piensas de las apps de citas? ¿Crees que debería buscarme a alguien de Queenstown con quien pasar la noche?

—Jamás he usado una app para esas cosas, y creo que me va bien.

—Ya, tú eres más de ir al ayuntamiento y fingir que tienes que rellenar un permiso de construcción o cualquier cosa por el estilo.

Mi abuelo vuelve a reírse y responde:

—Sí, o me acerco por allí y pido que me reubiquen.

—Gracias por hablar conmigo. Creo que me siento mejor.

—Me alegro de haber podido ayudarte. Deberías llamarme más, aunque no quieras hacerme preguntas sobre mi oscuro pasado.

—Lo haré. Te echo de menos.

—Y yo a ti. Ahora vete, vive una vida libre y siéntete en deuda conmigo por cada instante.

Cuelgo el teléfono, salgo al balcón a oscuras y observo las luces que cubren el lago mientras pienso en la gente a la que iluminan. Creo que ha llegado la hora de dejar de ser un joven dramático y sensible, y me parece bien.

ENTUSIASTAS

G

No hay tanto ajetreo en la ciudad como de costumbre. Puede que el ex secreto de mi madre y los ex secretos de todo el mundo se hayan ido a pasar la Pascua fuera, tal y como me dijo ella. Hay unos cuantos colgados con cara de evangélicos que gritan frente a un micrófono que ha llegado la hora de dejar entrar a Dios en nuestros corazones y reconocer nuestros pecados, pero puedo lidiar con ellos. No creo que haya nada capaz de estropearme el ánimo porque mi cita me gusta mucho, a pesar de que no sé cómo se llama.

Me gusta cómo pronuncia mi nombre, estirando la «r». Me gusta cómo camina: tiene un paso firme que le pega a ese cuerpo cuadrado que tiene. No dejo de pensar en temas de los que hablar, y ella ha reaccionado bien a todos los que le he sacado. Su canción favorita de Boney M es «Rasputin». Su peli preferida de Navidad es *Gremlins* o *Elf*. El sitio al que menos le gustaría ir de vacaciones es a Sudán del Sur. Creía que allí se podían ver pirámides más antiguas que las de Egipto, pero lo he mirado y resulta que esas están en el norte de Sudán. No le ha importado que me haya equivocado y me ha dicho que tendría que echarles un vistazo. Después me ha pagado la ginebra con limón y la pizza Salmonella Dub en el Kiwi Music Bar porque ha descubierto que soy profesora en la universidad.

—¿Y qué haces en tu día a día? —le pregunto, porque me he acordado de que se me ha olvidado recabar esa información y no quiero dar por hecho que tiene trabajo porque hay gente que no lo tiene.

—Estoy haciendo un doctorado en Biología —responde—. Me dedico a estudiar la señalización del nitrógeno en las plantas.

—Anda, ¿conoces a mi padre? No se dedica al estudio de las plantas, pero está en el departamento de Biología; se llama Linsh Vladisavljevic.

Ella me sonríe, asiente con la cabeza y responde:

—Todo el mundo conoce a Linsh Vladisavljevic.

—¿Y cómo es que sabes pronunciar bien su nombre?

—Subió una guía de pronunciación a la intranet y animó a hacer lo mismo a todo aquel que tuviera un nombre que la gente soliera pronunciar mal.

—Típico de mi padre.

Pienso en cómo escribiría nuestro apellido para pronunciarlo fonéticamente. «Vla», como blablablá, pero con V. «Dis», como el helado Paradiso. «Sav», como la empresa de coches sueca Saab, pero con V. «Ljev», como Lyev Skynight, el personaje de Magic. «Vic», como los bolis, pero con V.

—No me lo creía cuando esta mañana me has dicho tu nombre entero por teléfono. Me he imaginado que estabais emparentados, por el apellido y... el descaro que tenéis. Encima del escritorio tengo impresa una cadena de correos que él mantuvo con el Servicio de Mantenimiento. Asunto: Fuga. ¿Tus padres están juntos? ¿Cómo es tu madre?

Nos detenemos y esperamos a que el puente baje para que podamos cruzar a Queen's Wharf, que es donde está el teatro en el que interpretan la obra. Alguien navega a toda prisa en su bote, en el que pone Cayo Largo en la parte de atrás. No sé cómo habrá llegado hasta aquí; imagino que por el Canal de Panamá. Tengo que preguntarle a mi cita cuál es su canción favorita de los Beach Boys.

—Mis padres siguen juntos. Mi madre es una mujer maorí bastante misteriosa que viene de la isla Gran Barrera. Siempre va guapa, y a veces me da envidia.

Ella se ríe y me cuenta:

—Mi madre casi siempre va con botas de agua y jerséis de lana y se dedica a repetir, de forma errónea, artículos de las noticias de la BBC a todo aquel con el que se cruza.

—¿Cuánto hace desde que te fuiste de casa de tus padres?

—Ah. Ocho años. Me largué en cuanto cumplí los dieciocho. Me mudé a Edimburgo para ir a la universidad, y luego me vine aquí el año pasado. ¿Vives con tus padres?

—No, con mi hermano; pero ahora no está.

—¿Es mayor o menor que tú?

—Mayor. Tengo dos hermanos mayores. V, que es con el que vivo, tiene cinco años más que yo y antes era astrofísico, pero ahora presenta un programa de viajes en el que va de un lado a otro, gira una ruleta para saber qué presupuesto le van a dar, e intenta pasárselo lo mejor posible durante veinticuatro horas con el presupuesto asignado. En general tiene unas ideas ridículas, así que el trabajo le viene que ni pintado.

—¿Tu hermano es ese al que le dieron novecientos dólares para que se los gastara en un solo día en Matamata y se negó a ir a Hobbiton?

—Justo. Mi otro hermano es más normal. Aunque, claro, está ese otro asunto... Está casado con una mujer que también se llama Greta. No entiendo por qué no podía llamarse de cualquier otra manera.

—¿Y esta otra Greta es tu rival acérrima?

Tomamos asiento en un banco frente al teatro. Aún queda para que comience la obra. No sé por qué no entramos y nos sentamos en la cafetería, pero me gusta que no lo hagamos. En esta parte de la ciudad hay toda clase de gente que parece que tiene vidas muy distintas a la mía. Llevan bronceados falsos, iluminador, tacones brillantes y zapatos de vestir. Algunos hablan de los barcos que hay aquí amarrados porque saben de barcos y de lo que cuesta amarrarlos.

—No. La otra Greta es muy simpática. Trabaja en la oficina de Auckland de una editorial importante, y siempre tienen algún drama entre manos. El resto del tiempo se lo pasa intentando que mi sobrina se quede quieta.

—No sabía que eras «la tía Greta».

—Pues sí —respondo con una sonrisa radiante—. Mi sobrina se llama Freya, tiene seis años y es la persona más atrevida que he conocido en toda mi vida. A veces me manda correos electrónicos en los que solo adjunta un primer plano de su cara y me pone de asunto: «HOLA, GRETA». También tengo un sobrino que se llama Tang y que tiene diecisiete años, pero él no me manda correos electrónicos.

—¿Cómo es que tienes un sobrino de diecisiete años?

—¡Verás! Resulta que mi hermano Casper tiene diez años más que yo y fue padre adolescente. Madre mía el melodrama que se montó. A Casper ya le gustaba la otra Greta cuando estaban en el instituto, pero él se creía que a ella le gustaba otro, por la cara, así que se puso muy triste, se bebió unos cuantos cócteles premezclados en una fiesta y acabó teniendo un crío con una chica cuyo nombre ni siquiera sabía.

—Ostras —responde, observando los barcos y a la gente de los barcos; quizá sería mejor llamarlos «entusiastas de los barcos».

—La típica tontería de heteros. Mi hermano no se enteró de nada hasta un par de días antes de que naciera Tang. Una amiga de la chica se lo dijo por mensaje porque le parecía mal que no pensaran decirle nada. La madre de Tang iba a un colegio privado, y sus padres pretendían ocultar todo aquel asunto, mudarse a Australia y hacerse los suecos. Fue como estar en una serie. Mis padres querían criar al bebé, pero... ¿Cuánto hace que estás en Nueva Zelanda? ¿Te suena de algo el racismo?

—Sí, me suena. Sé algunas cosas sobre este país; no me limité a leer un artículo que escribió un estadounidense que jamás ha puesto un pie aquí y me subí al primer vuelo que pude —responde, y ladea un poco la cabeza, de modo que el pelo le cae como un círculo brillante alrededor del rostro; es como si estuviera hecho de luz marrón y dorada.

—Entonces puedo serte franca. Los padres de ella sacaron su racismo a relucir. Pensaron que Casper tenía la culpa de que ella se hubiera quedado preñada, que era lo que siempre hacían los chicos maorís: dejaban embarazadas a chicas responsables y les jodían la vida. Dijeron que sería mejor que el bebé se criara en un buen hogar. Ah, y también se enteraron de que V tenía mutismo selectivo y acusaron a mis padres de haberlo maltratado.

—Qué horror, Greta —responde ella, frunciendo el ceño.

—Fue bastante horrible; un lío tremendo. En casa todo el mundo gritaba y daba portazos a todas horas, es casi lo único que recuerdo. A Casper le habían ofrecido una plaza en una buena universidad de Moscú, y mi padre estaba cabreadísimo porque no quería que fuera.

—¿Tu padre es de allí?

—No, pero mi abuelo sí. Mi padre odia Moscú y no va. No sé qué le ocurrió allí; puede que viera una marioneta.

—¿Qué?

—A mí padre le aterran las marionetas. Mi abuelo se lo llevó una vez a un teatro muy famoso de marionetas que hay en Bălți, cerca de donde se crio, y mi padre gritó tanto que tuvieron que sacarlo de allí. Ay, Dios, no sé por qué te lo he contado… No se lo digas a nadie del laboratorio —le digo, porque su cara tiene algo que hace que me den ganas de compartir con ella hasta el último dato de información que he recabado durante los últimos veinticinco años, lo cual incluye el trauma que tiene mi padre con las marionetas.

—Te prometo que no se lo diré a nadie. ¿Qué pasó con el bebé?

—Estuvo viviendo con una anciana. Se suponía que iba a ser solo durante una temporada, pero entonces ella se murió.

—Madre mía, ¿estás de broma?

—No. Tang estaba en la guardería; tenía cuatro años. Por algún extraño motivo, los datos de Casper estaban en su expediente. Nosotros no teníamos ni idea, pero la policía fue a recogerlo y lo soltó en casa de nuestros padres. Tang mintió a la policía y dijo que solía ver a su padre los findes, y los agentes no le dieron más vueltas al asunto. —Me encojo de hombros—. Fue una locura. Y entonces Casper regresó de Moscú y le prometió a Tang que jamás volvería a abandonarlo. Se ve que hubo juicio y todo, pero yo no me enteré mucho. Fue complicado que Tang se viniera a vivir con nosotros tan de repente. Éramos seis en casa, y no sabíamos nada de él. Casper le dio un Snickers y le provocó una reacción alérgica. También se pasó toda la peli de *El mago de Oz* llorando en silencio porque le aterraban los espantapájaros. Seguro que se moriría de vergüenza por que te lo haya contado; ahora es un adolescente guay, se preocupa por varias causas y me manda TikToks.

—Entonces, ¿al final las cosas salieron bien?

Asiento. Varias personas pasan junto a nosotras y entran en el teatro, quejándose de que han tenido que caminar mucho desde el aparcamiento con botas de tacones.

—Casper dejó de envenenar a su hijo, volvió con la otra Greta y ahora viven juntos en una casa blanca con una valla blanca en Epsom. ¿Tú tienes hermanos?

—Uno pequeño, pero es… normal. Vive en Glasgow y lleva las redes sociales de una empresa naviera.

Qué guay. Podéis hacer un porrón de memes sobre barcos. Podríais desatar una rivalidad entre dos empresas.

Ella sonríe y se mira el regazo.

—Eres genial. Oye, Greta, ¿tú dirías que esto es una cita?

Mantiene la cabeza gacha y no me mira. No entiendo por qué no le dejé claro que esto era una cita cuando la llamé, sobre todo teniendo en cuenta lo claro que dejé mi nombre.

—Mmm, sí. Espero que no te creyeras que era una entrevista de trabajo. No buscamos nuevos candidatos hasta el tercer trimestre.

Se gira hacia mí y se recuesta en el banco, sujetándose la cabeza con la mano.

—Pues qué pena. Tenía preparado un PowerPoint para explicar mis habilidades, lo que puedo aportar al equipo y demás.

La miro a los ojos; los tiene de un color extraño: no son marrones ni verdes, sino de un tono intermedio, como la canica que tenía escondida de pequeña en mi cajón, como si alguien fuera a robármela. ¿Qué se siente al tener pecas y vivir todos los días de tu vida con una constelación sobre la nariz? ¿Se sabrá las constelaciones del cielo austral? ¿Qué piensa de mi cara? ¿Le parezco guapa?

Me recuesto con ella en el respaldo del banco y le pregunto:

—¿Cuál es tu canción preferida de los Beach Boys?

No me responde. Me apoya la mano en la mejilla y nos damos un beso muy bonito que dura un buen rato. Empiezo a pensar que un banco en el Viaduct, frente a una mujer que lleva un vestido de punto rosa neón y unas mallas negras de polipiel y le grita a un tal Mark que le diga a una tal Sharon que ya tiene las entradas, no es el mejor lugar del mundo para liarse.

—¿Quieres venirte a mi casa? —le pregunto.

—¿De qué iba la obra?

—Magz y Krumper son dos millennials que intentan abrirse paso en el despiadado mundo del telemarketing.

—¿A cuánto queda tu casa?

—A un kilómetro y medio.

—¿Y si te digo que mi canción preferida de los Beach Boys es «Sloop John B»?

Le apoyo la mano en la rodilla.

—Bueno, en ese caso no volveré a invitarte, pero hoy puedes venir.

—¿Estás segura de que es buena idea invitar a alguien que no sabes cómo se llama a tu casa? —me pregunta, acariciándome el dorso de la mano.

Me pongo rojísima.

—Perdona, ¿cómo decías que te llamabas?

Ella esboza una sonrisa.

—Elizabeth Alexandra Livingstone, pero jamás me llames así, porfa.

MISS FOTOGÉNICA

V

Me escondo en la cocina y finjo que uso el SodaStream para gasificar un poco de agua, y estoy tan nervioso que no digo «hola» ni «¿qué tal?» en cuanto responde al teléfono.

—Soy yo, madre, Valdin Vladisavljevic.

—¿Madre? ¿Por qué me llamas «madre»? Me siento como si fuera una drag queen vieja con un mono plateado fumándose un cigarrillo en una discoteca de Nueva York.

—Suena muy guay, pero no tengo tiempo para recrearme en esta fantasía. Hay una mujer en mi casa.

—Bueno, fuiste tú el que dijo que tu hermana podía vivir contigo.

—Me refiero a una segunda mujer.

—¿Y qué quieres que haga? ¿Que me acerque por allí y le pida que se vaya?

Le doy al botón de la máquina gasificadora varias veces con impaciencia.

—Mamá, ¿puedes dejar de ser tan chula conmigo y permitir que te cuente mi historia?

—La verdad es que podrías contarla un poquito mejor.

—Anoche cambié el vuelo porque... porque sí, así que llegué tardísimo a casa. La puerta del cuarto de Greta estaba abierta y tenía la luz encendida, así que me acerqué y le grité: «Zdravstvuyte!», pero ella se puso a gritarme y a decirme que me largara;

me sorprendió tanto que me fui de casa y me tiré dos horas en un Esquires.

—¿Te refieres a la cafetería? ¿Hasta qué hora abren?

—Hasta la una.

—No tenía ni idea de que abrieran hasta tan tarde. ¿A quién le apetecen unos huevos benedictinos a la una de la mañana?

—¡A mí después de haberme encontrado a mi hermana con otra mujer y que me gritara que me fuera! —le susurro al teléfono y me agacho un poco, como si así pudiera ocultarme.

—¿Y por qué no te fuiste a tu cuarto y cerraste la puerta?

—¡No lo sé! Demasiado que no vi nada más. No llevaba las gafas.

—Valdin, ponte las gafas o cómprate unas lentillas.

—No pienso tocarme los ojos; qué asco.

—Seguro que has tocado cosas peores...

—¡Puaj! ¡Mamá! —La oigo reírse, y no sé por qué está tan de buen humor pero tan poco comprensiva—. No soporto llevar las gafas en el avión. No consigo relajarme y me noto la cara aceitosa. Me parece una ofensa que no fabriquen tiras para los poros del tamaño de mi nariz; es antisemitismo.

—Pues deja de ir a esa tienda para jóvenes coreanas. O cómprate una mascarilla de arcilla. ¿No te traje una de Vietnam?

—Sí, fue todo un detalle, gracias. ¿Tú sabías que Greta estaba saliendo con alguien?

—Sabía que tenía una cita.

—Sigue aquí —le digo, sin apartar la mirada de la puerta cerrada del cuarto de Greta—. Las oigo reírse. Están viendo Miss Nueva Zelanda 1973.

—¿Y cómo lo sabes?

—Lo reconocería en cualquier parte. Es un icono de la industria de la telecomunicación. Una joya cinemática. No me creo que Greta lo esté viendo con alguien que no sea yo, aunque supongo que no puedo impedir que comparta esa alegría con otras personas.

—Greta estaba preocupada por ti.

—¿Y eso?

Desenrosco la botella de la máquina y decido regalarme un chorrito de sirope de jengibre y lima. El agua con gas a pelo está asquerosa.

—Creía que te sentirías solo si ella empezaba a salir con alguien.

—No. N-nunca se me había pasado por la cabeza. Estoy bien.

—No pasa nada si no lo estás, colega.

Me siento especial al oír esa palabra; normalmente, Casper es el único que recibe el trato de «colega», pero entonces me avergüenza querer sentir validación por parte de mi madre.

—Estoy bien. No he estado haciendo nada raro. Compré Cillit Bang, pero es que tenía pensado ponerme a limpiar, no porque me haya dado un arrebato.

—¿Has estado quedando con alguien? ¿O hablando? ¿O...? Bueno, cualquier verbo poco preciso que quieras emplear. No sé nada porque Greta no suelta prenda.

—No, estoy muy ocupado. Me borré las apps. Ya no hago esas cosas.

—Vale. ¿Y qué tal por Queenstown?

—Ah, desconcertante. Extraño. No parece de este mundo. No quiero hablar del tema.

—Qué ganas de ver el resultado final entonces.

Le pego un trago al mejunje de la botella y sabe bien, pero no me siento renovado.

—¿Necesitas que me acerque por casa ahora, mamá?

—¿Por qué iba a necesitarlo? ¿Crees que puede que me haya quedado encerrada y que he dejado que primero me cuentes todos tus problemas porque esa es la clase de sacrificio que se supone que debo hacer como madre?

—No sé. No.

Ella deja escapar un suspiro.

—Ahora voy a por ti. Me apetece ir al vivero, al Plant Barn.

—Vale, solo tengo que echarme vapor en la cara para abrirme los poros, pero no tardo nada.

—De acuerdo. Nos vemos en media hora.

Dudo durante un instante.

—Te quiero, mamá.

—Lo sé. Adiós.

Dejo el teléfono sobre el banco de la cocina. Greta vuelve a reírse. Me dan ganas de gritarles que al final gana Miss Otago, pero me contengo.

MELOCOTÓN

G

Estoy sentada con la mano en alto hasta que el camarero me asiente con la cabeza desde la otra punta del restaurante ajetreado y siento la emoción candente de lo que está a punto de ocurrir.

—¿Qué pensáis de Wilson? —pregunta Fereshteh mientras vuelve a doblar la carta.

—¿Quién coño es Wilson? —pregunta Rashmika, que no la está mirando a ella, sino a la gigantesca imagen de un vaquero que tiene detrás.

—El chico al que llevé a la fiesta. ¿Por qué nunca prestáis atención a lo que pasa en mi vida? Greta, ¿te acuerdas de que queremos extra de salchicha taiwanesa?

Asiento e intento no olvidar el pedido hasta que el camarero se acerca con su libretita y se aparta el pelo con un gesto rápido de la cabeza.

—Decidme.

—¿Nos pones ocho de pechuga de pollo, ocho de panza de cerdo, ocho de pechuga de ternera, ocho patatas, diez salchichas taiwanesas, dos berenjenas, cuatro tofus, dos Tsingtao, una Coca-Cola Zero y un cóctel de melocotón?

—¿Lo queréis picante?

—Medio —respondo, y doblo la carta con gesto triunfal.

—¿Y el cordero qué? —pregunta Fereshteh.

Elliot niega con la cabeza y responde:

—No tiene una buena relación entre el coste y los beneficios.

El camarero asiente y nos dice el precio final.

—¿Estás segura de que se llama Wilson? —pregunta Rashmika—. Creía que era Winston.

—Pues claro que no se llama Winston. Si lo sabré yo, que soy la que estoy saliendo con él.

—¿Le pusieron el nombre por la pelota de vóley de *Náufrago*?

—Creo que nació antes; no sé cuándo la estrenaron.

—En 2001 —les digo—. Mi padre me llevó a verla. Se suponía que íbamos a ver *102 dálmatas*, pero le pareció anodina.

—Espero que Wilson no naciera después de 2001 —comenta Elliot.

—Pues a mí me parecería guay que estuvieras saliendo con alguien que nació después del 2001 y a quien le pusieron el nombre de una pelota de vóley —dice Rashmika—. Para gustos, colores.

Fereshteh deja escapar un sonido de protesta.

—No me lo voy a tirar. Creo que ni siquiera me gusta.

—Si quieres puedo enseñar una foto tuya cuando acabe mi clase de comentario de texto de primero, a ver si cae alguien.

—Cállate, Rashmika. Venga, cambiemos de tema.

Rashmika se ríe, nos sirven las bebidas y se abre su Tsingtao.

—Oye, Gre, ¿qué te pareció *Náufrago*?

—No me acuerdo mucho. Fuimos a la sesión de las diez de la mañana o así. Fue poco antes de que empezara a ir al colegio y los miércoles me iba por ahí con mi padre cuando él no tenía que ir al trabajo.

—Antes de empezar el colegio, yo me quedaba con una anciana que era dueña de una licorería —interviene Rashmika—. Me llamaba «Rashy la Mala» y me llevaba al Pak'nSave y compraba como unas cuarenta bolsas de patatas fritas para venderlas en la licorería.

—¿Y dónde estaba tu madre? —pregunta Fereshteh, abriendo con cuidado la Coca-Cola Zero porque acaba de hacerse la manicura.

—Trabajando en el DEKA. Cuando llegamos a Nueva Zelanda se puso a trabajar allí, en la sección de ropa interior femenina, porque no le reconocían el título de Contabilidad. Cuando lo cerraron, comenzó a trabajar de cajera en el Rendells. Y cuando lo cerraron también, se puso a trabajar en la oficina de Correos mientras, por las noches, se sacaba el certificado de contable. Y menos mal, porque la oficina de Correos también cerró. ¿Tus padres trabajaron en el DEKA, Elliot?

Elliot pone los ojos en blanco y responde:

—No. Se conocieron en el trabajo, en KPMG, porque este estado que da privilegios a los blancos sí que reconoció sus títulos universitarios, como ya sabéis.

—Ya —responde Rashmika—, solo quería que lo dijeras.

—Tu madre está muy orgullosa de ti —le dice Elliot—. La otra noche nos enseñó tu título a Greta y a mí, ¿sabes?

Rashmika se queda de piedra.

—No te creo.

—Pues créetelo —le digo, y mezclo el cóctel de melocotón con la pajita—. Nos enseñó el título y nos dijo que no te compráramos un libro de Rupi Kaur por tu cumple porque no te gusta. Luego nos dio dos vasos de agua a cada uno y nos los bebimos en silencio mientras se te oía de fondo, grabando tus raps incendiarios.

A Fereshteh le hace tanta gracia que casi se atraganta con la Coca-Cola Zero.

—Mira, cállate la boca —le increpa Rashmika—. ¡Tus padres siempre nos sirven un plato entero de pasas cada vez que vamos a tu casa! Seguro que se pasan horas vaciando esas cajitas rojas y sirviendo el contenido en un plato para impresionarnos.

—¿Pasas? ¡Mis padres no te han ofrecido un plato entero de pasas en la vida! Y, si lo hubieran hecho, ¿por qué no las iban a comprar en bolsas? —Fereshteh no deja de reírse—. A lo mejor me habría ido mejor con Wilson si mis padres le hubieran enseñado mi título.

—¿Y eso a qué viene? —pregunta Rashmika—. Yo no quiero follarme a Greta.

135

Fereshteh se encoge de hombros. Aquí todo el mundo es consciente de que yo no era la única que estaba ese día en la cocina de la madre de Rashmika mientras su madre enseñaba sus logros. Elliot le pega un trago a su Tsingtao.

Rashmika frunce el ceño y dice:

—De todos modos, Greta ya no está en el mercado. La he juntado con la chica del baño y ahora están enamoradas.

—Ay —protesto, y me centro en la pajita porque me habría gustado que no me echaran a los leones solo porque el otro tema era demasiado delicado—. Yo no sé si diría que estamos enamoradas.

—¿Te refieres a la chica que sonaba como Shrek? —Fereshteh estira el brazo hacia mí y me agarra de la muñeca con las uñas afiladas de color bermellón—. ¿Has vuelto a quedar con ella? —me pregunta, con los ojos como… platos de pasas.

—Sí, más o menos. —Me vuelvo hacia los cocineros, que giran las brochetas sobre las brasas en la pared del fondo—. ¿Creéis que hemos pedido bastantes salchichas taiwanesas?

—Hemos pedido diez brochetas, ¡hay de sobra! ¿Qué pasó con la chica?

—Tuvimos un encuentro muy agradable.

—¡No me seas, Greta! —protesta Fereshteh, clavándome las uñas en la muñeca.

Rashmika deja con fuerza la botella sobre la mesa y suelta:

—Dinos solo si te acostaste con ella para que podamos centrarnos en la comida cuando nos la sirvan y quemarnos la boca, tal y como quería nuestro creador.

Frunzo la nariz y respondo:

—La primera vez no. Después de la cita fuimos a mi casa y nos liamos muy fuerte, pero solo eso.

—Ah —exclama Fereshteh, y me suelta.

—¿Y la segunda? —pregunta Elliot.

—Esa vez sí. O sea, estábamos en la cama y, de repente, mi hermano llegó de un viaje de trabajo antes de lo previsto y se puso a gritar en ruso. No había cerrado la puerta porque se suponía que mi hermano no iba a estar en casa, así que le grité que saliera de allí, pero la chica se pensó que se lo estaba diciendo a ella, así que sacó la mano y V salió escopetado por la puerta sin quitarse la mochila siquiera. Resulta que se fue de casa y que estuvo en el Esquires hasta la una de la madrugada comiéndose un pastel.

Todo el mundo guarda silencio y me miran, a cuadros, mientras el camarero coloca un plato rectangular con cuarenta y seis brochetas en el centro de la mesa.

—¿Vas a volver a quedar con ella? —pregunta Fereshteh.

—Pues claro que voy a volver a quedar.

Rashmika protesta:

—Ahora solo os vais a acordar de esta anécdota y no de la mía, que es buenísima: formé parte de un sindicato ilegal que se dedicaba a vender chips.

Sonrío, empiezo a servirme las brochetas en el plato y le contesto:

—Pues venga, cuéntanos tus aventuras sexuales, Rashy la Mala.

RUMBO + DINSKA

V

Mi padre jamás se enfada ni se aturulla a menos que se produzca un percance organizativo, de modo que me sorprende que se levante de la mesa en mitad de la cena mientras la piel del cuello se le va poniendo roja. Fijo que a Greta le encantaría esfumarse. Se ha traído a la chica que le gusta para que conozca a nuestros padres. Hasta se ha pintado los labios aunque solo estemos en casa de ellos. Greta siempre se arregla un poco, por lo que cuesta saber cuándo está haciendo un esfuerzo añadido; pero el pintalabios lo deja clarísimo. Puede que la chica que le gusta también se haya arreglado (se ha cortado el pelo), pero no sabría decir porque no la conozco desde el día en que nació.

La cena iba bien. Nadie ha hablado sobre la colonización, la eutanasia o la gira de rugby sudafricana del 81, pero eso es porque Casper no está en casa. Si estuviera, habría sacado todos esos temas, pero ha tenido que irse a casa del padre de la otra Greta para celebrar su sexagésimo quinto cumpleaños. El padre de Greta quería una celebración discreta porque es un alemán muy serio y tranquilo, pero mi hermano y su mujer no podían dejarlo tirado en casa para venir aquí a interrogar a la nueva novia de Gre. Seguramente hayan hecho bien: no tengo muy claro que Ell esté preparada para enfrentarse a Freya.

La comida ha sido un éxito. Hemos cenado un rosbif poco hecho, patatas al horno y coles de Bruselas, y hemos tomado un merlot muy rico. Pero he mencionado a Rumbo y mi padre se ha enfadado, se ha levantado y me está gritando:

—¡Te digo que existe de verdad, Valdin! ¡Rumbo es una persona de carne y hueso! Ni me lo estoy inventando ni estoy exagerando la historia para que parezca más dramática. Rumbo era un niño muy violento que una vez le pegó a un profesor con un palo de hockey y que provocó un incendio forestal cuando peleó con un lobo con una rama en llamas. ¡Y era mi mejor amigo!

Me recuesto en la silla con gesto despreocupado. Soy consciente de que me estoy comportando como un capullo y que debería parar.

—Si existe de veras, ¿por qué Thony no lo menciona nunca?

—¡Porque Thony es idiota y es incapaz de reconocer una buena historia! Pero ¡si su peli favorita es *La dolce vita*, joder!

Seguro que Greta no se esperaba que papá soltara una palabrota tan fuerte en la hora que lleva Ell aquí, pero ya es demasiado tarde. Imagino que tampoco se esperaba que, si lo hacía, fuera por el cine italiano, pero es que no lo soporta.

—Eso dice él, pero yo estoy bastante seguro de que su peli favorita es *Miss Agente Especial* o *Speed 2*.

Greta observa a mi padre con los ojos entrecerrados, como si tratara de contemplar un eclipse sin dañarse la retina. Mi madre no está contenta.

—Siéntate, Linsh.

Pero mi padre no se sienta. Echa la silla hacia atrás y abandona la estancia.

Mi madre deja escapar un suspiro y se disculpa:

—Lo siento, Ell. Normalmente no se comporta así, y tú podrías dejar de provocarlo, Valdin.

—Llegados a este punto de la vida, necesito que papá confiese que Rumbo no existe.

—¿Por qué crees que no existe? —me pregunta Ell.

—Mmm —responde Greta, que se recoloca el pelo tras las orejas. Puede que tenga que levantarse para evitar que nos peleemos en cuestión de un minuto—. Todas las historias que cuenta mi padre sobre él son tan absurdas que V y Casper han llegado a la conclusión de que Rumbo no existe e insisten en que mi padre miente cada vez que cuenta algo sobre él.

¿Qué haría si mi padre intentara pegarme? En mi familia jamás hemos llegado a las manos; bueno, a excepción de aquella vez que jugamos a Gusanos Guerreros 3, un juego revolucionario en el que se necesitan sacos de dormir, escaleras y peleas cuerpo a cuerpo. No tardaron en prohibirlo con urgencia después de que tuvieran que llamar a mis padres al teatro para que vinieran a casa porque los tres habíamos acabado con las piernas y los brazos atrapados en la barandilla. Gritamos hasta que vino una vecina. Era la primera vez que Casper se quedaba a cargo de nosotros.

—¿Y tú crees que existe? —le pregunta Ell a Greta, y lo hace de un modo que da a entender que, crea lo que crea, se pondrá de su parte.

—No lo sé. Quiero que exista, a pesar de que su lista de fechorías es una barbaridad. Sobre todo aquella vez que se puso un traje rojo, se cubrió la cara con carbón y entró en las casas de la gente para asustarlos el día de Año Nuevo. Mamá, ¿tú crees que existe?

Mi madre enrolla una servilleta con la mano y responde:

—Sí, lo creo. No es propio de Linsh mentir. Ha habido veces en que he considerado que vuestro padre debía mentiros, y no lo ha hecho.

—¿Cuándo te habló por primera vez de Rumbo? —le pregunta Ell.

—El primer año que estuvimos saliendo. Antes de que Casper naciera. La primera anécdota que me contó iba sobre que habían encontrado un pájaro muerto a un lado de la carretera, cuando volvían a casa del colegio, y que, al poco tiempo, alguien se topó con un pájaro muerto en una hogaza de pan de la panadería. Linsh sabía que aquello había sido cosa de Rumbo, pero no sabía cómo lo había hecho. Para mí, lo más increíble de todo este asunto es que Rumbo decidiera hacerse amigo de Linsh, que era un niño nervioso y muy bueno, cuando seguro que había muchos más niños dispuestos a saltarse las normas y a tramar rebeliones.

—Voy a decirle a papá lo que has dicho —le digo.

—Ya lo sabe —responde ella, encogiéndose de hombros.

—Yo siempre he pensado que a Rumbo le caía bien papá porque era distinto a los otros niños. Jamás lo juzgaría ni intentaría arrebatarle la corona para convertirse en el bromista del pueblo porque le daría igual. —Vaya, por lo visto el grado de Greta para analizar ficción literaria al fin sirve para algo—. Aunque también pensaba que Rumbo estaba muerto.

—¿Qué? —exclamo—. Papá nunca ha mencionado nada de eso en sus historias.

—Lo sé, pero me cuesta creer que siga con vida a día de hoy. Puede que sea porque he visto muchas pelis de los noventa en las que alguien se comporta mal porque sabe que no le queda mucho y quiere sacarle provecho a la vida. Algo así.

—¿Crees que Rumbo metió un pájaro muerto en una hogaza de pan porque iba a morir pronto?

—No lo sé. Quizá murió después de que papá se mudara a Nueva Zelanda. No sé si está vivo a día de hoy. En las historias no parece alguien especialmente sano.

Dejo escapar un suspiro.

—Mamá, ¿crees que papá se ha enfadado? ¿Debería ir a hablar con él?

Pero ella niega con la cabeza y responde:

—No, está tramando algo. Sé que no está arriba enfurruñado porque las escaleras llevan crujiendo un buen rato.

—¿Crees que está al otro lado de la puerta, preparado para acusarnos de que ninguno de nosotros lo toma en serio?

—Desconozco qué es lo que se trae entre manos —contesta.

Se sirve otra copa de vino y yo hago lo mismo. Qué situación tan ridícula. Seguro que Ell estaba preocupada por que la cena fuera incómoda porque Greta y ella son pareja, no por una puta historia de Rumbo en la Unión Soviética que ha llegado a su emocionante punto álgido justo en esta cena. Me como otra col de Bruselas.

Y entonces reaparece mi padre, con el ordenador portátil abierto en el brazo y una copa de vino en la mano.

—Rumbo existe —afirma, como si tuviera la última palabra en esta discusión.

—¿Cuántos años tenía cuando murió? —le pregunta Greta.

—Rumbo no está muerto, Greta, está vivito y coleando y trabaja para una empresa internacional de transportes y se dedica a llevar mercancías entre Chisináu y Bucarest, y también a Hungría, a Chequia y a más sitios.

—Te lo estás inventando.

—No me lo estoy inventando —responde, y le da la vuelta al ordenador para que lo veamos y nos muestra el perfil de Facebook de un tal Andru Rusnac, un calvo que lleva un chándal rojo con la cremallera subida hasta la barbilla.

—Este hombre podría ser cualquier hombre de Europa oriental. Ni siquiera se llama Rumbo.

Mi padre me fulmina con la mirada porque sabe que tengo razón. Su afirmación no se sostiene por ningún lado. Debe de haber olvidado que soy científico y que sé algo sobre hechos y lógica. Deja la copa de vino en la mesa, le da la vuelta al ordenador y comienza a teclear sin tomar asiento.

—Linsh —le dice mi madre—, quizá podrías tomarte todo este asunto de demostrarle a Valdin que tenías un amigo de pequeño como un proyecto en el que centrarte cuando acabemos de cenar, cuando todo el mundo se haya ido a casa y yo a dar una vuelta.

Pero mi padre no responde. Todos nos servimos más vino.

—¿Cuánto tiempo llevas en Nueva Zelanda, Ell? —le pregunta mi madre.

No me creo que siga como si estuviéramos en un meet and greet mientras mi padre teclea y hace clic en el portátil con frenesí, con una sola mano.

—Pueees... La verdad es que desde octubre. Fue un poco improvisado. Estuve viviendo en Edimburgo desde que acabé el instituto y estaba haciendo allí el doctorado cuando, sin previo aviso, mi supervisora se fue y…

—¡Callaos todos! —exclama mi padre, y creo que mi madre está a punto de matarlo. Tiene la oreja pegada contra el teclado del portátil como si estuviera loco. Sube el volumen—. Allo.

—¡Allo, Dinska!

La voz de un hombre que ha debido de fumarse un millón de cigarrillos y que puede que esté conduciendo un camión en una circunvalación financiada por la UE cubre en este instante la cocina y el salón de mis padres. Empieza a hablar a toda leche, puede que en ucraniano. Mi padre asiente aunque no esté haciendo una videollamada.

—Rumbo, ty rozmovlyayesh anhliys'koyu?

—Tak, sí. Hablo inglés a todas horas. Hago la ruta de Chisináu y Praga… cuatro veces por semana.

Me avergüenza que puede que Rumbo hable cuatro idiomas cuando yo solo hablo inglés y el ruso suficiente como para pedir blinis. Greta frunce el ceño y comenta:

—Eso son casi 1500 kilómetros. Para ir desde Chisináu a Praga se tardarían como mínimo diecisiete horas.

Papá le quita importancia al comentario con la mano, como si fuera lo más normal del mundo pasarse sesenta y ocho horas a la semana conduciendo.

—Eso son muchos viajes, ¿no tienes esposa?

—Ah, sí, ¡una en cada ciudad! —comenta con una carcajada, y luego añade—: Estoy divorciado.

—Quién pudiera… —comenta mi madre.

—Dinska, ¿te acuerdas de Martina Borisnova Yevtushenko?

Mi padre se queda pensando y luego responde:

—Ah, sí, creo que sí. La de… la voz rara.

—En 2014 me deja por un rumano rico de Iasi. Allí hay un aeropuerto con muchos vuelos a Kipr.

—Chipre —le explica Greta a Ell.

—Estoy pensando en mudarme a Cluj-Napoca —prosigue el supuesto Rumbo—. Allí la industria del espectáculo es importante.

—Vaya, qué interesante —responde mi padre, que asiente de nuevo. Durante un instante me imagino a Rumbo presentando un programa en el que tienes que escalar por una carrera de obstáculos y luego meter pájaros en hogazas de pan—. Oye, te llamaba porque mi hijo no se cree las cosas que nos pasaron de niños en Lipcani. Es un... gorodskoy pizhon y no lo entiende.

—Ah, los viejos tiempos. Las cosas han cambiado muchísimo. ¿Cómo se llama tu hijo?

—Valdin.

Rumbo se ríe.

—Qué nombre más tonto.

—Ya, se lo puso mi mujer.

—Me cago en la leche, Linsh —responde mi madre, sirviéndose una tercera copa de vino.

—¿Solo tienes un hijo? —pregunta Rumbo.

—No, dos, y una hija.

—Mmm. Qué suerte. Yo tengo tres hijos pero ninguna hija. Tienes mucha suerte de tener una hija, Dinska, no lo olvides. Mis hijos siempre... siempre están creyéndose que pueden hacerse famosos en internet. Haciendo parkour. Si tuviera una hija, sería más lista.

—Soy consciente de la suerte que tengo, no te preocupes. Esto... ¿Qué recuerdas de los viejos tiempos? ¿Cuál es tu recuerdo preferido?

Rumbo deja escapar un suspiro.

—Hubo buenas épocas, pero también malas. Recuerdo que era un niño terrible, que gastaba muchísimas bromas, que asustaba a todo el mundo con máscaras y pintándome la cara con carbón, que les cobraba a los niños para que me vieran luchar contra un cerdo. Estoy muy triste porque no me dejaron ir a visitar la... la fábrica de cuero. En la excursión del colegio. Pero mi recuerdo favorito —añade riéndose— es aquel de cuando estaba nevando y te dije que la policía secreta nos sigue, que te di mi mochila con el pollo que había robado... el recuerdo de que corriste por el hielo mientras gritabas con el pollo en la mochila.

—Eso se me había olvidado —responde mi padre con una sonrisa.

—¿Cómo está Thosha? ¿Tiene esposa?

—¿Eh? Ah, ¿Thony? Mmm, Thony es... —me mira, como si yo fuera el asesor marica para cualquier tipo de ocasión. Me encojo de hombros y niego con la cabeza— está trabajando en la industria del espectáculo —remata mi padre.

—Mmm, puede que también lo llame.

Mi padre se ríe.

—Sí, es una idea estupenda. Llama a Thony. Oye, Rumbo, muchas gracias por hablar conmigo. Que vaya bien el viaje a Praga.

—Sí, voy a comprar un montón de pasteles, trdelník. Me alegro de hablar contigo, Dinska. Espero que tu hijo no siga pensando que eres un mentiroso. Do pobachennya!

—Do pobachennya! Espero que... encuentres pronto a otra mujer.

Rumbo vuelve a reírse y papá pone fin a la llamada. Deja el ordenador en el armario que tiene detrás, toma asiento frente a la mesa y sigue comiéndose el rosbif. Mi madre se ha quedado completamente a cuadros.

—Ell, ¿estás haciendo el doctorado en Biología en la universidad? —pregunta mi padre.

—Eh... Sí, sí —responde, y se echa el pelo hacia atrás.

—Hemos hablado alguna vez, ¿no? ¿Tu supervisor era Erik?

—Sí, sí.

Mi padre deja los cubiertos con cuidado y cruza las manos frente al plato.

—Por favor, no le cuentes jamás lo que acabo de hacer.

REDACCIONES EN EL ALMUERZO

G

Rashmika y yo paseamos por la universidad y nos quejamos de una conferencia tontísima a la que hemos asistido. Tenemos que ir a las conferencias de las asignaturas que impartimos; normalmente no supone problema alguno, pero esta la ha dado un invitado y ha sido espantosa.

—Si tanto odia el tráfico de aquí, que se hubiera vuelto a Los Ángeles —comenta Rashmika cuando cruzamos la calle y rodeamos esas cosas de plástico tan coloridas que se supone que son para que la gente no aparque, no fume, o no haga algo, y pasamos junto a la biblioteca—. Tampoco entiendo por qué el coordinador de la asignatura ha pensado que los alumnos necesitan una perspectiva estadounidense sobre la literatura neozelandesa. No ha proporcionado perspectiva alguna, tan solo ha pronunciado un discurso sobre que no somos tan modernos como nos creemos en cosas como, yo qué sé, los buses eléctricos.

—Yo creo que es que la asignatura es mala y ya —respondo, y le pego un trago a mi lata de Mountain Dew—. Me parece un poco feo que en el nombre ponga «contemporánea» y que el libro más reciente de la lista de lecturas sea de 1978.

—Al menos nos pagan; aunque no sé por cuánto tiempo, la verdad.

Pasamos bajo un arco de piedra, donde varias personas hacen cola para el almuerzo de Hare Krishna. Ell está sola en un banco.

—Hola —la saludo, y siento que el corazón se me va a salir por la garganta porque no esperaba encontrarme con ella.

—¡Hola! —responde, limpiándose las migas de hojaldre del regazo.

—¿Qué hay, E? —le pregunta Rashmika, que lleva unas gafas de sol moradas sin montura y unos pantalones de campana rosa bebé; aún no nos hemos topado con nadie con un estilo parecido en todo el día.

Me pregunto si a Ell le gustará este brillo de labios nuevo o si se me ha ido por culpa de la lata de Mountain Dew. Rashmika toma asiento en el banco y, como no hay sitio para mí, me siento en el césped con cuidado porque llevo una falda bastante corta.

—Estaba esperando a un par de compañeros del laboratorio. Están en la cola —nos explica Ell, señalando la fila con la mano.

Debe de haber unas cincuenta personas. Abro el envoltorio del rollito de queso feta y espinacas que me he comprado en el Munchy Mart, y Rashmika se saca un táper de arroz y saag aloo.

—¿Qué tal el día? —le pregunta a Ell.

—No ha estado mal; nos lo hemos pasado viendo presentaciones.

—¿Sobre plantas?

—Bueno, no sobre plantas como tales, sino sobre los procesos que siguen las plantas para producir los componentes químicos que necesitan para sobrevivir en entornos artificiales.

—A nosotras un estadounidense nos ha dado un baño de humildad sobre lo bueno que es el transporte público de aquí —comenta Rashmika con la boca llena.

—¿En qué clase?

—Literatura contemporánea de Nueva Zelanda.

Le sonrío a Ell. Lleva un conjunto que no le había visto antes: unos pantalones y una camisa de satén como de color óxido. Le queda muy bien; parece una estatua comunista. Me pasé el finde enseñándole fotos de mis estatuas favoritas y reaccionó superbién. Me pregunto si este nuevo conjunto se deberá a eso…

—Greta.

Miro hacia atrás y me topo con mi padre. Lleva una caja de cartón de oficina y está al lado de un hombre que tiene una cara redonda y muy amigable.

—¿Qué hay, doctor L? —lo saluda Rashmika.

—¿Qué hay…, estudiante de máster R? —responde él—. Os presento a mi compañero, Erik.

Erik nos sonríe a las tres.

—Buenas, Ell, Greta y estudiante de máster R.

Las tres lo saludamos, y me pregunto si Erik sabe que mi padre le ha contado a toda la familia que tiene un gatito nuevo. El teléfono de Erik comienza a sonar.

—Esto… Ell —dice mi padre, y mira de reojo a Erik mientras acepta la llamada—. Me gustaría disculparme por la escenita de la otra noche. Debería haber esperado a que hubieras venido a nuestra casa cuatro a cinco veces antes de hacer algo así.

—Ah, no pasa nada. Me lo pasé muy bien —responde Ell, con seguridad en sí misma pero un poco roja.

—¿Se enfadó mucho mamá cuando nos fuimos a casa? —le pregunto.

—Ah, se puso hecha un basilisco. No se enfadaba tanto por mi culpa desde que le dije a Casper que se fuera con el coche a comprarme un helado en el McDonald's cuando aún no tenía el carné.

—¿Cuándo fue eso?

—Pues él tenía catorce años, así que ya hace. Fue en Navidad; me había emocionado después de beberme varios licores que mi padre había comprado en las tiendas del aeropuerto. Bueno, da igual, el caso es que quería preguntaros si me dejaríais compensároslo invitándoos a almorzar algún día.

—No hace falta —responde Ell.

—Es un almuerzo gratis —interviene Rashmika, que sigue comiendo.

—Vale, pues sí —dice Ell, y yo ya empiezo a imaginar cómo sería un almuerzo ideal; si paga mi padre, no va a ser un Mountain Dew y un rollito de espinacas seco.

—Maravilloso —responde mi padre.

—Será mejor que nos vayamos, Linsh —le dice Erik entonces, sonriéndole y señalándose el reloj de pulsera.

—Ah, es que tenemos que ir a una reunión de presupuesto que seguro que va a las mil maravillas y tras la que todos nos sentiremos muy bien con nosotros mismos. Disfrutad del almuerzo.

Y dicho esto, asiente, choca los talones y se alejan. Mi padre parece demasiado alto en este ambiente en el que no cuenta con su familia de altos ni con su casa en la que todo está muy elevado.

—Qué suerte tienes —le comenta Rashmika a Ell—, a la familia de Gre no suele entusiasmarle la gente a la que Gre se quiere tirar.

—Qué asco, no digas eso —respondo—. Lo que pasa es que mi familia se emociona cuando conoce a alguien porque tengo un hermano que ha estado con la misma chica prácticamente desde el instituto y otro que salió con un viejo amigo de mis padres, como si fuera miembro de la oligarquía. —Le doy un toquecito a Ell en el zapato con el pie—. Por cierto, Casper quiere que cenemos con él.

—Hala, me están invitando a beber vino y a comer en todas partes —exclama, y mira hacia abajo porque sigo en el suelo.

—Mi hermano no suele tener vino, pero puede que te ofrezca una cerveza si le caes bien.

Una sombra me cubre y Rashmika frunce el ceño, deja a un lado el táper y dice:

—Buenas tardes.

Estiro el cuello hacia arriba y me topo con el rostro de Holly al revés.

—Quería pedirte un favor, Gre —me dice con sus modales de chica que lleva gafas, chaqueta y una llave que cuelga de una cinta.

—Dime.

Abre el cierre del bolso de cuero, se saca una pila de papeles y me dice:

—¿Podrías corregirme estas redacciones de mi clase de literatura? Tengo muchísimo trabajo ahora mismo.

—Ah, ¿estás con la tesis?

—Sí, y con unas cuantas cosas más. ¿Te importa?

Me tiende las redacciones; no son muchas, quizás unas diez, así que, tras dudar, las tomo.

—Sí, claro. De todos modos, creo que la mayoría de nuestra clase va a entregarlas con retraso.

—Estupendo —dice, y se aparta el pelo de la cara—. El año pasado diste esa clase, ¿no?

—Sí, pero creía que ya era cosa del pasado.

Holly se ríe y me dice:

—Bueno, gracias. Vuelvo el martes de Pauanui, si te apetece quedamos para tomar algo y nos ponemos al día.

—Eh, sí, claro, vale.

Paso la mano sobre los folios y luego los meto en mi tote.

—Te escribo —me dice, mirando el móvil—. Gracias, Greta. Eres la mejor. Tengo que irme, he quedado. Chao. Adiós, Rashmika.

—Me alegro de verte —responde Rashmika mientras Holly se aleja.

—¿Quién era esa? —pregunta Ell.

—Una a la que no van a invitar ni a almorzar ni a cenar —murmura Rashmika.

ANUNCIO

V

Desde los veintiuno hasta los veintiocho estuve trabajando en un laboratorio de la universidad. Eso es mucho tiempo trabajando en un mismo sitio y, en general, todos los días eran iguales: tomábamos asiento ante los mismos escritorios, trabajábamos en los mismos proyectos y la mayoría de la gente comía lo mismo para almorzar. Ahora, cuando digo que voy a trabajar, me voy a una oficina que tiene salas de descanso y espacios colaborativos. Hay toda clase de escritorios: de esos en los que trabajas de pie, mesas enormes con taburetes demasiado bajos en los que no me puedo sentar... Todos los días, la gente almuerza algo distinto. En esta oficina no hablo mucho del laboratorio porque es algo que les queda demasiado lejos a los que trabajan aquí. Es como cuando mi padre cuenta una anécdota que, para entenderla, su oyente tiene que conocer el concepto «informante de la zona», o como cuando mi madre cuenta una anécdota que, para entenderla, te tiene que gustar mucho el marisco. El laboratorio es una parte distinta de mi vida. A veces lo echo de menos. Echo de menos a mi mejor amigo del mundo de las ciencias, Chris, que es Ngāpuhi y de Kerikeri, por lo que entiende una buena anécdota sobre el marisco.

Hoy se respira cierta tensión en el ambiente de la oficina. Está pasando algo. Puede que le toque turno al camarero guapo que le gusta a todo el mundo, o puede que alguien haya propuesto ir a ese sitio nuevo de cerveza artesanal al salir del trabajo. Los viernes solíamos ir a tomar algo en el club de la universidad para espiar a la gente de los otros laboratorios. Mi cerveza preferida es la de los currantes: la Lion Red. Mi madre me desheredaría si empezara a beber cualquier cerveza de la Isla Sur, como Speights, por ejemplo. Me diría que me convirtiera en el orgullo del sur cuando ella no estuviera delante.

—Hola, hola —me saluda Emma, que se da la vuelta en la silla mientras me quito el abrigo.

Es mi persona preferida de la oficina. Quizá las cosas habrían ido mejor si hubiera venido a Queenstown porque no le da miedo hablar cuando pasa algo raro. Seguro que es porque es australiana.

—Hola —respondo, y dejo la bufanda marrón en el respaldo de la silla—. ¿Qué pasa?

Emma señala la pared de cristal de la sala de reuniones, donde Simon y Bailey parecen hallarse en mitad de una llamada, y me dice:

—Quieren hablar contigo.

Simon asoma la cabeza por la puerta y me llama.

—Hola, V. Tenemos reunión en cinco minutos.

Tengo un mal presentimiento. ¿Van a echarme por lo que pasó? Simon levanta el pulgar y vuelve a la llamada.

Saco la botella de la mochila y me acerco a la máquina de agua para llenarla. Greta ha tenido varios trabajos de oficina espantosos y afirma que ir a la máquina de agua es una de las pocas libertades que puede encontrar uno en un trabajo de mierda. Es de las pocas cosas que puedes hacer que no tiene nada que ver con el trabajo y por la que nadie te puede decir nada.

—¿E ir al baño? —le pregunté—. No te puedes meter en un lío por ir al baño.

—No —me contestó—, pero allí no te ve nadie, y, si no te ve nadie, seguro que estás haciendo algo que no debes.

Con la máquina de agua, todo queda a la vista. Me siento afortunado de no haber tenido nunca un trabajo en el que no puedes ir a hacer pis cuando lo necesitas, pero luego pienso que orinar es un derecho humano y no algo por lo que debería sentirme agradecido.

Simon me hace un gesto con la mano para que vaya a la sala de reuniones y cierro la puerta con toda la delicadeza posible. Ojalá este eventual despido no fuera a producirse en una sala con paredes de cristal, pero supongo que forma parte del encanto del capitalismo tardío.

—Siéntate, V. ¿Cómo estás?

Tomo asiento en una de las sillas de despacho que rodean la mesa, me doy cuenta de que está demasiado baja y me toca reajustarla mientras me muestro tranquilo y dispuesto a dialogar.

—Pues bien, gracias.

Bailey sigue al teléfono, dándonos la espalda con la silla. Hoy lleva una falda plisada caqui que le llega a los tobillos, una blusa color crema con el cuello redondo y pintalabios rojo.

—Seguro que ya te imaginas por qué te he llamado. Solo quería hablar un momentito contigo antes de que lo anunciáramos por todo lo alto —me dice, y me sonríe y le da un trago a una botella de cristal de café frío mientras me habla.

Él lleva un gorro.

—Sí, claro —le digo.

Está sonriendo demasiado como para ponerme de patitas en la calle, pero puede que así sea como se hacen estas cosas hoy en día.

—La verdad es que todo esto está saliendo adelante gracias a ti, así que quería agradecértelo. Les hemos mostrado algunas imágenes del rodaje en Queenstown a los patrocinadores y les han encantado; no habríamos llegado a un acuerdo con la aerolínea si hubiera presentado el programa alguien que no fueras tú. Tienes muchísimo talento; no tengo ni idea de cómo… se te ocurren las cosas que haces, pero quiero que sepas que agradezco muchísimo que trabajes con nosotros.

—Ah —respondo, e intento imaginarme en qué mundo lo que ocurrió en el campo de golf fue algo bueno y no un absoluto desastre—. Gracias, me alegra oírlo.

Bailey cuelga el teléfono y comprueba la hora.

—Simon, son las diez... ¿No deberíamos decirle a todo el mundo que fuera entrando?

—Sí, claro —responde él, y me da una palmadita en la espalda cuando se dirige a comunicarle a todo el mundo que venga a la sala de reuniones.

No hay suficientes sillas para las casi doce personas que hay en la oficina, de modo que algunos se traen la suya. Simon se asegura de que haya venido todo el equipo y, entonces, Mike, uno de los editores, cierra la puerta. No he dicho los nombres de todos, pero imagínate que hay doce personas en una sala de reuniones, que tienen pinta de trabajar para una empresa de comunicación de tamaño medio y que lo pasan bien hablando del café y del frío que hace. Simon se halla de pie a la cabeza de la mesa.

—Bienvenidos y bienvenidas. Espero que no os haya costado mucho salir de la cama esta mañana. ¿A cuántos grados estamos? ¿A ocho?

—En Dunedin estábamos bajo cero —responde Mike.

La gente comienza a hablar entre murmullos. También se han enterado de la temperatura que hace en otros sitios.

Simon junta las manos y prosigue:

—Vale, seguramente ya sepáis para qué os he llamado. Sí, hemos llegado a un acuerdo para colaborar con la aerolínea, y sí, la dirección nos ha dado el visto bueno esta mañana, así que vamos a estar rodando en Argentina a partir del día diez. —Todo el mundo se da la vuelta y comienza a hablar mientras Simon ríe—. Sí, somos conscientes de que ha sido un cambio muy repentino, pero ya tenemos todos los pasaportes que necesitamos... Muchas gracias por organizarlos y... hoy mismo vamos a reservar los billetes. Estaremos tres días en Buenos Aires, luego iremos a la Patagonia y después a Salta. Queremos sacar tres episodios con este viaje. Estaremos fuera doce días y después volveremos directos para pospro...

No sé qué temperatura hace en Buenos Aires porque jamás lo miro ni me permito imaginarme cómo será estar allí, tan solo me centro en lo que siento al estar aquí, donde tengo mi vida, en mi isla, en Te Ika-a-Māui, y no me preocupo por qué hará nadie en su isla, en América del Sur, ni pienso en qué verá al despertarse allí, si verá a otra persona o una simple pared, ni en si aún le gusta cortar fruta para desayunar para comérsela de un cuenco con una cuchara, apoyado en la encimera de la cocina mientras lee las noticias en el móvil, ni en si tiene a alguien a quien decirle si ha visto algo interesante, ni en qué ve cuando mira a través de la ventana para comprobar el tiempo (si ve otro edificio, a gente hablando en la calle, un atasco, una tierra yerma que se extiende hasta donde alcanza la vista, un barrio de las afueras en el que la gente se apresura por meter a los niños en el coche); no me planteo cuántos días sale de casa a toda prisa, dejando el cuenco en el fregadero y la tabla de cortar sobre la encimera, ni tampoco con quién se ve en las reuniones ni si empiezan a su hora, ni en si se llevan a cabo en una sala con paredes de cristal como esta ni de qué color son las sillas, ni en si son de un verde chillón mientras que las paredes son blancas, ni en si hace mucho calor ni en si una mujer que se llama Anita descruza las piernas y abre una ventana; no pienso en si come a solas en una plaza de la ciudad, en si come una ensalada con pollo y almendras porque se supone que es un plato sano ni en si luego puede que se coma un KitKat antes de meterse en una segunda reunión (más relajada que la primera), seguida de una vuelta por una nueva exposición que han montado en la galería, que remata con un café (solo) y un alfajor y un vaso de agua; no pienso en cómo se sentirá esa otra persona cuando le habla y lo mira mientras sonríe y se fija en que las palas se le superponen un poco mientras duda de si es buena idea preguntarle qué hace luego, ay, pero esta noche no puede porque iba a ver una peli (y menos mal que no la han doblado), o tiene una cena de cumpleaños en un restaurante en el que cuesta mucho conseguir una reserva, o una cita en un bar, si es que se puede llamar «cita» siquiera, porque llevan ya tanto que se ha convertido en algo cómodo en sus vidas, en una de sus partes favoritas, durante la que se pasan los brazos por encima del hombro y se preguntan si se están estancando y se piden un pisco sour y se ríen por preguntárselo, o puede que esa otra persona se haya ido y que ahora la eche de menos, y se vaya a casa en tren solo mientras el vagón retumba sobre las vías como lo hace varias veces a lo largo del día, y se saca el teléfono y manda un mensaje en el que pone: «Te echo de menos y te quiero»; es algo que podría decirle a esa otra persona, pero a mí no porque ya no me quiere y ya no piensa en mí, y por eso me quedo en mi isla y tampoco pienso nunca en esta persona. Ni cuando me dan una buena noticia que quiero compartir con alguien, ni cuando aparto la mirada de cualquier otro hombre al que vea de noche, ni cuando estiro la mano por las mañanas y no encuentro a nadie y lo único que veo es una pared.

—Perdón, tengo que ir a llenarla —anuncio, y me pongo en pie con la botella y todo el mundo asiente porque que necesites ir a por agua es algo que a todos les parece razonable; es algo que queda a la vista de todo el mundo.

PLANTAS (II)

G

Estoy leyendo una revista sobre cómo cuidar plantas. Estoy de espaldas a la ventana, y algo de luz se cuela entre las nubes y me calienta la espalda a pesar de la lluvia. Si fuera una planta, ¿cuál sería? Puede que una de esas de hojas grandes que caen con pesar si no le proporcionan la cantidad exacta de agua y luz. O puede que una con intereses de expansión, con unos zarcillos largos y reptantes que avanzan sigilosos hasta el barandal. Me gusta subirme a sitios altos y ver que una planta se ha apoderado de la zona inferior. En la universidad hay un sitio así: es una ventana por la que se ve una monstera que se ha adueñado de todo el espacio que había entre los edificios, un lugar al que no hay modo de acceder y que, por tanto, no sirve de nada para los humanos. Tengo la sensación de que esa podría ser mi evolución final.

V ha entrado en el piso mientras le daba vueltas a todo esto, pero no me ha dicho: «Hola, Greta, ¿cómo te ha ido el día?» ni ninguna frase educada del mismo estilo. Me parece que está enfadadísimo y alterado por algo. Lleva puesto su abrigo azul marino y no se ha colocado bien la bufanda; se queda delante de la puerta con las llaves en la mano. Tiene gotitas de lluvia en las gafas. No sé si va a contarme qué ha pasado o si va a encerrarse en su cuarto a escuchar música de Sufjan Stevens. A veces cree que no puedo ayudarlo porque me considera demasiado joven como para entender las cosas.

—Greta.

Aguardo tras la revista.

—Greta, tengo que irme a Buenos Aires.

—¿Y eso?

—Por trabajo. Una compañía aérea nos ha patrocinado y ahora tengo que irme a Buenos Aires dentro de dos semanas.

—¿Le has dicho a Xabi que vas a ir?

Se queda mirándome. Sigue de pie frente a la puerta, completamente inmóvil y con los brazos un poco separados, como si esperara a que lo crucificaran.

—No. ¿Crees que tengo que hacerlo? ¿Es lo que se hace en estos casos?

—No tienes que hacer nada; pero no sé. Seguramente le siente mal si se entera de que has ido a su ciudad y no le has avisado. Sería mucho peor que si se lo dices.

—¿Y cómo va a enterarse de que he estado ahí? ¿Se lo va a decir un informante de la zona?

—No, V, porque emiten tu programa por la tele.

—Ah. Ya. Claro. ¿Y si se ha muerto?

—¿Qué? No se ha muerto. Nos habríamos enterado.

—¿Y si os habéis enterado de que se ha muerto y no me lo habéis dicho porque os da miedo que se me vaya la olla del todo y jamás pueda volver a funcionar como una persona normal en la sociedad?

Dejo escapar un suspiro y cierro la revista.

—Xabi no está muerto. A nadie le importan tanto tus sentimientos como para trazar todo un plan con el que ocultarte la muerte de Xabi. Además, es alguien bastante importante en su campo de trabajo, imagino que alguien crearía algún hashtag para llorar su fallecimiento.

—Silencié todas las palabras que se me ocurrieron y que tenían algo que ver con él, entre las que se incluyen «arte», «hombre», «independencia de Cataluña» y «bisexual». Greta...

—¿Qué?

Hace una pausa durante un segundo. Aún no se ha movido.

—Todavía le quiero.

—Vale —respondo, como si jamás lo hubiera escuchado llorar mientras oía «I'm Not in Love», de 10cc.

—Creo que voy a tener que llamarlo —me dice, y sale por la puerta.

—Vale, adiós —le digo a la nada.

Yo le habría mandado un correo electrónico y ya.

CRÈME DE MENTHE

V

Estoy en el pasillo de la Facultad de Ingeniería de la universidad. Me ha costado tres días hacer esta llamada. Le he dado un millón de vueltas, he probado distintas ubicaciones por toda la ciudad: en el bus, para poder cortar la conversación cuando me diera la gana diciendo que tenía que bajarme; bajo la circunvalación de la autovía, para fingir que no oía nada que no me gustase; en el puerto, para poder quedarme mirando el mar con un destello nostálgico en la mirada... Pero he tenido que venir a la uni porque había quedado con alguien, y luego he pensado en almorzar con mi padre o con Greta, pero no lo he hecho y me he venido a este edificio. Observo el tráfico que avanza despacio por el enredo de circunvalaciones que hay entre donde estoy y el parque Domain. Cuando estás allí, intentando buscar aparcamiento, no parece que haya tantos árboles.

Saco el teléfono. No miro directamente los nombres mientras repaso la lista de contactos. Marco, suena. Me pego el teléfono a la oreja y me apoyo en la pared.

¿Qué estará haciendo? Allí es de noche. Quizás esté en una bodega oscura con una mujer. Puede que se estén riendo porque ella es graciosísima. Puede que ella esté cansada, que él tenga dinero y que no sea un tacaño. Puede que estén comiendo empanadas. Puede que estén en un bar en el que les han servido una tapa de fritos de maíz. «Ay, yo no quiero más gracias; no me gustan mucho. Venga, come un poco más. Vamos a pedir otra ronda; yo quiero una crème de menthe. Estupendo, pues yo un gin fizz».

El teléfono deja de sonar.

—¿Dígame? —me dice en español.

—Hola. Eh... Soy yo —respondo en inglés.

—¿Val?

No parece que esté en una bodega comiéndose una tapa de fritos. No parece que esté en ninguna parte en concreto.

—Sí.

—¿Estás bien? ¿Pasa algo?

—Sí, sí. No. Va todo bien. Solo... Mmm... He pensado que debía decirte que voy a ir a Buenos Aires dentro de dos semanas.

—¿Y eso?

—Por trabajo. Para grabar un programa; es a lo que me dedico ahora. Vamos a recorrer todo el país, pero estaré en Buenos Aires unos pocos días cuando lleguemos.

—Ah, claro, claro. Ya sé que trabajas de eso.

Hago una pausa.

—¿Y cómo lo sabes?

—Ah, lo vi. Había gente publicándolo en redes. ¿Dónde vas a alojarte?

Suena raro, aturullado. Puede que esté con una mujer y que lo que pasa es que está callada y que a él le da vergüenza que su ex lo haya llamado para decirle que va a ir a su ciudad justo cuando iba a... no sé, echar el mejor polvo de su vida o algo por el estilo. Puede que fuera a proponerle matrimonio a esa mujer, a tener dos hijos y... no sé, a comprarse un remolque para caballos y cabalgar juntos por el campo porque siempre hace buen tiempo.

—Aún no lo sé. Se encarga otra persona de organizar esas cosas.

—Ay, claro. Eh... ¿Quieres que me acerque a la ciudad para que nos veamos?

—Eh... Sí, sí, no sé. Eh... Podría escaparme e ir a verte.

Muy sutil, Valdin. Pues claro, puedo ir a verte en tu rancho de caballos con tu preciosa mujer latina a la que no le gustan los fritos y que seguramente tendrá un nombre español muy largo que no sabré pronunciar. Dame un segundito para que me vomite encima en este pasillo primero.

—Iré a por ti en coche. Tú dime dónde te alojas y ya. ¿Sabes si tienes algún día libre?

—Sí, el día después de que llegue: el once.

—Vale, bien, pues iré a buscarte.

No puedo hacerlo. No puedo beberme una sangría en el porche con él y Esmeralda y pasarme todo el tiempo intentando no fijarme en que hacen manitas y no mirarle los inmensos pechos naturales de ella.

—Xabi.

—Dime.

—¿Dónde estás?

—En casa.

—¿Con quién estás?

—Con nadie. Es tarde.

—Ah.

—¿Dónde estás tú, Val?

—En la Facultad de Ingeniería de la universidad.

—¿Y qué haces ahí?

—No lo tengo muy claro. He pensado que quizá no habría mucho jaleo. Quería ver si mi padre y Greta estaban por aquí.

—¿Cómo está Greta?

—Bien. Estamos viviendo juntos en un piso. Se ha echado novia.

—Ah, ¿sí? ¿Y cómo se llama? —pregunta, y parece interesado de veras, lo cual me revuelve un poco las tripas.

—Ell.

—¿A-L?

—No, E-L-L. Creo que no es E-L-L-E; no parece de esas.

—¿Y cómo es?

—Es de Escocia, y es muy lista y... práctica. Es graciosa. Sobrevivió a una cena con mis padres en la que a mi padre le dio uno de sus arrebatos, así que imagino que esta va a durar una temporada. Creo que a Greta le gusta; siempre escucha todo lo que dice. A mí no me escucha nunca.

—Pues claro que te escucha.

Siento una punzada en los ojos y la garganta seca. Joder. Solo quiero que me abrace fuerte y que me diga que todo va a salir bien y que no hace falta que saque la basura porque ya lo ha hecho él, que podemos ver *The Bachelor* porque él aún quiere saber cómo acaba, y que quizá podríamos ir a Cuba, como siempre he querido desde que tenía quince años y fumar me parecía guay (aunque jamás había fumado porque seguro que me daba cáncer de pulmón y me moría, porque así de suertudo soy); pero no ocurre nada. Estoy solo en un pasillo blanco. Creo que es blanco; la luz no es muy buena. Puede que sea amarillo. O gris. O puede que azul pálido. Xabi tiene los ojos verdes.

—¿Val? ¿Estás bien?

—Sí, sí. Estoy bien.

—No pasa nada si no quieres verme. Lo entiendo.

—No, sí que quiero. De veras. ¿Tú quieres verme? —le pregunto, y se me rompe la voz; espero que él no lo haya notado.

—Sí. Sí que quiero. Me alegro mucho de oírte.

—Y yo.

¿Y si algún estudiante de diecinueve años me ve llorando en el pasillo de camino a su clase obligatoria a la que ya llega cinco minutos tarde? ¿Por qué está llorando este profesor? ¿Le han puesto una nota espantosa en la evaluación de sus clases porque no tiene ni puta idea de (no se me ocurre de qué podría ser profesor con mis pintas) antropología? La gente se pasaba el día llorando cuando yo estaba en el posgrado, pero solo en las áreas designadas para los posgraduados en las que llorar e imprimir documentos de cientos de páginas. Pero yo no; yo no lloraba. No empecé a llorar hasta que me gradué.

—¿Seguro que estás bien, Valdin?

Suena preocupado de veras, lo cual me revuelve aún más el estómago.

—Sí. Oye, Xab, tengo que colgar.

—Vale. Dime dónde quieres que nos veamos cuando lo sepas.

—Sí, ya te aviso.

—Gracias por llamarme.

—Sí. Vale, adiós.

—Adiós, Val. Nos vemos pronto.

—Sí, adiós.

LA OTRA GRETA

G

Son más o menos las cinco cuando Ell y yo llegamos a casa de Casper y la otra Greta. Ha estado lloviendo, y el cielo está teñido de un naranja chillón que se refleja en los charcos de esta calle que acaban de reasfaltar. La casa se encuentra en Epsom. No es propio de mi hermano comprarse una casa en una zona conflictiva y famosa por ser el lugar en el que la extrema derecha trama sus complots, pero no queda lejos de la casa de nuestros padres. Como es evidente, para conseguir el dinero de la entrada, Casper tuvo que dejar su trabajo en la universidad como profesor de arte y, durante dos años, trabajó para el marido de Thony, Giuseppe, e iba de un lado a otro en traje. No tengo muy claro de qué trabaja Giuseppe, pero estoy bastante segura de que es el director ejecutivo de algo o un magnate de la industria naviera. V le dijo a Casper que había vendido su alma a los jefes supremos del capitalismo, y Casper le dio una bofetada en la cara con la espátula cubierta de masa para tortitas. Mi padre cree que diseñó una app con la que organizar los turnos de los trabajadores. Y mi madre nos dijo: «¿Por qué no os contáis las cosas entre vosotros tres? No soy un mostrador de información».

El caso es que la casa es muy bonita. Es blanca, tiene un revestimiento de lamas, un tejado triangular y un jardín vallado. Junto a los escalones de la entrada han crecido hortensias, que están mojadas tras la lluvia. Se me pasa por la cabeza arrancar un puñado para Ell. No sé qué pensaría si comenzara a arrancar plantas delante de ella. No sé si está nerviosa porque va a conocer a mi hermano mayor. En general, nunca parece nerviosa, pero, por alguna extraña razón, durante nuestra primera cita, le conté la historia completa sobre Casper, así que puede que considere que maneja demasiada información.

Mi hermano abre la puerta a toda prisa y se queda ahí de pie, con las manos como si las tuviera mojadas.

—Ay, Gre, menos mal que estás aquí. Hola, tú debes de ser Ell. Yo soy Lavrenti Valdinovich Vladisavljevic. Casper. Perdona, tengo las manos mojadas.

—Hola, encantada de conocerte —responde Ell, que ahora tampoco sabe qué hacer con las manos.

Casper lleva un jersey de punto azul marino de los buenos, estilo Fair Isle. ¿De dónde lo habrá sacado? Pero pasa algo; pone cara de histérico.

—¿Pasa algo? —le pregunto.

—Ah, Greta se ha ido a Mission Bay, y alguien ha aparcado tan pegado a ella que ahora no puede sacar el coche, así que intentó parar a un ciclista para que la ayudara, pero no la vio y la arrolló. Quiere que vaya a sacar el coche. —Entonces le dedica una sonrisa a Ell y añade—: Me refiero a la otra Greta. Sé que es raro que me casara con una mujer que se llama como mi hermana; lo siento.

—Sé que eres la persona adecuada para sacar un coche de un sitio estrecho —le digo—. Jamás he conocido a alguien que haga mejores maniobras que tú al volante.

—El problema no es ese —responde él—. Greta se ha hecho daño en la mano, así que alguien tiene que traer su coche mientras otra persona se queda aquí con Freya. He tenido que ir a buscarla al colegio porque estaba enferma y creo que, si la meto en el coche, lo pondrá todo perdido de vómito.

Un grito de indignación emerge de alguna parte de la casa:

—¡Papá!

—Mira, Freya, yo también he vomitado unas cuantas veces —le grita Casper—. Perdón, está enfadada porque no ha podido ir a las Pippins. ¿Sabéis lo que es? Es como las Brownies, pero para niñas más pequeñas, y cantan canciones, tienen bolis con tinta de purpurina y cosas así.

—Ah, sí —responde Ell—. Nosotros las llamamos Rainbows. Yo fui una.

Me quedo mirándola. No me lo imaginaba para nada.

—Puedo quedarme con Freya —se ofrece Ell.

Le tuerzo el gesto. No tengo muy claro que sepa dónde se está metiendo.

—¿Seguro? —le pregunta Casper—. No quiero que des por hecho que te da igual cuidar de una niña solo porque eres mujer. Perdona, no debería dar por sentado el género de la gente.

—Ah. Eh… En general me identifico como mujer. Espero que no sea un problema —añade, señalándome, quizá para recordarle que su hermana es una persona queer.

—¡No! —responde Casper, pero lo hace demasiado alto—. Eh… Cuantos más mejor. Además, ninguno soportábamos al exnovio de Greta.

—Cas…

—¿Qué pasa? —responde mientras se dirige al salón y se seca las manos en los vaqueros—. Si quisiera saberlo todo sobre la vida de Kurt Vonnegut, me apuntaría a una clase de literatura.

Freya está tirada en el sofá y lleva una bata con capucha. Casper se sienta en el reposabrazos y le dice:

—Freya, te presento a Ell. Va a quedarse contigo mientras voy a ayudar a mamá con el coche, ¿no te parece guay? Ella también fue una Pippin, solo que en Escocia las llaman «Rainbows».

Freya no se mueve, pero pregunta:

—¿Es una niñera profesional?

—Sabes de sobra que no. Siéntate bien, porfa, y dile «hola». Y quítate la capucha.

Freya se sienta a regañadientes y se retira la capucha, de modo que queda equilibrada en la parte de atrás de la cabeza.

—Hola —dice, y luego se gira hacia Casper y le pregunta—: ¿Cuándo vas a volver?

—No debería tardar más de cuarenta y cinco minutos.

—¿Y cuándo viene Tang?

—No lo sé. Le pedí que viniera a las seis.

—¿Por qué hace siempre lo que le da la gana? ¿Porque es viejo? No es justo.

Casper medita su respuesta y contesta:

—Tiene más manga ancha para hacer lo que quiere porque hemos desarrollado una relación de confianza. Nos ha demostrado que puede ser responsable y tomar decisiones sensatas y apropiadas sobre cómo emplear su tiempo.

—¿Y yo no?

—Aún no. Aún no se te han desarrollado las habilidades motrices. No puedes mirar y caminar al mismo tiempo.

—¿Las habilidades motrices son para conducir un coche?

—No, es la capacidad de control que tienes sobre tu propio cuerpo y... Perdona, campeona, lo hablamos luego. Tu madre está esperándome en el lado de alguna carretera. ¿Te vas a portar bien?

—Sí.

—Vale —responde, y entonces se gira hacia Ell y le dice—: Creo que está bien, pero llámanos si vuelve a ponerse mala. Eh... Si te pregunta cualquier cosa que no te apetece responder, dile que no y ya. Es... un tema en el que aún estamos trabajando.

Ell asiente despacio, y Casper se levanta, se saca las llaves del bolsillo y dice:

—Vale, nos vemos enseguida. Recuerda lo que te he dicho sobre portarte bien. Te quiero.

Le doy un apretoncito a Ell en la muñeca porque no sé si seguiremos juntas cuando vuelva. Seguramente me escriba en diez minutos y me diga: *Lo siento, Greta, pero esto no funciona. Había algo entre nosotras, pero tu sobrina me ha hecho un porrón de preguntas incómodas y creo que será mejor que abandone el país y que no regrese jamás.*

—¿Y tú cómo estás? —me pregunta Casper, que mira por encima del hombro para sacar el coche del camino de entrada. El vehículo está lleno de trastos, como un vanitas muy poco estético. Aparto un libro de texto de Historia de último curso del instituto y una tarrina de helado en la que hay una pelota de tenis, para poder apoyar los pies—. Ell parece una chica guay.

—Y lo es. Espero que Freya no le pregunte nada demasiado raro.

Casper niega con la cabeza y responde:

—No puedo asegurarte que no vaya a hacerlo. Mi amigo Ben vino hace unos meses y dio la sensación de que Freya daba a entender que, si no estaba dispuesto a salir románticamente con un caballo, entonces no respetaba a todos los seres vivos. Ahora es peor aún porque ha descubierto lo que es el sexo. Le dije que no puede preguntarle esas cosas a bocajarro a la gente, así que se dedica a preguntarle a la gente si se dan la mano y si duermen en la misma cama.

—¿Has tenido ya la conversación con ella?

—Se supone que ya no se hace, que ahora es… una conversación continua. Aunque a Tang no le mola mucho este rollo; creo que intenta evitarme por si acaso empiezo a hablarle otra vez sobre el consentimiento. —Gruñe mientras conducimos por la montaña, donde las casas son enormes e históricas y los chicos del colegio aún recorren la carretera con la mochila a la espalda—. No sé.

—¿Qué?

—No lo estoy teniendo fácil con Tang, y me sabe mal.

—¿Ha hecho algo?

—No —responde con un suspiro—. Es tan buen niño que me cuesta aceptar que tenga diecisiete años y que ya no quiera contarme todo lo que le pasa. Y no me gusta molestarme por que no me cuenta con quién sale o a dónde va, porque sé muy bien cómo era yo cuando tenía su edad.

—Le gritaste muchísimo a papá y luego te mudaste a Rusia solo.

—Pues eso. Fui un capullo. Papá habría hecho lo que fuera por mí, ¿sabes? Papá se habría gastado un dineral en abogados para recuperar a Tang y habría pedido la excedencia para cuidar de él, y mientras yo gritando que nadie me comprendía y escuchando rock alternativo a todo volumen. Seguro que me odiabais.

Me encojo de hombros y respondo:

—Yo pensaba que, si te ibas, me tocarían más turnos para el ordenador. Imagino que a V le afectó más.

—¿Cómo está?

Dejo escapar un suspiro y apoyo la cabeza en la ventanilla.

—No quieres saberlo.

—Pues claro que quiero.

Casper conduce por una calle secundaria para no tener que bajar por Broadway, así que veo calles que no he visto nunca pese a haber vivido aquí toda mi vida.

—¿Te ha dicho que se va a Argentina?

— … No. ¿Se lo ha dicho a Xabi?

—Sí, van a quedar. Por alguna extraña razón, decidió llamarlo por teléfono, y luego vino a casa y me dijo que estaba bien, pero luego se metió en el baño y tardó un buen rato en salir. Tuve que ir a usar el baño del hotel de la esquina.

—¿Y crees que está bien?

—Sí, lleva años bien, pero le cuesta reconocer que lo está pasando mal porque tiene miedo de que todos nos preocupemos por él.

—Es que cuesta… Cuesta no ser controlador.

Comienza a oscurecer y se encienden las luces de las casas junto a las que pasamos. Ir en coche con Casper resulta de lo más familiar. Fue él quien me enseñó a conducir. Me dijo que papá había intentado enseñarle, pero que se centraba demasiado en los mecanismos del movimiento, que aceleraba mucho y que encima no se sabía las palabras en inglés de las distintas partes del coche; mamá, en cambio, no le decía nada cuando se equivocaba porque decía que ya iría aprendiendo a su ritmo. Al final se apuntó al examen y decidió probar suerte, pero consideraba que yo me merecía una educación mejor.

—Mamá me contó hace poco lo de su otro novio.

—¿Qué? —pregunta, y gira la cabeza corriendo hacia mí para mirarme.

—El de antes de que conociera a papá. O, bueno, puede que lo conociera a la vez, los detalles no me han quedado muy claros.

—Ah, sí —responde, y vuelve a centrarse en la carretera, mucho menos interesado en el tema de lo que me esperaba.

—¿Lo sabías? Yo no tenía ni idea de que había otro chico que intentaba ser más listo y ganar a papá para quedarse con mamá; ni tampoco que mamá y papá se veían a escondidas del otro.

—No creo que fuera así, eh. No sé, hay muchas cosas que no sabemos de mamá.

—¿Y te parece mal?

—No, creo que todo el mundo tiene derecho a guardar secretos —responde, y niega con la cabeza—. Mamá ha tenido una vida dura, se ha ganado alguna que otra concesión.

—¿A qué te refieres?

Vuelve a negar con la cabeza y no dice nada; tiene el rostro teñido de rojo por la luz de un semáforo. Aparecemos junto al agua; está oscura y las luces de la ciudad se reflejan en ella. Mientras nos dirigimos hacia las bahías, observo mi reflejo en el retrovisor.

—Cas, ¿quién es Hiria Hine Te Huia?

—¿Por qué quieres saberlo?

—Mamá y yo nos topamos con unas conocidas suyas en Wellington y me dijeron que me parecía a ella.

Vemos a la otra Greta ahí delante, a un lado de la carretera, con la mano envuelta en algo y haciéndonos señales. Casper aparca bajo un árbol.

—Era nuestra bisabuela —responde.

La otra Greta está de buen humor cuando volvemos a casa; ha recreado con todo lujo de detalles cómo la ha arrollado el ciclista junto a la carretera. Sin embargo, cuando entramos en el salón, nos encontramos a Freya hecha una bola, como un puercoespín deprimido, y no hay ni rastro de Ell.

—Ay, no, Freya, was ist los mit dir? —pregunta la otra Greta, que se agacha frente a su hija.

Lleva unos pantalones de trabajo negros y una blusa azul marino con lunares blancos. Lleva rizado el pelo y se ha puesto pintalabios; no entiendo cómo es posible que la gente que trabaja en una oficina se levante tan pronto como para arreglarse así. Cuando yo trabajaba en una oficina, siempre parecía que no pintaba nada allí.

—Nada —responde Freya, con una vocecita diminuta que no le había oído en la vida.

La otra Greta emite un ruido que no existe en inglés y empieza a abrir todas las ventanas.

—¿Qué le has hecho a Ell? —pregunta Casper, mirando a todas partes—. Mierda, la cena…

—No le pasa nada a la cena —responde Ell, que sale de la cocina con un paño en la mano; Tang aparece detrás de ella, lleva el uniforme del colegio, que le queda pequeño, y se frota un ojo.

—Joder, lo siento. Se me había olvidado que había dejado la comida en el horno —se disculpa Casper.

—Papá… —lo reprende Freya, que lo mira con cara de pena.

Casper deja escapar un gruñido y responde:

—No pasa nada por decir palabrotas si alguien a quien acabas de conocer ha cocinado la cena que estabas preparando… Me da igual lo que diga tu profe.

Miro a Ell y a Tang. Los envuelve cierto aire de sospecha, y parece que han hecho migas a base de contarse los traumas.

—¿Kei te pai, colega? —le pregunta Casper a Tang.

—Bien —responde, y suena muy parecido a V: como un mentiroso.

—Bien —contesta Casper, y se dispone a preparar la mesa.

Miro a Ell con expresión inquisitiva, pero ella gira el rostro y dice:

—Tú debes de ser Greta.

—¡Ah! —exclama la otra Greta, que se ha subido al banco de la ventana para llegar a una ventana muy alta con un gancho. Cuando baja, le estrecha la mano a Ell—. Greta Gregers, pero toda la familia de mi marido me llama «la otra Greta».

—Deberíamos ponerle otro nombre a mi Greta —responde Ell—. ¿Te gusta Ermyntrude?

—No sé yo... —respondo.

Una noche, cuando era tarde, le conté a Ell que de pequeña me habría gustado llamarme Ermyntrude y que me habría gustado vivir en una casa flotante en Volgogrado, un sitio en el que jamás había estado y sobre el que no sabía nada de nada.

Casper deja la comida en la mesa: una ensalada con queso feta, una bandeja enorme de kūmara, ñame y calabaza asada, y un pollo al horno con limón y cayena. Tang corta en rodajas una hogaza de pan de centeno oscuro y la coloca frente a nosotros con el entusiasmo de quien sirve rollitos de salchicha en un funeral.

—No eres vegetariana, ¿no? —le pregunta Casper a Ell.

—No, no.

—No quieres bendecir la mesa, ¿no? —le pregunta la otra Greta, que está sentada frente a nosotros.

—Eh... No, gracias —responde Ell con una sonrisa.

—¿Cómo ha ido lo de conocer a mis padres? —pregunta Casper, sirviéndole la comida a Freya en el plato—. ¿Te han hecho tantas preguntas como nosotros?

—Ah, fue muy bien. Me caen bien tus padres.

—Cas, papá se peleó con V por todo el tema de Rumbo, y luego lo llamó por Facebook para demostrar que existía.

Casper deja el plato sobre la mesa.

—No te creo —dice.

—Te lo juro.

—Rumbo no existe —nos dice muy serio, como cuando lo entrevistan en la tele maorí y cuenta que el Gobierno no hace lo suficiente.

—Parecía bastante real —responde Ell, adueñándose de una rebanada de pan.

—Es que no me lo creo. ¿Qué pasa con toda esa mierda de que se pelearon con un cerdo?

—Era verdad —le informo—. Rumbo nos contó toda la historia.

—Tengo que llamar a papá —dice, poniéndose en pie.

—¡No lo llames ahora!

—Solo voy a por algo de beber, Ermyntrude. —Se acerca a la nevera—. ¿A alguien le apetece una cerveza?

Ell la acepta y Tang niega con la cabeza y no dice nada mientras aparta unas espinacas del plato.

—Creía que papá se estaba inventando lo de Rumbo para demostrarnos que, como hemos tenido una infancia tan distinta a la suya, nos creeríamos cualquier cosa que nos contara.

—No, Rumbo era un niño real y extrañísimo. Y ahora es conductor de camiones.

—Qué envidia. Hoy hemos tenido que reunirnos con un alumno porque no deja de entregarnos vídeos en los que sale pajeándose en los baños de la uni como proyecto de clase —nos dice, y deja escapar un suspiro—. Creo que al fin nos ha entendido, pero habría sido más agradable estar recorriendo la carretera.

—Ya, en mi oficina seguimos debatiendo sobre si deberíamos hacerle promo a un libro sobre lo terribles que son los jóvenes solo porque se acerca el Día del Padre. —Freya está recostada sobre la silla y la otra Greta le da un toquecito en el hombro—. Hast du noch kein Hunger? No has estado tan callada desde que llegaste al mundo a grito pelado.

—Creía que estabas mejor —le dice Casper—. Cuéntale a mamá lo que ha pasado en el cole.

Freya observa el plato con expresión compungida y dice:

—He potado un montón. He dejado de jugar al Pulpo, me he tumbado en el suelo y he potado por el desagüe. Entonces la señorita Patel me ha llevado al despacho y me ha preguntado si llamaba a mamá o a papá, y me he puesto a llorar y le he dicho que mamá es una mujer de negocios muy atareada y que mi padre se pasa el día rodeado de adolescentes y que les dice que sus cuadros son bonitos hasta cuando no lo son. A la señorita Patel le ha parecido graciosísimo. Entonces ha venido papá y nos hemos ido al súper, al Countdown, y me ha obligado a quedarme en el coche con una tarrina de helado como si fuera un perrillo.

—No deberías dejar a los perros en el coche —interviene Tang, que observa su plato con el mismo pesar y con una lágrima que le cae por la mejilla.

Freya rompe a llorar.

¿Qué ha pasado, Tang? —le pregunta Casper con tono sereno, pero él no responde, tan solo llora.

—Lo siento —se disculpa, y Casper mueve la silla para pasarle el brazo por encima de los hombros—. Es que he tenido un mal día y lo he pagado con Freya.

—¿Tan malo como el de tu padre, que ha tenido que llamarle la atención a uno porque mandaba vídeos masturbándose? —pregunta la otra Greta, que estira el brazo para agarrar varios trozos de papel absorbente.

Tang sonríe un poco y responde:

—Puede que no haya sido tan malo.

—No hace falta que nos lo cuentes si no quieres —le dice Casper.

Miro a Ell porque es bastante obvio que sabe lo que le ha pasado, pero ella aparta la mirada con disimulo y come un poco más de kūmara.

—Lo siento mucho, Ell —se disculpa la otra Greta, que se ha subido a Freya al regazo y la abraza—. Debes de pensar que todas las cenas de la familia de Greta vienen acompañadas de una especie de teatro. En realidad somos bastante normales y nuestros hijos no suelen estar tan tristes.

Casper frunce el ceño y replica:

—La primera vez que te llevé a casa de mis padres, le dije a todo el mundo que se comportara con normalidad, y V acabó arrojando el mando de la tele por la ventana para que nadie pudiera cambiar el canal en el que emitían Eurovisión; y a mi padre le había explotado un calamar en el trabajo.

Ella deja escapar un suspiro y sonríe a Casper.

—Bueno, al final es cuestión de acostumbrarse —le dice a Ell.

Ella se encoge de hombros y responde:

—Puede que lo haga.

ANÁLISIS

V

Se ha armado cierto revuelo fuera del apartamento y finjo que es el motivo por el que no puedo dormir. Greta está despierta y ha puesto música. Ha empezado a escuchar listas de reproducción de los años noventa a todas horas. Edie Brickell, Suzanne Vega, la canción «Two Princes» (yo creía que era una canción gay, pero resulta que es muy hetero). Greta siempre se queda despierta hasta tarde. Leyó un artículo en el que se afirmaba que muchos veinteañeros experimentan un cambio de horario que hace que les cueste dormir antes de las dos de la mañana y lo saca a colación cada vez que le digo que el trastorno del sueño está asociado al TOC.

—¿Greta? —le digo a la oscuridad, aún tumbado en la cama.

—¿Qué? —me grita desde su cuarto.

—¿Qué haces?

—Iba a leerme unas cosas de clase.

—No vas a concentrarte. Hay jaleo fuera.

—Gracias por informarme.

—¿Puedes venir?

—¿Para qué?

—No puedo dormir.

—¿Porque estás nervioso por el viaje de mañana?

—No, por el jaleo.

Greta protesta, pero, al cabo de unos minutos, aparece con su bata color menta y oliendo a la crema facial que uso cuando ella no está en casa.

—¿Puedo encender la luz?

—No.

Greta suspira y se sienta a mi lado en la cama, a oscuras. Yo sigo bocabajo y no me muestro nada hospitalario.

—¿Quieres hablar del tema? —me pregunta.

—No.

Parece frustrada conmigo y se apoya en el cabecero con los brazos cruzados.

—¿Qué vas a hacer mientras esté fuera?

—Mi vida seguirá adelante sin ti.

—Lo sé.

—Me voy a una velada de cine iraní con Fereshteh. Los amigos de su familia aprueban que tenga una amiga iraní.

—Pero tú eres maorí.

—Ya, lo sé, pero me aceptan. Fereshteh me ha enseñado algunas frases y ha dicho que soy de Shiraz, y ellos asienten y dicen que eso lo explica todo.

—¿Y no te parece poco ético?

—A mí no. Cuando viví en Alemania, la gente siempre se llevaba un chasco conmigo cuando era incapaz de hablar turco porque creían que había olvidado mis raíces.

—Tú jamás olvidas tus raíces. ¿Cómo viste a Cas el otro día?

—Bien. Un poco triste porque Tang ya no lo necesita. Le pasó algo; Ell lo sabe, pero no quiere decírmelo.

—Mierda, quería verlo antes de irme, pero no he encontrado un hueco. ¿Y qué pasa con Ell?

—¿Que cómo estamos? Creo que la cosa va bastante bien.

—No, que qué le pasa a ella. Reconozco una crisis gay en cuanto la veo, Gre. Cada vez que me topo con ella, tiene el pelo más corto.

Greta suspira y responde:

—Ha experimentado un renacimiento personal desde que se ha mudado aquí. Sus padres están chapados a la antigua y viven en un granja en los Highlands, así que, cuando se mudó a la ciudad al acabar el instituto, esperaba que todo se solucionara solo, o sea, en el ámbito queer, pero no fue así. Me dijo que tuvo algo con un par de personas, pero nada serio. Luego su supervisora renunció al trabajo justo cuando se suponía que Ell iba a empezar el doctorado, y no había nadie más en la uni que estuviera especializado en su campo, así que acabó viniéndose aquí, donde tiene un supervisor trans y yo voy por ahí pidiéndole el número de teléfono a personas de todos los géneros posibles. Ahora le encanta la vida, se ha cortado el pelo, se ha comprado unos chinos y sus padres le han retirado la palabra.

—¿Que le han retirado la palabra?

—Sí. Ell ni siquiera les ha hablado de mí. Le han retirado la palabra solo por cómo viste y por sus opiniones políticas.

—¿Y eso no le está pasando factura a la relación?

—Mmm, de momento no. Le sabe un poco mal que mi familia se porte tan bien con ella y que la suya no quiera saber nada de mí. Yo también me siento un poco mal, como si estuviera fardando de tener una familia demasiado abierta y liberal.

—También tenemos muchas taritas —respondo. Cierro los ojos durante un instante, pero no estoy nada cansado—. Cuando conocí a Xabi, di por hecho que era gay.

—¿Y no lo es?

—Jamás había estado con un chico.

—¿Y cómo se identificaba?

—De ninguna manera; se limitaba a obviar el tema. Creo que un problema que tiene la sociedad queer es que a la gente le cuesta aceptar a cualquiera que no esté o quiera estar en una relación con alguien del mismo género como parte de la comunidad. Ser queer es algo que... está en ti, y no siempre tiene que ver con otras personas.

—La gente siempre da por hecho que soy bi.

—¿Por qué? La gente no da por hecho que yo soy bi. Ay, Greta.

—¿Qué pasa? —pregunta, girándose hacia mí.

Llevamos toda la conversación sin mirarnos, con la vista clavada en el techo, como si estuviéramos en terapia. Soy el peor psicólogo del mundo, aquí tumbado en la cama al tiempo que impido que mis pacientes enciendan la luz.

—Es por culpa del sexismo, ¿no?

—Sí, cuesta mucho convencer a la gente de que querer estar guapa no significa que quiera que los hombres me presten atención. Y la gente me lo dice tanto que al final me creo que soy bi, salgo con chicos heteros y siento que me asfixio.

Suelto el aire.

—Lo siento —le digo.

—Ahora mismo no me identifico con nada, solo con un cascarón cargado de opiniones sobre el globalismo que tiene muchas ganas de salir a cenar.

—Yo estoy agotado de ser yo.

—¿Llegaste a salir del armario con mamá y papá?

—Lo intenté. A mamá se lo dije una vez que vino a recogerme del colegio; me puse a llorar, y ella me contestó que no era ninguna sorpresa, y yo me llevé un chasco porque quería conmocionarla y tener que convencerla de que me aceptara. En cambio, me dijo que me prepararía una cena especial, pero, cuando llegamos a casa, Casper y papá se estaban gritando, y entonces nos enteramos de lo del bebé. Mamá y yo acabamos cenando unos kebabs en la cocina, solos. Sí que abrió una botella que no sé de dónde sacó y soltó el discurso que yo quería, en el que confesaba que había tardado años en hacerse a la idea pero que no podía perder el amor de su hijo solo por que a este le apasionara la actuación de Adrien Brody en *El pianista*.

—Madre mía, V, qué crush tan problemático. No deberías cosificar a las víctimas de la guerra.

—Tenía trece años. No me enteraba de lo que pasaba.

—Tiene un aire a papá.

—Me gustan mayores.

—No, me refiero a que se parece a nuestro padre.

—Qué asco, ¿por qué lo has dicho? Déjame conservar mis recuerdos —le digo, y la miro por el rabillo del ojo porque sospecho que está intentando que deje de gustarme mi crush famoso favorito para poder quedárselo ella; sería muy típico de Greta.

—No me creo que mamá te soltara un discurso de salida del armario. Cuando se enteró de que estaba saliendo con aquella macarra del colegio privado, me dijo que no cediera si me presionaba para que fumara.

—Si quieres un discurso tienes que pedirlo.

—V.

—Dime.

—No voy a juzgarte si te follas a Xabi en cuanto llegues a Argentina.

—Menuda tontería. No voy hasta allí para eso.

—Vale.

Guardamos silencio durante un minuto, y entonces reparo en que el jaleo ya ha cesado. Sin embargo, no quiero que Greta se vaya, así que le pido que me explique de qué va su tesis y, cuando acaba, le pido que me explique de qué van las tesis de sus compañeros y, luego, le pido que las clasifique de mejor a peor. Imagino que así me aburriré hasta que me duerma, pero nada más lejos de la realidad; para mi sorpresa, resulta muy interesante. Le pido que me describa de qué van varias canciones para ver si puedo adivinar el título.

—Esta va de un hombre que se emociona mucho con un álbum de fotos.

—«Photograph», de Nickelback.

—No.

—«Pictures of You», de The Cure.

—Sí. Esta va de alguien que mira a través de la ventanilla de un avión y que se asquea al ver las vidas insignificantes de la gente que habita en las zonas rurales.

—«The Big Country», de Talking Heads.

—Sí. Esta va de alguien que acaba de dejarlo con su pareja y que reza para poder intercambiar su cuerpo con el de su ex y así poder quedarse con su hobby: el parkour.

—¿Qué?

—Bueno, subir montañas corriendo.

La miro y tiene los ojos cerrados. Se ha dormido. Yazco en silencio a su lado. Cuando nació, me pasaba las horas mirando a Greta mientras dormía. Se me daba bien porque era muy silencioso. En el viaje de vuelta a casa del colegio, papá nos dijo que íbamos a tener una hermana. Casper se puso a llorar y le dijo que le había mentido y lo había engañado, que se iba a mudar a Corea del Sur para jugar a la Game Boy y que no iba a volver a hablarnos en la vida. Papá le contestó que no lo habían hecho a propósito. Por aquel entonces, yo llevaba un mes en el colegio y no le había dirigido la palabra a nadie. Hubo muchas reuniones para hablar de aquel tema. «No parece triste», decía la gente de mí, y yo agitaba las piernas en la silla de plástico marrón y observaba el suelo de baldosas. Yo era el que más ganas tenía de que naciera el bebé. Los demás tenían miedo por lo que había ocurrido cuando había nacido yo, pero yo no recordaba lo que había pasado. Solo quería llamar Eevee al bebé, como mi Pokemon favorito. La llamaron G. V., y yo seguía diciéndole: «Hola, Eevee» cuando la miraba en silencio desde la puerta de su cuarto. «Espero caerte bien. Espero que quieras ser mi amiga».

Tapo a Greta con la manta.

PERSPECTIVAS

G

Se supone que he quedado con Ell y sus camaradas científicos para irme con ellos de copas, como hacen todos los viernes, pero no encuentro la puerta de la antigua casa del gobernador; es una institución de la universidad de la que puedes hacerte miembro, pero solo lo hacen los estudiantes de la Facultad de Ciencias. Tengo la sensación de que todas las interacciones que he mantenido durante el día de hoy las he abordado de un modo que no tocaba, y creo que se debe a que me he despertado mirando hacia el lado equivocado y en la cama de V en vez de en la mía. Me había preparado un discurso motivacional para antes de que se fuera de viaje, pero, cuando me he despertado, ya se había ido. Iba a decirle que podía con todo y que yo estaría esperándolo en cuanto volviera. Habría sido de lo más inspirador.

Dos personas salen por una puerta, hablan de muestras de suelo y no reparan en mí, así que me cuelo antes de que nadie me pida la tarjeta de miembro. Hay dos salas enormes llenas de gente que habla reunida en torno a largas mesas de madera; muchos se parecen, por lo que me cuesta discernir a qué mesa se supone que debo unirme. Varios llevan sudaderas con cremallera, camisetas, vaqueros, cintas de acreditación; y, en general, son hombres. Entonces veo a Ell. No me cuesta identificarla porque lleva una camisa verde azulada de satén, unos pantalones de pana de color óxido y me hace gestos para que me acerque.

—Os presento a mi novia, Greta —dice en cuanto llego a la mesa y se aleja para ir a buscarme una silla—. Que nadie le diga nada feo porque estudia humanidades ni le hagáis la pelota para ganaros a su padre.

—Vale, nos comportaremos con la mayor neutralidad posible —responde un hombre que lleva una sudadera azul marino con cremallera y una camiseta blanca—. Hola, Greta, me llamo Fahim, y no está mal conocerte.

—Tú pareces simpático —le digo, estrechándole la mano.

Todo el mundo se presenta, y sé que voy a acordarme del nombre de Sina, Min, Ashford y Ji-soek, pero ni de coña me voy a acordar del de Kieran.

—Espero que Ell sea más simpática contigo que con la gente del laboratorio a la que ha supervisado hoy —comenta Fahim, y todo el mundo se ríe.

—Ah, perdona por no querer tener que responsabilizarme de la muerte de un puñado de chicos de dieciocho años porque quiero que se piensen que soy una chica guay por no obligarlos a ponerse guantes.

—Creo que deberíamos imprimir el correo electrónico que has mandado con el recordatorio de los guantes y colgarlo junto al famoso hilo de *La fuga* —dice Ji-soek, que, aunque tiene una sudadera negra, no la lleva puesta, sino que la ha dejado en el respaldo de su silla.

—Dime, Greta, ¿cómo se siente que tu padre sea el doctor Linsh Vladisavljevic? —me pregunta Fahim—. Bueno, ¿puedo preguntárselo, Ell?

—Venga, te lo permito —responde ella.

—No lo sé —respondo—. Un día nací, y ahí estaba él; pero a mí nunca me manda correos, así que puede que mi experiencia con él no se parezca a la tuya.

Ashford suelta un gruñido de protesta y dice:

—Ojalá a mí tampoco me mandara correos.

—¿Qué has hecho ahora? —le pregunta Min—. ¿Has vuelto a dejarte la nevera abierta?

—No, desconecté el enchufe sin querer.

—Buah, no se va a contentar con enviarte un correo electrónico. Va a poner un cartel.

Ashford gruñe de nuevo, se cubre la cara con la capucha de su sudadera bermellón y dice:

—Que te pongan un cartel es lo peor que te puede pasar en nuestro laboratorio.

—Lo peor que te puede pasar en el nuestro es que te toque presentar después de Ell —bromea Min, y todo el mundo vuelve a reírse.

Ell pone los ojos en blanco y replica:

—Es que de verdad, Fahim, no me lo creía cuando Erik te dijo que podría evitar que se te mezclaran las muestras poniéndoles las etiquetas encima en vez de al lado, y que tú le contestaras que era un «truqui muy guay» y que le darías un par de vueltas para la próxima vez.

—Y puede que lo pruebe la próxima vez, o en algún momento del futuro.

Sonrío para mí misma. No sabía que Ell fuera la puta ama de la ciencia y todos se metieran con ella por esforzarse tanto.

—¿Y qué estudias? —me pregunta Ji-soek.

—Ah, Literatura Comparada. Mi tesis va sobre las diferentes percepciones sobre el comunismo soviético que se reflejan en textos ambientados en la URSS escritos por autores del bloque oriental y del bloque occidental.

—¿Y cuál es la conclusión?

—La misma que en cualquier tesis de humanidades —respondo con una sonrisa—. La pobreza y el racismo no molan, y el capitalismo no está tan guay.

Él se ríe y contesta:

—Y, si todas las tesis de humanidades son iguales, ¿por qué no te haces científica, como nosotros?

Me encojo de hombros.

—Me parece aburrido. —Todos se echan a reír y le doy un apretoncito a Ell en la rodilla por debajo de la mesa para que crea que estoy de broma y que la señalización del nitrógeno me parece interesante—. Venga, no, pero es que no tengo un cerebro muy científico. Me gusta que las cosas puedan no estar bien ni mal.

—Qué guay; mola —responde Fahim, y Ell pone los ojos en blanco—. ¿Cuándo acabas el máster? ¿Qué quieres hacer luego?

—En julio —respondo. Pero no tengo respuesta para la segunda pregunta. Me arden las orejas. El departamento de ruso de la universidad empequeñece con cada año que pasa, y ahora solo queda un tipo que se dedica a enseñar «Introducción al ruso» a los de primero. Recuerdo una conversación que mantuvimos en la que me dijo que pensaba que tenía un futuro prometedor con mi investigación y que debía hacer un doctorado, pero que no podía hacerlo aquí porque carecían de recursos. ¿A dónde me iría? ¿Podría vivir en Rusia como persona queer? Me dijo que una universidad estadounidense podía ser una buena opción. En su momento no me entusiasmó la idea, y sigue sin entusiasmarme. Pienso en todo lo que he leído sobre Estados Unidos. Pienso en todo lo que he leído sobre dedicarse al mundo académico. Pienso en que mi única experiencia laboral fue en atención al cliente—. Aún no sé qué quiero hacer luego, puede que me tome un descanso.

—Guay, guay —responde—. Oye, Ell, cuando vayamos a la conferencia, no vas a mangonearnos como a esos alumnos de primero, ¿no? Quiero montarme en el trineo ligero, y no pienso darle muchas vueltas al tema de la seguridad.

—¿Qué es un trineo ligero? —le pregunta ella.

—Es como un kart con el que bajas a toda leche por una pendiente; te va a encantar —responde Sina, que sacude las cejas varias veces.

—No quiero que se me obligue a participar en ninguna actividad al aire libre.

—¿Cuándo era la conferencia? —le pregunto.

—Dentro de dos semanas —responde Ell—. No habías montado ningún plan para las dos ese finde, ¿no?

Niego con la cabeza.

—Ese finde vuelve V. Tendré que estar a mano para aconsejarlo, y seguro que se lleva alcohol a la cama para contarme todas las cosas feas que le han pasado durante el viaje.

Ell me sonríe.

—No sabes si es lo que va a pasar. Puede que se lo haya pasado bien.

—Siempre consigue meterse en algún lío.

Fahim se levanta y anuncia que va a por dos jarras más. Todo el mundo lo aplaude, y Min va con él para ayudarlo a traerlas. Que yo recuerde, en mi departamento jamás se ha ofrecido nadie a invitar a una ronda a toda la mesa. Hubo alguien que compró una cafetera de émbolo para la sala común, pero ahora solo se puede acceder a ella si trabajas en la uni a tiempo completo.

—¿Alguien le ha preguntado a Erik y a Linsh si querían venir a tomar algo? —pregunta Sina.

—Yo, para intentar compensarles lo que ha pasado con la nevera —responde Ashford—, pero tenían una cita. —Entonces se gira hacia mí y añade—: O sea, no entre ellos, sino con sus parejas.

—No pasa nada —respondo con una sonrisa—. No voy a creerme que mis padres se van a divorciar por culpa de una frase mal elaborada.

—Buah, te acaba de leer la cartilla una estudiante de humanidades —responde Sina, y moja los dedos en el agua y se la lanza con un capirotazo—. Siempre nos metemos con Linsh por usar a su mujer para quedar bien porque, una vez, lo llamó mientras él nos estaba regañando y, al terminar la llamada, le dijo que la quería.

—¿Y por qué nos estaba regañando? —le pregunta Ashford.

—Habíamos dejado una bolsa de cabezas de pescado sin etiquetar en el congelador —responde Ell, y le da un último trago a la cerveza antes de que Fahim y Min dejen las jarras nuevas sobre la mesa.

—Una vez guardó en nuestro congelador un calamar que había encontrado en la playa —les digo—. Se cayó al suelo cuando mi hermano les ofreció a los amigos del colegio un poco de helado.

Todo el mundo se ríe de mi anécdota.

—Como ese calamar no estuviera etiquetado, va a tener que responder ante mí —comenta Fahim.

Miro a mi alrededor y sonrío a todos estos científicos, y solo siento un poco de envidia ante sus perspectivas.

REGRESO

V

Cuando salgo a la calle Pellegrini a esperar, llevo muchísimas horas despierto. Me he quedado despierto hasta que ha llegado la hora de ir a la parada del SkyBus. Me he quedado despierto en el avión viendo la tercera o la cuarta temporada de unas sitcoms que no había visto, bajo la luz morada relajante con la que iluminan los aviones hoy en día. Me he quedado despierto toda la noche en el hotel viendo vídeos de YouTube en los que salía gente reaccionando a cosas. Me he bebido dos botellas de agua del minibar porque me preocupaba morirme. Me he comido un alfajor. Cierro los ojos en la calle mientras los coches circulan a toda velocidad por el lado equivocado. Pienso en aquel pódcast de meditación que escuché en una ocasión durante treinta segundos antes de apagarlo porque me estaba muriendo de la vergüenza.

Cuando Xabi estudiaba arte en la universidad, hace unos mil años, iba de un lado a otro de Auckland en camioneta, que es lo que conduce ahora mismo cuando detiene el coche a un lado de la calle. Abro la puerta antes de que el vehículo se detenga del todo y más o menos me arrojo al interior. Lo hago porque no sé si debería estrecharle la mano, darle un abrazo, un hongi u otra cosa cuando nos veamos, pero ninguna de las tres opciones es posible en un vehículo en movimiento.

—Hola —me saluda, sobresaltado.

—No pares. Hay muchos agentes de tráfico por la zona —le digo.

Me mira durante un instante, y yo no lo miro de vuelta hasta que se gira. Está tan guapo que da rabia. Lleva un corte de pelo elegante y huele bien; además, tengo la sensación de que está más en forma. Puede que esté saliendo con un entrenador o una entrenadora de CrossFit, como el novio de un miembro de mi familia, Angel B. O puede que esté intentando vengarse de mí apareciendo así de guapo. Cuando me enganché a *Real Housewives* aprendí un montón de cosas sobre comprarse vestidos caros y ponerse en forma para vengarse de alguien, pero jamás pensé que sería víctima de uno de esos casos.

—¿A dónde te llevo? ¿Quieres ir a algún sitio a tomar un café? —me pregunta.

Me imagino llorando en una cafetería abarrotada y una escenita entera en la que intento ir corriendo al baño a vomitar pero no puedo porque para entrar tengo que poner un código.

—Si quieres vamos a tu casa; sigo queriendo verla.

—Está bastante lejos, ¿te da igual?

—Sí, sí. No pasa nada.

Apoyo la cabeza en el cristal frío de la ventana. Debemos de estar como a doce grados, igual que en casa, pero tengo muchísimo calor.

—¿Estás bien, Val?

—Sí, es que no he dormido durante el vuelo.

—Ah, vale. Lo siento, ya me callo; pero me alegro mucho de verte.

Sigo apoyado en la ventanilla y cierro los ojos un ratito mientras intento no pensar en nada.

Xabi tiene un acento muy interesante. Nació en un pueblecito de Cataluña porque su padre es de allí. Su madre siempre había querido volver a Inglaterra para estar con su padre inglés y su madre italiana; y, al final, lo hicieron. A los dieciocho, Xabi se mudó solo a Nueva Zelanda. Siete años después, no quiso seguir allí y regresó a España. En gran medida, lo hizo por su hermano; no se les da muy bien estar en el mismo sitio.

Los argentinos hablan un español distinto al que le he oído hablar a Xabi. Marcan menos las zetas y pronuncian más el sonido *sh*. Me ha parecido que el empleado del hotel que estaba en el mostrador me estaba hablando en italiano. Me pregunto si Xabi empleará un acento distinto cuando está aquí para encajar mejor o si se las apañará como puede, como hice yo cuando fui a California a dar una conferencia sobre física y nadie tenía ni idea de lo que estaba diciendo. Cuando salimos de la ciudad, nos topamos con pastos en los que hay vacas. Una vez, no sé dónde, leí que las vacas también tienen acentos. Intento no pensar demasiado en los asados.

En Barcelona, hay una galería chiquitita en la que solo exponen obras de Xabi. Él no consideraba que necesitase una galería propia, pero el Ayuntamiento de Barcelona no se mostró de acuerdo con él. Jamás he puesto un pie en esa galería, pero me pregunto si habrá una fotito mía allí, quizás en la parte de atrás de un libro que nadie lee, encima de un texto que rece: «Retrato del artista y de un amigo desconocido». Una vez, antes de que empezáramos a salir, fuimos a una cena en la que yo no era incapaz de decir nada, aunque me moría de ganas. Resulta doloroso no poder controlar tu cuerpo para que haga lo que quieres. Luego me llevó a casa en coche. Ahora me siento un poco como aquella vez.

Suena «Like a Stone». ¿Ahora escucha este tipo de música? Lo observo por el rabillo del ojo. No parece entusiasmarle demasiado. Parece uno de esos agricultores que se dedican a cultivar olivos; no un anciano chipriota, sino más bien un agricultor de una película. Tiene los hombros tan anchos y las manos tan grandes y morenas que hasta resulta ridículo. Ni siquiera puedo criticar cómo conduce, porque no se mete en el carril rápido para conducir al límite de velocidad permitido mientras se queja de que todo el mundo intenta adelantarlo. La gente siempre se sorprende cuando se entera de que conduzco; no hay muchos gais de ciudad que sepan.

Me imagino que tengo un chisme en la oreja que me permite comprender lo que dicen las vacas. Me dicen que mi español es muy bueno, aunque no es verdad. Lo hablo regular. Casper se enfadó conmigo cuando me puse a estudiar español porque pensaba que debía apuntarme a clases nocturnas para aprender te reo. No creo que comprendiera que querer entender lo que decía mi novio cuando hablaba por teléfono era mucho más motivante que el hecho de sentirme desconectado de mi propia cultura. Como mínimo, es algo más fácil a lo que enfrentarse. Las vacas me entenderían si se lo explicara. Asentirían con la cabeza y me dirían: «Lo entendemos, V. El te reo ni siquiera está en el Duolingo. Tómate tu trauma colonial con calma. No pasa nada, de verdad».

—¿Val?

Despierto confundido. El único que me llama Val es Xabi. Entonces abro los ojos y me encuentro a Xabi en un camino de entrada de grava, con la puerta de la camioneta abierta. Estira el brazo para adueñarse de mi mochila y se dirige hacia la casa. No es como me la imaginaba: es una caja de cristal y madera. No hay más edificios alrededor. Pero hay árboles; muchísimos arbolitos, enredaderas y arbustos. ¿Qué hace esta casa aquí, en mitad de la nada?

—Xabi —lo llamo mientras lo sigo por el camino de entrada.

—¿Qué?

—¿Qué hace esta casa aquí?

—La construí aquí.

—¿Por?

—Ah, no sé. No tenía nada mejor que hacer.

Una vez entramos en casa, deja las llaves en un frutero de madera que hay sobre la encimera de la cocina y mi mochila al lado del sofá. En el frutero hay peras; fruta de invierno. Todo lo que hay en la casa es bonito, pero, por algún extraño motivo, parece no encajar allí. La alfombra es gris, el sofá es gris y las paredes son de un gris más claro. Sobre la encimera hay un cuadro abstracto enorme pintado con los colores primarios. Una vez vimos un cuadro muy parecido en la NGV y me dijo que no le gustaba. ¿Qué le ha pasado?

Me embarco en una pequeña visita por la casa sin pedirle permiso. Es toda igual: gris, con algunos toques de blanco y algo de madera, pero, sobre todo, gris. Hay un cuartito con una cama individual con un edredón gris y una manta de lana a juego. En la mesita de noche hay un jarrón con flores. Parece la clase de lugar al que la gente acude a morir. Un hospital de cuidados paliativos. Muy cuco sí, pero sigue pareciendo un hospital de cuidados paliativos.

—¿Duermes en esta cama individual?

—No, en una grande.

Lo veo al final del pasillo, apoyado en la encimera. No sé por qué me ha dejado visitar la casa por mi cuenta.

—¿Para qué son las flores?

—Me gustan. Ya lo sabes.

Ya no tengo ni idea de qué es lo que le gusta, salvo Audioslave, el supergrupo de rock estadounidense, meterse en la web de muebles del equivalente argentino a Freedom y excluir cualquier cosa que no sea gris. No me apetece ver su cuarto, así que me meto en el baño, donde pruebo los grifos y miro en todos los cajones antes de volver a la cocina. Xabi está cortando pan y ha dispuesto varios pastelitos rellenos de dulce de leche en un plato.

—¿De dónde los has sacado?

—Los he comprado cuando hemos parado en la panadería.

—¿Qué?

—He intentado despertarte. ¿Cuánto pan quieres?

—Dos rebanadas. Aquí hay muchísima comida… ¿Y si no hubiera tenido hambre?

—Jamás te comes lo que te ponen en el avión, y dudo mucho que hayas madrugado esta mañana para salir a tomar algo. Ai —añade, y empuja el plato hacia mí.

«Ai» es una palabra samoana. Hace un par de años me obsesioné con el idioma durante la semana del samoano y estuve bastante tiempo diciéndole frases de mi libro de expresiones comunes incluso después de que concluyera la semana. Se me había olvidado. Supongo que a él no. Mojo el pan en aceite.

—¿Plantaste tú los árboles de ahí fuera?

—Sí, quería plantar un huerto de árboles frutales, y lo estaba haciendo solo, pero Thony me dijo que... me había convertido en la triste imagen de la masculinidad, así que contraté a varios jardineros. Ellos sí que saben lo que hacen, no como yo.

—¿Creen que necesitas a una mujer que cuide de ti?

Deja el pastelito a medio comer y responde:

—Eh, sí.

—¿Y qué es lo que les dices?

—Que no quiero —responde, encogiéndose de hombros.

—¿Y entienden tu acento aquí?

Xabi traga saliva y me dice:

—Normalmente sí. Intento rebajarlo un poco.

—¿Y no piensas que, técnicamente, el español ibérico es una forma más pura del español y que todo el mundo debería acostumbrarse a como lo hablas tú?

—Joder, Val. No, claro que no. Ya me siento bastante mal solo por ser el dueño de esta tierra; me siento como si la hubiera colonizado a pesar de que, por lo visto, llevaba una década en el mercado.

—¿Pagaste por ella o te limitaste a saquearla?

—¿Y si te dijera que hice lo segundo? ¿Que me planté aquí con un puñado de caballeros con espadas y que conquisté esta tierra?

—Sería una historia que me interesaría mucho —respondo, encogiéndome de hombros.

Los pastelitos están tan buenos que casi me dan rabia. Me como otro.

—¿Has tallado tú ese frutero?

—¿Por qué lo dices? ¿Está torcido?

—No, pero lo hiciste tú, ¿no?

—Sí.

—¿Y quién te ha cortado el pelo?

Xabi se lo toca y me mira como si se lo hubiera preguntado porque me parece que lo lleva feo.

—Un coreano. No me quedé con su nombre, lo siento. ¿No te gusta?

—Sí, te queda bien.

—Por tus valores, solo dejabas que los coreanos te cortaran el pelo.

—Ya no.

—¿En serio? La verdad es que me parecía un poco racista por tu parte.

—Descubrí que mi peluquero preferido era de Hong Kong.

No sé si se está riendo de mí mientras retira el plato y lo friega.

—Xabi, ¿odias ese cuadro que tienes en la pared?

Se gira para mirarlo y suspira:

—Sí, lo odio. Me lo regalaron, y no sabía qué hacer con él.

—¿Quién te lo regaló? ¿Una mujer?

—¿De qué mujer me hablas? ¿Por qué te crees que de repente mi vida está repleta de mujeres?

—No sé —respondo, y tomo una pera del frutero, que está tallado a la perfección—. ¿Cómo está Rosa?

—Ah, me considera una gran fuente de estrés. Me dijo que hace tiempo que habría renunciado a ser mi agente si no fuera por el dinero y porque no quiere que nadie tenga que soportar lo que ha soportado ella. —Xabi se concentra en guardar las cosas en la nevera y me sirve un vaso de limonada burbujeante de una botella de cristal sencilla—. Iba a venir para que habláramos sobre cuáles son mis planes, pero le dije que me venía mejor en noviembre.

—¿Qué pasa en noviembre?

—Que pensaba que para entonces se me habría ocurrido algo con lo que tranquilizarla.

Me bebo la limonada. No es una de esas que, en su mayoría, no es más que licor, como las que serviría cualquier miembro de mi familia. Sabe a Lift de ricos.

—¿Por qué no estás pintando?

—No sé. Llevo un tiempo que no me apetece. ¿Qué quieres hacer esta tarde? ¿Quieres que te enseñe los alrededores? Creo que va a llover —comenta, al tiempo que se planta ante la ventana con el jersey de cuello alto, los vaqueros negros y las botas de la marca Blundstone; lo miro de pies a cabeza en un instante y luego vuelvo a fijar la vista en la bebida.

—Xabi, te sangra el cuello.

—Mierda —responde, y se lo tapa con la mano y recorre el pasillo hasta el baño.

Me giro hacia la puerta sin levantarme del taburete que hay junto la encimera.

—¿Tienes DVD?

—¿DVD? —me responde por encima del murmullo del agua que cae del grifo—. ¿La gente aún ve DVD?

—No sé. Me apetecía ver *Cocktail*.

—¿Qué te ha hecho pensar que tenía *Cocktail*, la peli en que Tom Cruise trabaja como barman para pagarse los estudios en la escuela de negocios, en DVD?

—Ah. No, no me refería a esa. Puede que se llame *Cocktail Bar*.

—¿De que va la peli?

—Es esa en la que Robin Williams tiene un bar de drag queens.

—Eso es *Una jaula de grillos* —responde. Cierra el grifo y vuelve a la cocina. Ya no sangra—. No entiendo que te apetezca verla. Va de un hombre que tiene que ocultar que es gay y judío para contentar a los padres conservadores de la novia de su hijo.

—Ah, ¿sí? Creo que tenía ocho años cuando la vi.

—Seguro que encuentro algo para ver, si es que es eso lo que te apetece.

Asiento y lo sigo hasta el salón, donde me siento en uno de los extremos del sofá, tan lejos como me resulta posible. Ver una peli me parece la idea más lógica porque así no tendré que hablar más; cuanto más cansado estoy, más probabilidades hay de que diga algo raro. Creo que todo lo que he dicho por ahora ha sido bastante raro, pero Xabi no parece afectado por nada. ¿Cómo se sentirá al estar yo aquí? Me cuesta mucho pensar en qué percepción tiene de mí otra gente. A veces se me olvida que existo y de que los demás pueden verme hasta que alguien me pide que me aparte para poder bajar del bus o porque me reconocen del programa.

Xabi debe de saber que existo porque una vez nos quedamos encerrados en un ascensor. Quedarse encerrado en un ascensor es la clase de suceso que la gente recuerda. Aquel día también llovía. Habíamos entrado corriendo en mi antiguo edificio para no estar en la calle, donde los coches aceleraban sobre los charcos. El hombre del telefonillo parecía enfadado cuando nos dijo que tardarían una hora en rescatarnos, como si le estuviéramos causando una gran molestia por habernos quedado encerrados en el ascensor. Me pregunté con qué frecuencia tenía que ir a rescatar a gente y si no sería un trabajo más apropiado para alguien con complejo de salvador, para alguien que considerara los rescates como un motivo de responsabilidad y orgullo. Me puse un poco cachondo por que el hombre del ascensor me regañara. Xabi pensaba que quizá había cámaras en el ascensor. Yo le dije que era imposible, pero, en realidad, no lo sabía. Me imaginaba que nadie iba a ponerse a repasar las imágenes a menos que se cometiera un crimen en el edificio y, de todos modos, no me importaba volver la investigación un pelín más interesante.

Me pregunto si Xabi se acordará de todo aquello, o si solo de que nos quedamos encerrados en aquel ascensor. Seguramente sepa que existo porque me está mirando y me está preguntando qué quiero ver, y yo señalo algo y le digo «sí, sí, esa me parece bien», y noto la cabeza un poco pesada y quiero preguntarle qué recuerda de lo del ascensor, pero ya me está costando lo mío mantener los ojos abiertos mientras veo a Eddy Murphy en *El príncipe de Zamunda*.

Despierto en la cama individual de la habitación que parecía sacada de un hospital de cuidados paliativos, pero no me siento como si me estuviera muriendo. Intento recordar cómo he llegado hasta aquí. Recuerdo que vimos los primeros diez minutos de la peli, y que luego Xabi me apoyó la mano en el brazo y me preguntó que si quería que me llevara de vuelta a la ciudad. No. Aún no había pasado bastante tiempo. Necesitaba más para aclararme las ideas; no podía despedirme e irme a trabajar para no volver a verlo nunca. «Llévame mañana por la mañana, así no es tanto lío», le respondí mientras pasaban los créditos y aparecía una imagen de James Earl Jones con una corona adornada de objetos que parecía haber encontrado en el mar. Detritus. Nunca sé si pronuncio bien la palabra. Recuerdo que Xabi estaba frente a la ventana y que le sangraba el cuello. Miro las lilas de la mesita de noche. Me encantan las lilas, pero donde yo vivo no crecen porque es una zona demasiado húmeda. Recuerdo que lo dije, que se lo dije a Xabi cuando estuvimos en Albania y había lilas por todas partes. De todos los viajes que he hecho, aquel fue mi favorito: el búnker transformado en museo en el que se hablaba de la campaña de Albania contra los turistas hippies; la antigua residencia de Hoxha, que se encuentra frente al único KFC que hay en Tirana; los niños que trataban de trepar por la pirámide de la plaza… Fue allí, bajo el sol, mirándolo con los ojos entrecerrados porque se me habían olvidado las gafas de sol, cuando le dije a Xabi que, de todos los viajes que había hecho, aquel era mi favorito.

Me levanto de la cama y recorro el pasillo. Llamo a la puerta de su dormitorio. Lo encuentro sentado en la cama, con la luz encendida. Se quita las gafas y deja el libro bocabajo sobre la mesilla de noche. Es mi libro, *Corales rojos*. No lo olvidó, no ha olvidado nada. No ha olvidado mi aversión a las barbas.

Me siento en la cama frente a él. Solo llevo puestos los calzoncillos y una camiseta, pero creo que, a estas alturas, ya da igual. Creo que, a estas alturas, pensar ya da igual.

—Xabi, ¿estás enamorado de mí?

Me examina el rostro durante un instante y responde:

—Sí.

Me inclino hacia él y lo beso. Durante un instante, todo parece ir como debe, como un gif que explica cómo abre una cerradura una llave, o cómo navega un barco a través de un sistema de esclusas para seguir su camino ascendiendo por el río Yangtsé.

Entonces Xabi se aparta y me dice:

—Val, tengo que decirte una...

—No —respondo, y le apoyo dos dedos en el labio inferior—. No me digas nada.

Me mira a los ojos y, en esta ocasión, no quiero apartar la mirada. ¿Quién va por la vida con unos ojos verdes? Tira de mí hasta que me coloca encima de él y noto que me cuesta respirar, pero me da igual.

—Si no quieres, puedes decírmelo.

—No —responde, quitándome la camiseta.

TANG

G

Me gusta muchísimo el soju de melocotón. Estamos celebrando el cumpleaños de Fereshteh y me ha gustado tanto el soju de melocotón que se me ha olvidado cómo hablar en inglés. La pobre de Ell es extrañamente monolingüe y no se entera de nada de lo que le digo mientras volvemos a casa después de haber ido al asador coreano y al karaoke. Me compadezco un poco de ella cuando me giro para quejarme de lo lento que camina. Qué va a hacer ella si no puede mantener el ritmo de mis pasos gallardos y no posee mis habilidades lingüísticas.

—Elspeth, beeil dich! Es tut mir leid, dass du keine langen Beine hast, aber wir haben noch viel zu tun. Die Saison hat erst begonnen. Zärtlich ist die Nacht.

Ell no acelera el ritmo porque, a pesar de que hablo alto y claro, no se entera de lo que le digo. Parece cansada. He estado haciendo un montón de payasadas. El bar de karaoke queda a solo 450 metros de casa, pero he acompañado a todo el mundo hasta la parada del bus y me he asegurado de que todo el mundo se subiera a sus Zoomys. Luego he tenido que ir corriendo al Esquires para comprarme un batido antes de que cerraran. Hay muchísima gente en Victoria Street esperando el bus nocturno y yendo al casino. Unas chicas brasileñas se miran entre ellas y se ríen mientras unos ingleses intentan convencerlas para que se vayan juntos a otro bar.

—¿Por qué tienes tanta prisa? No vamos a ningún otro sitio, ¿no? Son las dos de la mañana —dice Elspeth, mirando la hora en su reloj analógico.

—Weil ich realisiert hab... Mmm... En el karaoke me he dado cuenta de que no sabes nada. Cuando oyes una canción sobre irte de vacaciones a Hamilton, no entiendes nada. Si te digo *Today, tomorrow*, no sabes de qué te estoy hablando. Podría ser cualquier parte. No sabes quién es Bic, ni quién es Boh, Elspeth.

—Sabes que no me llamo Elspeth, ¿no?

—Solo intento ayudarte.

—¿A qué?

Freno, me doy la vuelta y le contesto:

—A ser más escocesa.

—¿De dónde te has sacado lo de que no soy lo bastante escocesa?

—Todo el mundo lo dice —respondo con un suspiro—. Es lo que se dice por ahí. Todo el mundo ha visto los memes: «431 tuits escoceses que te devuelven la vida». Solo quieren que seas un poquito menos: «¿Alguien va a comerse el último naan?» y un poquito más: «Qué locura cuando vas drogada y estás con tu madre en la cola del Greggs y no puedes creerte que te hayas cargado a un niño porque se ha comprado el último hojaldre de salchicha» —le digo con acento escocés.

—No... Greta, si hubieras conocido a mi madre, sabrías que no se droga con nadie ni en ninguna pastelería.

Sonrío y cruzo la calle. Espero que me esté mirando la franja entre la cintura y las caderas con este modelito casi primaveral que consiste en una minifalda de vinilo y un top metálico que me pareció demasiado sexi cuando me lo compré en el SaveMart hace cinco años. Ahora me encanta. La oigo apresurarse tras de mí. Debería escribir un libro sobre ligar. Cuando llegamos frente a la tiendecita, me agarra de la cintura para que no vuelva a salir corriendo. La miro. Llevo unas plataformas de terciopelo que solo resultan apropiadas en algunas ocasiones contadas. Le miro el rostro cuadrado, la raya al medio y su estúpida chaqueta de pana burdeos a juego con los pantalones acampanados y pienso que está muy guapa. Observo la Sky Tower y me da la sensación de que me guiña un ojo.

—Elspeth, creo que deberíamos ir a casa y besarnos y… quizá hacer algo más.

—Esperaba que dijeras algo así.

—¿Por?

—Entre que has cantado a dueto «Buttons», de las Pussycat Dolls, con Rashmika haciendo de Snoop Dogg y tú sentándote en el regazo de todo el mundo, y que luego te has tumbado en la mesa y has cantado sola la parte de Kylie Minogue y la de Robbie Williams de «Kids», algo intuía.

—Tú no has cantado mucho.

—Es que no conozco tanto a tus amigas como para tumbarme en la mesa. Además, tampoco has pedido muchas de mis canciones preferidas.

—¿Cuáles son?

—Mi canción favorita de los Beach Boys es «Kokomo», y, de los Beatles, «Ob-La-Di, Ob-La-Da».

Le sonrío mostrándole los dientes y la beso de un modo un ochenta por cierto más sexi de lo que la gente consideraría aceptable en un lugar público en una de las encuestas del Ayuntamiento de Auckland. Me aparto para ver si a alguien se le han quemado los ojos, pero solo una persona parece haber reparado en nosotras. Mierda. Es aquel hombre. Está de pie al otro lado de la calle, formando una «o» chiquitita con la boca, dándole la mano con pocas ganas a una chica que, siendo sincera, no es muy guapa y que lleva una chaqueta de Kathmandu y unos vaqueros bootcut; ni que fuera a echarle un ojo a su caballo.

—¿Por qué te está mirando ese hombre? —me pregunta Ell.

—Tuve una cita con él en verano y estuve a punto de irme a su casa, pero no podía quitarme de la cabeza que me había dicho que no le gustaba la música y casi me dio un ataque de pánico en la calle.

La he dejado a cuadros.

—¿Que tuviste una cita con un hombre? ¿Al que no le gusta la música? ¿Tú? ¿La persona que ha interpretado la versión más emocionante de «S Club Party» que he visto en toda mi vida?

Reanudo la marcha, pero ahora le doy la mano y tiro de ella por la acera.

—Fue una época oscurísima de mi vida. Una mujer se portó fatal conmigo y creí que me había vuelto hetero.

—Es mono —comenta Ell por encima del hombro.

Creo que a esta chica le gusta verme pasar vergüenza. Está cantando una interpretación regional de «Our House» (que con su acento bien podría titularse «Are Hoose») cuando llegamos a mi edificio. Tras introducir el código correcto después de tres intentos, subimos las escaleras a toda prisa y sin cuidado mientras nos damos tirones. Cuando llegamos a mi piso, Ell me arrincona contra la pared.

—Aquí no, o mis vecinos dejarán de creer que mi hermano y yo estamos casados y que somos una pareja joven y simpática de Túnez.

—¿Y por qué quieres que sigan creyéndolo?

—Les da emoción a sus vidas. Solo hablan del City Rail Link y de si ha llegado el correo.

Ell me besa el cuello y reconsidero qué imagen quiero darles a mis vecinos, pero entonces oímos a alguien sorbiéndose los mocos con fuerza al final del pasillo y nos giramos.

—¿Tang?

Mi sobrino está sentado, apoyado contra la pared, al lado de la puerta de nuestra casa, con una chaqueta de cuero negra, encogido y tal vez llorando. Nos acercamos a toda prisa como profesoras que acaban de ver a alguien ignorar un paquete de patatas que se le ha caído al suelo.

—Lo siento —se disculpa Tang con voz ronca—. He venido a ver a V, pero no está, así que no sabía qué otra cosa hacer.

—¿Por qué quieres ver a V? ¿Estás teniendo algún problemilla de salud masculino? —Lo miro, ahí sentado en el suelo—. A lo mejor no deberías llevar unos vaqueros tan pegados.

—¿Por qué no abres la puerta, Gre? —propone Ell mientras me apoya la mano en el brazo—. Podemos hablar de los problemas de salud de cada género dentro de casa.

Ell ayuda a Tang a levantarse del suelo y yo abro la puerta tras sorprenderme por la rapidez con la que he encontrado la llave. Tang se sienta en el sofá, rígido. Ell le pasa una caja de pañuelos y se va a preparar un té del amplio surtido que compró V durante una crisis que le dio porque alguien había bromeado sobre que no era un buen anfitrión. Ninguno de los dos bebemos té.

Tang se ha convertido en un adulto en un abrir y cerrar de ojos. Soy consciente de que va a cumplir los dieciocho en noviembre, y, como es normal, me he dado cuenta de que mide bastante más de uno ochenta, pero no sabía que iba por ahí solo por la ciudad a las dos de la madrugada con una chaqueta de cuero y unos pitillos vaqueros. También lleva una camiseta ceñida y unas botas negras de punta afilada. Huele muy bien, como a Mémoire, de Gucci, una fragancia unisex.

—Ay, madre, Tang, ¿estás preocupado por si eres gay? Mira que yo pensaba que hoy en día a los adolescentes les daba igual todo y eran todos pansexuales, y que solo a las millennials viejas como Ell les dan ataques y se rapan al cero la primera vez que tocan una teta, a los veintiséis.

—Fue un poquito más complicado que eso —responde ella.

Ell deja las tazas de té en la mesita de café y se sienta al lado de Tang en el sofá. Yo me siento en una silla de mimbre que preside la mesa.

—Hoy he roto con Odette —dice Tang, mirando a Ell.

—Seguro que es para bien —le responde Ell.

Jamás he oído hablar de la tal Odette. A lo mejor Tang es hetero, y solo doy por hecho que todo el mundo está confundido respecto a su orientación sexual porque no estoy muy puesta con lo que les pasa a los adolescentes. Ell sostiene la taza de PG Tips como si bebiera té cada dos por tres.

—¿Y cómo ha ido? —añade.

—Bueno, bien, supongo. Hemos desayunado juntos esta mañana porque tenía un torneo de tenis que duraba todo el día. No dejaba de decirme que sus padres se habían ido de viaje y de acariciarme el tobillo con el pie. Yo me reía, pero no me estaba riendo de veras. Era como si se me hubiera olvidado lo que se siente cuando te invade la alegría. Me pedí un crep de más solo para poder seguir comiendo y no tener que hablar. Cuando nos despedimos, le di unas palmaditas en la espalda como si me estuviera despidiendo de mi primo en el aeropuerto.

—Pero si no tienes ningún primo. Somos la primera familia maorí de la historia que no tiene primos —interrumpo.

Ell me mira, pero la ignoro y me adueño de una de las tazas de té.

—Iba a decir «como si me estuviera despidiendo de mi tío», pero ya sabes cómo se pone V en el aeropuerto. Es un sensiblero.

Ell carraspea y pregunta:

—¿Qué ha pasado con Odette?

—Fui al club de tenis y le dije que creía que lo nuestro no iba a funcionar. Que lo sentía si le había hecho ilusiones o si parecía... un hipócrita. Me dijo que juraba que era la persona más rara que había conocido en su vida y que tendría que haberle hecho caso a lo que le habían dicho Aja y Daisy de mí.

—Pero ¿quién es esa gente? —digo con el rostro fruncido—. ¿Por qué tienen esos nombres?

—No sé. —Tang se encoge de hombros—. O sea, sé quienes son; estaba saliendo con todas ellas a la vez, más o menos, pero no sé por qué se llaman así.

—¿Con todas al mismo tiempo?

Tang suspira. Se lo ve demasiado agotado para alguien que nació el año en que se creó Facebook.

—Sí.

Sacudo la cabeza.

—Sabía que Casper no debería haberte permitido vivir en esa urbanización de ricachones. Ahora eres parte de un polículo con una chica que se llama Daisy y conoces a gente que juega al tenis.

—Esta noche he ido con unos amigos a un concierto. No les he contado lo que había pasado con Odette. Tampoco es que les cayera muy bien. No sé, es que me sentía raro. Les he dicho que me iba a casa, pero en realidad me he ido a dar una vuelta por el paseo marítimo durante un rato y luego he pensado en que me vendría bien hablar con V, que él sabría qué hacer. Pero, al llegar, me he acordado de que estaba de viaje. Lo siento por estropearos la noche. —Le da un sorbo al té y añade a toda prisa—: Estoy enamorado de otra persona.

—¿De quién estás enamorado? —Durante un segundo pienso en que los adolescentes se enamoran de toda clase de personas ridículas, pero luego me acuerdo de que yo misma pensaba que estaba enamorada de Holly el pasado enero—. ¿De una chica que se llama Clementine y cuyos padres tienen un viñedo?

—No. —Tang deja la taza en la mesa—. Se llama Plan. Plamen Gajević.

—¿Se llama Plan Gay?

—Bueno, nunca he escuchado a nadie que lo llame por ese mote. Es de Montenegro. Nos conocimos cuando fui al viaje de la asignatura de Historia a Austria y Hungría el año pasado.

No creo que le mole que me muestre despectiva con su Plan secreto. Seguro que mañana me odiaré a mí misma, pero ya se encargará de eso la Greta sobria.

—¿Y te has tenido que poner a salir con un montón de niñas ricas porque estabas confundido sobre tu orientación sexual? —le pregunto.

—Greta —me advierte Ell mientras me mira con una ceja arqueada.

—No estoy confundido. ¿Tú no crees que la sexualidad sea algo que va fluyendo en un espectro?

Me pongo a pensar en la cantidad de años que me he pasado confundida sobre mi sexualidad y me siento superanticuada, como si hubiera ido a la biblioteca y hubiera preguntado por una microficha. *Qué coño*, me digo. Pienso en sacar el móvil y mandarle un mensaje a Rashmika: *Wtf, mi sobrino de diecisiete años acaba de salir del armario como si nada.* No sé qué decirle. Me he hundido en la silla y no puedo incorporarme.

—¿Y cómo has acabado teniendo todas esas novias si estás enamorado del tal Plan?

—Es que en realidad no he hablado con él desde que volví del viaje. No sé qué siente, si yo soy para él lo mismo que él para mí. —Se le quiebra la voz y se cubre la cara con una mano—. Lo siento.

—No lo sientas —responde Ell mientras le da un apretoncito en la rodilla.

—Es que no dejo de pensar en él y no paro de decir que sí a cosas que no quiero hacer solo porque me siento insatisfecho. Creo que... Creo que soy monógamo —dice, como si esa fuera la revelación, como si estuviera saliendo del armario de la monogamia. Estoy angustiada. El mundo moderno me estresa. Me siento como George de la Jungla—. Además, también estoy preocupado por él. Me dijo que lo pasaría muy mal si alguien se enteraba de lo nuestro. Me sentí fatal. Soy consciente de la suerte que tengo de vivir aquí y tener la familia que tengo.

Asiento. Me frustra pensar en que los padres de Ell no le hablan. Ella me dice que no pasa nada, que acabarán aceptándolo, pero yo no me lo creo. Mis padres nunca han dejado de hablarme. Ni siquiera cuando tenía trece años y le solté a mi padre que era un cabronazo cuando me dijo que esos zapatos tan horteras que tenía que ponerme para la obra *El Mikado* que teníamos que representar en el instituto no estaban tan mal. Ahora que lo pienso, lo que me debería haber molestado era lo racista que es la obra.

—¿Y por qué querías hablar con V de todo esto? No sé yo si él podría haberte dado algún consejo útil al respecto. Lleva desde el año pasado dándole vueltas a si está enamorado todavía de su ex.

—Ah, ya, lo sé, pero es que... —Tang deja la frase a medias y baja la mirada al té—. Cuanto más me estresaba por todo esto, más cosas hacía que quizá no debería hacer. Empecé a pensar que tenía que escribir siempre con un boli de tinta negra o, si no, pasaría algo malo. Estaba en clase y mi profe me pidió que escribiera una cosa en la pizarra y fingí que no sabía la respuesta porque solo había un rotulador rojo. Y me dolía la cabeza horrores. Creía que podía mantenerlo todo bajo control si me bebía una lata de Pepsi Max todos los días a las doce y media de la mañana. Tenía una caja de latas en la taquilla del instituto y una debajo de la cama, pero un día tuve que ir al centro a uno de esos días de puertas abiertas de la universidad y no pude comprar ninguna en ninguna parte y acabé vomitando en una papelera, delante de todo el mundo. Últimamente casi no como ni duermo. Empiezo a pensar que a lo mejor no es muy normal sentirse así.

—¿Se lo has contado a tu padre?

Tang niega con la cabeza.

—No puedo. Se lo tomaría fatal. Siempre dice que puedo hablarle de lo que sea, pero no es verdad, porque siempre que me pasa algo malo se piensa que es culpa suya. No... no sé cómo mantener el equilibrio entre conseguir que me dé el espacio que necesito y no mantenerlo al margen de las cosas importantes de mi vida. Pensaba que V podría ayudarme a manejar la situación, a ver cómo hablar con él.

Parece abatido... Mi sobrino, el que solía quedarse impresionado con el Fruit Ninja de mi móvil, de pronto es el exnovio de al menos cuatro personas.

Me incorporo y me inclino hacia delante para apoyar la cara en las manos.

—Te recuerdo que Casper también es mi hermano; podemos idear un plan y hablar con él juntos. V volverá pronto. También podrás hablar de todo esto con él. ¿Qué quieres hacer con lo de Plan?

—Necesito saber qué siente él, pero primero debería tenerlo yo todo más claro.

—¿Por qué no habéis hablado últimamente, si significa tanto para ti?

Tang apoya la cabeza en el respaldo del sofá.

—Me venía todo demasiado grande. Me parecía una ridiculez pensar en que tal vez pudiéramos estar juntos. Él tenía casi dieciocho años y ya hablaba de ir a la uni en Alemania, y a mí aún me quedaba un año entero de instituto, y no veía el fin siquiera. Pero, desde que lo conocí, siento que soy una persona distinta. Me parece que el mundo es mucho más grande y mucho más pequeño a la vez.

—Siempre que me necesites, voy a estar aquí, Tang —le digo—. No pienso que seas la persona más rara que he conocido en toda mi vida, aunque a veces hables como un narrador filosófico de una peli de cine indie. Pase lo que pase, creo que es importante que sintieras que podías amar a alguien de ese modo. Ser capaz de amar es algo especial.

Tang asiente.

—Gracias.

Ell le da unas palmaditas en el hombro.

—¿Por qué no les dices a tus padres que estás con nosotras? Gre, ¿crees que a V le importaría que se quedase en su cuarto?

—No, no, por supuesto que no. —Parpadeo varias veces. Menudo cambio tan brusco el de estar borracha por la calle tras salir de un karaoke a ser una mentora adulta y responsable—. ¿Qué pasó el día que fuimos a cenar?

—Ah… —Tang frunce el ceño—. Estaba en casa de Daisy y discutimos sobre algo de economía, y me dijo: «Por cosas como esta no le caes bien a Aja». Estaba en plan dramático y fui caminando bajo la lluvia repitiendo mentalmente conversaciones que había mantenido con Plan y, luego, cuando llegué a casa, abrí la puerta y Freya me dijo… ¿Qué fue lo que me dijo, exactamente?

Elle reflexiona.

—Freya estaba interesadísima por todo este asunto de que seas mi novia y también quería saber a partir de qué edad se pueden tener novias. Y entonces Tang entró por la puerta y Freya dijo: «Este es mi hermano, Tang, y nunca ha tenido novia, a lo mejor porque no le gusta a nadie».

Tang deja escapar un gruñido.

—Sí, y entonces le dije: «Cállate la puta boca, Freya. No tienes ni idea de mi vida».

—No te pega nada decir algo así —opino mientras recuerdo una ocasión en la que V dijo algo parecido y luego, por algún motivo, tiró el móvil por la ventana... del segundo piso; Casper tuvo que encaramarse al tejado y sacarlo del canalón.

—Ya, no tengo ni idea de por qué me salió así. Me sentí fatal después. Y Ell se portó genial conmigo, y eso que no nos conocíamos de nada. Tienes mucha suerte, Gre.

—Lo sé. La quiero mucho.

Ell me mira como nunca me ha mirado. Aún no le había dicho que la quería.

No se me da muy bien decirle a la gente lo que siento. No sé por qué soy así, y no siempre me encanta pensar en todas las piezas diminutas que componen la persona que soy. Me preocupa que demasiadas de esas piezas puedan estar defectuosas en cierto modo, como las de un rompecabezas que te compras en una tienda de segunda mano en vacaciones porque está lloviendo. A Ell se le da bien encontrar las partes defectuosas de las piezas; siempre está fijándose en las estructuras moleculares y señalando las zonas más conflictivas.

Recojo las tazas y voy a dejarlas a la cocina. Me imagino lo que sentiría si esta fuera nuestra cocina, de Ell y mía, y luego me siento fatal al pensar en dónde dejaría eso a V y aparto la idea de mi mente.

CONVERSACIONES

V

Tenemos que hablar. A ninguno nos gusta mantener conversaciones sinceras y francas sobre cómo nos sentimos y cuáles son nuestros planes de futuro; por eso hemos acabado en esta situación. Estamos en la cama, sentados uno al lado del otro, con las rodillas en alto mientras bebemos de tazas de café. En la mía hay más de esa bebida de limón que me sirvió ayer. He pensado que, ya que estábamos confesándonos cosas, pues le decía que odio el café. La pared que tenemos delante es toda de cristal y da a una escena pastoral; vamos, que da a un campo de hierba. A lo lejos, un camión recorre un camino de tierra.

—No sé por dónde empezar —me dice—. No me esperaba que pasara esto —añade, y señala de forma ambigua con la mano al decir «esto», por lo que doy por hecho que se refiere a mi presencia física—. Creo que hay cosas que debería haberte dicho antes de que hiciéramos nada.

—¿Tengo que hacerme la prueba del herpes?

Xabi casi escupe el café de vuelta a la taza.

—No. No me ha dado tal calentón que he pasado de decirte que tengo herpes.

—Pero ¿podrías tenerlo?

—¿Me estás preguntando si estoy saliendo con alguien?

—¿Estás saliendo con alguien?

Se gira hacia mí y apoya la cabeza en el cabecero de la cama.

—No —responde—. Me lo podrías haber preguntado ayer en vez de abrir todos los cajones del baño para buscar pistas.

—Creo que si me lo hubieras dicho directamente, la situación me habría desbordado. Encontrarme con los productos de higiene personal de otra persona, una férula dental o una crema solar para pieles sensibles, habría sido una explicación mucho más sutil.

—El año pasado sí estuve saliendo con alguien, pero la cosa no salió adelante.

—¿Qué pasó? —le pregunto, a pesar de que, en realidad, no quiero saber la respuesta.

Xabi deja escapar un bufido.

—Alguien que quizá no me conoce tan bien como creía nos hizo de celestina. Creo que, desde el principio, yo ya sabía que no hacíamos buena pareja, pero... bueno, digamos que me dejé llevar. La gente no dejaba de decirme que estaba preocupadísima por mí, que me estaba aislando demasiado, que sabían que no estaba trabajando en nada nuevo, y pensé que, si me metía en esta relación, todos esos otros problemas desaparecerían. No fue muy buen plan. Me siento fatal por haberme planteado siquiera... utilizar a alguien de ese modo. Pero creo que, al final, esta chica descubrió que yo era la persona más exasperante que había conocido en toda su vida.

—¿Tú? Pero si eres supertranquilo.

—Hay gente a la que eso no le gusta. Esta chica tenía la sensación de que le estaba ocultando algo, de que no estaba mostrándome tal y como soy, que... mmm... que se me caería la careta en algún momento. Ella estaba acostumbrada a que se tomaran muy en serio sus opiniones. Es una artista y una activista muy famosa aquí. Así que no le gustó que no quisiera abrirme ni ir a un grupo de terapia en el que hay que ponerse en círculo y gritar. Tuvimos una bronca por ello, y ella no dejaba de repetirme que tenía que dar el primer paso y admitir que el rasgo principal de mi personalidad es que soy una persona reprimida. Aquello ya fue demasiado. Y grité un poco demasiado alto.

—¿Tú? Creo que a la única persona a la que te he oído gritarle es a tu hermano.

—Estábamos en Brasil, y todo el mundo hablaba a gritos. La verdad es que no fue el mejor momento. Acabábamos de llegar a São Paulo para un festival de artes que duraba tres días, y teníamos una charla juntos. Ella no hizo amago alguno por ocultar la animadversión que sentía hacia mí. Joder, Val, fue horrible. Todo el mundo sabía lo que había pasado. Lo retransmitieron por internet. Geneviève me llamó por teléfono y estuvo diez minutos seguidos riéndose. Al acabar, me emborraché y me fui a casa con un camarero.

—¿Desde cuándo bebes?

—Ese día lo hice.

Me recoloco. No sé qué hacer con toda esta información.

—¿Y tú qué? —me pregunta.

—¿A qué te refieres?

—Me siento expuesto. Has visto el mal gusto con el que he decorado la casa y te he contado mi relación fallida. No sé cómo, pero has sabido que sigo enamorado de ti, y eso que he intentado ser todo lo sutil que he podido. Tú no me has dicho nada, solo que diste por hecho a qué raza pertenecía tu peluquero y que de pequeño no veías pelis apropiadas para tu edad. Como mínimo, me gustaría saber si esos ejecutivos de los medios de comunicación tan atractivos y encantadores con los que imaginaba que estabas existen.

Niego con la cabeza.

—No —respondo—. Solo lo he hecho con... Slava.

Xabi deja escapar un gruñido.

—No. Valdin. No te creo.

—Te echaba de menos, y él no dejaba de tocarme las manos y de dejarme caer que no podía volver en bus a su piso nuevo. Ya no está enamorado de mí, así que no pasa nada. El otro día me reenvió los nudes de uno. Por correo. Me quedé flipando. Estaba haciendo cola en el súper y todo el mundo se enfadó conmigo por no darme prisa porque estaba viendo las fotos de un desconocido desnudo y preguntándome por qué sostenía un bate de críquet. —Miro a Xabi mientras escucha con atención una más de las cuatro millones de anécdotas sin sentido que componen mi vida. Quiero tocarlo, pero me da miedo lo que pueda decirme—. Xab, no estás enfermo, ¿no?

—No. Seguramente esté más sano que nunca. He empezado a correr y vivo demasiado lejos de la ciudad como para comer panchos todos los días. Mmm… —No aparta la mirada y, durante un instante, no añade nada más. Y entonces me dice—: Voy a adoptar a un niño.

—¿Qué?

—No hace falta que me digas nada; ya sé que puede resultar abrumador. Cuando volví de Brasil, sentí que a mi vida le faltaba algo, pero no creía que fuera amor romántico, como me decía todo el mundo. Estuve hablando con María, mi jardinera, y se puso a hablarme de su pueblo de Colombia, de que allí hay muchísimos niños que no tienen padres. Y entonces pensé: *¿Qué coño estoy haciendo con mi vida?* Nada. Así podría proporcionarle un hogar a alguien; aunque sea un hombre reprimido, distante y tenga una personalidad espantosa.

—No eres ninguna de esas cosas.

—No sabía si pasaría. Me he pasado un año con el papeleo, el dinero y viajando. El día después de que me llamaras me enteré de que solo quedaban un par de cosas pendientes antes de que me lo confirmaran. Me voy a Medellín en dos semanas.

Miro el techo. Noto la cara roja y me pican los ojos.

—No estaba pensando en cómo te sentirías —me dice en voz baja—. No creía que volvería a verte. Si lo hubiera pensado, seguramente habría hecho las cosas de otro modo.

—Tengo una reunión de producción en dos horas.

—Ya. —Xabi suspira y se levanta de la cama—. Ahora te llevo a la ciudad.

—¿Cuánto tiempo te dejaste barba antes de que llegara yo?

—Seis meses —responde, acercándose las manos a la cara—. No te habría gustado nada.

Niego con la cabeza.

—Te habría querido igual.

LIMONADA

G

Holly me pide que nos veamos en Shadows para que le devuelva las redacciones que corregí por ella y no sé cómo me siento al respecto. Creo que, si me hubiera pedido que nos viéramos en un bar del centro, le habría dicho que no porque no me parecería apropiado. El bar de la universidad al que solo van los estudiantes de grado que no tienen un duro me parece un poco más profesional. No le he dicho a Ell que voy a reunirme con Holly; bueno, en realidad, no se lo he recordado, ya que ella estaba delante cuando Holly me lo propuso. De todos modos, Holly me dejó bastante claro que no siente nada por mí, así que no sé por qué se me sigue haciendo raro quedar con ella. Rashmika se ofreció a venir conmigo, pero me da la sensación de que solo lo hizo porque quería movida, y preferiría evitar esa situación.

Subo las escaleras hasta llegar al bar; está oscuro y no hay casi nadie. Es mediodía y no hay nada que celebrar. Holly ya está aquí, terminándose una bebida mientras lee *El almuerzo desnudo*. Espero que no esté bebiendo whisky. Sería demasiado para la puesta en escena.

—Bienvenida, Gre —me saluda, y no sé si lo hace en broma o si se piensa que es la dueña del Shadows.

—Gracias —respondo, y me siento frente a la mesa laminada.

—¿Cómo estás? —me pregunta.

Medito mi respuesta. Un poco sola en la casa ahora que no está V. Lleva casi dos semanas fuera. No me había dado cuenta de hasta qué punto tenía asociada la acción de volver a casa con la seguridad de saber que él estaría ahí hasta que se fue. Aunque se queja muchísimo y me cuenta todas las cosas aburridas que le pasan al tiempo que se guarda para sí las anécdotas más jugosas, no es lo mismo abrir la puerta de casa y saber que no está ahí y que, de momento, aún no va a estar. Me gusta que Ell y yo tengamos la casa para nosotras, pero Ell tiene su piso y cosas que hacer durante gran parte del tiempo. Por otro lado, no sé si mi tesis va tan bien como debería porque, ahora mismo, no tengo muy claro para qué la estoy escribiendo. Me quedan solo noventa dólares, una cantidad que seguramente no baste para comer nada que no sea sopa y sushi a mitad de precio si llego al local justo cuando están cerrando. No sé cuál de todas estas opciones contarle a Holly.

—Mi hermano se ha ido una temporada y estoy un poco triste sin él porque estoy sola en casa —le digo—. También estoy un poco preocupada por él; no me está respondiendo a los mensajes.

—Uff... Hombres —responde Holly, y se termina la bebida—. ¿Sabes si te van a reducir las horas?

—¿Qué? ¿No?

—Ha habido una reunión del departamento esta mañana. No quieren que ningún profesor imparta más de diez horas a la semana.

—De todos modos —respondo, encogiéndome de hombros—, yo solo tengo diez horas de clase.

—¿Crees que te las van a quitar? —Me mira con el vaso en la mano y me fijo en que tiene el pelo distinto, que lo tiene muy limpio y un poco erizado, como cuando te quedas a dormir en casa de alguien y, sin querer, ves a su padre saliendo de la ducha—. Puede que se las asignen a alguien con más experiencia.

—Imagino que no va a pasar porque nadie me ha dicho nada.

—Aun así… —responde, levantándose—. ¿Quieres algo? ¿Te pido un zumo?

—¿Un zumo? ¿Venden aquí?

Observo los reservados oscuros, donde puede que miles de chicos y chicas de dieciocho años de la región se hayan liado borrachos por primera vez con alguien de la gran ciudad a quien acaban de conocer, y me pregunto si alguien se habrá pedido alguna vez un zumo en este local. Quizás un vodka con zumo de arándanos porque una vez oyeron que su tía se lo pedía en una boda. Holly ya se ha acercado a la barra y vuelve con un vaso corto de algo oscuro y una limonada para mí.

—Perdona, no tenían zumo en la nevera —me dice.

—Ah, no pasa nada. Gracias.

Le doy un trago y me siento como una niña pequeña con su padre; pero no con el mío, que me dio a probar mi primer chupito de vodka a los nueve años. El Gobierno acababa de permitir las uniones civiles, de modo que, tras quince años juntos, Thony y Giuseppe decidieron oficializar su relación. Mi madre le dijo que darle vodka a una niña no podía justificarse con que era una actividad cultural.

—Muchas gracias por corregirme las redacciones —me dice Holly—. Seguro que lo has hecho de maravilla.

—No hay de qué. Mmm… ¿Cómo estás? ¿Aún te notas muy estresada?

Holly pondera mi pregunta. Normalmente no usaría esa palabra, pero es que sostiene un whisky con hielo en la mano y observa por la ventana con aire melancólico.

—Estoy mucho mejor desde las vacaciones que me tomé. Creo que es importante saber cuándo decir «no» a las cosas y tomarte un descanso y olvidarte de la tecnología para pensar qué es lo que quieres de verdad, cuáles son tus objetivos y cuál es el mejor modo de alcanzarlos. Además, el sitio en el que nos alojamos estaba genial. Avísame si alguna vez buscas alojamiento por esa zona y te paso el enlace. Bueno, se lo tendré que pedir a Sonja porque fue ella la que hizo la reserva.

Agito la ceja. La verdad es que me cuesta pensar en irme de vacaciones con noventa dólares en la cuenta y sin tener coche, pero bueno.

—Gracias, ya te avisaré.

Holly le da vueltas a la bebida en el vaso.

—¿Quién era esa marimacho con la que estabais Rashmika y tú el otro día?

Qué curioso que lo pregunte. Holly sabe de sobra quién es esa marimacho. Siempre ve mis posts y me he fijado en que nunca le da like a aquellos en los que salgo con otras personas.

—Es mi novia. Ell Livingstone.

—¿Cuánto tiempo lleváis saliendo?

—Cuatro o cinco meses.

—Mmm... —responde, y me dan ganas de preguntarle: «¿Qué clase de respuesta es esa, joder?», pero me callo y me bebo la limonada—. ¿Le van a reducir las horas a Rashmika?

—No sé... Ya te he dicho que no sabía que fueran a reducir las horas hasta que tú me lo has dicho.

Holly deja escapar un suspiro y responde:

—Pues no me sorprendería...

Me muerdo el labio. A mí sí que me sorprendería que intentaran reducirle las horas a Rashmika. Es una profesora muy querida y todo el mundo quiere estar con ella; además, si la universidad intentara joderla de alguna manera, no tardaría nada en hacer pública la información.

—¿Te van a reducir las horas? —le pregunto.

—¿A mí? No. No creo.

Busca algo en su bandolera de cuero marrón y me pasa un libro. *La señora Caliban*. Se me había olvidado que se lo presté. Ni siquiera es mío, sino de mi madre. Se lo dejé en verano, hace un siglo, cuando le prestaba libros a todo el mundo sin pensármelo dos veces.

—¿Qué te ha parecido? —le pregunto.

—Muy denso. No me lo he terminado —responde. Le doy vueltas al libro en las manos. Tiene unas cien páginas—. Había un tique en la parte de atrás, te lo he dejado. Pensé que quizá te hiciera falta.

—Gracias.

Paso las páginas y saco el tique de un paquete de ganchos para cuadros del Bunnings de la bahía de Lyall.

$3,95. Qué considerada Holly por no haberlo tirado, por si acaso a mi madre le da por volver a Wellington para que le devuelvan el dinero de unos ganchos. Le doy la vuelta al tique y veo escrito «me dejé el teléfono donde el pescado» con una letra que no es la de mi madre. ¿Qué significa? ¿Será alguna clase de código? Quizás, en alguna parte, haya una llave oculta tras el cuadro de un pez hablando por teléfono. Puede que quienquiera que estuviera escribiendo esta nota quisiera decir «me dejé el teléfono en el mercado de pescado, no me lo puedo creer, ya es la segunda vez que me pasa esta semana, bueno, regresaré pronto e imagino que volveremos a cenar pescado, ja, ja». No me sorprendería que mi padre se hubiera dejado el teléfono dentro de un pescado, pero la letra de mi padre es mucho mas curvada, como la de alguien que empezó escribiendo en cirílico.

—Oye, ¿cómo llevas la tesis? —me pregunta Holly—. ¿Cuánto llevas?

—Ah... Pues... No mucho, pero aún me quedan diez meses.

—Mmm... ¿Crees que puede que el tema que has escogido no sea lo bastante bueno?

Me dispongo a discutir con ella, pero entonces la miro y me fijo en su camisa de cachemira y en su pelo tieso, y me enfado muchísimo con ella, pero, sobre todo, me enfado conmigo misma por haber accedido a reunirme con ella. Y, en retrospectiva, por todos los sentimientos positivos que he sentido por esta persona que, evidentemente, no valora mis ideas ni mi tiempo. Así que cierro la boca y me muerdo el labio.

—¿Sabes qué, Holly? La verdad es que tengo que irme.

—Ah. ¿Has quedado con tu novia?

Me levanto y arrastro la silla.

—No. Gracias por la limonada.

DESIERTO

V

El rodaje va mucho mejor de lo que esperaba. Me siento menos distinto del resto del grupo cuando trabajamos fuera del país. Parecemos un grupo más unido de gente de Nueva Zelanda que no habla muy bien español. Ahora mismo estamos en el desierto junto a Salta. Es la primera vez que estoy en un desierto y no me acostumbro a la velocidad a la que bajan las temperaturas cuando se pone el sol. Tengo que ponerme el plumas que le pedí prestado a mi padre. Soy adulto; debería comprarme mi propio plumas. El sol desciende tras los acantilados rojos veteados de blanco y el cielo se tiñe de varios tonos de rosa. Un par de personas graban varias escenas en plano pick-up mientras que el resto está dentro tomándose una cerveza con el equipo de la zona. Emma sale y se acerca al saliente de cemento en el que estoy sentado y me ofrece una litrona y un vaso.

—¿Qué te pasa? —me pregunta.

—¿Por qué lo dices? —le digo, y acepto la cerveza.

Seguramente ya haya bebido demasiado, pero ya la tengo en la mano y me la estoy sirviendo.

—Estás raro —responde, sentándose a mi lado—. Y no sé si es por lo que pasó en Queenstown. —Mira hacia atrás, pero no hay nadie. Tan solo el sonido de la gente que lo está pasando bien ahí dentro—. Ya sabes que pienso que aquel asunto no lo gestionaron bien. Puedo sacar el tema si quieres.

—Ah. No. O sea, sí, fue una cagada, pero no tienes que hacer nada al respecto. Estoy un poco distraído por otra cosa.

—Ah. ¿Por?

No le he contado a nadie lo que pasó con Xabi. Le cuento a todo el mundo los detalles más banales de mi vida pero, en cuanto las cosas se ponen difíciles, me lo guardo todo para mí. Emma me mira expectante, con la cremallera del plumas subida hasta arriba y el pelo rubio y ondulado recogido con una goma.

—Mi ex vive aquí. Fui a verlo el día antes de que empezara la producción.

—¿Qué? ¿Tipo un mochilero con el que te acostaste?

—Eh, fue algo más. Vivíamos juntos, y creía que seguiríamos así hasta que uno de los dos se muriera. Imaginaba que sería él, porque es mayor que yo, pero entonces me dio una crisis nerviosa y él acabó mudándose a un terreno en el que no hay nada, y no habíamos vuelto a hablar desde entonces.

—Joder. ¿Por qué no has dicho nada?

—Me parecía un poco raro sacar el tema. No quería contarle a la gente mis movidas personales.

—Pero a mí me lo podrías haber contado.

—Soy idiota.

—¿Y qué pasó cuando quedaste con él?

—Mmm… —Bajo la vista hacia el suelo. Tengo las piernas estiradas y los zapatos cubiertos de polvo. Hemos estado cubiertos de polvo desde que llegamos al desierto—. Me lo esperaba todo distinto. Creía que tendría una vida acomodada con una mujer que llevaría collares de cuentas gordotas y que me vendría bien verlo para poder pasar página. Cuando llegué a su casa, mi ex estaba preocupado por si me parecía que el frutero de madera que había tallado le había quedado torcido, me había comprado mis flores preferidas y se había cortado el pelo.

—¿Y qué hiciste?

—¿Tú qué crees? Me senté en su cama en calzoncillos en mitad de la noche.

Emma me pega en el brazo y me dice.

—Me parece fatal que no me lo contaras.

—Fue horrible. Nos confesamos que nos queríamos e intercambiamos miradas significativas; pero es complicado… porque él quiere ser papá.

—En plan, ¿que quiere que seas sumiso todo el tiempo?

—Joder, no, Emma. Que quiere adoptar a un niño.

—A ver, ¡es que a veces usáis expresiones gais que no entiendo! Espera, ¿va a adoptar a un bebé él solo? —me pregunta, con los ojos abiertos de par en par, y es entonces cuando me percato de lo raro que es que me haya pasado esto mientras los demás daban vueltas por Buenos Aires y le hacían fotos al Obelisco.

—A un bebé no, a un niño de ocho años.

—¿Y qué vas a hacer?

—No lo sé. Quiero estar con Xabi, pero no tengo ni idea de cómo nos las apañaríamos con un crío. Jamás me había parado a pensar en ser… ¿padrastro? No quiero arruinarle la vida al niño, sobre todo teniendo en cuenta que ya lo ha pasado mal. El chico necesita estabilidad y una rutina, no a mí rondando por ahí, al amigo de papá que no habla español y que duerme en la cama de papá. No creo que mis sentimientos sean lo más importante en esta situación.

—¿Y estás cómodo con la idea de que la persona a la que quieres se encargue de criar a un hijo solo?

—Joder. —Alzo la vista hacia el cielo, que ha oscurecido. Los rosas se tornan morados y azules melancólicos, y las últimas personas que quedan fuera están recogiendo el equipo—. No sé si puedo comprometerme a esto. Además, si lo hiciera, me gustaría tener a mi familia cerca. Creo que no podría vivir aquí. Y, por otra parte, si quiero seguir trabajando en esta industria, tengo que vivir en un país de habla inglesa. No lo sé…

—Pero lo quieres.

—¿Qué valor tiene el amor en esta economía?

Emma se acerca las rodillas al pecho y me pregunta:

—Pero ¿tú qué quieres?

—Tiempo para aclararme las ideas. Me lo ha dicho justo cuando tenía que volver para la reunión.

—Pues no vuelvas a casa con nosotros. Puedo cambiarte el vuelo y agendarte la grabación de las voces en off para finales de mes sin tener que cambiar la programación.

—¿En serio?

—Sí. Y no te preocupes, no le voy a decir a nadie por qué lo hemos hecho. —Mira hacia atrás y añade—. Este trabajo no es más importante que tu vida. Haz lo que tengas que hacer, ya me las apaño como pueda; pero vamos a entrar, que me estoy pelando de frío.

Me subo la cremallera de la chaqueta de mi padre y me siento muy muy lejos de todo.

Tras cenar en el hotel en el que nos alojamos, me escabullo del enorme salón, cuyas paredes están cubiertas de paneles de madera. Oigo risas que resuenan al final del pasillo y pasos sobre los azulejos de terracota. Están retirando los platos y sacando más cerveza de la bodega. Oigo a gente hablando de mí, pero a buenas, no en plan: «Tenemos que hablar de V». Me apoyo en la pared y me acerco el teléfono a la oreja.

—¿Diga?

—Hola. Soy Valdin. Vladisavljevic.

—Ah, ese Valdin, no el que conocí anoche. Era muy mono y más alto que tú, hablaba español con fluidez y tenía una naricita…

—Xabi.

—¿Cómo estás?

—Bien. ¿Y tú? —le pregunto, apoyando el pie en la pared como si fuera un vaquero y fijándome en la foto enmarcada de la reina de los Países Bajos que cuelga en la pared de enfrente.

—Tirando.

—Quiero verte —le digo, porque soy uno de los principales culpables que se han bebido toda la cerveza esta noche.

—Qué interesante —responde él.

¿Por qué está coqueteando conmigo? Creo que se me está poniendo el cuello rojo y me lo tapo con la mano por si acaso me ve alguien de camino al baño y me descubre. Oigo a Xabi moviéndose de un lado a otro y me pregunto qué estará haciendo y qué llevará puesto.

—¿Qué llevas puesto? —le pregunto.

Él se ríe.

—¿Que qué llevo puesto? Val, vas a conseguir que me ponga rojo.

Me derrito un poco al oírlo decir mi nombre.

—Pero dime qué llevas puesto.

Una mujer que porta una bandeja llena de platos pasa por mi lado y sonríe para sí misma. Vale, sí, tengo el cuello rojísimo.

—Pues unos vaqueros y una camiseta... ¿Y tú qué llevas puesto?

Bajo la vista y respondo:

—Yo también llevo vaqueros y una camiseta.

Él vuelve a reírse.

—Si te sirve de algo, supongo que noto los pantalones un poco tirantes. Aunque no sé qué es lo que te traes entre manos...

—¿A qué te refieres con que los notas tirantes?

—A que se me ajustan a los muslos. Ya sabes que los tengo grandes.

—Lo sé, lo sé. —Recuerdo haberlos visto y quizá haberlos agarrado en algunas ocasiones—. ¿Dónde estás?

—En la cama.

—He estado en tu cama. ¿Te acuerdas?

—Pues claro que lo recuerdo —responde en voz baja.

—¿Y recuerdas lo que te dije?

—Dame más fuerte.

Me giro a toda prisa y apoyo la frente en la pared. Se me había olvidado esa parte.

—Me refería a cuando te dije que te quiero.

Xabi se ríe, pero no quería que se riera.

—Esa parte también estuvo muy bien.

—¡Pues claro que estuvo bien!

—No puedo ponerte las cosas muy fáciles. Sería como en esa película que te gustaba... ¿Cómo se llamaba?

—Me gustan como unas diez mil películas —murmuro contra la pared—. *Los gemelos golpean dos veces. Júnior. Poli de guardería. Hércules en Nueva York.*

—*Las chicas de la Tierra son fáciles.* No quiero que te pienses que puedes hacer lo que quieras conmigo solo porque has vuelto de repente a mi vida.

Qué vergüenza. No pienso que pueda hacer lo que quiera con él. Jamás lo he pensado.

—Lo siento, no quiero ponerte la vida patas arriba.

—Yo también quiero verte.

—¿Sí?

—Sí, te estaba tomando el pelo. Creía que querías que hiciéramos sexo telefónico, pero ahora ya no lo tengo tan claro. ¿Dónde estás?

—Estaba cenando con los del trabajo y ahora estoy en un pasillo junto a la cocina del hotel.

—Ah, o sea, que estás en un lugar público.

—Mi amiga es la jefa de producción y me ha dicho que podía cambiarme la agenda para que no tenga que volverme a casa hasta dentro de dos semanas. ¿Quieres que vaya a verte? ¿O crees que no merece la pena porque vamos a liar aún más las cosas?

—No voy a estar en casa. Este fin de semana me voy a Medellín.

—Ah.

Qué vergüenza otra vez. Además, no tengo muy claro qué es lo que pretendo con todo esto.

—¿Quieres venirte a Colombia? ¿O te parece demasiado? No tendrías que hacer nada. Puedes ir a tu aire y dedicarte a tus cosas mientras... estoy con mis líos. Estoy nervioso y me gustaría que vinieras conmigo, pero entiendo que a lo mejor no te resulta cómodo antes de que... hayamos tomado ninguna decisión.

Emma pasa por mi lado sujetando un botellín de cerveza del que caen gotas de condensación. Agita la mano que le queda libre, y entiendo que me quiere decir que va a por una servilleta de papel y que debería volver a la mesa porque ya hay más cerveza.

—Voy contigo.

—¿Seguro?

—Sí. Reservo los vuelos esta noche. ¿Quieres que te llame luego cuando esté solo?

—Me encantaría. Y, oye, no te preocupes si cambias de idea con lo de venir. Lo comprendería.

—Voy a ir. Hablamos luego.

Observo las gotas de agua que han caído sobre las baldosas y tomo y suelto el aire varias veces para pasar de ser el chico mariquita enamorado al que no conoce nadie al famoso divertido de la tele. Sigo las gotas hacia el interior e intento que se me ocurra un buen chiste sobre Uruguay.

TARTA

G

Hoy vuelve V y me parece la oportunidad perfecta para hacer un reseteo cultural a nivel personal. Últimamente las cosas no me van muy bien. Lo de no saber qué hacer cuando termine el máster se ha convertido en un problema. No me lo quito de la cabeza. Me paso las noches en vela, haciendo test de aptitud profesional gubernamentales para que me digan si me pega más ser actriz o dramaturga. Según los test, las oportunidades laborales son «escasas» y el salario inicial «cero». No puedo empezar de cero y estudiar Derecho porque casi rozo la edad en que ya no puedo pedir préstamos estudiantiles. No puedo volverme viral en internet porque tengo más de veinticinco años. Lo único que he hecho relevante en mi vida ha sido comerme cuatrocientas piezas de sushi. Cuando V vuelva, puede comprarme una bolsa de fritos picantes y una Coca-Cola mexicana, y luego nos pondremos a hablar de sus problemas para no hablar de los míos. Tengo muchísimas ganas de verlo aquí, en esta casa construida para personas de tamaño normal, donde es tan alto que hasta resulta ridículo. Creo que así me sentiré mejor.

Compruebo la cuenta corriente y veo que me quedan $7,49. Me los gasto comprando queso de untar, dos plátanos y dos huevos sueltos en un supermercado chiquitito que los vende por separado. También tengo que comprar leche. No puedo permitirme una botella entera, así que me compro un brick pequeño con pajita de leche ultrapasteurizada. No quiero pagar la bolsa de papel, así que me meto toda la compra en los bolsillos del abrigo, a excepción de los huevos, que los sostengo con cuidado en la mano mientras vuelvo al apartamento y subo por las escaleras. Una vez allí, comienzo a preparar una tarta. Me encanta preparar tartas. Es una de las cosas que creo que se me dan bien de veras y me encanta cuando la gente se come los trozos y me felicita. Durante un instante, me planteo monetizar este hobby, pero no concibo la idea de convertirme en la propietaria de un pequeño negocio. Si lo hiciera, pasaría a formar parte del grupo de personas que los medios de comunicación muestran de modo favorable. Seguramente sea más fácil seguir siendo una de esas personas sobre las que se queja todo el mundo porque no tienen dinero ni tierras ni expectativas de futuro y no van nunca al dentista ni compran servilletas.

Echo harina, azúcar, bicarbonato y levadura en polvo, y sal en un cuenco de plástico. No tenemos cuencos de acero inoxidable porque a V no le gusta la textura. Formo un hueco en el centro y añado el plátano tras aplastarlo con un tenedor, la leche, la mantequilla y los huevos. Me gusta romper los huevos. Golpeo uno firmemente contra el banco de la cocina y separo las cáscaras sobre el cuenco para que la yema y la clara caigan a la vez. Una vez lo mezclo todo, extiendo la masa de forma uniforme sobre un molde de acero para tartas y la meto en el horno a 180 °C. Después me pongo a limpiar la casa. Paso la aspiradora, friego y le paso un trapo a todas las superficies. Sacudo la alfombra por la ventana, como si estuviera en una de esas pelis que se ambientan en algún país europeo. Entro en el cuarto de V y compruebo las fotos del teléfono para asegurarme de que lo he dejado todo tal y como estaba antes de que rebuscara entre sus cosas. Me huelo el dorso de las manos para asegurarme de que huelen a mi crema de manos y no a la suya, que es mucho más cara. A V le sabe casi tan mal como a mí comprarse cosas caras, pero en lo que respecta al skincare le da igual. Paso el trapo por las hojas de las plantas para que brillen. Recoloco los cojines del sofá.

Cuando el olor a tarta comienza a inundar la cocina, abro la puerta del horno y compruebo cómo va con un palillo de bambú. Sale limpio. Dejo la tarta sobre la encimera para que se enfríe y compruebo que el vuelo de Valdin haya salido a su hora; lo ha hecho. Ojalá pudiera ir a recoger a V, pero el bus que lleva al aeropuerto para cerca de casa, así que no pasa nada. Pongo el disco *Bridge Over Troubled Water* y me aseguro de saltarme la primera canción, «Bridge Over Troubled Water», porque no es tan buena como las del resto del álbum.

Mezclo el queso de untar reblandecido con azúcar glas y decoro el pastel. Sería genial poder ponerle una capa de caramelo, pero el caramelo es difícil de preparar. La temperatura tiene que ser la exacta y, al acabar, cuesta mucho limpiar el cazo. Iría a comprar un tarro de dulce de leche, pero no me queda dinero y seguro que V la asocia a algún recuerdo romántico y tonto, y puede que rompa a llorar y que finja que no está llorando. Coloco la tarta sobre un plato bonito y la dejo en el centro de la mesa.

Y, entonces, espero. Leo varios artículos sobre Paul Simon y sobre internados para chicas en las afueras de Nueva York. Busco a Paris Hilton para ver qué ha hecho últimamente. Le mando una captura de pantalla de un artículo espantoso sobre los yetis a Ell, pero hace cuatro horas que no se conecta. Miro fotos de antiguos compañeros de instituto; algunos acaban de ser padres y comparten memes sobre tener que poner demasiadas lavadoras, otros se han convertido en influencers del deporte. Muchas de las chicas con las que iba a clase han acabado siendo abogadas, analistas políticas e investigadoras de doctorado que disfrutan de un pícnic veraniego en un parque de Londres. Miro el queso de una de las fotos, y casi puedo saborearlo. Ojalá pudiera permitirme comprar queso. Estas chicas tienen todo un arsenal de quesos y una botella de rosé burbujeante. ¿Qué cenaremos? Que elija V. Seguro que ha añorado algún plato en concreto. Mientras pague él… Seguro que paga. No permitiría que me muriera de hambre. Veo un vídeo que explica cómo tener el pelo rubio durante todo el verano. Es invierno, y tengo el pelo negro.

El avión ya debe de haber aterrizado. Lo compruebo en la app de Buscar, pero el teléfono de V lleva un buen rato apagado. Pensaba que tendrían wifi en el avión, pero puede que me haya equivocado. A lo mejor no funciona bien. Calculo cuánto tarda en llegar el autobús desde el aeropuerto, y luego le sumo media hora por si acaso lo han retenido en la aduana. Seguro que eso es lo que ha pasado; en cuanto oyen las palabras «América del Sur», se ponen a buscar droga en las maletas. ¿Me habrá comprado un regalo? No quiero emocionarme por si acaso no lo ha hecho, pero sería todo un detalle. Aunque solo sea algo de la tienda del aeropuerto. Transcurre otra media hora, y luego otra. Al otro lado de la ventana, las farolas se encienden. Cada vez hay menos familias y grupos de adolescentes por la calle y más gente arreglada que sale a cenar y va a ver un espectáculo y tal. Una mujer de mediana edad que tiene la piel morena y lleva un vestido de lentejuelas verde se ríe cuando casi pierde el tacón en un reja y se agarra del brazo de un hombre vestido con traje mientras intenta sacarlo. Un chico va en una tabla de longboard mientras vapea y mira el teléfono. La tabla tiene una lucecita incorporada, y me parece curioso que esté ligeramente preocupado por su seguridad. Pasa otra media hora y la edad media de la gente de la calle se desploma. La gente grita cada vez más y parecen pasarlo mejor. Se sientan bajo estufas de gas de exteriores y beben copas de vino mientras picotean tiras de polenta fritas.

Vuelvo a mirar el teléfono. Cero mensajes. Miro Instagram y veo que la cuenta del programa de V (me obligó a seguirla) acaba de subir un post. Es una foto de un grupo de blancos del mundo de la telecomunicación que parecen agotados pero hidratados en el aeropuerto. *Hemos vuelto a Aotearoa sanos y salvos. Todos menos uno [emoji con los ojos en blanco] [emoji riéndose]. Vuelve pronto, ¡te necesitamos!*

Miro la tarta. Entro en el cuarto de V, me siento en la cama, abro el primer cajón y sacó una bolsa hermética repleta de monedas. Me adueño de un puñado y bajo a Wendy's para comprarme un menú barato.

COLEGIO

V

—No hace falta que vengas —me dice Xabi mientras se lava la cara en el lavamanos del hotel de Medellín.

Me he tumbado en mi cama y espero a que cargue el teléfono. No me gusta la habitación; tiene dos camas individuales y las sábanas blancas. Al recepcionista le ha sabido mal lo de las camas individuales y ha intentado ofrecernos dos habitaciones individuales, pero tampoco era eso lo que quería yo. Además, mi teléfono no carga bien aquí. Creo que es por la tensión. Al mismo tiempo, tampoco quiero saber qué está pasando fuera de la burbuja que me he creado. Esto es un lío tremendo. ¿Qué se supone que voy a decirle a mi familia?

—No voy a entrar —le respondo—. Solo te voy a acompañar y luego me iré a comprarme un cargador.

De camino al colegio no hablamos de lo que estamos haciendo ni de lo complicado que se está volviendo todo.

Las calles que conducen al colegio son mucho más bonitas y agradables de lo que me esperaba. Y mucho más verdes de lo que me imaginaba. Casi todas las partes del mundo a las que voy son mucho más bonitas de lo que me esperaba. Menudos son los medios de comunicación occidentales. Creo que el lugar más terrorífico en el que he estado ha sido Londres, y la gente va allí por voluntad propia cada dos por tres. Me gustan los edificios de aquí; observo las plantas de los balcones y me gustaría que hubiera sitios así en mi ciudad. Miro a Xabi y me imagino que vivimos juntos en uno de estos apartamentos, que tenemos una pizzería favorita en la que encargamos pizzas y que regamos las plantas del balcón con una manguera, con la esperanza de que el agua no moje a los vecinos de abajo. Bueno, de todos modos se seca rápido. Pero supongo que nada de lo que imagino va a ocurrir ya.

Xabi se ha arreglado para la reunión: lleva una camisa de botones azul claro y la clase de pantalones que te pones para una entrevista de trabajo. Yo me he puesto mi camisa blanca de lino preferida, la que siempre me preocupa que se manche. Cuando me la pongo, siento que parezco de veras el presentador de un programa de viajes, pero cualquiera que nos viera pensaría que somos un par compañeros de trabajo que ha salido a almorzar. «Socios de negocios», según he aprendido. El recepcionista del hotel se ha pensado que éramos «socios de negocios» y Xabi no lo ha corregido. «No pasa nada. No le des más vueltas», le he susurrado en el ascensor, porque le sabía mal no haberlo hecho. Aquí lo único que estamos negociando es lo que sentimos el uno por el otro, y nos quedamos hasta tarde hablando del tema todas las noches sin llegar a ninguna conclusión.

Cuando llegamos a la verja, Xabi me da un apretón en la muñeca aunque no es lo más apropiado para nuestra relación de negocios. Creo que jamás lo he visto tan nervioso.

—No pasa nada —le digo—. Vas a entrar, vas a hablar con la trabajadora social y la profesora, luego pasarás un rato con él y luego nos iremos a cenar.

—Vamos a acabar demasiado pronto como para ir a cenar —responde, arremangándose.

—Te pido por favor que respetes mi cultura y el hecho de que no cenamos en mitad de la noche.

Xabi parece preocupado.

—¿Y si me odia? —me pregunta.

—Me dijiste que no te ha odiado las otras dos veces que os habéis visto. De todos modos, te lo ganarías. Eres buena persona,

Xabi. No vas a joderle la vida por empezar a formar parte de ella.

—Vale —responde, aún con el ceño fruncido.

Miro a nuestro alrededor y veo gente (uno que está al otro lado de la calle, recogiendo la comida que ha encargado, y una mujer que pasea con dos niños pequeños), así que extiendo la mano para estrechársela, como hombres de negocios.

—Nos vemos luego —le digo, y Xabi, vacilante, me estrecha la mano y desaparece en la recepción.

Saco el teléfono para ver dónde puedo comprarme un cargador y descubro que casi he vuelto a quedarme sin batería. Si atravieso el colegio y vuelvo a la calle principal, encontraré algunos locales con nombres como «Ktronix» y «Electronic Servicio Técnico». Miro a mi alrededor. ¿Está feo tomar un atajo y cruzar el colegio, o se pensarán que llevo un arma encima y llamarán a la policía? Aunque imagino que aquí la gente está más acostumbrada a que se porten armas. De todos modos, creo que la jornada escolar ya ha terminado por hoy.

Los terrenos del colegio son bastante amplios para la zona en la que se encuentra. No parece muy distinto del colegio al que fui yo, solo que los edificios son de ladrillo y no veo a nadie a quien le estén echando una bronca por no llevar levantada la parte trasera de las sandalias. Xabi no tenía muy claro lo del colegio. Lleva un año pagándolo porque me dijo que las condiciones en las que estaba viviendo el chico no eran las ideales. No sé cómo se llama. Xabi no me lo ha dicho; quizá para mantenerme al margen de toda esta situación. Creo que antes vivía en una casa de acogida; jamás se me ha pasado por la cabeza que fuera algo que existía de veras. Las casas de acogida solo existen en los recuerdos de ancianos que pasean por campos con las manos en los bolsillos cuando salen en documentales nacionales al tiempo que una voz en off afirma que se alegran de que el correccional de menores ardiera. A Xabi no le gustan la educación privada ni los planes de estudios americanos, pero la trabajadora social y él llegaron a la conclusión de que era la mejor opción para el niño mientras se arreglaba todo el lío del papeleo. No sé qué pasará luego. Xabi dijo que era mejor que acabara el curso escolar, pero no me dijo qué harían después. No creo que lo sepa.

Un grupo de niños juega al fútbol en una explanada cubierta de polvo. ¿Por qué juegan ahí si podrían estar jugando en el campo? Quiero gritarles que van a romper alguna ventana si juegan así, pero no recuerdo cómo se dice en español. Recuerdo la palabra «ventana», pero tan solo sé sugerir que las abran, no impedirle a alguien que se las cargue.

Los niños se toman muy en serio el partido. Son ocho, y pelean, corren y van tras el balón. Cada una de sus jugadas levanta una nube de polvo marrón que cae sobre ellos. Patean el balón de un lado a otro, las finas partículas de polvo flotan a su alrededor, y entonces lo lanzan de una patada hacia un noveno niño que no parece formar parte del juego, sino que se limita a existir en las proximidades. A medida que avanza el partido, los chicos se van acercando más a este niño, pero él solo opta por apartar el polvo de la hoja del libro que está leyendo. Desde aquí veo el título, *Herejes de Dune*. Creo que es el quinto libro de la saga *Dune*. ¿Eso es lo que leen los niños de hoy en día? A lo mejor van a estrenar alguna adaptación de dibujos animados.

El partido es cada vez más violento y los niños se gritan entre ellos por la posesión del balón, de modo que intento mantenerme alejado cuando paso por el lado. No quiero mancharme la camisa de polvo. Me costó muchísimo quitarle el polvo a todas mis cosas cuando nos fuimos del desierto. Compruebo si voy en la dirección correcta, y al teléfono solo le queda un seis por ciento de batería. Es una tarde calurosa. Quiero comprarme una lata de Coca-Cola y pasármela por el cuello. La última vez que lo intenté, el dependiente de la tienda me abrió la lata y tuve que darle las gracias y bebérmela al momento. ¿Y si...?

Se oye un estruendo y luego un silencio sepulcral. Los niños dejan de jugar. Yo me detengo. Uno de ellos está en el suelo. *Dune* está en el suelo. Veo sangre. El balón rueda en silencio hasta una esquina.

Echo a correr y me arrodillo antes de que la nube de polvo se levante para intentar ver de dónde brota la sangre.

—Eh, eh, mírame. Mmm... —decido probar en español—. Mírame. ¿Estás bien?

No está bien. Logra incorporarse, pero le brota sangre de la nariz, que le mancha las manos y la camiseta. Solloza, y no sé cómo decirle qué es lo que tiene que hacer, así que le pellizco el puente de la nariz y le sostengo la cabeza hacia delante. El niño mira corriendo a los otros ocho chicos, que están tan quietos como estatuas mientras lo observan, y luego aprieta los ojos con fuerza. *Id a buscar a alguien, idiotas, pienso. Yo solo soy un turista que pasaba por aquí y que no puede soltarle la nariz a este niño.*

—Necesitamos ayuda, por favor —les digo a los niños en español, que se miran entre sí antes de que uno de ellos eche a correr. Siento una lágrima cayéndome por el dorso de la mano y la enjugo—. No pasa nada, cuando te dan en la cabeza siempre sale mucha sangre. Impresiona mucho. Ahora viene alguien para llevarte dentro y limpiarte, y luego puedes tomarte algo de beber y tumbarte —le digo en inglés—. Mmm... —Quiero decírselo con tono tranquilo para calmarlo, pero no puedo hacerlo y hablar español al mismo tiempo—. Maybe te traeré una bebida.

Xabi sale corriendo. Una mujer con una larga trenza oscura y una falda de tubo corre tras él; la verdad es que va rapidísimo para llevar tacones.

—¿Qué pasó? —pregunta Xabi en español.

Se agacha en el polvo y me mira: tengo los brazos, los pantalones y la camisa blanca cubierta de sangre.

—Creo que le han dado un balonazo y lo han tirado del banco —le respondo en inglés.

Mi paciente estira la mano y se agarra al brazo de Xabi. La mujer de los tacones les grita a los niños y oigo la palabra «ventanas» y «campo de fútbol», así que al menos sé que ambos pensamos lo mismo.

Xabi mira la manita que no llega a cerrarse en torno a su antebrazo y le dice en voz baja, en español:

—Ernesto, quiero presentarte a Valdin. La verdad es que no esperaba que esto ocurriera así —añade en inglés, mirándome—. ¿Qué ha pasado con lo del cargador?

—No tengo prisa. Mucho gusto —le digo en español a Ernesto.

No me responde, pero asiente levemente.

—Ay, Val. Ernesto no habla.

LIMA

G

Sigo a Thony a través de su casa cara y modernista hasta que salimos al patio. Allí, Casper y mi madre parecen estar manteniendo una conversación muy seria en torno a la mesa. El sol casi se ha puesto y los árboles y los arbustos que hay por debajo de nosotros han empezado a florecer con los colores de la primavera. Teniendo en cuenta que estamos en agosto, hace demasiado calor y demasiado sol; mi madre lleva las piernas al descubierto, unas sandalias rojas, y se ha sentado con los tobillos cruzados. Imagino que deben de estar hablando sobre que V se ha ido a Argentina, que no ha vuelto y que no le ha dicho nada a nadie. Aún no me ha contestado los mensajes, pero ha publicado algunas fotos de árboles y flores y un cartel mal traducido en un baño que a saber dónde está.

—Hola, Greta.

Giuseppe deja una bandeja cargada de copas y me da un beso en la mejilla. Me da vergüenza porque hasta yo soy consciente de que está bastante bueno. Va vestido como un hombre de negocios: pantalones grises, camisa blanca y cinturón de cuero marrón. ¿Qué habrá estado haciendo hoy en su despacho? No sé a qué se dedica, pero, por lo visto, a algo que te permite comprarte una casa que tiene una ventana del tamaño de una pared.

—Hola a todos —los saludo, y me estremezco por dentro.

—¿Hoy también vienes sola? —me pregunta mi madre mientras se adueña de una de las copas de la bandeja; conociendo a mi madre, debe de ser un Cointreau con naranja.

—Sí. Ell y yo no nos entendimos —respondo, sentándome frente a Casper y a ella—. No le dije que estaba invitada, así que ella dio por hecho que no lo estaba y se ha ido a un evento de la Semana de la Moda.

—¿En serio? —pregunta Thony mientras se sienta, con un tono de voz que da a entender que no se esperaba que Ell fuera a nada que tuviera que ver con la Semana de la Moda.

—Estaban regalando entradas en la uni; creo que es por una pasarela de temática científica o algo así. De todos modos, solo ha ido porque se pensaba que iba a pasarme la noche entera aquí con vosotros.

—Pues dile que estaba invitadísima, por favor —me dice mi madre, que se bebe el Cointreau con naranja con una pajita de metal.

Lleva un vestido de verano a rayas azules, rojas y blancas con el escote cuadrado y un cinto. Además, no sé muy bien cómo, pero ha logrado hacerse un moño de lo más elegante.

—¿Y tu gente? —le pregunto a Casper.

Casper se recuesta en la silla con los brazos tras la cabeza.

—Greta está en el trabajo, esperando a que abra la oficina de Londres para discutir por Skype algunas decisiones de branding bastante cuestionables. Tang se ha apuntado a una cosa que se llama «Semana de actividades para los de último curso». Cada una de las clases escoge una actividad, y en todas las clases en las que está él han querido hacer una escape room, así que se va a pasar las noches de esta semana intentando escapar de habitaciones. Freya está ahí, acariciando a un perro a través de la verja.

—No te preocupes por ella, el perro es bueno —responde Thony, que bebe algo oscuro; me sorprende porque él es más de tomarse cócteles afrutados y spritzers de vino blanco.

—¿Qué te apetece, Greta? —me pregunta Giuseppe.

Me sorprende un poco porque mi familia es muy de encasquetarte copas que no has pedido en ningún momento.

—Mmm... ¿Tienes gin-tonic?

—Claro. ¿Qué le echo? Tengo limones, limas, pepinos...

—Lima, porfa —respondo a toda prisa; no quiero ni pensar en la ginebra con pepino.

—Marchando —responde, y vuelve al interior de la casa.

—¿Dónde está papá? —les pregunto.

Casper mira a su alrededor, como si acabara de fijarse en que papá no ha venido. No está sentado en el otro extremo del patio, escondido tras la barbacoa, ni en la casa, observando un paisaje que ha pintado Xabi, ese que muestra el pueblo en el que se criaron Giuseppe y él y que cuelga sobre la repisa de la chimenea.

Mi madre pone los ojos en blanco y responde:

—Se ha ido a casa a ducharse y a cambiarse de ropa.

—¿Por? ¿Le ha explotado un pulpo en el laboratorio? —pregunto, con la leve esperanza de que haya ocurrido algo dramático por el estilo.

Mi madre niega con la cabeza.

—Hoy nos hemos ido a nadar a Waiheke y se le ha caído la ropa seca al mar.

No puedo creerme que me haya pasado el día corrigiendo redacciones horribles de un puñado de críos de la generación Z que seguro que no se han leído *Los cuentos de Canterbury* mientras mis padres se han ido de excursión a nadar a una isla.

—¿La ha tirado al mar a modo de broma? —pregunta Casper.

—No, es que tenía la cabeza en otra parte.

—¿Qué estaba haciendo?

—Ah, pues... nos estábamos dando besitos —responde mi madre, y baja la mirada hacia la mesa.

Giuseppe me deja el gin-tonic delante, con cuidado. La monda de la lima tiene forma de espiral y flota tras el cristal. Resulta casi excesivamente bonito.

—Gracias —le digo, y entonces, al recordarlo, agrego—: Feliz cumpleaños.

—Gracias —responde mi madre, mirándome.

Se ha puesto su pintalabios de Chanel favorito, el que es de un rojo anaranjado que se llama Vibrante.

Giuseppe se sienta en el otro extremo de la mesa, al lado de Thony, y cruza las piernas. Tiene la mirada perdida y parece agotado. De normal, tiene la tez de alguien que ha nacido en la zona del Mediterráneo y que no se corta a la hora de ponerse sérum de vitamina C. Thony es pálido, como mi padre, y eso es algo que no tiene remedio.

—Giuseppe, ¿sabes algo de Xabi? —le pregunto.

Casper me mira. Supongo que él también quiere enterarse de qué está haciendo V porque ha mandado varios mensajes mordaces por el chat grupal, pero no creo que se esperara que fuera a ser tan directa.

—Ah, hablé con él la semana pasada —responde Giuseppe—, pero sobre nada en concreto. Me encargo de gestionarle el dinero y quería información sobre sus cuentas. Aunque no sé para qué lo necesita, y eso me preocupa un poco.

—¿Por? —pregunta Thony con tono de incredulidad—. ¿Crees que lo están chantajeando?

—No, pero... me preocupo. Nunca me cuenta las cosas bien. Si lo estuvieran chantajeando, tardaría años en enterarme, y lo haría de casualidad.

—Creía que V y él estarían juntos —digo, con cautela.

—¿Por? —pregunta, y deja la copa, que es corta y está llena de hielo—. Creo que no hablan desde que Xab se fue.

—V se ha ido a Buenos Aires por trabajo e iba a ver a Xabi, pero entonces dejó de contestar a los mensajes y no ha vuelto con sus compañeros del trabajo.

—¿Qué? —exclama Gep, y parece sorprendido de veras, y no muy contento.

—Greta, para —me ordena mi madre con tono cortante.

Giro la cabeza de golpe para mirarla y respondo:

—¿Por qué tengo que parar yo? ¡El que se ha largado sin decirle nada a nadie es V porque se cree que puede hacer lo que le dé la gana cuando le dé la gana sin pensar en las consecuencias!

Mi madre deja escapar un suspiro.

—No le va a pasar nada. No hace falta que armes este jaleo. Déjalo que viva su vida.

No entiendo cómo es posible que esté tan tranquila. V hace un montón de gilipolleces. Una vez se quedó encerrado en un aparcamiento y el vigilante quiso cobrarle trescientos dólares por la llamada de emergencia a pesar de que ni siquiera tenía coche. Una vez le sacaron un diente durante un partido de sóftbol y ni siquiera estaba jugando, solo pasaba por allí de camino a casa al salir del trabajo. Vaya adonde vaya, le sucede algún drama que no sabe gestionar. Deberíamos saber en todo momento dónde está porque, de lo contrario, le pasará algo terrible.

—Venga, mamá, ¿cómo puedes decir que es Greta la que se está comportando mal? V es el que ni siquiera se ha tomado la molestia de enviarle un mensaje para decirle que de momento no iba a volver al país —interviene Casper, negando con la cabeza—. Greta se merece un poco de respeto. Además, V tampoco ha contestado a Tang, y lo está pasando bastante mal.

—Estoy segura de que Valdin volverá y os contará qué ha estado haciendo cuando se sienta preparado para ello.

—Venga ya, menuda gilipollez.

Nuestra madre tuerce levemente la cabeza para mirar a mi hermano y le suelta:

—¿En serio, Lavrenti? ¿Quieres que me muestre de acuerdo contigo y diga que todos deberíamos estar enfadados con vuestro hermano porque se ha ido a algún sitio sin decírselo a todo el mundo primero?

Mi hermano no responde.

—Ni siquiera sé si puedo cerrar la puerta de casa con llave o si se va a quedar tirado en el pasillo en mitad de la noche —murmuro.

Giuseppe mira la copa que sostiene en las manos y casi pega un bote cuando Thony le apoya la mano en la muñeca y le pide que saque la cena del horno. Giuseppe lo mira como si se hubiera olvidado de su existencia, y luego se levanta y se lleva consigo las copas vacías.

—No tienes ni idea de lo que es tener a V de hermano —comenta Casper, sin mirar directamente a mamá—. Es muy difícil.

—Yo tengo un hermano —interviene Freya, que ha aparecido de repente detrás de Casper y le frota la cabeza como si su padre también fuera el perro bueno—. Se llama Tang Vladisavljevic y es muy guay y amable, pero papá se asusta cada vez que le pide el coche.

—No deberías ir por ahí tocándole la cabeza a la gente, campeona. Está tapu. —Casper deja escapar un suspiro y observa a Freya—. ¿Te has lavado las manos después de jugar con el perro?

—Sí, y ahora acabo de secármelas —responde, y se ríe en alto.

Ojalá fuera más como ella. Ojalá tuviera la valentía de reírme en alto de mis chistes malos. A V le habría encantado ver a Freya secarse las manos con el pelo de Casper. Estoy empezando a pensar en él como si se hubiera muerto. Ojalá no me mantuviera al margen de lo que le pasa tan a menudo.

Vuelvo al interior de la casa y permanezco bajo la luz tenue del salón. Giuseppe habla en susurros a toda leche por teléfono en la cocina. El salón no es un espacio cerrado, por lo que es imposible esconderse en este lugar. Está hablando en catalán, pero no lo entiendo. Repite las mismas frases una y otra vez, algo de «germà» y «un any».

—Un any, un any, sóc el teu germà! —está diciendo.

Mi padre entra por la puerta principal con el pelo mojado y una gabardina marrón claro encima de un jersey negro y unos pantalones del mismo color que la gabardina. Me mira y me abraza.

—¿Qué pasa, Greta?

No sé qué es lo que me pasa exactamente; se me hace bola todo, así que me quedo ahí y gimoteo contra su abrigo, como cuando era pequeña y Annie Zhang me dijo que no podía ir a su casa a jugar al Zoo Tycoon en el ordenador de su hermana porque todo el mundo decía que éramos lesbianas y que no me ofendiera, pero que ella no quería serlo. «Ni yo tampoco», le dije, mientras me aferraba a un recuerdo distante en el que un chico me dijo: «Qué capa tan guay», un día en que teníamos que disfrazarnos de personajes de libros, y me gustó que me lo dijera. Yo iba de uno de los hermanos de *El hueso cantor*. Cuando llegué al colegio, resultó que nadie se sabía el cuento. V fue de Rasputín porque no se dio cuenta de que no era un personaje ficticio; pero a él le dio igual, se fue a la biblioteca y sacó una bibliografía de Rasputín para enseñársela a cualquiera que le echara en cara su disfraz. Él es así. A diferencia de mí, nunca le importa lo que piensen los demás.

—Es que me da la sensación de que V no se preocupa por mí —le digo, y me siento tan tonta y tan melodramática por confesárselo—. Y también que fue él quien quiso contratar el plan caro de internet porque se enfadó con el de la compañía por dar por hecho que no era gamer, así que no tendría que estar pagándolo yo.

—Hace un mes que se fue. Creo que no hace falta que te preocupes por tener que sacarlo del contrato de banda ancha —me dice mi padre contra el pelo—. ¿Estás agobiada otra vez por el dinero? Ojalá se te fuera esa tontería que tienen los neozelandeses de no pedir ayuda por orgullo. Sé que te pagan muy poco.

—No sé. He leído demasiado artículos en el *Herald* sobre que no debería malgastar los ahorros de la jubilación de mis padres ancianos.

Mi padre me mira y me sujeta por los codos.

—¿V sigue sin decirte qué planes tiene?

—No. No me ha contestado ni una sola vez.

—Está bien. Está en Medellín, en Colombia. Con Xabi. Lo vi en la app. Casi siempre tiene el teléfono apagado, pero suele cargarlo cuando allí ya ha pasado la medianoche. Le escribí para preguntarle si se había apuntado a un tour sobre Pablo Escobar y me dijo que no. Nada más.

—¿Y cómo sabes que está con Xabi?

—Ah, porque V lo añadió una vez a mis contactos para enseñarme cómo funcionaba la app. Xabi lleva un año de locos; la verdad es que ha ido unas cuantas veces a Medellín. También se fue a

Brasil. Y en febrero se vio con Giuseppe en Shangái y se fueron al Pizza Hut de Nanjing Road. La verdad es que me pareció una elección un tanto rara teniendo en cuenta la zona en la que estaban.

Me mira como si fuera lo más normal del mundo que sepa dónde están todas estas personas a todas horas.

—¿Y por qué sabes también dónde está Giuseppe?

—Porque Thony quería saber cómo funcionaba la app y me obligó a añadirlo. Aunque Thony no la usa mucho, le da mal rollo. A mí me mola, pero solo la uso para ver cuánto va a tardar en volver tu madre cuando estoy haciendo la cena. Es bastante útil para cuando crees que los capos de la droga han secuestrado a tu hijo pero resulta que solo está dando vueltas con su ex por un planetario. Una vez te vi en Wellington esperando el bus un montón de rato, estuve a punto de enviarte un mensaje y preguntarte si querías que te mandara un taxi.

—Papá, no tienes que preocuparte por mí.

—A ver, una vez oí por la radio que la cosa estaba fatal, pero no me había dado cuenta de que la gente se pasaba horas esperando el autobús.

Giuseppe vuelve al salón y se retuerce el reloj sobre la muñeca. Nos mira como si no hubiera esperado encontrarnos acurrucados aquí casi a oscuras.

—Ah, Linsh. Bienvenido —dice, pero con un tono raro; parece el recepcionista de un hotel que estaba a punto de tomarse un descanso justo cuando hemos aparecido.

—¿Pasa algo? —le pregunta mi padre.

—No, no. Cosas del trabajo. —Giuseppe se mete las manos en los bolsillos—. ¿Te pongo algo? ¿Un merlot?

Mi padre asiente y me rodea con el brazo; sé que no se cree ni una palabra.

Tras una cena de lujo que consiste en un coq au vin, y tras tener que pasarme al ginger ale porque no tengo filtro y no me callo nada, estoy sentada sobre la tapa del retrete, con los pies apoyados en el borde de la bañera, mirando el teléfono. Necesitaba un descanso y ponerme al día con las tendencias internacionales. He tomado la decisión consciente de esconderme en este baño porque el otro está mucho más cerca de la acción e imagino que todo el mundo irá a ese y aquí podré estar tranquila.

El baño es bonito: es blanco, con grifería dorada y azulejos pequeñitos del tono verde que tienen los cocodrilos en los libros ilustrados. Creo que me recuerda al baño en el que Zooey, de *Franny y Zooey*, se analiza en el espejo, pero luego caigo que puede que esté pensando en los colores de la cubierta y trasladándolos a la escena que me he imaginado. La verdad es que sería un decorado estupendo para que me hicieran una foto si alguien quisiera escribir un artículo sobre mí, una mujer joven que está al día de lo que ocurre en el mundo.

Durante la cena no hemos hablado más de V ni de Xabi. Me ha dado la sensación de que a todo el mundo le parecía un tema demasiado controvertido como para tratarlo durante un cumpleaños. Freya nos ha deleitado con una presentación bastante convincente sobre por qué sueña con irse de vacaciones a Costa Dorada. Yo no sé cuál es mi sueño. Sentir que pertenezco a algo de veras. Tener algo parecido al éxito. Que mi familia y amigos me respeten. Irme de vacaciones a Bucarest y a Atenas. Oigo a alguien cargando el lavavajillas en la cocina de al lado. Una segunda persona se acerca por el suelo de madera pulida, *clac, clac, clac*.

—Oye, no puedes ayudar —dice una voz, la de Giuseppe, con esa leve mezcla de acentos.

—Me niego a que lo limpies tú todo —responde mi madre. Sus Swedish Hasbeens resuenan en el suelo, y luego el sonido que hacen al aclarar los platos y al dejarlos en el lavavajillas prosigue—. ¿Estás bien? ¿Qué ha pasado antes?

Cierra el grifo.

—Sí, sí, es que… Es que no entiendo a Xabier, no sé por qué tiene que ser tan dramático. A lo mejor las cosas serían distintas si me tuviera al tanto de sus asuntos... ¿Sabes cuánto tiempo llevamos así? Ay, me voy a estudiar arte a Nueva Zelanda. Ay, me vuelvo a España para recorrerme miles de kilómetros y pintar murales entre la Costa Brava y la Costa del Sol. Ay, ¿no te he dicho nunca que soy gay? Pues lo soy, y voy irme a vivir con mi novio, que tiene veintiocho años. Ay, estoy preocupado por si su salud mental está empeorando por mi culpa, así que me he comprado un rancho abandonado en Argentina.

—Gep.

—Y ahora va y me suelta esta bomba que ha estado guardándose desde hace un año: que a lo mejor tiene que mudarse a Barcelona, que no sabe qué es lo mejor, que no sabe nada sobre los visados. No quiero que se vuelva a España; no hay, literalmente, ningún otro país que esté más lejos de aquí. ¿Y si le pasa algo? ¿Qué hacemos entonces? —Parece que Giuseppe está frotando algo, puede que una cazuela, con un estropajo de fibra de coco—. Quiero que sea feliz, quiero que tenga una vida plena, pero no entiendo por qué se calla las cosas durante tanto tiempo que, para cuando me entero, ya las ha hecho y voy tarde. ¿Tan inflexible te parezco?

—No. Tu hermano sabe que para ti es importante formar parte de lo que acontece en su vida. Además, también es muy inseguro y se pasa el tiempo pensando qué contarte para, al final, decidir que no puede contarte nada.

—Te has pasado un poco con Greta —le dice él, y el corazón me da un brinco al oír mi nombre.

Ojalá pudiera decir que se me sonrojan las mejillas, pero tengo la piel de un tono amarillo pálido muy raro que no cambia o que, cuando le da el sol, se pone marrón como un pan de plátano. Entro en pánico. No esperaba formar parte de esta conversación privada, y no debería estar escuchando.

—Lo sé —responde mi madre—. Llevo los últimos treinta años preocupándome a diario por V. Cada vez que me llama, temo que le haya pasado algo en el corazón, o que le haya dado un ataque de pánico y que haya renunciado al trabajo, o que haya vuelto a dejar de hablar. Esta última semana no he sabido nada de él, solo que está bien por su cuenta o que, como mínimo, Xabi cuida de él, y siento un alivio tremendo al no tener que cargar con ese temor a todas partes.

—Ya me imagino.

—Cuando vuelva le diré que se acuerde de darle a su hermana un poco de información sobre a qué país se ha esfumado. Con ese apartamento tan pequeño en el que viven, la ausencia de Valdin debe notarse. Además, ella lo adora; creo que Valdin no se hace una idea de cuánto se preocupa la gente por él.

—¿Crees que se mudará a Barcelona con Xabi?

—No.

Giuseppe se ríe.

—¿Ni siquiera vas a plantearte la posibilidad?

—No van a mudarse a España.

Giuseppe cierra el lavavajillas y lo pone en marcha.

—¿Te ha gustado el cumpleaños?

—Ha sido precioso —responde ella—. No sabía que Linsh fuera a pedirse el día libre en el trabajo. Ya sabes que preferiría pasar casi todo el tiempo en una isla. Además, no pensaba que fueras a preparar el coq au vin otra vez. No hacía falta.

—Anda, pero si te acordabas y todo.

—Pues claro que me acuerdo.

—Bueno, es que me apetecía. Para compensar lo de la primera vez.

—Tampoco hacía falta que te tomaras las molestias. No fue culpa tuya que el viento se llevara los billetes del ferri y que aquel vendedor tan agresivo fingiera que no recordaba habértelos vendido a pesar de que lo había hecho.

—Sé que fue un capullo porque se pensaba que era romano.

—Ya está bien, Gep… ¿A quién le importa lo que pensara aquel vendedor de billetes de ferri siciliano de ti? A estas alturas ya debe haberla palmado.

—Fue un desastre de día: Xabier con aquella tos seca y negándose a salir del apartamento o a que le abriera las cortinas, mi padre llamándome desde el teléfono del coche para informarnos de las condiciones de la carretera, el tipo de la playa que no dejaba de preguntarte si te gustaban las discotecas en las que ponían italodisco a pesar de que yo estaba a tu lado, y luego, te preparé un coq au vin quemado en aquel apartamento vacacional enano y tuve que usar las llaves de cuchillo...

—Fue un buen día. Estaba contenta.

—¿Y lo estás ahora? —le pregunta él.

No sé si la está mirando, no sé a qué distancia se encuentran el uno del otro. Creo que se me va a salir el corazón por la boca y que voy a echarlo en la preciosa bañera. Lo único que se me ocurre es tirar de la cadena y pegar la cara a la cisterna de porcelana fría para no tener que oír la respuesta a esa pregunta.

USAGI

V

Durante el almuerzo, Xabi está cansado. Se ha pedido la peor bebida de la carta: un té helado de la marca Fuze con sabor a «hierbas aromáticas». Yo me estoy bebiendo una cosa que se llama Premio y es de sabor «rojo». A Ernesto le ha parecido gracioso, aunque no entiendo por qué. No dejaba de negar con la cabeza cuando me la he pedido. *Un adulto puede tomarse una bebida de color rojo intenso*, pienso. A Ernesto le parece que todo lo que hago es gracioso. Nos ha hecho un tour por el colegio y me he dado en el cabeza contra el marco de una puerta. Me alegro de que le guste la comedia física, porque la verdad es que me he hecho bastante daño.

—¿Estás bien? —le pregunto a Xabi, apoyándole una mano en el brazo, mientras él contempla la botella de mostaza que hay sobre la mesa.

—¿Eh? —responde; parpadea varias veces y me mira como si no supiera dónde estamos.

—¿No volviste a dormirte después de que Gep te llamara?

Xabi niega con la cabeza y se come un frito del cuenco de papel. No sé qué ocurrió durante esa conversación que mantuvieron a la una y media de la mañana, pero no parecía nada bueno. Tras colgar, Xabi me dijo que no quería que me fuera y también que se estaba comportando de un modo egoísta. No me gusta que esté triste. Se me hace raro porque se le da muy bien fingir que no lo está. Mañana por la mañana tengo que volver a casa, a mi propia vida.

—Está enfadado conmigo porque no le he contado nada sobre todo este asunto —me dice.

Miro a Ernesto, que intenta hacer origami con el envoltorio de la hamburguesa.

—¿Y por qué no lo hiciste?

—Pensaba que me diría que no era buena idea. Fui un capullo con él cuando me dijo que iba a ser padre.

—Por aquel entonces las circunstancias eran distintas. Además, fue en 1990, seguro que la cosa estaba más tensa porque Jim Bolger y el Partido Nacional de Nueva Zelanda arrasaron en las elecciones.

—No creo que mi hermano estuviera intentando consolar a Geneviève porque estuviera enfadada por la reforma económica.

—Ya, Geneviève no se mete tanto en política. Durante las últimas elecciones le dijo a Greta que le regalaba su voto si dejaba de quejarse sobre el centrismo autocomplaciente durante cinco minutos.

Xabi mira la hora en el teléfono y dice:

—Mierda, tengo que ir a por los documentos antes de que cierren las oficinas. Nes, ¿quieres quedarte con Val o quieres venir conmigo?

A Ernesto le gusta aprender inglés y quiere que se lo hablemos, aunque a Xabi le preocupa que el colegio internacional le haya destrozado la mente con ese enfoque educativo tan presuntuoso. Sin embargo, como no habla, cuesta saber si nos entiende. Entrecierra los ojos.

—Voy a un… departamento de gobierno —le dice Xabi en español.

Ernesto niega con la cabeza, con firmeza.

—¿Seguro?

Ernesto asiente y vuelve a centrarse en el origami. Creo que está haciendo un barco; o una rana.

—¿Seguro que no te importa? —me pregunta Xabi.

—Claro que no, estaremos de maravilla y usaremos Google Translate si nos hace falta.

—No, porque tu teléfono nunca tiene batería —responde Xabi, que se levanta y se queda junto a la mesa durante un instante antes de darnos una palmadita en el hombro y marcharse.

—Nes, vamos a las tiendas —le digo en español—. Necesito un... charger para el teléfono.

Ernesto dobla la rana-barco hasta formar un cuadrado y la deja sobre la bandeja riéndose como un ancianito. Espero a que se abroche la cremallera de la chaqueta. Hoy en día puedes comprarte un cargador casi en cualquier parte, así que no creo que tardemos en encontrar una tienda donde los vendan. Paseamos el uno al lado del otro e intento recordar cómo me sentía cuando no hablaba. Cuando tenía la edad de Ernesto, todos los días me sentía como un globo que se iba llenando de cosas que quería decir, pero era incapaz de expulsar mis comentarios hasta que volvía a casa y me aseguraba de que la puerta estuviera cerrada con llave. Entonces no paraba. Me plantaba en la cocina y me ponía a hablar mientras los demás iban y venían y decían «mmm» o «ahh» con tono pasivo. Parecía un orador. No sé si a Ernesto le pasa lo mismo. Xabi dice que puede hablar, solo que no lo hace. Le responde «sí» o «no» al médico y a la trabajadora social si tiene que hacerlo. Supongo que, a diferencia de mí, Ernesto no tiene un hogar en el que sentirse a salvo.

—Avísame si ves una tienda en la que vendan cargadores —le digo en inglés con la mayor claridad posible, al tiempo que le señalo los escaparates junto a los que pasamos.

Ernesto asiente.

Es la primera vez que nos quedamos solos, y espero que no se ponga nervioso por estar conmigo. Estas dos últimas semanas que han transcurrido desde que nos conocimos han estado muy bien. He de admitir que tenía varias ideas preconcebidas sobre cómo sería un niño que se ha criado sin padres: que sería un buscalíos, que puede que hasta fuera violento, que sufriría abandono emocional, que querría que nos lo lleváramos a ver un partido de fútbol, que se mearía en la cama, y tal. No debería haber pensado esas cosas; la agencia se ha esforzado por encontrarle a Xabi a alguien con quien pudiera encajar. Además las personas reaccionan de manera muy distinta ante sus circunstancias.

—Oye, Nes, ¿sabes que yo antes tampoco hablaba?

Ernesto se para y niega con la cabeza.

—Sí. Estaba mudo —le digo en español, y luego prosigo en inglés—: Hasta que me hice mayor. Solo hablaba con mi familia y con gente a la que conocía muy bien; además solo lo hacía en casa, en un sitio donde me sentía a salvo.

Ernesto frunce el ceño y me hace un gesto como queriendo preguntarme «¿por qué?».

—Porque tenía problemas de salud —le digo en inglés, pero luego pruebo en español—: Mi salud, mmm... —Miro a mi alrededor y luego me bajo el cuello de la camiseta para mostrarle la parte superior de la cicatriz—. De pequeño siempre estaba enfermo —le explico en inglés—. Creía que mis padres y mi hermano me consideraban un problema. Creía que, si guardaba silencio, las cosas malas... desaparecerían. Si no hablaba con la gente, nadie creería que estaba enfermo y ya no tendríamos que ir al hospital. Tardé mucho en cambiar aquella mentalidad.

No sé hasta qué punto se está enterando, pero asiente despacio y mete las manos en los bolsillos de la chaqueta.

—He pensado que tenía que contártelo antes de volver a... —No sé si emplear la palabra «casa», no sé si es bueno darle a entender que mi hogar no está aquí—. Antes de volver a Nueva Zelanda.

Ernesto vuelve a asentir y me dedica una sonrisita; luego reanudamos el paso. Espero que, tras lo que le he contado, se sienta mejor, no peor. Hoy se ha mostrado especialmente solemne. El otro día, en el planetario, Xabi me dijo que jamás lo había visto tan contento como allí. Me encanta ir a observatorios y a museos espaciales con gente a la que le interesan las cosas que sé sobre mis antiguas áreas de investigación, sobre todo de mi planeta favorito, Neptuno, y a Ernesto le interesa muchísimo saber cómo funcionan las cosas. Xabi no sabe nada sobre el espacio. Le parece algo demasiado inmenso como para preocuparse por ello; además, le provoca una angustia existencial con la que, según afirma él, no sabe lidiar. Así que busqué a alguien que trabajara allí para que fuera traduciéndome; un estudiante de física de la universidad. Mantuvimos una conversación de lo más agradable. Al acabar, compré una bolsa de patatas de la máquina expendedora, pero no me di cuenta de que sabían a mandarina y Ernesto estuvo a punto de morirse de la risa al ver que intentaba escupirlas en un arbusto con disimulo. Se pasó horas yendo de un lado a otro con una sonrisa de oreja a oreja; me supo fatal tener que llevarlo de vuelta al colegio al final del día.

Ernesto señala una tienda que parece un Flying Tiger, repleta de cosas de plástico coloridas, solo que con un aspecto menos escandinavo. Entramos y encuentro cargadores en paquetes de plástico de un exhibidor que hay contra la pared. ¿Me compro el morado, el verde o el azul cielo chillón? De repente recuerdo que en el colegio los niños decían que el morado era el color gay a nivel internacional, por lo que evitaba por todos los medios posibles cualquier cosa que fuera desde el tono lavanda al malva. Me llevo el morado. De pronto oigo una voz a mi espalda.

—¿Me lo compras?

Me doy la vuelta y veo que Ernesto sostiene en la mano algo que está dentro de una cajita transparente. No veo lo que es, pero la etiqueta marca 6000 pesos, unos dos dólares. Asiento. Dejo el cargador en el mostrador y Ernesto le enseña lo que sea que ha elegido a la dependienta; luego vuelve a cerrar la mano. Pago y le digo:

—Quédese el cambio.

A fin de cuentas, voy a irme y ya no voy a necesitar estas monedas.

—¿Qué te has comprado? —le pregunto al salir de la tienda, pero Ernesto se encoge de hombros y no me lo enseña.

Xabi se reúne con nosotros en el Starbucks; nos estamos tomando unos Frappuccinos mientras cargo el teléfono. Jamás me pediría esta bebida en Nueva Zelanda porque a lo mejor me ve alguien, pero aquí no conozco a nadie y Xabi me ha visto en situaciones mucho más comprometidas. Viene con una carpeta en la mano y una expresión que no sé descifrar.

—Ya está, Val —me dice.

—¿A qué te refieres?

—Ya tengo los papeles. Ya es oficial.

Me levanto y le doy un buen abrazo. No lo hacía en público desde nuestro reencuentro, y me cuesta bastante soltarlo.

Xabi se sienta a la mesa, saca los documentos de la carpeta para enseñárselos a Ernesto y comienza a hablarle muy rápido y muy serio en español, y Ernesto asiente todo el tiempo y pasa los dedos por cada una de las hojas que le va mostrando. Creo que recordará este instante para siempre, el hecho de ver esas hojas de papel que marcan el comienzo oficial de esta nueva etapa de su vida, y me pregunto durante cuánto tiempo formaré parte de este recuerdo. No sé muy bien qué decirle cuando lo dejamos frente a la puerta del colegio porque sé que no voy a volver, pero él me sorprende con un abrazo y me susurra en voz muy bajita al oído:

—Adiós.

MATAU

G

Me he dejado el móvil en la fiesta, joder. Le envío un mensaje a mi padre desde el portátil, y me sugiere la maravillosa idea de que Giuseppe lo traiga a la ciudad para que pueda ir recogerlo a su despacho. Me imagino yendo a alguno de los rascacielos del centro, subiendo hasta la planta veinticuatro en un ascensor elegante cubierto de paneles de madera, diciéndole a la recepcionista que he venido para ver al señor Alonso, que contempla las vistas desde su escritorio, donde aprueba decisiones de negocios internacionales y le manda mensajes a mi madre en los que le dice lo sexi que es y hablan de cuál es el mejor método para librarse de sus molestos maridos rusos. No, no quiero ir. Le pido que compruebe si Thony está en casa y, como lo está, voy en tren hasta Remuera.

Es horrible tener que ir desde la estación de trenes hasta la casa sin teléfono porque tengo que entretenerme con los alrededores. Tres chicas de un colegio privado de la zona hablan muy alto y se ríen desde el otro lado de la calle mientras pasamos junto a casas inmensas. Dicen que su profesora de Inglés es una zorra, que Jeremiah ha sido malísimo en la cafetería y que Daisy solo está participando en las huelgas escolares por el clima porque quiere ser prefecta. No sé si es la misma Daisy que odia a Tang o si es que hoy en día todo el mundo se llama Daisy.

Acaricio las azaleas que bordean el camino de entrada, subo los escalones y llamo al timbre. Me sorprende que no sea Thony quien me abre la puerta, sino Geneviève.

—Bienvenida a mi hogar —me saluda, con una leve reverencia.

—¿Qué haces aquí? —le pregunto.

—Anthon y yo somos artistas a tiempo completo; nos pasamos casi todos los días tomando el sol y quejándonos de los jóvenes prodigios prometedores.

—Creo que eso solo lo hacéis porque sois viejos y ricos.

Thony esta sentado en el porche; lleva pantalones cortos, gafas de sol y una camisa suelta de lino. Sostiene un abanico en la mano. Debemos de estar a unos diecinueve grados. Geneviève se sienta, se estira y se desabrocha algunos botones de la camisa vaquera.

—¿De verdad es a esto a lo que os dedicáis todos los días? —les pregunto.

—No. A veces llueve —responde Thony, y lleva a cabo el leve esfuerzo de girar el rostro hacia mí—. Me alegro mucho de volver a verte tan pronto, Greta. Te he preparado una copa ahí.

Me siento a la mesa y me sirvo en la copa lo que sea que contenga la jarra de al lado. Podría ser Pimm's, pero es bastante probable que sea algo más apropiado para las once y media de la mañana de un día laborable. Le pego un trago; no es Pimm's.

—Tengo que ponerme un porche como este —comenta Geneviève con los ojos cerrados.

—Te doy el teléfono del que me lo instaló si me pintas otro cuadro como aquel que me gustaba y le vendiste a otro —dice Thony, abanicándose—. Nos vendría bien tener más arte en la casa, para darle un poco de vidilla, pero Giuseppe se muestra reticente a colgar cuadros. Es como si no quisiera comprometerse a vivir en esta casa pese a que llevamos diez años viviendo aquí. El otro día colgué ese de ahí aprovechando que se había ido.

—Pinté ese cuadro del que me hablas cuando era joven y me preocupaba por prestarles atención a los detalles. Jamás podría recrearlo —responde Geneviève—. Si lo hiciera, me gustaría recibir a cambio algo más que el número de teléfono de un hombre.

—Espérate a verlo. Seguro que cambias de idea.

—Ya me dan igual los hombres. Me... Greta, ¿hay algún nombre en concreto para cuando antes te encantaba conocer a un hombre en un bar o en una fiesta para seducirlo durante cinco minutos y luego pasarte días con el teléfono descolgado para que no te llamara, pero ahora prefieres emborracharte de día con el padrastro de tu hijo?

Diría que eso es ser hetero y punto —respondo—. ¿Sabes algo de Cosmo ya?

—Mira, Cosmo da señales de vida cuando le da la gana. Y yo no tengo problema con ello. Me llama, no tengo ni idea de dónde está, pero oigo motos de fondo o cualquier otra cosa, y le digo: «Tú dime que estás bien y ya».

—No entiendo por qué Giuseppe no puede ser así —comenta Thony—. Cada vez que Cosmo lo llama, se pone de los nervios. Se comporta como si estuviera hablando con un negociador de rehenes, venga a dar vueltas de un lado a otro mientras se pasa la mano por el pelo y enumera sus exigencias.

—Pero eso lo hace porque le encanta proyectar sus emociones y canalizar todas sus energías en preocuparse por los problemas de los demás. Así no tiene que pensar en los suyos ni en el sinfín de movidas en las que está metido —responde Geneviève, que se adueña de la crema solar de la mesa y se la extiende por la parte del pecho que tiene al descubierto.

—Un momento, Gen. ¿Cosmo no se había vuelto a París? Han pasado unos seis meses desde que me dijiste que se había largado. ¿Aún no sabes dónde está?

La verdad es que me parece un asunto bastante preocupante, pero intento que no se me note en la voz.

—No, no volvió a París. Creo que ha empezado de cero en otra parte. Yo no pregunto.

—Pero, ahora mismo, Giuseppe no está tan preocupado por Cosmo —responde Thony, girándose hacia Geneviève—. Se está peleando con Xabi. Está enfadadísimo.

—¿En serio? ¿Qué ha pasado? —pregunta ella.

Thony se encoge de hombros.

—La verdad es que no lo sé.

—¿No te lo ha contado?

Thony sacude la mano con indiferencia y responde:

—¿Desde cuándo le cuenta a la gente lo que siente de veras?

Geneviève profiere un sonido de desaprobación y a mí se me parte un poco el corazón.

—Es un tonto —dice ella.

—Sí, pero es muy guapo —coincide Thony—. Voy a por tu teléfono, Greta. Seguramente tengas el día liadísimo y un montón de tontos guapísimos a los que ver que seguro que se llevan un chasco si te entretengo aquí.

Thony se levanta, entra en la casa y me da un apretoncito en el hombro cuando pasa por mi lado. Decido seguirlo hacia el interior. En la cocina, Thony se levanta las gafas, se las deja en la cabeza y empieza a abrir cajones. Observo la encimera de granito blanco y me siento como si estuviera en la escena de un crimen. He hecho todo lo posible por no pensar en lo que oí a escondidas anoche y achacarlo todo a un simple malentendido. Puede que malinterpretara el tono, las palabras y el contexto de lo que oí. Me he esforzado mentalmente por creerme esta reinterpretación de los hechos, pero creo que puedo lograrlo.

—Estoy seguro de que lo guardé en este cajón para que no se perdiera —me dice, rebuscando entre cajas de cartón de papel de aluminio y bobinas de cintas—. Mmm... —Se saca el teléfono del bolsillo y llama a alguien mientras se apoya con la otra mano en la encimera—. Giuseppe, estoy... ¿Que cómo estoy? Bien, bien. Aquí, en mitad de una reunión con Geneviève. Mmm... ¿Sabes dónde está el teléfono de Greta? No está en el cajón en el que lo dejé... Ah. Vaya, qué considerado por tu parte, pero no ha servido de nada porque ha venido a casa a recogerlo. Vale. Vale. Sí, ahora lo hago. Adiós, te quiero, adiós.

Cuelga, pero sigue mirando el teléfono y hace algo con él.

—Lo siento, Greta, pero Giuseppe se ha llevado tu teléfono a la ciudad porque había pensando en ir a verte a la hora del almuerzo para devolvértelo. No me lo había dicho, pero no pasa nada, te he pedido un Uber.

—¿Qué?

—Para que puedas ir a verlo y que te devuelva el teléfono. Imagino que debes de tener un millón de mensajes sin contestar, y seguro que te mueres de ganas de… publicar tu estado o algo por el estilo. «Tomándome una cafecito con las amigas». «Estoy harta de los exámenes». Ay, mira, ya casi ha llegado. —Me abraza y me da un beso en la mejilla—. ¡Geneviève, Greta se va!

—¡Adiós! —me grita, y agita la mano con pocas ganas hacia donde estamos mientras Thony me acompaña a toda prisa hacia la puerta.

Desando el camino de entrada, sin saber muy bien si me molesta más tener que reunirme con el hombre sobre el que intento convencerme de que no está teniendo una aventura con mi madre, o que Thony crea que mi presencia en internet es la de una usuaria de Facebook en 2009.

Un hombre baja la ventanilla de su Nissan Pulsar y me pregunta:

—Eh, ¿eres An… thone?

—Mmm, sí, supongo que sí —le digo, y me acomodo en el asiento del copiloto.

Giuseppe Alonso, el tonto guapísimo reputado, me pide perdón.

—Lo siento muchísimo, Greta —me dice, apartándose el pelo de la cara. Parece arrepentido de veras, y a mí todo esto me parece un poco innecesario—. Me he ido a trabajar antes de que se despertara Anthon y, como vives y trabajas aquí, me ha parecido lo más lógico del mundo traerte el teléfono a la ciudad.

Visto así, parece lo más lógico del mundo.

—No pasa nada. Fui yo la que se lo dejó en vuestra casa. Tampoco tenía mucho que hacer hoy.

—Déjame que te invite a almorzar para compensártelo, por favor.

—Ah —respondo. Me está sonriendo y me muestra las palmas de las manos, como si fuera una ilustración de alguien que se comporta con falsedad. Menudo dilema, pero luego me acuerdo de las tres piezas de sushi que me quedan en la nevera y siento repulsión ante la idea de irme a casa a comérmelas—. Bueno, vale.

—¿Te parece bien que vayamos a la zona de restauración? —me pregunta, señalándome el centro comercial que está a su espalda.

—Vale —le digo, aliviada para mis adentros por que no vayamos a dondequiera que va a almorzar la gente de negocios.

No tengo muy claro en qué parte de la ciudad podría ubicarse un lugar así; todo lo que sé sobre los hombres de negocios de éxito lo he sacado de la peli *American Psycho*.

Subimos a la segunda planta por varias escaleras mecánicas. Cuando estoy con gente que pertenece a la élite liberal (lo cual sucede con bastante frecuencia porque me muevo en los círculos de la universidad) finjo que no me gustan los centros comerciales, pero me encantan. Adoro que la gente vaya ajetreada de una tienda a otra para buscar un objeto en concreto que no pueden pedir por internet porque lo necesitan ya de ya. Me gusta ver a los turistas con las bolsas de las tiendas, y las idas y venidas de cientos de personas distintas que van a por algo de comer y luego se marchan de nuevo. No hay reglas sobre quién puede entrar aquí, y nadie va a echarte a menos que intentes bajar por las escaleras con un monopatín o que trates de gastarle una broma a alguien y grabarla para que se vuelva viral.

—¿Qué te apetece? —me pregunta.

—Mmm, no lo sé —respondo, pero sí lo sé, lo que pasa es que me da vergüenza pedírselo—. ¿Tú qué vas a pedirte?

—No me juzgues por ser un estereotipo con patas, pero me apetece una empanada. Llevo todo el día pensando en ella. Pero quiero algo más. No he comido nada desde anoche.

Yo tampoco he comido nada desde anoche.

—¿Te apetece comida coreana?

—Por mí bien —responde, y se saca la cartera y me entrega una tarjeta de crédito negra. Tengo la sensación de que los del banco van a venir a arrestarme solo por haberme atrevido a tocarla. La sostengo como si pudiera derretirla con las manos—. ¿Me pides algo? —me dice—. Yo voy a por la empanada.

Me acerco al local y pido un bulgogi de ternera, patatas fritas con kimchi y un poco de pollo frito. Veo que Giuseppe está hablando con los vendedores de empanadas y paellas, y decido que seguro que no pasa nada por pedirme una Coca-Cola. Me siento extravagante. Pago con la tarjeta, y acepta el cobro al instante.

—Qué buena pinta. Gracias —me dice cuando nos sentamos en unos bancos, frente a una larga mesa de madera, junto a un montón de gente y sus distintas combinaciones de almuerzo.

¿Habrá alguien más almorzando con un hombre que puede que se esté tirando a la esposa de su padre? Imagino que no; imagino que se habrán sentado con el compañero menos pelmazo del trabajo. Aunque a saber…

—Mmm, ¿cómo va el día? —le pregunto.

—Ah —responde. Parece pensativo mientras agarra un poco de ternera y ensalada de col con los palillos—. La verdad es que no he dormido nada. Perdona si estuve un poco raro anoche. Me… me siento muy tonto cada vez que me enfado por que mi hermano no me cuente las cosas. Sé que no tiene ninguna obligación de hacerlo, pero estaría bien.

—Ya —respondo, asintiendo—. Yo estoy igual con el mío.

—Deberíamos montar un grupo de apoyo.

—Es que tiene que ser complicado. Mmm, Thony y Geneviève han dicho que aún no sabías nada de Cosmo.

Abro la lata de Coca-Cola y siento una catarsis.

—Xabier y Cosmo son mi familia, así que sí, me gustaría saber por dónde andan. —Sonríe con pensar—. Supongo que no se puede tener todo. Hace mucho tiempo que no me peleo con Gen por cómo estamos criando a Cosmo, así que imagino que por esa parte bien.

—No puedo ni imaginarme cómo debe ser eso.

—¿Criar a un hijo con Geneviève? Una de las cosas más inesperadas que me han pasado en toda mi vida.

—Pero… si yo creía que eso había sido una decisión que habíais tomado. Como dos amigos que se echan un cable —le digo, sacando varias patatas de debajo del kimchi para mojarlas en la crema agria.

—Ay, Dios, no, Greta; pero si ni siquiera nos conocíamos —responde, y también se adueña de varias patatas—. Vine aquí a ver a Xabier porque lo estaba pasando mal en el trabajo, en Brasil, pero cuando llegué… Bueno, Xabi se enfadó conmigo porque no le había dicho que iba a venir. Thony y yo ya habíamos salido un par de veces, pero en ese momento él estaba saliendo con otro y… Bueno, todo el mundo estaba saliendo con otras personas. Tus padres organizaron una fiesta en su casa. Xabi pensó que era mejor que me quedara en casa, pero no le hice caso. La única a la que le pareció bien que fuera a la fiesta fue a Geneviève, que estuvo hablando cinco minutos conmigo antes de preguntarme si quería que nos fuéramos. Y la verdad es que, en ese momento, sí que quería. No esperaba volver a saber nada de ella. Me dejó muy claro que aquello era un lío de una noche. Pero entonces se puso en contacto conmigo y decidí que lo mejor que podía hacer era quedarme. Xabi pensó que estaba intentando arruinarle la vida que había empezado aquí, de modo que se volvió a España.

—¿Se mudó a España porque estaba enfadado contigo?

Él se encoge de hombros.

—Es que conseguimos sacarnos de quicio.

—¿Fue entonces cuando volviste con Thony?

—Sí, cuando se puso enfermo. Su exnovio no era capaz de lidiar con lo enfermo que se había puesto.

—Ah. —¿Estaré haciéndole preguntas demasiado personales? Parece que le da igual—. ¿De qué trabajas?

—¿Que de qué trabajo? —repite, y me sonríe. Tiene una sonrisa cálida que hace que me sienta a gusto y un poco mareada con él—. Tengo una empresa de refrigeración. Empecé a vender aires acondicionados con diecisiete años. Ahora, en general, solo vendo contenedores para envíos con refrigeración. No es muy interesante, lo siento.

—Los envíos me parecen interesantes. El hermano de Ell también trabaja en ese campo. Pero ¿si no te dedicaras a eso, qué harías?

—Nadie me lo había preguntado nunca. ¿Quieres la mitad? —me dice, señalando la empanada. Asiento, y él la corta por la mitad y me la ofrece—. Antes pensaba en hacerme gerente medio, en tener una vida normal y corriente. Tendría dos hijos, me casaría con una florista, iríamos al parque los fines de semana y en el trabajo me esforzaría lo mínimo.

—¿Y ahora cuál es tu sueño?

—¿Estás escribiendo un artículo sobre mí para una revista?

—No. —Me recuesto un poco. A lo mejor me he pasado—. Aunque me encantaría que me contrataran para escribir para una revista. Me esforzaría lo mínimo en el trabajo.

Giuseppe se encoge de hombros.

—No puedo decirte que me gustaría jubilarme para pasar más tiempo con mi familia porque mi familia está harta de estar conmigo. Lo único que quiero es ser feliz y quizá ver cosas que no haya visto aún.

No sé qué pensar. Al oírle decir esto, yo también quiero que sea feliz, pero no a costa de que destroce a mi familia; pero, si lo hiciera, ¿sería por un bien mayor? A lo mejor no debería darles vueltas a los asuntos del corazón de un modo tan práctico. Siento aún más náuseas, pero no en la tripa, sino en el cerebro y en el pecho.

—¿Cómo está Ell? —me pregunta— ¿Se lo pasó bien anoche en aquel evento de moda?

—No sé. No tengo el teléfono.

—Ay, perdona, se me había olvidado. —Se lo saca del bolsillo y me lo entrega—. Me he fijado en que alguien te ha mandado muchos mensajes para que le cubras una clase esta tarde.

—Ah, no te preocupes. —Me guardo el teléfono en el bolso—. Perdona que me lo dejara.

Giuseppe niega con la cabeza.

—Yo también lo pierdo cada dos por tres. Hace unos días me lo dejé en el mercado de pescado y, cuando lo recuperé, olió fatal durante varios días.

—¿Al menos te llevaste un buen pescado?

Giuseppe le quita el tapón a la botella de té helado que se ha comprado y responde:

—Sí, un kahawai estupendo.

Asiento.

—Es el pescado favorito de mi madre.

MENTA

V

A las cinco de la mañana, el aeropuerto de Auckland presenta un aspecto desolador mientras lo cruzo. Me resulta extraño oír a gente pronunciando nuestras palabras de nuevo, hablando de ir a hacer senderismo a Siem Reap con una chancla rota, comparando el frío que hace aquí con el de Rarotonga, discutiendo sobre si Gary llegó a contratar la lanzadera para volver a Waihi. Un dependiente de Vodafone me presta a regañadientes su extractor para volver a meter la tarjeta SIM de Nueva Zelanda en el móvil. En la cinta del equipaje, una chica que lleva el polo negro del uniforme del aeropuerto y pantalones me pregunta: «¿Todo bien?», y yo le contesto que sí porque todo va bien. Más o menos. Cuando el inspector de aduanas de pelo cano ve que vengo de Colombia, me manda directo a que me registren el equipaje. Me miro los zapatos; las grietas del cuero están llenas de polvo. En el desierto me sentía alejado de todo y, ahora, aunque se supone que estoy en casa, me siento igual.

Paso de ir en autobús, así que en el vestíbulo de llegadas me saco el teléfono y me pido un Zoomy. Sin embargo, una mano me agarra. Tang está apoyado en la barandilla de metal y lleva unos vaqueros (que le quedan demasiado justos para esta hora de la mañana) y una camiseta en la que pone: LAS CHICAS MOLAN.

—¿Qué haces aquí? —le pregunto, y lo abrazo como si hiciera seiscientos años que no lo veo—. ¿Cómo sabías que volvía hoy?

—Vi que estabas en el aeropuerto de Santiago, así que miré el horario de los vuelos y me imaginé que volvías a casa. Pensé que no iba a venir nadie a buscarte porque mi padre ha estado quejándose muchísimo de ti.

Lo agarro de los hombros y lo miro de la cabeza a los pies.

—¿Está así porque no me he puesto en contacto con nadie en todo este tiempo?

—Sí. Dice que no respetas a Greta, y se ha enfadado con mamá por llevarle la contraria y con el abuelo Linsh por decirle que tiene la mecha muy corta.

Tang parece otro. La última vez que lo vi era un niño inseguro, pero parece que ha ganado confianza y se ha convertido en esa clase de persona a la que le sorprende que no todo el mundo sepa cambiar una rueda pinchada.

—La verdad es que podría haberlos mantenido un poquito más informados sobre dónde estaba —reconozco, subiéndome la mochila al hombro.

—No pasa nada. Mi padre tiene que tranquilizarse un poco. El día antes del examen práctico de conducir se puso a darme la chapa sobre saber recuperarse de los fracasos.

Pasamos junto a una estatua gigantesca de un hobbit y cruzamos las puertas automáticas hacia la noche fría y oscura previa al amanecer. Tang se sube la cremallera de la sudadera.

—Pero al final no suspendiste —le digo, señalándole las llaves del coche que sujeta en la mano.

—No. La verdad es que creo que no conduzco tan mal. A la Waka Kotahi le parece que lo hago bastante bien, y mi padre tiene que confiar un poco más en mí y dejar de agarrarse a la puerta. ¿Qué tal el viaje?

—Ah, sí, bien.

En la máquina de los tiques del parking esperamos tras una familia que lleva un carrito cargado de cajas de comida preparada en un umu de Samoa. El domingo se darán un buen to'ona'i a la hora del almuerzo. Un anciano se sube la chaqueta polar hasta la barbilla. «Malulu», protesta, mientras la mujer con la que está intenta que la máquina le acepte un billete de veinte. Cuando Tang saca la tarjeta de crédito, le doy un golpe en la mano. Ni siquiera sé cuánto dinero me queda ya, pero espero que más que a él. Tengo que ponerme con las facturas. Creo que solo me queda un frasco de jalapeños en la nevera. Tengo que hacer todo lo que se hace en una vida funcional. Necesito recomponer las piezas de lo que es una vida funcional.

Tecleo mi código pin en los botones fríos de metal de la máquina: 1939, el año en que se estrenó *El mago de Oz*. Cuando le dije mi pin a Xabi, me preguntó si había apoyado a Franco durante la Guerra Civil española. Después se acercó a la tiendecita que quedaba cerca de mi antiguo apartamento para comprarme lo que más quería en el mundo: uno de esos helados con forma de vaquero y una nariz de chicle, los Bubble O'Bill, y una botella de lubricante. Me tumbé en las sábanas de algodón egipcio que había comprado en el Briscoes y pensé que aquello era lo que significaba estar vivo.

Sigo a Tang por el aparcamiento; el suelo está húmedo, y no estoy pensando en qué coche buscamos. Tang se para y abre la puerta de un Corolla blanco de principios de los noventa.

—¿Te has comprado un coche? —le pregunto, mirando a través de la ventanilla; está limpísimo y vacío, no hay ni un jersey viejo ni un cable XLR en el asiento de atrás.

—Sí —responde con un suspiro—. Ya sé que contaminan, pero me dio un ataque de locura en Trade Me. Tenías muchas ganas de poder ir a la playa. En verano quiero ir a Opononi y dejarme llevar por la corriente en la zona en la que se unen los puertos.

—La verdad es que no parece un plan de verano especialmente seguro.

Intento averiguar cómo echar el asiento hacia atrás todo lo posible, y Tang, sin querer, pone en marcha los limpiaparabrisas.

—Además, me vendrá muy bien tener coche si Plan acaba mudándose.

—¿Quién es Plan?

—Mi novio. ¿No te has leído mis mensajes?

—Mmm —respondo, e intento inventarme una excusa—. No.

—No pasa nada —dice con tono animado—. Me he echado novio. Se llama Plan. Nos conocimos el año pasado mientras estaba de viaje. Estábamos hablando antes de que viniera a recogerte. Vive en Múnich y estudia en la Universidad Ludwig-Maximillians, que es como muy de burgués. Piensa que allí son todos unos estirados y que debería haberse ido a Colonia. No deja de decirme que va a arrojarse al río del Englischer Garten... Yo diría que es más bien un arroyo, pero tiene unos rápidos muy guais en los que la gente hace surf; ¡en plena ciudad!

Jamás he oído a nadie hablar de un modo tan positivo sobre una relación que, en su mayoría, debe de existir solo en internet. Creo que no entiendo a los jóvenes.

—¿Estás pensando en irte allí?

—No me importaría. Plan quiere venirse aquí unas semanas en verano, si consigue ahorrar, claro. Me toca recordarle que tenga cabeza. La primera vez que hablamos por teléfono, allí eran las cuatro de la mañana y se estaba comiendo diez cruasanes de chocolate de una panadería de la estación porque estaba triste.

Tang para el coche para introducir el tique en la máquina. Después salimos a una carretera vacía.

—¿Y qué estudia?

—Ciencias Políticas. Le entusiasma mucho la Unión Europea y es muy antiserbio. Antes de que le dijera que me gustaba, me confesó que estaba planeando irse a Serbia para seducir a varios hombres, pintarles la bandera de Montenegro en las paredes mientras dormían y luego escapar por la ventana.

—¿Y tú qué piensas de eso?

—Que me parece bastante complicado a nivel artístico. La bandera tiene un águila bicéfala bizantina que sostiene un cetro y un escudo en el que hay un león.

A través de la ventana, observo todas las cosas que llevo un mes sin ver. El cielo que comienza a iluminarse, la gasolinera de Z, el Carl's Jr., el Countdown, The Warehouse.

—¿Te preocupa comprometerte a ir hasta allí cuando existe la posibilidad de que la relación no dure?

—No. Hay que probar las cosas. ¿Qué es lo peor que podría pasar? La relación se va a pique. Lloro, me quedo sin dinero, tengo que aprender a hacer snowboard para poder trabajar de profesor de snowboard en Austria. Conozco a gente nueva. Siempre podría volver a casa.

Pasamos junto al enorme edificio azul de Mainfreight y su mensaje inspirador electrónico ilumina la penumbra: VIVE CADA MOMENTO.

Ni siquiera sabía que te gustaran los chicos

—¿En serio? Pero si siempre me llevas a ver pelis francesas con las que acabamos llorando y luego nos toca fingir que no lo estamos haciendo.

Xabi rompió a llorar en el aeropuerto. No me lo esperaba. Jamás lo había visto llorar, a excepción de cuando se le escapó alguna lágrima mientras veíamos un documental sobre chicos australianos que no habían tenido una vida fácil y que conseguían empezar de cero convirtiéndose en entrenadores de perros. No quería soltarlo porque no sabía cuándo volveríamos a vernos. Me sentí muy vacío en el vuelo de vuelta, solo, y también durante las seis horas que me pasé solo en el aeropuerto de Santiago mientras veía el vídeo de seguridad aérea de LATAM por sexta vez en tres semanas, solo. Tampoco avancé mucho con el único libro en inglés que había logrado encontrar Xabi en el aeropuerto: *Mi historia*, la autobiografía de Michelle Obama.

—Creía que tenías buen gusto y ya. Jamás pensé que quisieras sentir las bruscas caricias de un hombre.

—Plan no es que sea muy brusco.

Repaso todos los mensajes que me mandó Tang y que no llegué a abrir; qué vergüenza.

—Joder, Tang, lo siento muchísimo. Debería haberlos mirado antes. No sabía que querías hablar conmigo de algo tan serio.

—Ah, no pasa nada. No te preocupes —responde, frunciendo el ceño y negando con la cabeza.

—No, sí que pasa. Tengo que... acordarme de que no puedo desentenderme de los demás, de que no puede no contarse conmigo solo porque yo tenga mis movidas.

—Un sábado por la noche fui a tu casa porque se me había olvidado que no estabas, pero Greta me ayudó. Greta y Ell me ayudaron a decirle a mi padre... todo lo de la salud mental.

—¿Lo lleva bien?

—Sí, Greta se lo explicó todo y le dijo que no se culpara a sí mismo ni que tampoco estuviera todo el día preocupándose porque así solo me lo haría pasar aún peor. Lo comprendió. Creo que por eso se puso tan raro con lo del examen del carné de conducir, porque nadie le dijo que no se podía poner pesado con el tema.

—Lo único que quiere es cuidar de ti. —Me giro para mirarlo cuando nos detenemos frente a un semáforo—. Quiero que sepas que puedes hablar conmigo de lo que sea. Cuando tú quieras. No te juzgaré.

Tang asiente despacio y pregunta:

—¿De lo que sea?

—Sí, de lo que sea.

—¿Lo de comer culo va en serio o es algo que dice la gente porque es gracioso? ¿Se hace a menudo?

—Ah. —Cierro los ojos durante un segundo. ¿Por qué coño le he dicho que me parecía bien hablar de cualquier tema justo después de pasarme treinta y un horas viajando—. Sí, es algo que se hace, pero... a mí no me entusiasma. Me parece demasiado húmedo.

Tang asiente muy serio.

—Guay, ya te diré si se me ocurre cualquier otra cosa.

No quiero que Tang se coma el atasco que provocan las obras del City Rail Link, así que me deja en Princes Street y cruzo el parque en el que la gente está paseando a sus perros para llegar a mi edificio. Paso junto a la cafetería que siempre huele a azufre y la floristería. Quiero comprarle flores a Greta, pero aún no han abierto. Quiero comprarle pan recién horneado y dulces para cuando se despierte. Voy a contárselo todo: lo que ha pasado en el trabajo, lo de Xabi, lo de Colombia, lo de Ernesto, lo bonito que es el desierto, lo muchísimo que lo siento por no habérselo dicho antes. Quizá también le cuente lo de papá, Thony y el concierto de Año Nuevo falso. Sin embargo, en esta ciudad no hay panaderías, solo un Starbucks y siete Subways. Además, cuando abro la puerta del apartamento, no veo a nadie.

Tras intentar resucitar con un tarro entero de Vicks, un exfoliante corporal que se supone que está hecho de cafeína y un baño con tanto vapor que siento que me estoy censurando a mí mismo, salgo a comprar las flores y las cosas que le gustan a Greta pero que, al mismo tiempo, le parecen demasiado extravagantes. Queso feta, zumo de naranja, espinacas, limas. Luego me dedico a dar vueltas por el apartamento como un perro al que han dejado solo en casa, esperando a que vuelva, que me perdone y que reaccione bien a mi dramón. Pero Greta no vuelve, así que llamo a mi madre, que está organizando un espectáculo en el Q Theatre, pero le parece bien que nos veamos para almorzar.

Me acerco al teatro a recogerla y dejo que las otras señoras mayores del espectáculo me digan lo alto que estoy, y que han oído hablar muchísimo de mí, que soy un hombre misterioso e internacional. Una de ellas me pregunta sobre la financiación terciaria para los niños maorís, y yo tengo que decirle que lo siento, que es mi hermano el que se dedica a eso, que yo no he hecho nada por los niños. Mientras recorremos Mayoral Drive, mi madre me dice que hablar sobre ser gay en un programa de la tele sin tener que maquillarlo para los heteros también es hacer algo por los niños. Jamás se me había pasado por la cabeza. Nunca he pensado que mi madre me considerara buena persona.

—Pues claro que creo que eres buena persona —me dice cuando nos sentamos en un reservado del Fed—. Tienes unos principios firmes. Protestas cuando crees que algo no es justo, no eres de esos gais que dicen cosas horribles sobre las mujeres. Te llevas a Tang por ahí cada dos por tres cuando no tendrías por qué hacerlo. Dejas que tu hermana pague una parte del alquiler proporcional a sus ingresos. ¿Qué más puedo pedir?

—Podría dejar de llamarte todo el tiempo para quejarme —le digo, quitándome el abrigo.

—Has estado un mes entero sin llamarme ni protestar. Empezaba a echarlo de menos.

Una camarera con un vestido corto de camarera de los años cincuenta color verde menta viene a tomarnos nota. Nos pedimos un poutine y un pastrami porque creo que es lo único que me entra ahora mimo. Nos sirvo agua en los vasos rojos.

—Estoy intentando ser más responsable. Me he dado cuenta de que la gente depende de mí tanto como yo dependo de ellos.

—¿A qué se debe este cambio, V? —me pregunta mi madre.

—¿Te ha contado algo Giuseppe?

—Giuseppe está enfadado con Xabi porque no quiere que se vuelva a España, pero no sé por qué quiere volverse. Imagino que tú sí.

—Ah. Mamá, Xabi ha adoptado a un niño de ocho años. Es de Colombia, pero resulta que nació en Ecuador. Xabi no puede quedarse en Colombia porque no tiene visado. Tampoco quiere volver a Argentina y quedarse allí para siempre. Podría conseguirle a Ernesto un pasaporte español y llevárselo a Europa, pero no es lo que queremos hacer.

—¿«Lo que queremos»?

Miro a mi madre, que es mucho más menuda que yo; en realidad, es mucho más menuda de lo que recordaba. Casper la hizo abuela cuando ella tenía treinta y siete años. Ojalá pudiera darle alguna buena noticia, aunque fuera una sola vez en mi vida. ¿Por qué todas las movidas en las que me meto resultan tan agotadoras?

—Puede. Al menos es lo que quiero yo. Sé que Xabi quiere estar conmigo, pero no quiere obligarme a nada, y yo no sé cómo conseguir que lo nuestro funcione. En este punto de mi carrera profesional, no quiero mudarme a España. Sé que no es buen momento, pero a veces creo que las cosas pasan y que tienes que dejarte llevar.

Los pendientes de turquesas de mi madre se mecen mientras asiente levemente a lo que le digo.

—Tengo suerte de tener opciones —le digo—. Pero tengo que averiguar cuáles son y... confiar en que puedo con todo.

—Eso es lo complicado —me responde.

—¿Cómo te sentiste cuando te enteraste de que estabas embarazada de Casper? ¿Sabías que podías con ello, que lo harías bien?

—Claro que no —responde, y recoloca el salero y el pimentero—. Me quise morir de la vergüenza.

—¿Qué? ¿Por qué? —le pregunto, avergonzado por haberle preguntado algo que la haya hecho responder eso.

—Porque sí. Me creía diferente, excepcional. Todo el mundo me conocía como Beatrice, la hija de Rangi con el nombre de mujer rica y blanca que se creía demasiado guay como para destripar pescado o dedicarse al campo; era la chica que había abandonado la isla para irse a estudiar a una universidad de la gran ciudad y que no iba a volver a ayudar a todo el mundo solo porque quería aprender. Y entonces me quedé preñada antes de cumplir los veintiuno siquiera. Era justo lo que la gente esperaba de mí. Me avergonzaba haberme creído distinta. Ni siquiera sé cómo pasó; acababa de volver de un viaje y... me vine un poco abajo.

—¿Y qué te hizo seguir adelante? Si puedo preguntarlo, claro.

—Las dos alternativas me aterraban. Sabía que abortar era complicado; no quería tener que convencer a dos médicos de que no iba a ser una buena madre. Si lo hacía, acabaría creyéndomelo. Tu padre, me dijo que, tanto si decidía tenerlo como si no, él haría todo lo posible para asegurarse de que tuviéramos una buena vida, y parecía tan sincero cuando me lo dijo que le creí. Y creo que antes de aquel instante no me fiaba de nadie. Linsh veía las cosas de otro modo. En su país, lo normal era que la gente se casara y comenzara a tener hijos a nuestra edad. Allí no te convertías en un dato de una estadística. A mí me daba miedo que me quitaran al bebé por mi raza, pero a él no. Jamás le he dicho que me sentí así. Entonces le concedieron una buena subvención, invirtió y compró la casa. Se levantaba todas las noches para cuidar de Casper y se encargó de todo para que yo me sacara el grado, pero, aun así, le tenía envidia a la gente que conocía en la uni porque siempre salían de fiesta, viajaban al extranjero y esas cosas. Como estaba celosa, me sentía mala madre. Luego tú te pusiste enfermo, y sentí que era culpa mía, que era incapaz de mantenerte con vida…

La camarera nos deja la comida sobre la mesa y entablamos una breve y agradable conversación inesperada sobre ella. Entonces me giro hacia mi madre y le digo:

—Mamá, nada de lo que me ha ocurrido es culpa tuya…

—Ya no me siento así, pero me costó. Y fue muy duro ver que tu hermano pasaba por algo parecido con lo de Tang. Fue como verme a mí misma en él: la preocupación constante de que no lo estaba haciendo bien, la culpa añadida de que no conocía a su propio hijo a pesar de que no era culpa suya que no le hubieran dejado verlo hasta entonces. Me alegro de que tú tengas más opciones. —Se adueña del tenedor y lo clava en un trozo de pastrami—. Luego no pude demostrarle a mi padre que había logrado salir adelante porque, para entonces, ya había muerto. Valdin, no quiero que te sientas culpable porque crees que tienes una vida más privilegiada que la que tuve yo. Has tenido que aguantar muchas cosas. Tengo suerte de tenerte con vida.

Asiento, pero soy incapaz de decir nada. Pincho un patata frita y separo el queso estirado con el tenedor.

—¿Se ha enfadado mucho Greta? —le pregunto.

Mi madre se termina el agua.

—No está enfadada. Solo está triste de que no la dejes formar parte de tu vida. Se lo ha tomado como si hubieras redactado una lista de quiénes son las personas más importantes para ti y la hubieras puesto tan abajo que ni te has dignado a decirle en qué continente estabas. Tampoco ayudó mucho que Casper le metiera en la cabeza la idea de que no la respetas. A mí me pareció muy hipócrita por su parte. Greta lo superará, igual que cuando te fuiste durante las vacaciones de verano al campamento de robótica y no la llevaste a ver *Casino Royale*.

Le sirvo otro vaso.

—Solo fui porque uno de mi clase que estaba buenísimo me dijo que iba a ir. Los robots me daban igual.

—Lo sé. Y Greta solo quería ver la peli porque le pareció que la actriz principal estaba muy buena. Las hazañas de James Bond no le interesaban, ni le interesan.

¿Cuántas cosas más no habremos logrado ocultarle a nuestra madre a lo largo de nuestra vida?

—¿Crees que sería buen padre? —le pregunto.

Ella asiente y responde:

—Sí.

MIRADA

G

Hoy no está siendo un buen día en la universidad, ni, ya puestos, en la vida de Greta, así en general, pienso mientras me sirvo otro vaso de plástico de un ponche misterioso que han preparado en un cuenco enorme en la sala común del personal. A los de rango inferior nos han dejado entrar porque han organizado una charla y han invitado a todo el mundo. Ni uno solo de mis alumnos se ha leído los textos que tenían que leerse para hoy, ni siquiera el friki con el acento inglés impostado que fue a un colegio internacional de Singapur. El debate ha sido terrible porque todo el mundo ha basado su razonamiento en mis resúmenes, y yo tampoco tenía muy claro de qué estaba hablando cuando los redacté. Me importan una mierda *Las alegres comadres de Windsor.* Corren rumores de que van a volver a reestructurar el departamento y no creo que, de entre toda la gente que hay, vayan a escogerme a mí para que imparta las clases de verano. El único trabajo que anunciaban hoy en Student Job Search era el de vendedor de fuegos artificiales, pero te pedían que tenías que tener tu propio «territorio». Me sirvo el ponche con exageración y se me cae sobre la encimera.

—Buenooo, relaja un poco —me dice un chico a quien no conozco y que lleva unos zapatos relucientes de cuero calado y una camisa con estampado de cachemira mientras toma una rodaja de naranja.

Lo fulmino con la mirada, me bebo la mitad del ponche y me relleno el vaso.

Me voy con Rashmika, que, por algún extraño motivo que no comprendo, se lo está pasando bien. Se está riendo con un chico que lleva una sudadera de Oxford y unos chinos de color borgoña, y una chica que lleva una falda con un estampado abstracto y una chaqueta de ante negra. Están hablando de un programa que no he visto. Me uno a ellos sin involucrarme en la conversación y me miro la ropa que me puse ayer por la tarde. Después de almorzar decidí salir porque no quería estar sola. Dormí en casa de Rashmika, en el suelo, porque no quería estar sola. Solo quiero ver a Ell, pero me avergüenzo del estado en el que me hallo: estoy muy sensiblona y no muy limpia. Le dije que podía venirse a esta charla sobre la diversidad en la literatura del siglo diecinueve si terminaba con sus plantas, pero no le llegan mis mensajes; la burbujita del Messenger no se está llenando. Vuelvo a comprobar el teléfono, pero nada.

—Rash, ese tipo acaba de decirme que me relaje un poco, ¿te lo puedes creer? —le digo.

Ella se encoge de hombros y me responde:

—Si te soy sincera, creo que te vendría bien.

Comienza la charla y todos tomamos asiento en sillas de metal con acolchado rojo y naranja, de esas que se ven en las universidades y en todas las salas de espera de la nación. No puedo sentarme con Rashmika y los fans graciosos del programa de la tele, así que me toca sentarme al fondo, sola. Me da igual porque en general me rayo por si la gente no ve por mi culpa.

Los participantes de la charla son la clase de personas que podrías esperarte en un encuentro como este: personas que pueden sentarse en fila con gesto despreocupado porque son conscientes de que estamos pendientes de ellas. Un hombre seguro de sí mismo con gafas, que debe de tener unos treinta años y que, cuando le preguntan si ha leído un libro en concreto, responde que lo tiene pendiente, como si tuviera una torre de libros sobre los que la gente habla en casa. Una chica con un bob afilado y ondulado, que lleva una falda de seda con estampado de flores, y que habla como alguien de Radio New Zealand, con unas consonantes fuertes que marcan cada una de sus palabras. Una profesora estadounidense que ronda los cuarenta, con el pelo rojo de punta y un chal morado que lleva firmemente enrollado al cuello. No me he enterado de cómo se llama esta gente, pero doy por hecho que serán nombres tipo: Patrick Bushell, Emma Kennedy-Staines y Anna Rosenfeld. El moderador es un profesor de la carrera que me puso un notable alto en un examen pese a que no había ido a sus clases ni me había leído la bibliografía. En esta charla sobre diversidad, todo el mundo es blanco. Noto la rabia bullendo en mi interior.

La puerta se abre y veo que entra Holly, que llega tarde y le da igual, sosteniendo la cinta de su llave para que no tintinee. Y entonces va y se sienta a mi lado. Tengo que cruzar las piernas hacia el otro lado para no rozarla con el pie. De repente, hago como que me interesa muchísimo saber cómo los hombres describían a las mujeres en la década de los sesenta del siglo diecinueve. El tema me fascina; me embelesa. No tengo ni idea de quién se ha sentado a mi lado ni de cómo me siento al respecto. Apunto los pies en esta dirección concreta porque es la postura ideal para absorber toda la información pertinente, no porque esté sentada al lado de una mujer que sé que, en su día, tuvo hongos en los pies.

Sé que Holly me está mirando. Pienso en aquella foto de Barbara Krueger, la de «Your gaze hits the side of my face». Me mira como si nos uniera un vínculo especial. *Date la vuelta, por favor*, pienso. No he hablado con ella desde que intentó comprarme aquel zumo, pero no deja de escribirme para que le cubra las clases. Una vez me lo pidió porque se iba a esquiar. No he ido a esquiar en mi vida. Aunque ahora mis padres pertenecen a la clase media, lo de irte a esquiar ni se te pasa por la cabeza cuando te has criado en una familia pobre. Una vez mi madre me dijo que esquiar era lo mismo que deslizarse por las dunas de arena de Te Paki sobre el cartel de una inmobiliaria, solo que hace frío, está todo mojado y es muy caro. Y mi padre siempre decía: «¿Por qué vas a pagar por patinar sobre hielo en Paradice cuando puedes hacerlo gratis en un estanque?», a pesar de que, seguramente, el estanque helado que tengamos más cerca de casa esté en Japón. Quizá, si hubieran invertido más tiempo participando en actividades que se llevan a cabo sobre hielo, mi madre no habría acabado riéndose con tono coqueto por los comentarios de un hombre de negocios español.

La charla sigue su curso y salen temas como las artes decorativas como forma artística, la redacción de cartas y los objetos robados del Museo Británico. Por más que intente centrarme en la charla, lo único en lo que pienso es en que me encantaría que Holly estuviera en cualquier otra parte menos a mi lado. ¿Cuánto le habrán pagado a la gente que da la charla? ¿Cómo voy a comprarme chales y faldas de seda si no me dan horas? No me dan ni un dólar de ayuda a los estudiantes, y dependo de que la universidad valore a sus profesores (y no me parece que lo haga) y de que V me financie el alquiler con su dinero de hombre. Pero a saber si regresa o si vuelve a pagar algo en alguna ocasión. Puede que me mande una postal en la que ponga: «Hola, Gre, adoro estar tan cerca del ecuador, no voy a volver jamás, besos». Pero ¿qué va a escribir «besos»? Seguramente me pondría algo tipo: «Tu hermano de armas, Valdin V Vladisavljevic». Que le jodan. Que le jodan al capitalismo. Que le jodan a los que me dicen que me relaje un poco. Que le jodan a Holly.

Cuando concluye la charla, aplaudo, educada, junto al resto de asistentes, toda esa gente guapa, normal y limpia que no lleva la misma ropa de anoche y que no ha dormido en el suelo. Recojo el bolso y paso por encima de la gente de mi derecha para no tener que pedirle a Holly que se aparte ni reconocer su existencia siquiera. Salgo de la sala a toda prisa, e imagino que tendré que decirle a Rashmika que tenía que irme corriendo. Acelero por el pasillo y solo me detengo frente a la fotocopiadora porque acabo de acordarme de que me he dejado un libro encima y que todo el mundo va a saber que es mío porque está en ruso y soy la única persona que se dedica a estudiar ese tema.

—¿Qué te pasa? —me pregunta Holly, que me sigue hacia la sala de la fotocopiadora y cierra la puerta tras de sí.

—He venido a por mi libro —le digo, guardándomelo en el bolso, sin mirarla.

—¿Estás enfadada conmigo?

—No. Estoy bien.

Holly niega con la cabeza y se apoya en la puerta.

—No es verdad. Te conozco.

Mira, chata, no tienes ni puta idea de nada sobre mí, pienso, pero me muerdo la lengua porque no quiero parecer una granjera en una peli de domingo por la tarde sobre la herencia de una propiedad.

—Mira, Greta —me dice con tono de cansancio, como si llevara horas intentando que entrara en razón y no acabara de meterse conmigo en el cuarto de la fotocopiadora—. No puedo más con esto.

Me doy la vuelta y la miro a los ojos por primera vez. Lleva un modelito muy típico en ella: unos pantalones marrones rojizos, una sobrecamisa verde bosque y una camiseta azul marino. Se ha rapado los laterales de la cabeza y se ha hecho la raya en medio como si fuera un pescador sueco.

—¿Con qué no puedes más?

—Con que juegues así conmigo. No nos hace bien a ninguna.

Todos los glóbulos rojos de mi cuerpo se me van a la cara y siento que, ahora mismo, podría estallar.

—Pero ¿qué coño dices? —le pregunto, y quiero poner cara de que me da igual esta conversación y de que tengo una vida plena y ajetreada, pero es que estoy enfadadísima.

—Que no puedo más con que me hagas caso y luego pases de mí, que aparezcas por los mismos eventos en los que sabes que voy a estar y que ya no quieras cubrirme las clases. No puedo más. Necesito que me digas qué es lo que sientes —me dice como si estuviera teniendo paciencia conmigo, como si fuera yo la que está flipada de la cabeza.

—Holly, ¡no te he hecho nada! ¡No quiero cubrirte las clases porque son tus clases, no las mías! ¡No te debo nada, y mucho menos que te explique cómo me siento cuando has sido tú la que me ha dado esperanzas y la que me ha obligado a hacer por ti un montón de mierdas a todas horas para luego soltarme que tienes novia y que ahora estás enfadada porque ya no quiero ayudarte!

Estoy enfadada conmigo misma por lo enfadada que estoy, por haber reaccionado de una forma tan brusca con ella y porque soy tonta y noto lágrimas surcándome las mejillas. Holly niega la cabeza con serenidad y deja escapar un lento suspiro.

—Greta, si quieres salir conmigo, dímelo y ya.

Estoy tan enfadada que me doy un golpe en el codo con la fotocopiadora y hago como si no me hubiera dolido.

—No quiero salir contigo. Pero si tengo novia, joder.

Holly suelta una risa burlona y responde:

—Venga ya.

Estoy flipando.

—¿«Venga ya»? ¿Qué clase de respuesta es esa, joder?

—Deja de negar que hay algo entre nosotras —me dice, y se cruza de brazos y se planta frente a la puerta—. Deja de negarlo.

—No hay nada entre nosotras. Nada de nada. No soy la persona patética que crees que soy. He pasado página.

La rodeo y abro la puerta para salir al pasillo, un lugar seguro, donde no hay peleas, pero Holly no me deja en paz, me sigue y me agarra de la muñeca.

—Greta...

—¡Ya no quiero salir contigo! —le grito, avergonzada y con lágrimas en los ojos, y mis palabras resuenan en el pasillo vacío.

Solo que no está vacío.

—¿Qué estás haciendo? —me pregunta Ell.

Lleva puesta su chaqueta de pana color burdeos, el bolso que lleva al hombro y una lata de un limpiador de hornos caro que quería probar en la mano. Y entonces hago una cosa tontísima: lucho por desasirme de Holly y corro en dirección contraria.

Bajo las escaleras, cruzo las puertas automáticas, atravieso el paso inferior y paso junto a la placa dedicatoria del Fantasma de Vaile, la estatua del guardia de seguridad de Michael Parekōwhai, la biblioteca, paso bajo un árbol que huele a marihuana, atravieso la entrada embarrada de Albert Park, junto a la fuente en la que la gente quiere hacerse las fotos de la graduación a pesar de que no pueden porque el día de la graduación nunca hace buen tiempo, junto a los narcisos y los tulipanes que acaban de florecer, bajo los magnolios, por encima de las raíces inmensas y anudadas de los árboles, junto a la escultura que no es más que una «D» blanca gigantesca, desciendo por los escalones resbaladizos que hay junto a la galería de arte, por la escalera que hay junto al mural de las sufragistas, paso al lado de la zapatería en la que la gente se sienta en sillas y acampa toda la noche para comprarse una Yeezys, junto a la fuente en la que siempre hay adolescentes, entro en mi edificio, subo las escaleras, recorro el pasillo y entro por la puerta, y entonces dejo caer la mochila en el suelo y rompo a llorar en alto porque ahora vivo sola y nadie me oye ni me ve, pero entonces veo un ramo enorme de lirios blancos sobre la mesa y una bolsa entera de limas, y cierro los ojos porque estoy llorando demasiado y siento los brazos de V a mi alrededor, y huelo esa estúpida colonia cara que le gusta y pego la cara contra su estúpido y suave jersey de lana y desaparezco.

ROIMATA

V

Tengo que meter a Greta en la cama. No puede dejar de llorar ni contarme si le pasa o si ha pasado algo. Tan solo responde con llantos. Me recuerda a Hine Hukatere, que formó el glaciar Fox con sus lágrimas porque su novio escalaba de pena y se murió en una avalancha. No creo que Ell haya muerto en una avalancha; durante el mes de septiembre, en Auckland no bajamos de los catorce grados. En esta ciudad es mucho más normal morirse por que te ha atropellado un autobús porque el conductor le estaba gritando a un ciclista.

Abrazo a Greta durante mucho tiempo y luego me la llevo al baño, abro el grifo de la ducha y le traigo el camisón, una toalla limpia y el exfoliante corporal de Aesop con olor a geranio que me costó setenta y un dólares y que guardo bajo la cama para que nadie lo use sin querer. Greta no deja de llorar, pero se deshace el moño y se quita los zapatos, así que le cierro la puerta del baño y le hago la cama como le gusta a ella, con las sábanas bien estiradas. Doy vueltas por el salón; aún estoy acostumbrándome a estar solo de nuevo. Ya no puedo contarle a Xabi mis problemas. Me pregunto si él sentirá lo mismo. Deberíamos pulir el suelo de cemento; seguro que existe una máquina para eso.

Greta emerge del baño con la bata firmemente anudada y resollando, así que le levanto las sábanas para que se meta en la cama. No me suelta el brazo, así que me siento encima del edredón de lino azul pálido, a su lado. Cruzo los tobillos y miro las paredes de su cuarto, que son del color de la espuma marina. En el suelo está la alfombra de piel de oveja que tiene desde que nació. Pienso en cómo era todo antes de que naciera, o al menos en lo que recuerdo, cuando solo estábamos Casper, mis padres y yo, y fuimos al parque de atracciones Rainbow's End y me eché a llorar porque la rana me dijo: «¡Vete!» porque no podía subirme a la atracción de los troncos. Recuerdo cuando fuimos a Marineland y vi a un delfín saltar a través de un aro. Imagino que eso ya no lo permitirán; no parece algo muy normal, pero, al recordar cosas que a día de hoy no se verían con buenos ojos, me siento como si hubiera vivido mucho.

Qué extraño se me hace que hubiera un tiempo previo a mi existencia. Casper fue a la isla Gran Barrera, pero no recuerda nada. Greta y yo no hemos ido jamás. A veces la gente se acuerda de que mi madre es de allí y me piden recomendaciones cuando viajan para una boda, como si pudiera decirles un bar de tapas o una microcervecería. No sé nada de allí. Creo que hay una tienda porque mi madre a veces menciona «la tienda», así que imagino que solo hay una. Tampoco hay instituto; mi madre estudió por correo porque, a diferencia de los demás, su familia no conocía a nadie en Whangarei con quien pudiera quedarse. Iba a alojarse con una tía abuela, pero su padre se peleó con ella y no la dejó irse. El lema original del colegio por correspondencia era: «Para los niños más aislados». Una vez mi madre me contó que se leía cualquier libro que le prestaran en la isla. Pienso en el libro que se estaba leyendo Ernesto, *Herejes de Dune*, el quinto libro de la saga, y en que lo encontró fuera de un supermercado. No se había leído los cuatro libros anteriores.

—¿Quieres que veamos algo? ¿*Queridísima mamá*? —le pregunto a Greta.

Ella niega con la cabeza y me dice:

—No va a volver nunca —me dice, y se apoya en mí y cierra los ojos mientras una lágrima le cae por la mejilla.

—Oye, la gente vuelve —le digo, y espero que Ell no se haya muerto en una avalancha—. ¿Quieres que hablemos del tema?

Greta vuelve a negar con la cabeza y mantiene los ojos cerrados. La miro durante un rato y, al final, como ya no sé qué hacer, me saco el teléfono y repaso mi lista de vocabulario español. Greta acaba durmiéndose, y se agarra tan fuerte a mi brazo que no puedo moverme. Decido descargarme el e-book del libro que tengo en físico en el cuarto: *Small Holes in the Silence*. Oigo el silencio. Noto algo en el bolsillo, pero no recuerdo haberme guardado nada en él. Meto la mano y saco una pelota de goma pintada con los colores de Neptuno.

FUGITIVAS

G

Me despierto porque tengo demasiado calor. Llevo puesto el camisón bajo el edredón y la luz del sol se cuela por los bordes de la persiana. No quiero abrir los ojos porque me los noto hinchados y espantosos; seguro que parezco una rana arbórea o un tarsero. No voy a por el teléfono para mirar la hora porque anoche lo dejé en una pila de ropa sucia en el baño. Recuerdo todo lo que ocurrió: que V casi tuvo que bañarme, como si fuera una mujer en un culebrón cuyo marido acaba de fallecer en un terrible accidente de coche; que Holly me agarró de la muñeca; la cara que puso Ell al vernos. Debe de pensarse que soy una adúltera taimada, pero no lo soy; solo lo es mi madre. Resulta que Holly es una persona horrible y manipuladora. Me dejé engañar porque, a fin de cuentas, sí que soy la guapa tonta. Estoy en la lista de los diez más tontos de Auckland, justo detrás del hombre que se presenta a alcalde cada vez que hay elecciones y promete acabar con el aborto cuando los alcaldes no tienen voz ni voto en esos temas.

Estoy tristísima. He decepcionado a todo el mundo, pero sobre todo a mí misma. ¿Por qué salí corriendo? ¿Por qué? ¿Por qué me aferré al brazo de V y no lo solté, como cuando tenía cinco años y vino a mi clase para recoger la lista de alumnos ausentes y pensé que, a partir de ese momento, sería mejor que se quedara en infantil conmigo?

Extiendo la mano para adueñarme de mi kea de peluche para abrazarlo y llorar más, pero me topo con algo mucho más grande que un loro alpino, algo cuyo tamaño se parece más a un heracles, el loro gigante de la Isla Sur que se extinguió.

—Hola —me saluda Ell.

Abro los ojos tanto como puedo y me encuentro a Ell, que en algún momento debe de haber reemplazado a V. Está sentada a mi lado, sobre el edredón, con los tobillos cruzados, y está leyendo un libro.

—¿Qué lees? —le pregunto, redirigiendo la conversación para que no rompa conmigo.

—Ah —responde, y mira la cubierta del libro—. Me lo ha dado V cuando nos hemos cambiado. Son relatos; uno se llama «Mujer muñeca» y me ha recordado un poco a ti mientras dormías. —Me acaricia el pelo, y estoy segura de que es la última vez que lo hará—. ¿Estás bien? —me pregunta.

Puede que quiera evaluar mi estado mental antes de empezar con el procedimiento de la ruptura.

—No sé —respondo con un sollozo.

—Mira, Greta —me dice. No es la frase que quiero oír—. Tengo que decirte una cosa antes de que te enteres por otro. Imagino que has debido de tirar el teléfono por la ventana porque he visto que no has recibido ninguno de mis mensajes.

Nunca he tirado el móvil por la ventana. Lo de tirar cosas por la ventana es más típico de V.

Ell no deja de acariciarme el pelo y hace eso que me encanta de colocarme los dedos bajo la barbilla.

—He pegado a esa chica —me dice.

—¿Qué?

Traga saliva y parece triste.

—Eso, que me puse a discutir con la chica que te agarraba y le di un porrazo en la cabeza con el limpiahornos.

Se me abren los ojos de par en par.

—¿Le has pegado a Holly con un espray para limpiar hornos y barbacoas de la marca Glitz?

—No sé qué me ha dado. No me gustaba cómo te ha tocado, y me ha dicho que no me querías, que jamás podría entenderte, y entonces me he enfadado y le he pegado. Lo siento mucho; sé que la violencia no resuelve nada.

—¿Te ha visto alguien?

—Sí, Rashmika. Había venido para ayudarme a buscarte.

—¿Y qué pasó luego?

—Rashmika me agarró del brazo y echamos a correr para escondernos por si los de seguridad del campus venían a arrestarnos por agredir a alguien. Nos hemos escondido en la sala Tuākana de arte, pero luego nos ha parecido un escondite muy obvio y nos hemos ido a mi facultad. Allí nos hemos encontrado con tu padre, Rashmika le ha dicho que necesitábamos un lugar en el que escondernos y nos ha metido en su despacho, pero ya había un estudiante ahí dentro que quería pedirle que fuera su supervisor para el año que viene, y estaban en mitad de la entrevista, así que tu padre le ha dicho que no hiciera ni caso a las fugitivas.

—¿Le has contado lo que ha pasado?

—No —responde, y aún me gusta su acento, porque alarga la «O», no como nosotros, que la acortamos—. Me preguntó si estabas bien y si podía hacer algo, y Rashmika le ha dicho que estabas muy… jodida. Creo que es eso lo que ha dicho. Tu padre ha contestado que esperaba que estuvieras mejor cuando vieras a V.

—¿Y luego qué?

—Pues… —Hace una pausa—. Luego nos hemos ido a comernos un kebab.

—¿Rashmika y tú os habéis ido a comeros un kebab con mi padre?

—Sí… Lo siento. He intentado llamarte. Rashmika me ha dicho que estarías bien y que no podíamos negarnos si nos invitaban a comer kebab de pollo. Pero yo estaba preocupadísima. No dejaba de darle vueltas a que te ibas a enfadar cuando descubrieras que soy una matona torpe y zafia que va por ahí enarbolando un arma, lista para atacar, así que vine aquí para contártelo y vi que V estaba sentado a tu lado, leyendo un libro en el teléfono, y nos intercambiamos los puestos.

—Creía que habías venido para romper conmigo.

—¿Por qué iba a romper contigo? —me pregunta, mirándome con el ceño fruncido e iluminada desde atrás con la luz que se cuela por la persiana. Aún lleva una de sus camisas de satén y los pantalones oscuros anchos de ayer—. Le he pegado a una chica en la cabeza con un puto limpiahornos y, durante un rato, me he convertido en una fugitiva de la justicia porque te quiero muchísimo. Lo único que quiero es estar contigo. Si tú quieres aún, claro.

—Pues claro que quiero. Odio a Holly. —Al decirlo, me doy cuenta de que es verdad. Ha pasado mucho tiempo desde aquella noche en que fui con Matthew al McDonald's, cuando me percaté de que, al fin y al cabo, Holly no era tan estupenda como creía. Solo quería estar enamorada de alguien. Ahora Ell me quiere. Y estoy bastante segura de que V también me quiere aunque no le haya preguntado nada sobre su viaje y me haya puesto a llorar a gritos ante sus narices—. Soy yo la que tendría que haberle dado en la cabeza hace tiempo. Te dije que quería que fueras más escocesa.

—Ay, no quiero convertirme en ese estereotipo. Me preocupo, Gre. A veces me siento como un monstruito cubierto de migas de pastel mientras tú das vueltas por ahí, tan guapa y divertida y hablando cinco idiomas con tus amigos modernos. Soy consciente de que me pongo ropa de ejecutiva de una discográfica de los ochenta y de que no sé usar el iluminador.

—A mí me gusta tu iluminador. Pareces la te marama.

—¿Quién es esa? ¿Una de tus amigas?

—No, la luna.

Intento besarla, pero Ell me contiene apoyándome un dedo en la barbilla.

—Greta, la próxima vez que sientas que la vida se te ha ido a pique, quiero que me lo digas. Sé que no has estado comiendo bien y que te quedas despierta hasta muy tarde. Sé que estás enfadada con tu hermano y que no tienes estabilidad laboral, pero me he enterado de todo esto porque me lo han contado otros. Deberías ser tú la que me contara las cosas antes de que me meta en un altercado con una versión joven de Hannah Gadsby en el cuarto de la fotocopiadora.

Trago saliva con dificultad y asiento. Me muero de ganas de contárselo todo.

AGUJEROS

V

Qué gusto volver a estar en casa, comer comida fresca, y que, aun cuando mascullo, todo el mundo me entienda. El trabajo lo disfruto menos, pero lo hago. Hoy tengo que ir a casa de Casper y mostrarme arrepentido porque es lo que me ha recomendado mi madre. Según ella, no se lo merece, pero cree que así las cosas serán más fáciles para todos. Me siento como si estuviera otra vez en *Real Housewives*, o en ese otro programa que es como *Real Housewives* pero con agentes inmobiliarios. Voy andando a casa de Casper porque no me apetece ir; hace un día de primavera muy bonito y me gusta ver las flores que brotan junto al camino.

Me suena el teléfono. Últimamente me llaman mucho. Muchas son llamadas del trabajo, y otras son menos profesionales, con Xabi, porque hablamos de cómo le va a Ernesto en el colegio y, cuando nos estamos poniendo demasiado tristes, le digo que me cuente todas las veces que ha creído que yo estaba siendo especialmente caballeroso. Sin embargo, ahora me está llamando otra persona.

—Ey, V, soy Cosmo Alonso.

Lo sé porque me está llamando por FaceTime y lo veo. Está en una cabaña de madera, tiene el pelo rubio oscuro recogido en un moñito y lleva puestas las gafas. Él me ve a mí cruzando el puente Grafton con mi jersey de punto trenzado azul marino. No llevo abrigo porque ya lo he guardado a buen recaudo hasta el año que viene; a menos que tenga que irme a alguna parte en la que las estaciones sean distintas.

—Hola, Cosmo. Soy Valdin Vladisavljevic.

—¿Cómo estás? —me pregunta.

Lleva una camisa con estampado de flores abierta y una camiseta de tirantes gris. Parece un poco acalorado.

—Bien, bien. Estoy yendo a casa de Casper. Oye, Cosmo.

—¿Dime?

—¿Dónde coño estás? ¿Por qué estás en una cabaña de madera de batik?

Se aparta el pelo de la cara y responde:

—En Labuan Bajo.

—¿Por?

—Ah, París me estaba dando muchos quebraderos de cabeza.

—Ya —respondo.

A Cosmo cuesta sacarle las respuestas. No es como el resto de nosotros, que nos dedicamos a mostrar nuestros sentimientos en público.

—¿Has visto a mi padre? —me pregunta.

—No. Hace solo unas semanas que volví a Nueva Zelanda.

—¿Dónde estabas?

—Con Xab.

—Ya.

—¿Cuánto hace que estás en Indonesia? —le pregunto—. ¿Viste a tu padre?

—Ah, pues no sé cuánto llevo aquí; puede que tres meses. Antes estaba viajando. Pero mi padre no ha estado nunca en Indonesia. Se planteó abrir una sede en Surabaya, pero no le gustaba lo que estaba pasando a nivel político, puso fin al acuerdo y no volvió jamás. ¿Sabes si...? —Hace una pausa y mira algo a lo lejos. Puede que sea un dragón de komodo—. ¿Sabes si le pasa algo?

—¿Por qué lo preguntas?

Estoy segurísimo de que Thony me dijo que Gep fue a Yakarta a principios de año... ¿Cuál de los dos se está equivocando?

—No parece muy bien —responde Cosmo—. Él me dice que sí lo está, pero creo que está muy estresado. No deja de repetirme que me quiere mucho y que lo único que quiere es saber por dónde ando, pero yo creo que le pasa algo. Intenté hablar con mamá de ello, pero me soltó unas cuantas racistadas sobre los españoles y luego me contó lo maravilloso que es estar soltera porque no tienes que preocuparte por dónde tienes que esparcir las cenizas de tu pareja.

—Sí, suena a algo que diría tu madre. ¿Y por qué no le dices a tu padre dónde estás?

—No sé. Porque no quiero que me compre un billete de vuelta. Ahora mismo, es lo que menos falta me hace.

Cosmo acaricia a un perro indonesio. A mí me asustaría hacerlo por las posibles enfermedades que podría transmitirme.

—¿Piensas volver?

—Sí.

Dejo escapar un suspiro.

—Sé que a Gep le pasa algo, pero no sé qué. Vlad lo sabe, y va a venir pronto. Lo averiguaré. Mándame una foto de un dragón de komodo en cuanto puedas, porfa.

Freya me abre la puerta en cuanto llego a la casa. Se cruza de brazos y, cuando me sonríe, le desaparecen los ojos.

—¡No me han dicho que ibas a venir a casa!

—A mí tampoco me han dicho que ibas a estar en casa —le respondo.

Ella se ríe y contesta:

—Pero ¡yo vivo aquí!

—Ah, ¿sí? No tenía ni idea.

—¡Papá! ¡Ha venido el tío V y está siendo muy gracioso! —grita hacia el interior de la casa.

Ojalá todo el mundo se conformara con tan poco en lo que a humor se refiere; así la gente pararía de dejarme comentarios en Facebook en los que preguntan cuándo habrá cómicos de verdad en Nueva Zelanda.

—Estoy en la cocina —responde mi hermano.

Sigo a Freya por el pasillo. La casa parece más espaciosa de lo que recordaba; no tanto como suelen serlo las casas, pero imagino que debe de ser agradable tener tanto espacio. Para mí, mi apartamento es el sitio en el que estar cuando no estoy en ninguna otra parte.

Casper ha preparado el almuerzo. No sabía que me iba a ofrecer comida.

—¿Qué es todo esto? —le pregunto.

Freya señala con gesto muy serio un plato de cerámica enorme de algo que parece berenjena al horno y me dice:

—Es Auflauf.

—Sentaos —me dice Casper, con una sonrisa a medias. Quizá me guarde aún cierto rencor—. Los demás no están.

—¿Dónde está Tang? —le pregunto, y me siento enfrente de él, con Freya al lado.

—Se ha llevado a sus amigos a dar una vuelta en coche ilegal. Van a tiendas de segunda mano y esas cosas que se hacen durante las vacaciones escolares. Freya, si te sientas tan lejos, no llego para servirte.

Freya tiene sujeta la cuchara de servir con muy poca gracia y se la quito para ponerle berenjena, la mozzarella y el ajvar en el plato. Luego también le sirvo un poco de ensalada para que Casper vea que soy responsable.

—He hablado con Cosmo mientras venía hacia aquí —comento.

—¿Está desaparecido? —me pregunta Casper—. Thony me dijo que había desaparecido, pero parecía bastante tranquilo. Hace un par de semanas fuimos a un mercadillo ruso. Compré allí el ajvar.

—El ajvar es serbio, ¿no?

—No me suena que haya ningún mercadillo serbio. Venden donde pueden.

—Cosmo está medio desaparecido —le digo, untando mantequilla en una rebanada de pan—. Lleva varios meses en Indonesia porque le pasó algo en París, pero no me contó el qué. Solo quería preguntarme si había visto a Gep porque le parece que le pasa algo.

Casper sacude la cabeza.

—Pues claro… Él desaparece en la jungla de Sumatra y al que le pasa algo es a Gep.

Mientras comemos, observo la nevera, que está repleta de horarios, certificados e imanes con forma de letras. En mi nevera no hay nada de nada. ¿Cómo acabas comprándote un frutero como Dios manda en vez de usar un cuenco normal o una tarrina de helado en la que has echado la fruta porque estabas harto de que saliera rodando por la mesa y se cayera al suelo? Xabi se hizo el suyo.

—¿Has oído hablar de Costa Dorada? —me pregunta Freya—. Es un sitio muy guay y divertido. No hay mejor lugar en el mundo que Surfers Paradise.

—No sabía que habías estado —le digo, y empujo su tenedor hacia el centro de la mesa antes de que lo tire al suelo.

—Aún no.

—Pues está muy bien que seas tan optimista. ¿Qué vas a hacer en vacaciones?

—Hacerme detective —responde con la boca llena.

—Creía que nos íbamos a Te Hāwere-a-Maki con el abuelo Linsh —dice Casper—. Iba a enseñarte a hacer esnórquel.

—Solo si llueve.

Casper se recuesta en la silla y le sonríe a Freya, que tiene el flequillo torcido y una tirita en mitad de la frente.

—Pero en Costa Dorada, no lloverá, ¿no?

En el porche, tras el almuerzo, Casper se apoya en la barandilla y observa a Freya mientras ella cava con una pala en busca de gusanos. Yo estoy a su lado, bebiéndome Coca-Cola de una taza. A Freya no le deja beber. De todos modos, se cree que en todas las tazas hay café, y le parece un asco. A veces los niños saben cosas que los adultos no.

—¿Cómo está Tang? —le pregunto.

—Creo que un poco mejor —responde Casper. Lleva unos vaqueros viejos y un jersey de pescador. No sé de dónde saca toda esta ropa de padre guay; si existirá una tienda especial o si la comprará por catálogo—. Me cuesta saberlo porque disimula muy bien, lo cual me aterra. De pequeño le tenía miedo a un montón de cosas, pero yo no me enteraba hasta que lloraba o hasta que literalmente me decía: «Tengo mucho miedo». Está yendo a un terapeuta, y dice que le viene bien. No sé qué más hacer aparte de estar ahí para él.

—Está muy bien que esté dispuesto a hablar de lo que le pasa. Me... me sentí fatal cuando me dijo que había intentado hablar conmigo y ni me enteré.

—Por eso siempre tienes que tener a más de una persona que esté ahí para ti.

—¿Y cómo llevas todo el rollo queer?

Casper se da la vuelta, se apoya en la barandilla y se pasa la mano por el pelo. Le presto mucha atención a su pelo porque lo considero una predicción del mío, y me alegra saber que parece que aún lo conserva.

—Pues no fue como yo me esperaba —me contesta—. Siempre había estado pensando en qué le diría si al final acababa pasando. Me imaginaba que él lloraría y yo le diría que lo aceptaba y que, aunque hay muchas cosas que no tengo claras de este mundo de locos, lo que sí tengo muy claro es que quiero a mi hijo. Luego pondría un póster anunciando una recaudación de fondos para Rainbow Youth en el trabajo. Sin embargo, tan solo me dijo que si me importaba dejar lo de ir a nadar por la tarde, para que le diera tiempo a hablar con su novio primero. Luego me dijo que los memes sobre la pansexualidad dan vergüenza ajena, y me enseñó unos cuantos y tenía razón: dan mucha vergüenza ajena.

—Soy consciente de que es maravilloso que ser gay ya no sea tan importante, al menos en algunos círculos, pero le quita todo el dramatismo, ¿no?

—Sí —responde con una sonrisa—, habría estado bien un poco de dramatismo.

—¿Por eso le dijiste que iba a suspender el examen de conducir?

—Ay, Dios, ¿te lo ha contado?

—Sí. ¿Por qué lo hiciste? ¿Por qué no le dijiste que conducía muy bien y que, si no se sacaba el carné, podía repetirlo sin problema?

—Porque a veces hago tonterías, V —me responde, entrecerrando los ojos—. En general creo que soy buen padre, pero, entonces, de repente, abro los ojos y me pregunto: «¿Por qué coño le he dicho a mi hijo que conduce de pena cuando, en realidad, no lo hace tan mal?». Una vez vi un programa que emitieron después de las noticias sobre unos adolescentes de Darwin que iban a hacer el examen, y muchos conducían fatal, pero sus padres no se lo decían. Les soltaban algo tipo: «Tú ve y hazlo lo mejor que puedas». Freya lleva una tirita porque su madre le rajó la frente cortándole el flequillo con las tijeras de la cocina en el fregadero porque no quería tener que ponerse a limpiar después. Son cosas que pasan; pero los queremos, y no dejamos que pasen hambre, así que va todo bien. Es lo que nos decimos.

Asiento. Se me forma un nudo en el pecho. Quiero lo mismo: una casa con una nevera en la que haya cosas pegadas, que me enseñen memes, que los australianos me dejen en ridículo en la tele, que mi padre le enseñe a Ernesto a hacer esnórquel. Ernesto no ha visto el mar en toda su vida.

Casper me mira y le da un trago a su taza de Coca-Cola, que tiene una imagen de Peppa Pig.

—¿Dónde has estado, V?

—Con Xabi.

—¿Y estás bien? ¿Qué os traéis entre manos?

Hago una pausa.

—Cas, ¿te puedo preguntar una cosa?

—Sí, claro.

Bajo la vista hacia el porche. La de anuncios que he visto a lo largo de mi vida en los que salían hombres barnizando un porche; jamás pensé que podrían apelarme.

—¿Cómo lo hizo tu Greta para adoptar a Tang?

—Ah. Llevábamos ya varios años juntos y Tang le dijo que no quería tener que explicar por qué su apellido era distinto al nuestro, y que los niños le decían que Greta no era su madre de verdad, que solo era la novia de su padre. Nosotros estábamos bien con la relación tal y como estaba, pero Greta me preguntó qué me parecía que nos casáramos y que adoptara a Tang. Me pareció buena idea a nivel legal, por si acaso a mí me pasaba algo. Pensamos que a Tang le vendría bien tener una familia más unida. Además, puedes cambiarte el nombre al mismo tiempo y no te cuesta nada. Aquello fue cuando Tang quiso cambiarse el nombre a Yellow Tang Lavrentivich Vladisavljevic, pero nos pareció que se estaba pasando un poco. En nuestro colegio había un niño que se llamaba Gandalf Merlín porque su madre le había dejado escoger su nuevo nombre. Pensé que lo de Tang solo era una fase, pero han pasado diez años y aún le gusta que su nombre sea el de un pez cirujano amarillo.

—Indiana Jones se puso el nombre por su perro y no le fue mal en la vida.

—Ahí tengo que darte la razón. —Ambos miramos a Freya, que intenta que no se le escapen los gusanos que ha cazado diciéndoles que no se vayan—. Lo del papeleo no fue difícil, pero a nivel emocional sí lo fue. Necesité el consentimiento de su madre biológica, y hacía mucho tiempo que no hablábamos. Hasta lo de la custodia tuvimos que hacerlo con abogados de por medio, y ella no vino al juzgado. La encontré en Facebook y le mandé un mensaje. Fue incomodísimo. Me dijo que le parecía bien, que le resultaba difícil ser la madre legal de un niño que no sentía como suyo.

—Tuvo que ser durísimo.

—Después tuvimos que concertar un par de reuniones con el Oranga Tamariki, para que se aseguraran de que sabíamos lo que estábamos haciendo y que Tang comprendía todo lo que ocurría. Él se lo tomó todo muy en serio y preguntó si tenía derecho a guardar silencio y si tenía que jurar con la mano en la Biblia. Tuvimos que rellenar un montón de formularios, pero luego ya fue oficial.

—Y, entonces, en teoría, ¿Greta podría pasarle la ciudadanía alemana?

Casper asiente.

—Sí. A nivel legal, su relación con Tang y con Freya es la misma; pero es horrible conseguir la ciudadanía alemana. Tienes que demostrar por qué le eres útil a la patria.

—Y, entonces, podríais iros los cuatro a vivir a Alemania.

—Sí, pero no queremos hacerlo. No quiero que los niños se críen lejos de la familia. —Tamborilea los dedos sobre la barandilla—. Me preocupa que, algún día, Tang me pregunte por su madre o quiera ponerse en contacto con ella. No sé si ella querría verlo, y no quiero que mi hijo tenga que pasar por algo así.

—Puede que nunca quiera. Papá jamás se puso en contacto con su madre.

Casper baja la vista hacia el suelo del porche.

—Pues no lo entiendo. ¿Cómo es posible no sentir que tienes un agujero inmenso en tu whakapapa y saber que, en alguna parte, hay respuestas?

—Yo no lo siento. Creo que a veces no sabemos ciertas cosas sobre nuestros orígenes y no pasa nada. Tenemos la familia que tenemos, y la aprovechamos al máximo. Yo quiero ir a Aotea, pero me daría cosa ir sin mamá, y sé que para ella sería difícil volver después de todo el tiempo que ha pasado.

Casper no deja de mirarme.

—Mamá tiene razón.

—¿En qué? ¿En lo de no querer volver?

—No, en que soy un hipócrita.

—Ay, Cas, a todos se nos escapan tonterías. No te lo dijo en serio. Fui un gilipollas por no decirle a nadie dónde estaba. Nuestra Greta se enfadó por mi culpa, y eso que ella ya tenía sus problemas.

—Jamás has hecho nada tan terrible como lo que hice yo.

No sé a qué se refiere con eso. Casper guarda silencio, y luego toma aire por la nariz y se lleva la mano al ojo. Miro a Freya, que ha vuelto al césped e intenta hacer una voltereta, pero no le sale. Meto la mano en el bolsillo y saco una vieja servilleta del Esquires, la aliso y se la paso.

—Me siento fatal por no haberte contado nunca que...

Pero no termina la frase. Se mira las manos, y yo me acerco para darle un abrazo.

—Da igual lo que pasó, Cas. No hace falta que me lo cuentes. A veces no hace falta que se lo cuentes todo a los demás, a veces tienes que confiar en la gente y ya. Y yo confío en ti.

—Pues no deberías.

—Pues lo hago.

Al anochecer, me siento en el alféizar de mi apartamento, con la espalda apoyada en el cristal frío, y le doy vueltas a la bola de Neptuno entre los dedos mientras escucho a la gente que pasa por la calle. Luego llamo a Xabi y le pregunto cuándo puede venir.

AGENDA

G

Pasada la medianoche, V me pregunta si podemos hablar, así que salgo al salón. Él toma asiento en una silla de mimbre y yo en el sofá, delante de él. Las cortinas están abiertas y las luces de los bares y los restaurantes de la calle se reflejan en la ventana. V va todo vestido de negro, como mi canción preferida de las Shangrilas, «Dressed in Black». Sin embargo, no creo que haya ningún padre por ahí suelto advirtiéndole a su hija que no salga con él. Mi hermano no es tan guay. Cruza las piernas, las descruza, apoya los codos en las rodillas y se sostiene la cabeza mientras me mira.

—Greta, siento mucho no haberte mantenido al tanto de lo que hacía durante todo este tiempo.

—Ah, no pasa nada. Estabas con tus movidas. Bueno, supongo, tampoco llegaste a contarme nada.

—Ya, no... A veces la gente me da mucha manga ancha sencillamente porque se alegra de que no esté muerto. —Sigue mirándome y se está poniendo bastante intenso; parece un buitre negro y enorme—. Xabi va a venir a verme el mes que viene. Estará aquí solo durante un par de semanas. Tiene que ir a un festival en Melbourne.

—Si todo esto es para preguntarme si tu novio puede quedarse a dormir, lo estás tratando todo con demasiada seriedad.

—Voy a pedirle que se case conmigo.

—¿Por qué? —le suelto.

—Ah —responde. Se yergue y cruza las manos sobre el regazo—. Lo hago a modo de gesto simbólico de nuestro compromiso.

—Creía que pensabas que, en esencia, el matrimonio era queerfóbico y que las personas queer que se casan son las que aceptan la monotonía de la agenda hetero y de una sociedad proscriptiva que estipula que la única vida ideal es esa en la que te comprometes con una persona, te compras una casa y trabajas cuarenta horas a la semana para un jefe.

Valdin ladea la cabeza y responde:

—Sigo pensándolo, pero tengo que ceder un poco.

—¿Y eso?

Creo que está dando demasiados rodeos, y no hace ninguna falta, pero puede que solo esté pensándose qué decir antes de abrir la boca.

—Por motivos burocráticos. Quiero formar una familia con Xabi y su menor, pero, ahora mismo, ninguno de nosotros es ciudadano del mismo país.

—¿Su menor?

—Perdona, he estado leyendo muchas webs de sinsentidos legales y del Gobierno. Me refiero a Nes. Su hijo. Lo ha adoptado. Y yo quiero hacer lo mismo para que podamos vivir los tres juntos.

V me está dejando un poco a cuadros con todo lo que me está contando; parezco una falda escocesa.

—¿Me enseñas una foto?

—Eh... Sí, claro.

Se inclina hacia delante para sentarse conmigo en el sofá y luego sostiene el teléfono de forma que no pueda ver nada mientras busca la foto.

—Qué asco, no necesito que me insinúes que has expresado tus ganas de comprometerte con una secuencia de retratos íntimos.

—No he hecho nada por el estilo, pero tengo un montón de capturas de pantallas muy crueles de interacciones extrañas de gente y posts de internet que luego borran a toda prisa, y cosas así... Me da igual que me veas desnudo, pero no quiero que te pienses que soy un capullo.

—No quiero verte desnudo. Ya te he visto tirado en la cama con Slava como si estuvierais en un anuncio de Calvin Klein. Con eso he tenido de sobra.

—Mmm... Voy a tener que hablar con él para informarle de que no vamos a hacerlo nunca más.

V me entrega el teléfono y miro la foto.

—¿Por qué sales vomitando en esta foto?

—No estoy vomitando. Estaba escupiendo unas patatas con sabor a mandarina.

Miro la foto durante un buen rato y le digo:

—Para mí, en esta foto sale mi hermano vomitando y un niño al que no conozco riéndose, pero, para él, es una foto en la que sale con su padre.

Giro la cabeza para mirar a V, que asiente levemente.

—Puede. Depende de lo que me diga Xab.

—Te va a decir que sí. He oído cómo te habla; cuando te llama, siempre pones el altavoz y le dices que no hay nadie en casa.

—No me gusta pegarme el teléfono a la cara porque se me pone la piel grasienta.

Miro todas las fotos, y son malísimas (no están bien encuadradas, o la luz no es la correcta, o parece que las ha hecho alguien a punto de caerse), como todas las fotos de nuestra familia.

LIMÓN

V

La primera vez que Xabi se refirió a mí como su novio fue durante una entrevista televisada en la Bienal de Venecia. La entrevistadora le preguntó si sentía la obligación de crear arte que representara la lucha del pueblo catalán, a lo que él contestó que no sabía si estaba logrando hacerlo, pero que le encantaría ir a Sitges con su novio. No respondió a ninguna de las otras preguntas siguientes; se quedó mirando la nada, se abanicó con un panfleto y le dijo: «L'importaria repetir-me la pregunta, si us plau?». No entendí lo que decía, pero leí los subtítulos en el teléfono, bajo un árbol que había frente a mi antiguo trabajo, bien lejos de donde estaba él. Era noviembre y la temporada de exámenes estaba llegando a su fin. Había gente más joven que yo tumbada en el césped con los amigos, dándose la mano, despidiéndose, gritándose: «¡Que vayan bien las vacaciones!».

Se me hace raro que la gente sepa de mí sin que yo la haya conocido, que me recuerde cuando no estoy, que sepa que existo a pesar de no tenerme delante. Se me hace aún más raro que alguien quiera que esté con él cuando no lo estoy, y todavía más raro que alguien me necesite, que dependa de mí, que me quiera. Sin embargo, supongo que esto es lo que está pasando. Dejo las llaves sobre la encimera. No quiero que las manos me huelan a metal. Hoy tiene que salir todo a pedir de boca.

Mi madre entra en la cocina y me pregunta:

—¿Qué haces aquí, Valdin?

Se coloca al otro lado de la encimera y apoya las manos en ella. Lleva el pelo recogido y un vestido con estampado de flores naranjas y amarillas con una corbata a la cintura. No lleva zapatos.

—¿Sabías que las tartas saben mejor si las preparas dos días antes en vez del mismo día en que tienes que servirlas?

Mi madre reflexiona durante un segundo.

—Depende de qué tipo de tarta sea.

—De limón y semillas de amapola. De esas que se hacen con yogur.

—Vale.

Frunzo el ceño y le digo:

—Tengo que preparar la tarta.

Mi madre deja escapar un leve suspiro y mira en la despensa.

—Tengo una malla de limones. ¿Qué más necesitas? Aceite, harina, huevos, yogur, azúcar glas, levadura en polvo, y, claro, semillas de amapola.

—¿Cuándo llega Vlad?

—Mañana. Está en Singapur, pero no sale de allí hasta las nueve de la noche de aquí. Ha tenido un día chulísimo en los Jardines de la Bahía.

—Entonces el sábado aún está aquí.

—Pues claro que estará aquí el sábado: mañana es viernes.

—¿Va a quedarse aquí?

—Sí, le he preparado la habitación de la planta baja.

—¿Y si más gente quiere venir y quedarse a dormir?

—¿Qué gente? —me pregunta, y me mira desde detrás de la puerta de la despensa.

—No sé. Otra gente.

Me mira y no dice nada. Yo me limito a observar las llaves de la encimera.

—¿De quién son? —me pregunta mi madre cuando repara en ellas.

—Mías. Me he comprado un coche.

—Vale. ¿Qué modelo te has comprado?

—No sé, uno negro. Un Toyota.

Mi madre comienza a dejar todos los ingredientes de la tarta sobre la encimera, delante de mí, y se detiene para sacar un cuenco de un armarito bajo y las cucharas y los vasos de medir de un cajón.

—¿No se suponía que Xabi llegaba hoy? —me pregunta.

—No sé.

—¿Cómo que no lo sabes?

—Perdón, sí, viene hoy, pero más tarde. Se me estaba acabando la batería del móvil todo el rato, así que lo he dejado en casa. ¿Papá tiene una alianza de boda?

—Sí. ¿Nunca te has fijado en las manos de tu padre?

—¿Se la diste el día de vuestra boda?

—Sí, y como no tenía bolsillo, Geneviève se la guardó en el sujetador. Estaba muy caliente cuando me la devolvió. Linsh tuvo que contener la risa.

—¿Qué más hace falta para una boda?

—Para una boda no hace falta nada, aunque supongo que es bonito tener flores, amigos, comida, un lugar en el que celebrarla, música, la instancia matrimonial.

Tomo aire con fuerza.

—Mierda, la instancia. ¿Cuánto se tarda en obtenerla?

Mi madre se queda muy quieta sobre los azulejos de color ocre oscuro del suelo de la cocina. Se cruza de brazos y parece ligeramente confundida.

—Pues no sabría decirte, V. Jamás he decidido un jueves por la mañana que me apetecía casarme el sábado.

Mi madre se saca el teléfono y me lo pasa por encima de la encimera.

—Busca qué es lo que tienes que hacer, ya empiezo yo con la tarta.

PEZ

G

Entro en casa de mis padres gritando: «¿Hola?», preocupada por si ha ocurrido alguna tragedia; aunque mi madre ya me ha dicho en el mensaje que no se había muerto nadie. Pueden suceder muchas otras calamidades. Espero encontrarme a gente hablando entre susurros o sentada alrededor de una caja de pañuelos, pero solo me topo con V y mi madre en la cocina, sacando una tarta del molde.

—No respires, Greta —me dice V, como si estuvieran llevando a cabo un procedimiento quirúrgico de lo más complicado.

La tarta sale sin problema del molde y ambos dejan escapar un suspiro de alivio.

—¿Nos habéis llamado para ver cómo sacabais una tarta del molde? —les pregunto.

—No. Me caso el sábado —me dice, con el mismo tono con el que me imagino que me habría respondido que sí, que lo único que quería era que viéramos cómo sacaba la tarta del molde—. ¿Puedes pedirles a tus amigos que vengan? Fereshteh, Rashmika y... ¿cómo se llamaba el chico blanco? ¿Emmit Rhodes?

—Elliot Stokes.

No sé qué hacer. Dejo las llaves en la encimera. La tarta huele genial, pero supongo que no podemos comérnosla hasta dentro de dos días, cuando mi hermano se case.

Mi padre llega corriendo con el maletín y los papeles en ambas manos y lo deja todo en el escritorio de la esquina que no sirve para nada salvo para dejar cosas encima de él.

—¿Qué pasa? ¿Tengo que llamar a algún médico forense taimado? —nos pregunta, y se coloca junto a mi madre y le rodea la cintura con el brazo.

—Os he dicho que no se había muerto nadie —le dice mi madre.

—A veces te toca mentirles a las personas a las que más quieres —responde él.

—Me caso el sábado —repite V.

—Anda, Valdin —contesta mi padre—. Jamás pensé que viviría para ver cómo te casabas de penalti. Sobre todo teniendo en cuenta que tu madre se enteró de que iba a ser abuela a los treinta y siete y comentó, con bastante acierto: «Bueno, al menos de eso no tengo que preocuparme con V». Pust' budet krepkim vash soyuz —añade, y abraza tan fuerte a V que creo que mi hermano va a quejarse, pero no lo hace.

Me siento a la mesa. Estoy abrumada. ¿Cómo es posible que el tonto de mi hermano, el niño que con trece años se cayó mientras le hacían la foto de la clase y apareció como un borrón del que los otros chicos intentaban apartarse, se haya convertido en padre? Han pasado cuatro semanas desde que V me contó lo de Nes, pero sigo sin hacerme a la idea. V parece otro cuando habla con Xabi por teléfono sobre las cuotas del colegio y las vacunas, cuando llama a Nes por Skype al colegio para preguntarle cómo le ha ido el día, cuando le pregunta por sus amigos y enemigos por el nombre de pila, cuando le explica con todo detalle el ciclo del agua en español. La semana pasada, Nes se puso malo y tuvo que guardar cama, y V se lo contó todo sobre Māui y el sol, Māui y sus hermanos, y Māui y el gran pez. Adora a ese niño. No puedo creerme que todo esto haya pasado sin que yo me haya enterado.

Casper entra corriendo en la casa, deja las llaves sobre la pila que se ha formado en la encimera y le da un abrazo a papá al tiempo en que pasa tres pueblos de todos nosotros.

—Te he dicho que no me estaba muriendo —le dice mi padre.

—Pero estaba preocupado igual —responde Casper—. Creía que a lo mejor te habías caído.

—¿Caerme yo? No soy una octogenaria que intenta mantener una vida independiente.

—Tienes razón. Si alguien se hubiera caído, habría sido V.

V responde con un ruido de indignación.

—¿Quién fue el que, en 2003, casi se carga el cristal de los baños del Hundertwasser con su cabezón porque se tropezó con las Etnies para hacer skate?

—Valdin, ¿quién fue el que se cayó en mitad de la función del colegio, cuando hicieron *Grease*, e intentó fingir que la caída formaba parte de la coreografía? Ni siquiera sé por qué te dejaron participar en la obra si no hablabas…

—¡Tenía ansiedad, Lavrenti! ¡Si no me hubieran dejado, me habrían estado discriminando!

Ellos discuten y mi madre se acerca y se sienta a mi lado. No recuerdo cuándo fue la última vez que estuvimos los cinco solos. Antes, todas las noches eran así. Por aquel entonces, alguien siempre acababa diciendo que iba a consultar la enciclopedia.

—¿Estás bien? —me pregunta mi madre.

—Creo.

—Casper, me caso dentro de dos días —le dice V.

Casper se da la vuelta a toda prisa y empuja a V sin querer contra el armario.

—Ay, mierda, V, lo siento.

—¡Ten cuidado! No quiero salir en las fotos de la boda con cara de deprimido y preocupación como le pasó a Priscillia Presley —grita—. ¡Papá!

—¿Qué quieres que haga? ¿Que lo mande a su cuarto? —pregunta mi padre.

—No. Necesito que me ayudéis a organizarlo todo —responde V, y se lleva la mano a la cara como si fuera un hombre al que han rechazado—. He redactado una lista.

Veo que está sobre la mesa y me adueño de ella.

—¿Qué es esto? ¿Por qué lo primero de todo es «platos»?

—¿Dónde va a comer la gente si no hay platos?

—¿Por qué has puesto «comida» y luego, entre paréntesis, «kai»? ¿Dónde va a ser el convite de boda? ¿Por qué estamos papá y yo apuntados debajo de «música»?

—La podemos celebrar aquí —responde V—. He pensado que podíamos sacar el piano fuera y que podías tocar y cantar, como en una fiesta de una peli de cine clásico.

—No soy una gramola humana —le digo, aunque sí lo soy.

—Te cedo el control creativo.

Vale, me mola. ¿Cuántas canciones pop de los ochenta podré cantar como si fueran baladas de piano? Mi padre sabe tocar de oído y se las puede apañar.

—¿Quién es «chico blanco, no tengo muy claro cómo se llama»? ¿Cómo ha conseguido colarse en la lista de invitados?

—El amigo de Tang. El rubio que parece sacado de un anuncio de chubasqueros daneses.

—Se llama Tristan —dice Casper, apoyándose en la encimera—. Perdón por el golpe. Tienes la cara bien.

Mi madre se acerca aún más a mí y apoya el brazo en el respaldo de mi silla.

—¿Por qué has tachado «cinta»?

—Ni caso —le dice—. Creía que teníamos que cortar una cinta, pero no estamos inaugurando un centro comercial. Luego se me ocurrió que podía pintarme las uñas para que fueran a juego con la cinta, pero ahora ya no sé.

—¿Qué vas a ponerte? —le pregunto.

A V se le empequeñece la boca y entrecierra los ojos.

—¿De dónde coño voy a sacar un pantalón de traje en solo dos días si mido dieciocho centímetros más que el neozelandés medio?

—Casper, ve a por las sales aromáticas —le dice mi padre. Saca el portátil, se pone las gafas y le pregunta a mi madre—: ¿Qué está hecho ya?

—Hemos preparado la tarta y le pedí a Valdin que averiguara cómo conseguir la instancia matrimonial, y luego se puso a leerme una explicación de que el documento tiene nombres distintos en cada país, y después empezó con esta lista en la que ha puesto... «fotos, me las apaño con el teléfono (todo bien)».

—Papá, ¿para qué quieres la sal? —le pregunta Casper, que sostiene un molinillo de sal del Himalaya—. ¿Es algo típico de Rusia?

—A ver, estamos a jueves y aún es mediodía —dice mi padre—. Podemos hacer que te ajusten unos pantalones. Si vamos al registro de Manukau, podemos hacer cola y que nos den la instancia allí mismo. Creo que habrá menos lío allí que en la de la ciudad.

—Pero ¿quién va a ir a recoger a Vlad? —pregunta V, casi al borde de un ataque de histeria.

—Ya irá alguien —responde mi madre—. Por eso no te preocupes. A lo mejor deberías avisar a Slava para que venga a echarte una mano. ¿No se dedicaba a organizar eventos antes de pasarse al mundo del marketing?

—Toma un poco de agua —dice Casper, pero abre demasiado el grifo y el agua lo salpica.

Mi madre observa lo que ha ocurrido y sacude la cabeza.

—Linsh, ¿por qué no te llevas a V a por el traje y la instancia mientras nosotros nos quedamos aquí y organizamos todo lo demás? ¿A cuántos invitados esperas, V? Tengo que calcular cuánto pescado ahúmo.

—¿Hay que ir de algún color en concreto? —pregunta Casper mientras manda mensajes por teléfono—. Voy a tener que comprarle algo a Freya porque está pegando un estirón tras otro, y Tang también querrá ponerse algo nuevo.

—¿Vamos a por mesas plegables? —pregunta mi padre—. ¿Cuántos invitados vienen de parte de Xabi?

—¿Dónde está Xabi? —pregunto yo—. ¿Ya ha llegado? ¿Está organizando algo? ¿Puedo tacharlo de la lista?

V se sienta en un taburete frente a la encimera y se tapa la cara con las manos; está rojo como un tomate.

—No se lo he pedido.

—¿A qué te refieres con que no se lo has pedido? —le pregunto.

—Que no le he pedido que se casase conmigo.

—¡¿Que no se lo has pedido?! —grita Casper—. ¿Qué coño te pasa, V? Tang y sus amigos están de camino a SaveMart... ¡¿Y si alguien le manda un mensaje a Xabi preguntándole por una boda de la que no sabe nada?!

—No sé. He pensado que era mejor hacerlo este finde y después me pareció que estaría bien hablar primero con Giuseppe, pero se me ha olvidado, y luego me he quedado sin batería y he entrado en pánico y me he puesto a cocinar. Xabi debería llegar a las cinco.

—Ah, no pasa nada, solo hace falta la firma de una persona para conseguir la instancia de matrimonio —dice mi padre, sin alzar la vista del ordenador—. Que nadie le diga nada a Thony hasta que Xabi esté al tanto de todo; miente de pena.

Mi madre se levanta y le entrega a V su teléfono.

—Toma, llama a Gep.

V asiente, acepta el móvil y se pone a mirar los contactos.

—No tienes su número.

Le echo un vistazo rápido a mi madre.

—Lo tengo guardado como «Joseph Allen» —dice, como si no tuviera nada de qué preocuparse.

V se acerca el teléfono a la oreja.

—Hola, soy... No, no quiero ir a Perth contigo. Soy Valdin. La verdad es que creía que iba a ir a Perth por trabajo a principios de año, pero al final acabé yéndome a Argentina porque, por lo visto, los acuerdos a los que llegó el equipo de marketing con la aerolínea dictan el curso de mi vida. —V nos mira porque lo estamos mirando y se va al pasillo—. A lo mejor debería ir. ¿Alguna vez has visto el océano Índico?

Miro a mi padre, que no parece haberse percatado de nada. Mi madre se levanta con las manos en las caderas y mira la puerta que V acaba de cerrar. Le envío un mensaje a Ell en el que le sugiero que pida ahora mismo el traje que quería, y que lo pida con envío exprés.

V vuelve con nosotros y nos dice:

—Giuseppe se ha emocionado por que le haya pedido su bendición para que me case con su hermano. Viene hacia aquí ahora mismo. Mamá, me ha dicho que luego hablabais de lo de Australia Occidental.

—Vale —dice mi padre, y cierra el portátil—. Sube al coche. Nos vamos al 7 de la avenida Ronwood en Manukau. Ya te dejo yo los ciento cincuenta dólares de la instancia, por si Xabi te dice que no y te quedas en números rojos.

V se queda muy quieto.

—¿Creéis que me dirá que no?

—No —responde mi padre, y le apoya una mano en el hombro—. Es la única persona a la que he visto reírse con tu chiste del arcángel Gabriel García Márquez. Seguro que te dice que sí.

Hacia el final de la tarde, la cosa se ha puesto seria. Hay gente entrando y saliendo de la casa todo el tiempo. V y mi padre han vuelto del registro. La mujer que los ha atendido ha sido muy simpática y se ha pensado que eran ellos los que querían casarse. Slava está aquí, lleva una boina y unos pantalones con estampado de piel de serpiente, y se dedica a llamar a gente y a poner una voz especial para conseguir todo lo que quiere. Slava se sabe un montón de cosas que hacen falta para una boda y que V no había puesto en la lista. Hielo. Un oficiante de bodas. Un código de vestimenta. Tenedores.

Me han limitado un poco el control creativo. V me ha prohibido cantar canciones sobre viejos que se enamoran de jovencitas, como «Sixteen Going to Seventeen» de *Sonrisas y lágrimas*. No pensaba cantarla en la boda de mi hermano. También me ha prohibido cantar «Gayby» (no había oído hablar de ella en mi vida) porque le parece demasiado poco sutil.

V está tan estresado que ni siquiera se queja de que Slava no deje de ligar con papá; normalmente no lo soporta. Mi madre, Gep y yo nos estamos encargando de la organización. No me gusta verlos juntos, así que miro el techo. A Casper se le había olvidado que la otra Greta está en Sídney, en una conferencia, pero vuelve mañana por la noche. Lo he apuntado, y también a qué hora hay que recoger a Freya del cole, en una tabla sobre la que me han puesto al mando. V me grita que no puedo cantar «But I'm a Top» de un grupo que se llama The Ballet. Tomo nota.

Miro el teléfono (llevaba un buen rato sin hacerlo) y veo que tengo un mensaje de Xabi.

—V, Xabi está en el aeropuerto. Quiere saber dónde estás y si viene en taxi hasta aquí. ¿Quién se pide un taxi? ¿Cuántos años tiene este hombre?

V me mira aterrorizado.

—Dile que me he muerto.

—Ni se te ocurra —responde mi madre—. ¿Estás seguro de que dijo a las cinco, V?

—Puede que me dijera a las quince porque usa el sistema de veinticuatro horas porque es extranjero y se me había olvidado, así que di por hecho que se refería a las cinco.

—A mí también me ha escrito —dice Gep entonces, mirando el teléfono—. Mierda, Thony le ha dicho que estoy aquí y…

—Dile que… se vaya a la puta mierda —responde V.

Gep responde al teléfono:

—Xabier, com estàs?… Guai.

Empieza a decir un montón de cosas muy rápido y no me entero de nada porque no sé catalán. Luego dice mi nombre, se saca las llaves del bolsillo y me las pasa por encima de la mesa.

—¿Qué pasa? —le pregunto.

—Le he dicho que vas a buscarlo al aeropuerto.

Me adueño de las llaves. A Gep le parece bien que conduzca su coche caro de hombre de negocios.

—¿Qué hago con él? —le digo mientras me levanto—. ¿Nos ponemos a dar vueltas con el coche hasta el fin de los tiempos?

V baja la vista hacia la encimera y pone esa cara seria que solo pone cuando trata de resolver un problema de matemáticas muy complicado.

—Ve a por él y llévatelo al apartamento. Dile que suba a por mi teléfono, lo tengo cargando al lado de la cama. Luego os venís aquí y ya me reúno con él. —Saca sus llaves del montoncito de la encimera—. ¿Puedes conseguirme una hora? Tengo que lavarme el pelo y… pensar qué le digo.

—Sin problema —le digo asintiendo.

—No volváis —le dice mi madre a V—. Nos vemos mañana.

V pone gesto de dolor.

—No. Aún hay muchas cosas por hacer.

—Nos las apañaremos. No vais a tener ocasión de estar solos hasta que hayamos terminado con todo este lío, así que aprovéchalo —le dice, y le dedica una mirada con la que marca el fin de la conversación.

No es la primera vez que V recibe esa mirada. Ya ocurrió una vez en el Video Ezy, el videoclub, cuando quiso que toda la familia viera *Emmanuelle* para las sesiones de cine de los viernes, y también en una ocasión en que quería que nos fuéramos de vacaciones al resort egipcio de Sharm El Sheikh, pese a que no dejaban de matar a turistas. Solo que esta vez no voy a acabar viendo *Tú a Londres y yo a California* ni yéndome de vacaciones a Tauranga. Esta vez voy a ser tan útil como dos chicos fuertes.

LILA

V

Me miro en el espejo del baño y pienso en mi pelo, igual que en la primera página de *Cincuenta sombras de Grey*. No parece que mi vida vaya encaminada en la misma dirección. ¿Qué le digo? ¿Por dónde empiezo?

Hola.
Hola, Valdin al habla.
Perdone, caballero.
¡Oye!
Me pregunto si podría dedicarme unos instantes para charlar.
Kia ora.
Buenas, equipo:
Solo quiero un segundito para tautoko tu mahi ¿qué hay? ;)

¿Le interesa que le hable de una nueva y emocionante oportunidad que hay por su zona?

Ngā mihi,
Valdin Vladisavljevic

¿Le pregunto cómo le ha ido el vuelo? A lo mejor puedo leer un discurso en el teléfono. A lo mejor puedo escribirlo en Word y que lo lea Microsoft Sam. A lo mejor podría grabar un mensaje, como hacen los ganadores del Silver Scrolls que se creen demasiado importantes como para volver a Nueva Zelanda a recoger el premio.

Saco el móvil para ver por dónde va Greta, pero me quedo mirando mi reflejo en la pantalla negra. ¿Qué hago si me dice que no? Quiero creer que puedo hacer como si nada y decirle: «Bueno, no pasa nada, hombre, lo entiendo, a fin de cuentas, es tu decisión», pero, en realidad, lo más seguro es que me ponga «Not Pretty Enough» y que rompa a llorar. Vuelvo a mirarme en el espejo y pienso en lo curioso que es que solo tengamos una cara y que esta sea la mía. Me pongo un poco de antiojeras. Greta tiene purpurina corporal: ¿me quedará bien o…?

Oigo que se abre la puerta y cierro el cajón del baño.

—¿Estás aquí, Val? —me pregunta Xabi.

No digo nada. Me quedo en blanco y se me olvidan todas las frases de bienvenida que había planeado. Salgo al salón.

—Ey —me dice, y me mira de la cabeza a los pies—. Qué guapo estás.

Me aparto un poco para que no me distraiga con un beso gentil pero intenso ni nada por el estilo. Parece que está bien. Me alegro mucho de verlo. Me cruzo de brazos y luego los descruzo porque creo que es una pose demasiado agresiva.

—¿Tienes tu teléfono? Greta nos está esperando en el coche. Hemos tardado un montón en llegar hasta aquí; me ha dicho que no tenía ningún sentido ir por la autovía a esta hora, y nos hemos metido en un atasco por las obras del CRL.

—No nos está esperando. Era todo mentira, una letanía de mentiras.

Me quedo muy quieto, con los brazos rígidos contra el costado.

Xabi me sonríe y me pregunta:

—¿Has estado leyendo otra vez sobre la Albania comunista? Tu hermana no es ninguna informante.

—Mucha gente ha tenido hermanas que eran informantes. Xabi, mi vida cambió el día en que te conocí —le suelto de pronto.

Esperaba dejarlo atónito, pero asiente despacio y espera a que prosiga—. Antes jamás hablaba en público. No decía: «Solo estas, gracias» ni: «El ayuntamiento debería hacer algo al respecto con este árbol». No me portaba bien con la gente con la que salía. Jamás hablaba de lo que sentía ni nunca le decía a nadie que lo quería, ni siquiera cuando me pedían que se lo dijera. Me obsesionaba controlarlo todo porque sentía que no controlaba mi propio cuerpo. Las palabras y... las expresiones se me hacían un mundo. Pero, entonces, te conocí... —Tengo que parar y cerrar los ojos durante un segundo porque me pican—. Lo único que quería era gustarte muchísimo. Pensaba que podía convertirme en otra persona. Cuando te llamé y te pedí salir... jamás había hecho algo parecido. Jamás me había pedido un café. Ni siquiera me gusta el café.

—Lo sé —responde, con mucha calma.

—Jamás le había preguntado al conductor del autobús si podía pasarle la tarjeta a alguien ni tampoco le decía a nadie que me había gustado mucho su actuación. No podía creerme lo fácil que me resultaba todo. Pero empecé a sentirme mal con el resto de mi vida. Había hecho todo lo posible para no pensar en esas cosas. Ya no quería pasarme los días sentado frente al escritorio, observando ecuaciones. Quería salir a la calle, conocer gente y experimentar cosas, pero me sentía mal porque había invertido mucho tiempo y dinero en conseguir una vida que ya no quería. Todo ese tema me estaba hundiendo, y no sabía cómo explicártelo. Entiendo que pensaras que era culpa tuya. Yo estaba triste porque había cambiado mucho, pero no lo suficiente. No sabía ser esa nueva versión de mí mismo sin ti. Pero aprendí. Tenía que hacerlo, y tenía que estar solo para lograrlo. Y solo entonces, cuando me aclaré las ideas, y tenía un trabajo nuevo, dinero, amigos y este apartamento tan cuco, empecé a pensar en ti de nuevo. Luego se me fue un poco la olla porque no me entregaron un paquete y pensé que estabas intentando devolverme aquel libro...

—*Corales rojos.*

—... pero era una tontería de libro sobre hongos que alguien le había mandado a mi padre. Empecé a pensar en ti a todas horas. Ni se me pasó por la cabeza que tú estuvieras pensando en mí. Creía que ya habrías encontrado a alguien con quien te llevaras menos años y que tuviera los rasgos proporcionados. Creía que necesitaba verte para ver con mis propios ojos que las cosas habían cambiado y que habías pasado página. Pero no fue eso lo que pasó. Las cosas habían cambiado, pero yo seguía sintiendo lo mismo por ti, y pensé que a lo mejor tú también sentías lo mismo.

—Siento lo mismo que tú.

Sacudo la cabeza.

—Me encantan las lilas. Me encanta Albania. Jamás pensé que sentiría algo así. Jamás pensé que el momento más feliz de mi vida sería cada vez que apoyo la cabeza en tu pecho y vemos vídeos grabados con la cámara del coche en los que personas de todas partes del mundo se tumban en el suelo tras los vehículos y fingen que las han atropellado para sacarle el dinero al seguro. Te quiero muchísimo. Lo único que le pido a la vida es que estemos juntos, con Nes, y puede que con una tortuga, si él quiere, o pude que con un perro, si tú quieres, porque deberías tener todo lo que quieras, y espero que me quieras a mí y espero que quieras que sea el padre de tu hijo porque es lo que quiero de veras. Xabi. ¿Quieres casarte conmigo?

—Valdin... —me dice, pegándose a mí y sujetándome de la parte superior del brazo.

—Si no, no pasa nada, ¿eh? Cero problemas —le digo, y me llevo la mano a la mandíbula para enjugarme una lágrima que me cae por el cuello.

—Sí quiero.

—¿Seguro?

—Val, me pasé meses llevando ese libro de un lado a otro porque sabía que tenía que devolvértelo, pero no podía. Te quiero. Sí, quiero casarme contigo.

—Quiero adoptar a Nes para que podamos vivir aquí juntos... ¿Quieres?

—Sí, era lo que quería, pero no sabía cómo pedírtelo.

—Vale, guay.

Xabi me apoya las manos en los hombros.

—¿Por qué me hablas como si fuera el dependiente de la tienda de bagels que te dijo que ya no preparaban el que te gustaba?

—Porque solo me había preparado por si me decías que no.

—¿Ibas a responderme: «Vale, guay» si te decía que no quería casarme contigo?

—No, iba a decirte: «No pasa nada, hombre».

Parece que va a decir algo, pero entonces sucede algo muy interesante y Xabi me levanta del suelo. Menos mal que tenemos techos altos y que Xabi sigue una rutina de ejercicio cuyos pormenores desconozco porque siempre la hace mientras yo duermo. Creo que esta es una de las cosas más sexis que me han pasado nunca, y entonces me olvido de mis pensamientos porque Xabi me está besando y siento que mi sueño adolescente de convertirme en Rita Hayworth está cumpliéndose.

—Xabi —le digo mientras el salón desaparece de mi vida y me lleva a la cama—. ¿Qué te parecería que nos casáramos este sábado?

TŌRANGAPŪ MĀORI

G

Es el día previo a la boda. Vamos todos de un lado a otro, discutiendo por las sillas, pidiéndonos prestados zapatos, planteándonos si deberíamos hacer un foso en el jardín de atrás para cocinar al estilo hāngī o convertir el garaje en una sala de ahumado. La idea de celebrar una «fiesta rusa» esta noche se ha comentado varias veces. Todo ha empezado esta mañana, cuando Thony, que estaba enfadadísimo por haber sido el último en enterarse de lo de la boda, ha dejado el mango al que le estaba haciendo muescas y ha dicho que deberíamos celebrar una «fiesta rusa». Mi padre no ha dejado de tararear Chaikovski mientras pintaba el enrejado; según mi madre, no hace ninguna falta ponerse con eso ahora. Luego Giuseppe ha preguntado si podía asistir a la fiesta rusa, y Thony le ha dicho que se fuera a llenar un cubo de vino tinto y naranjas y a poner música en un móvil que no es suyo. Así que se ha decidido que esta noche también se va a celebrar una fiesta española. Supongo que al dividir a todo el mundo por raza, nos ahorramos la discusión sobre a qué despedida de soltero va cada uno. Nadie ha mencionado que V no se identifica como ruso y que Xabi no se identifica como español. Supongo que ya había bastante lío tal y como están las cosas. Mi madre recibe invitaciones para ambas fiestas, pero dice que ya verá qué le apetece luego. Thony le ha enviado un mensaje a Vlad para que compre vodka y cigarrillos en la tienda del aeropuerto.

Durante la organización de la boda me encasquetan un nuevo papel que no me esperaba: el de publicista de V. Esto se debe a que anoche emitieron por la tele pública el episodio de Queenstown de su programa. Ninguno nos acordábamos, así que no lo vimos. Sin embargo, hubo gente que sí lo vio. Muchísima gente. Se han escrito artículos de opinión. Varios periodistas han llamado pidiéndole que hiciera alguna declaración. Ahora estoy a cargo del teléfono de Valdin. Mi hermano parece muy tranquilo con todo este tema. Le mandé un mensaje a Ell preguntándole si se sentía más rusa o más española, y me ha mandado una captura de pantalla en la que pone: «No nos hemos podido poner en contacto con Vladisavljevic porque estaba "en la manicurista" según nos ha informado su representante». Casper quería ser el representante de V, pero gritaba mucho y alguien tenía que irse con Freya para comprarle unos zapatos nuevos. La han sacado del colegio y no deja de asomarse a la ventana para ver si la policía viene a buscarla.

Xabi baja las escaleras con el portátil de mi padre. Ahora mismo, estamos solos mi madre, él y yo. Es lo más silenciosa que ha estado la casa en las últimas veinticuatro horas.

—¿Qué ha hecho? —pregunta mi madre.

Xabi deja escapar un suspiro.

—Se reunió con un promotor inmobiliario que le enseñó unas viviendas carísimas impresionantes, y todas pertenecían a extranjeros. Luego tuvo que entrevistar al dueño de un campo de golf enorme que había aplanado una colina entera para poder construirlo. Y entonces V le soltó: «¿Sabe usted la de niños maoríes que viven en situación de pobreza en este país?». Se pusieron a discutir sobre si era posible alcanzar el éxito trabajando cuando se vive en un sistema que no te permite alcanzarlo. Y luego V miró a cámara y dijo que no quería seguir hablando con el Pākehā. Se largó del campo de golf y dio un discurso sobre la mercantilización de la tierra, y creo que no sabía que lo estaban grabando. —Mi madre le sirve a Xabi un vaso de agua y él se lo bebe—. Luego fue por ahí preguntándole a la gente si sabía a quién pertenecía aquella tierra y si conocían su nombre real, y nadie lo sabía. Al final quedó con una mujer que se llamaba Whaea T, que trabaja en una tienda de recuerdos, y se fueron a comerse un bollo relleno de crema mientras ella le contaba la historia de Hine Hukatere. Al final, pasó junto a varias personas que estaban haciendo cola para comerse una hamburguesa y les dijo: «Las mejores hamburguesas son las de Big J de Mt Wellington».

—Auē —responde mi madre, que se sienta a la mesa—. ¿Y qué dice la gente?

—De todo —respondo yo, pasando de una pestaña a otra en dos móviles y en el portátil de V—. Dicen que usar la palabra «Pākehā» es hasta racista, no entienden por qué había alguien hablando de los problemas de los maorís en la tele normal, y creen que los maorís deberían volver a ser graciosos como Billy T. James. Algunos comentarios sobre los moriori. Alguien dice que los aucklandeses deberían centrarse en... beber lattes e irse a mamarla. Evidentemente hay gente que dice que ya era hora de que alguien hablara del tema y que apoyan a un maricón con la piel marrón que sabe que la única opción válida es devolver la tierra. También hay gente debatiendo sobre si V está bueno o parece una escoba, y también hay quienes preguntan si está soltero.

—No, es mi escoba —responde Xabi—. Supongo que tendré que llevarme a mi marido famoso a algún lugar aislado para celebrar nuestra luna de miel.

—Mientras no te lo lleves a mi isla —responde mi madre—. Eso quiero hacerlo yo.

No deja que nadie la ayude a cavar el foso hāngī.

Cuando Vlad llega del aeropuerto envuelto en su abrigo camel y sujetando su maletín de viaje de cuero, me abraza a mí primero. Ha llegado la hora de que comience la fiesta rusa. Hojeo el libro de Stefan Zweig que Vlad me ha traído de Viena mientras Xabi, Giuseppe y mi madre buscan sus chaquetas y sus llaves.

Vlad le da un beso a mi madre en las mejillas y le pregunta:

—¿No te quedas para nuestra fiesta, Beatrice?

—Los españoles son menos —responde mi padre—. Thony ha iniciado una campaña difamatoria en su contra; no ha dejado de hablar de un programa de médicos que vio una vez en el que hablaban de la de enfermedades venéreas de las que se infecta la gente en Ibiza.

—Nadie se va a infectar de nada —interviene Giuseppe—. Vamos a pedir comida y a hablar de los viejos tiempos.

Me cuesta no quedarme mirando cuando Xabi y él están juntos, no intentar ver en qué se parecen y en qué se diferencian. No se mueven igual y hablan de manera distinta, pero no pueden remediar lo de tener casi la misma cara. Es posible que Giuseppe se haya roto la nariz en algún momento de su vida. Me quedo mirando mi libro hasta que se han ido.

La fiesta rusa de la planta inferior se ha convertido en un caos de copas vacías y una baraja despedida por los aires a causa de la rabia que produce haber perdido cuatro partidas seguidas de durak. Resulta que cuesta bastante tomarse un chupito en una copa de vino. Mis padres no tenían la cristalería adecuada para la ocasión, pero sí un espacio apropiado: una habitación chulísima, cubierta con paneles de madera y que se encuentra bajo el resto de la casa, donde hay sofás y una tele. Una vez, cuando estaba en el colegio me traje a varios amigos Pākehā y dijeron que era un cuarto de juegos.

—¿Reparto para otra ronda? —pregunta Vlad, que baraja las cartas, sentado en el suelo frente a la mesita auxiliar.

Geneviève también está en el suelo, frente a él. Ha venido porque se pensaba que mi madre estaría aquí y se negaba en redondo a asistir a la fiesta española.

—A mí no —responde Casper, y deja una copa que nos dieron en el bufé de Valentines más o menos en 1999—. Voy a darle las buenas noches a Freya.

La otra Greta se la ha llevado a la cama hace unos minutos porque estaba empezando a encontrarse mal. Se ha tomado demasiados chupitos de Raro.

Ell está apoyada en mí. Ha venido directa de una reunión, pero no hemos hablado de cómo le ha ido porque la fiesta ya estaba en pleno apogeo. Ha estado bastante callada, pero imagino que es porque todo el mundo lleva horas gritándose en ruso. Mi padre se ha sentado en el sofá que tenemos detrás, y le ha pasado el brazo por los hombros a Thony, que también guarda silencio.

—Si la quieres, deberías hacer lo mismo y casarte con ella —me dice mi padre en ruso—. Yo te doy el dinero.

—No seas raro —le respondo en inglés.

Ell me mira y me dedica una sonrisa; no se está enterando de nada.

—Es demasiado joven para casarse —interviene Vlad, también en ruso—. Deja de decirle lo que tiene que hacer.

—¿Qué sabrás tú del amor, papá? Llevas cincuenta años sin echarte novia. En la era moderna tienes que decir lo que sientes antes de que sea demasiado tarde.

—¿Qué dices de cincuenta años? —responde Vlad—. ¿Qué te crees que soy? ¿Un monje?

—¿Qué? —pregunta mi padre, irguiéndose—. ¿Tienes novia?

—Ahora no, pero no he estado solo desde que tu madre se largó. ¿Por qué lo pensabas?

Vlad empieza a repartir las cartas. Geneviève se concentra mucho en lo que hace. Tampoco se entera de lo que dice nadie. Lleva un vestido de terciopelo negro y espero que no se haya llevado un chasco por que no haya ni atisbo de elegancia en esta fiesta.

—Jamás nos has presentado a ninguna —le dice mi padre.

—El mejor modo de seducir a una mujer no es presentarle a tu hijo mayor, el que no puede perder tres partidas de cartas sin lanzar la baraja a la otra punta de la habitación.

—Estabas haciendo trampas.

—No es verdad. Eras tú el que intentaba hacer trampas y el que lo estaba haciendo de pena.

Thony se levanta corriendo y sube por las escaleras. Vlad y mi padre se miran, y luego mi padre se levanta y va tras su hermano.

—Reparte para tres —le digo a Vlad, y le doy un beso a Ell en la cabeza antes de subir por las escaleras.

Estoy de camino al baño cuando V se asoma al pasillo en su silla de escritorio de madera.

—Greta, a ti se te dan bien las palabras… Échame una mano.

Nuestros padres jamás llegaron a remodelar su habitación. Seguramente no querían quitarle opciones a V, por si acaso le daba otra crisis. Me coloco a su lado, frente al escritorio, y observo el póster de Mint Chicks descolorido.

—¿Necesitas que te ayude con las declaraciones para la prensa?

—No. —Observa una libreta a cuadros en la que está escribiendo—. Intento escribir los votos para la boda, para que no me vaya por las ramas y comience a enumerar todas mis pelis favoritas de Arnold Schwarzenegger. Estaba pensando en escribir un acróstico, pero he sido tonto y me quiero casar con alguien cuyo nombre empieza por X. ¿Qué empieza por X? ¿La bolera Xtreme Entertainment?

—No sé, ¿X-Ray Spex? Por cierto, Thony se ha enfadado.

V deja de escribir y me mira.

—¿Papá le ha vuelto a tirar las cartas?

—No, creo que es por otra cosa.

Lo observo con cuidado, por si acaso él sabe algo que yo no.

—Ah. —Vuelve a centrarse en la libreta—. Entonces es por «eso».

—¿A qué te refieres?

Alguien golpea la pared, que tiene una marca, resultado de una pelea a puñetazos que ocurrió a finales del siglo pasado.

—¿Qué hacéis? —nos pregunta Casper desde el otro lado de la pared.

—Gre me está ayudando con los votos para la boda.

Se oyen movimientos y una conversación ahogada antes de que Casper aparezca por la puerta.

—Tēnā kōrua i tēnei ahiahi —nos saluda, peinándose con los dedos y remetiéndose la camisa.

V se recoloca las gafas sobre el puente de la nariz.

—¿Qué clase de persona va de visita a casa de sus padres para follar en el cuarto en el que pasó su infancia?

—Solo disfrutábamos de estar en un sitio en el que la puerta se puede cerrar con pestillo.

—Tú que tienes.

—V, te rompí el pestillo porque nos robaste los calendarios de adviento para controlar cuándo nos comíamos el chocolate, como si fueras el farmacéutico de una cárcel —le dice Casper.

V frunce el ceño y responde:

—Bueno, me alegra saber que el sexo no se esfuma tras el matrimonio. ¿Se te ocurre algo que empiece por X?

—El restaurante Xi'an.

—Estoy intentando escribir los votos para la boda y decirle a Xabi lo mucho que lo quiero, no expresar mi amor por los noodles estirados a mano. Aunque… En realidad es una buena metáfora.

—¿Qué está pasando ahí abajo? —me pregunta Casper.

—Thony se ha enfadado.

—Ah. —Mira a V—. A ver, ha sido idea suya.

—No lo ha pensado muy bien.

—¿De qué estáis hablando? —les pregunto.

V se cruza de brazos y me responde:

—Thony se las ha apañado para que Gep pase la noche con mamá, y ahora está preocupado por lo que puedan estar haciendo.

—Pero están con Xabi —comenta Casper.

Los miro a ambos y siento una náusea en lo más profundo de mi interior.

—¿Es que lo sabe todo el mundo?

Casper se limita a mirar al suelo y responde:

—Ojalá se separaran de una vez.

V lo mira con expresión inescrutable.

—¿Por qué iban a parar ahora, después de tanto tiempo? ¿No quieres que mamá sea feliz?

—No me refiero a ellos dos —responde Casper, sacudiendo la cabeza—, sino a Thony y a Gep. ¿Te has enterado de lo que ha pasado?

—No. Sé que pasó algo, pero no sé qué. Un día fui a casa de Thony y me lo encontré llorando; me dijo que Gep se había ido a Indonesia, pero sé que me mintió, y luego me distrajo contándome una historia muy lúgubre sobre la infancia de papá. —Se gira hacia mí en la silla del escritorio; se le ha quedado pequeña, y puede que ya ocurriera cuando era adolescente—. Greta, Vlad no se trajo a papá y a Thony aquí con un permiso de trabajo. Vinieron como refugiados. Perdona, debería habértelo contado.

Casper pone cara de enfado.

—¿Qué cojones, V? ¡Pues claro que eran refugiados! El telón de acero estaba en vigor. ¿Te crees que Greta no había llegado ya a esa conclusión? Está haciendo un máster de literatura sobre la Guerra Fría y no es corta.

—Bueno, pues yo no lo sabía. Y no se es corto por no encajar todas las piececitas del rompecabezas y descubrir todo lo que han hecho tus padres. Joder. —V se gira hacia el escritorio y añade—: Ayúdame con los votos o vete.

—Tengo que ir al baño —murmuro mientras me marcho, con la sensación de que la corta soy yo.

Mi padre está fuera, en el balconcito, bebiéndose un vaso de agua. Salgo y me coloco a su lado, al amparo de la oscuridad, para observar la tranquilidad del patio trasero, el enrejado recién pintado y el foso hāngī.

—¿Qué pasa? —me pregunta, pero yo sacudo la cabeza. Mi padre me examina durante un instante y luego dice—: Me siento tontísimo por no haberme dado cuenta de que Vlad... ha estado socializando con mujeres toda la vida.

—¿Y Thony lo sabía?

—Sí. Estábamos hablándolo ahora mismo. Me ha dicho que lo sabía desde 1979 porque una vez llegó a casa antes de hora tras escaparse de un grupo juvenil en el que iban a hacer trânta. ¿Cómo se dice? ¿Lucha?

—¿Está bien?

Mi padre me mira y, durante un segundo, no dice nada.

—Se le pasará.

—¿Y tu no tienes miedo?

—¿De qué?

—De que mamá te deje.

Mi padre niega con la cabeza.

—Tu madre y yo nos contamos lo que sentimos.

—¿Y os contáis lo que hacéis? ¿Donde estáis? ¿Y con quién estáis? ¿Cómo puedes saber lo que piensan los demás?

—No se puede. No hay forma de saberlo. Cuando quieres a alguien, tienes que confiar en esa persona y creer que jamás tomará decisiones que te harán daño a propósito. Si no puedes hacerlo, entonces surgen los problemas.

—¿No te preocupa que sea una víbora?

—No. Tu madre es más como un pájaro. Una kūaka. —Observa algo por el rabillo del ojo y me dice—: Creo que deberíamos volver dentro.

—¿Por?

Me dedica una sonrisa a medias de lo más curiosa.

—Porque hay algo en nuestro campo visual que no deberíamos ver. Sé que me cuesta aceptarlo cuando me equivoco, pero no hace falta que me lo restrieguen por la cara, y mucho menos que sea mi padre quien lo haga.

Y, mientras me conduce hacia el interior, veo por el rabillo del ojo que Vlad y Geneviève ya no le prestan atención a los cigarrillos de la tienda del aeropuerto que sostienen entre los dedos, cuya ceniza cae lentamente sobre el porche.

NOVIO A LA FUGA

V

Me despierto solo, en el cuarto de mi infancia, y evalúo la situación. Me he convertido en un personaje controvertido en asuntos raciales. Parece que va a hacer sol. Hoy me caso. Me pongo la bata y le doy un golpe a la pared. Oigo los sonidos ahogados de Casper, que me dice que me vaya a la mierda, y bajo las escaleras.

En la cocina, mi padre fríe beicon y halloumi mientras habla por teléfono. Freya se ha sentado delante de él, frente a la encimera, y se come un cuenco de almendras y dátiles.

—¿Quieres que vaya a recogerte o vienes por tu cuenta? —le pregunta mi padre a la persona con la que habla—. Hoy en día no te hace falta suelto para pagar el taxi, puedes reservar uno con el teléfono... Bueno, es lo bueno que tienen las mujeres jóvenes, que pueden enseñarte a hacer cosas. Ni se te ocurra pedirle dinero suelto... Vale, ahora nos vemos. No hagas nada que yo no haría.

Le robo una almendra a Freya.

—¿Con quién estabas hablando? ¿Te has hecho proxeneta?

—Claro que no. Buenos días, Valdin. Feliz día de tu boda. ¿Has cambiado de idea? ¿Me preparo para un novio a la fuga?

—No. Freya, ¿te han dicho que vas a tener un primo nuevo?

—No —me responde.

—Se llama Ernesto y tiene ocho años. Va a venir de Colombia y no va a tener las cosas fáciles porque aún no sabe mucho inglés. Espero que seas su amiga y que te portes bien con él.

Me mira con dos dátiles en la boca y me dice:

—Bonjour, mon ami.

—Valdin, he visto un gif tuyo en el que sales poniendo los ojos en blanco por culpa de los blancos —me dice mi padre, y voltea el halloumi.

—He silenciado mi nombre —le digo—. ¿Por qué lo estás friendo? ¿No puedes hacerlo a la barbacoa?

—A ver, que es tu boda, no Navidad.

Saca una poco de beicon de la sartén y lo sirve en un plato.

—Oye, papá —le digo, mirando el beicon—. ¿Puedes comerte esto? ¿No se supone que eres un refugiado judío?

Mi padre se queda boquiabierto y, al instante, tira el beicon a la basura.

Alguien llama a la puerta, y Freya se levanta de un brinco del taburete y corre a abrir. Oímos que abre la cerradura y luego deja escapar un grito ahogado y pregunta:

—¡Xabi! ¿Por qué tienes el ojo morado?

TANG

Casper

—¿Estás bien? —me pregunta Tang, apoyando las manos en el enrejado. Luego se mira las manchas de pintura y pregunta—: ¿Por qué está fresca?

—Estoy bien —le digo, enjugándome las lágrimas. No esperaba ponerme tan sensiblón durante el día de hoy. No soy de los que lloran en las bodas, pero V lo ha conseguido y no paro—. Mi padre la pintó ayer, aunque no sé por qué.

—Mamá ha dicho que estabas comportándote como un Heulsuse y que tenía que venir a hablar contigo.

—Anda, vete a bailar con tus amigos.

Tang se alisa la tela de las rodillas de los pantalones del traje color melocotón. Él y sus dos amigos han encontrado tres trajes color melocotón a juego en el SaveMart y me los han enseñado esta mañana como si hubiera encontrado los tesoros de Tutankamón.

—Nos hemos tomado un descanso. Luce ha dado demasiadas vueltas y no quería ser la primera persona de la boda en vomitar.

Miro a mi hermana, que se ha tumbado sobre el piano y canta «Graceland». No sé si es la mejor canción para bailar, pero V lo hace, despacio, con los brazos alrededor del cuello de Xabi, y jamás lo he visto tan feliz. Está más contento que cuando le regalaron un teléfono plegable en Navidad. No tiene ni idea de lo que le espera.

—Oye, Tang, perdona que te dijera que conducías de pena —me disculpo.

—Ah, no pasa nada. Fue bastante gracioso.

Me giro hacia él. Ya mide lo mismo que yo, y me sorprende cada vez que nos miramos a los ojos.

—Soy consciente de que no siempre sé cómo gestionar las cosas, pero prefiero saber cualquier cosa que te ocurra a que quieras evitarme un disgusto. Aunque sea algo duro.

Tang me apoya la cabeza en el hombro.

—No voy a hacer nada dramático y no contártelo.

—A veces crees que no lo estás haciendo y, sin embargo, lo haces.

Tang inspira y me dice:

—Papá, he leído los documentos del juzgado. No necesito conocer a mi otra familia. No me duele que no me quisieran; ni siquiera me conocían. Con la familia que tengo me sobra. Y, bueno... si decido fugarme a Alemania para irme con Plan, te lo diré. No me compraría los billetes y me esfumaría. Además, no me iría para siempre.

Le doy un beso en la cabeza.

—Haz lo que quieras. Pásatelo bien.

La canción llega a su fin y Greta, que parece agotada, anuncia que va a tomarse un descanso. Tang se escabulle para irse con sus amigos. Están tumbados en el césped, y no le digo que se yerga porque da igual.

—¿Qué haces aquí escondido? —Mi padre toca el enrejado y pone una mueca al comprobar que la pintura aún no se ha secado—. Menudo arranque de locura me dio cuando me puse a pintar esto.

—Papá...

—¿Mmm? —responde, buscando algo con lo que limpiarse la pintura de las manos; al final opta por una hoja del seto.

—Lo siento mucho.

—¿Por?

—Cuando tenía veinticinco años, me sentía tan solo en Moscú, y estaba tan enfadado contigo por que no quisieras venir a ver dónde vivía porque no entendía por qué...

—Ah, ¿por cuando te reuniste en secreto con mi madre?

Siento que el tiempo se congela durante un instante.

—¿Desde cuándo lo sabes?

—Desde siempre. Se lo contó a Vlad en cuanto fuiste a verla a Sochi, y él me lo contó.

—¿Y por qué no me dijiste nada? ¿Por qué no estás enfadado conmigo?

Mi padre sacude la cabeza.

—Porque es tu abuela. La relación que tengas con ella es tuya, no mía. Tu madre es consciente de que tu relación con la whenua es tuya, pero le gustaría que la próxima vez que pienses hacerte un viaje en ferri de cuatro horas y media, se lo dijeras, así te paga ella los vuelos. Además, deberías invitar a tus hermanos. —Hace una pausa y me da un apretoncito en el hombro—. Ya lyublyu tebya, Lavrenti. A diferencia de lo que crees, no eres mala persona. Ahora tengo que ir a lavarme las manos.

Mientras regresa al interior de la casa, Freya sale de detrás del enrejado y me dice:

—Si te doy este trocito de tarta, ¿dejarás de llorar? —La alzo del suelo ahora que aún puedo, y ella me mete la tarta en la boca y me dice—: Perdón, ya me he comido todo el glaseado.

GRETA

Ell

Todos los invitados de la boda se han quedado impresionados con la hermana de V. Es guapísima y se ha pasado casi toda la noche tumbada en el piano con un vestido de brocado verde esmeralda, a pesar de que gran parte de las canciones que ha escogido no son muy apropiadas para una boda. No dejo de darme la vuelta y de decirle a la gente que es mi novia. Desde que he empezado a beber ponche, lo estoy diciendo más, incluso cuando la gente no habla de ella. «Hola, me llamo Ell, no me hables del Brexit, pero ¿has visto lo guapa que es mi novia?».

Ahora mismo se ha ido; ha dicho que tenía que tomarse un descanso porque tenía que prepararse para cantar «One Week», de Berenaked Ladies, y tiene mucha letra. Voy a buscarla. Tengo que decirle una cosa importante. La busco por el jardín. Llevo unos brogues nuevos que resbalan; me los he regalado a mí misma después de la entrevista. La encuentro junto al seto, con Fereshteh y Elliot. Estoy segura de que se llama así, pero todo el mundo lo ha estado llamando Greg.

—Elizabeth —me llama cuando se acerca a mí. Se inclina y me examina. Tiene las pestañas tan largas que no entiendo cómo ve nada. Se ha pintado los labios de un rojo brillante y quiero besarla, pero no quiero que se le corra el carmín—. Creo que vas un poco tocada. Voy a tener que quitarte la copa.

—Eh, no —le grito, bien sobria, pero Greta me quita la copa de la mano y se la bebe—. Tengo que contarte una cosita… una trivialidad.

—¿Una trivialidad? —me pregunta, enarcando una ceja aguda.

—Sí, mira, mientras estabas enfurruñada porque no sabes si tu madre está acostándose con un hombre mediterráneo que tiene un Audi, yo he ido a una entrevista, y la verdad es que me ha ido muy bien, y bueno, solo quería preguntarte si alguna vez te he contado cómo perdí mi calabacín en una fiesta benéfica del colegio.

Mueve los ojos de un lado a otro, como si intentara traducir este acento escocés tan marcado que me sale, y luego me dice:

—No, no me has contado ninguna historia sobre ningún calabacín. A ver, dime.

—Cuando era una niña, bueno, más o menos, creo que ahora soy otra cosa. Nada, el caso es que mi padre y yo cultivamos un calabacín enorme, y sabíamos que íbamos a ganar el ribete azul. Mi padre me miró directamente a los ojos y me dijo: «Ellie, este calabacín de aquí es el ganador». Ahora ya no me dirigen la palabra porque resulta que se me da de lujo acostarme con chicas, pero me da igual. —Greta tuerce la comisura de la boca, pero yo prosigo—: No sé por qué te estás riendo. Te estoy contando una historia tristísima sobre verduras que ganan premios y homofobia.

—Lo siento. Perdona, sigue.

—Gracias. Limpiamos el calabacín, lo dejamos bien bonito y lo llevamos al colegio. Teníamos clarísimo que íbamos a ganar, pero, en cuanto nos dejaron volver al pabellón, no había ni rastro del calabacín.

—¿Había desaparecido?

—¡Sí! Nos pusimos a buscarlo, y la gente no dejaba de preguntar: «¿Dónde está ese calabacín tan mono que ha traído Ellie Livingstone? ¿Y si ha entrado un perrillo y se lo ha llevado?». Pero ¿qué coño iba a hacer un perrillo con un calabacín enorme, joder? ¿Entiendes lo que intento decirte?

—Mmm, más o menos —responde Greta.

Mira a sus amigos, que siguen junto al seto y me observan con la misma confusión que ella.

—Bueno, pues era incapaz de pasármelo bien después de lo que había ocurrido; no dejaba de pensar en el calabacín. Mi madre me dijo que me regalaba las diez libras que había ganado en la tómbola, pero la puta tómbola me importaba una mierda, yo lo que quería era mi calabacín. Al final no lo encontramos. Puede que el capullo de Simon McGilvery se lo llevara. Seguro, es un cabronazo, pero sé que no te gusta cuando digo esas cosas, que solo te gusta si lo dices en el buen sentido, lo cual no tiene lógica, ya te lo digo yo.

¿Ese es el fin de la historia?

—No. El caso es que me pasé años pensando en ese calabacín; era un misterio que me atormentaba. Sin embargo, un día me levanté y me di cuenta de que ya me daba igual lo que hubiera pasado con ese calabacín, porque ahora te tengo a ti. Tú eres mi calabacín.

Greta se frota la cara.

—Qué bonito..., bueno, creo.

—Bueno, todo esto es para preguntarte si te quieres venir conmigo este verano a Rakiura para que observe cómo crece la hierba. Además, voy a ser sincera contigo, quieren darme muchísimo dinero, así que a lo mejor podemos hacer ese viaje que tienes pendiente. A Budapest.

—A Bucarest.

—Sí, eso. ¿Te apetece? A lo mejor es aburridísimo, pero podemos mirar libros, cantar cancioncillas a los pájaros y esas cosas; seguro que jamás has visto un kiwi.

Greta me apoya las manos en los hombros y me dice:

—Sí, Ell, iré contigo a isla Stewart y veremos cómo crece la hierba y... veré si puedo cantarle una canción a un kiwi. Te quiero más que a cualquier verdura que haya visto en mi vida.

—¿Lo dices en serio? La berenjena a la parmesana te vuelve un poco loca...

Tengo mucho más que decirle, pero Greta no quiere escucharme.

COSMO

V

Me quedo a solas un momento en el bordillo del jardín. Entonces siento algo caliente y pesado en la espalda.

—No me creo que te hayas casado con mi tío —me dice Cosmo contra el cuello.

—No me creo que tu madre se llevara a mi abuelo a casa —le respondo.

Cosmo se ríe y se sienta a mi lado.

—Yo tampoco me lo creía cuando le pregunté dónde estaba Etienne y me dijo que hacía más de un año que habían roto.

—Me alegro mucho de que hayas venido —le digo, y él se apoya en mí.

—Mi padre me llamó y me dijo que tenía que venir —me responde—. A pesar de todo, cuando mi padre me llama y empieza a gritarme en español, sé que tengo que hacer lo que me dice.

—En general te portas fatal con él. Se preocupa por ti.

—Yo también me preocupo por él. Y no sé cómo expresarlo si no es portándome mal con él. Vi tu programa durante el vuelo. ¿Por qué te pareció buena idea meterte en una situación en la que era evidente que no estabas cómodo?

—Porque en este país la gente no entiende lo que significa formar parte de una minoría.

—¿Y vas a explicárselo?

—He dimitido.

—¿Qué?

Cosmo se deshace el moñito y se deja el pelo suelto.

—Me han hecho una oferta mejor. Voy a hacer un programa nuevo, algo más político, pero será divertido. Voy a pedirle a Greta que se apunte.

—¿Para que trabaje contigo?

—Sí, lo hará genial. Todo el mundo sabe que es más graciosa que yo, y le cae muy bien a la gente. Además, me dirá si en algún momento me comporto como un capullo.

—Antes me daba mucha envidia que tuvieras una hermana me dice.

—¿En serio?

—Sí. ¿Te acuerdas de aquella vez que tu padre y tu madre nos llevaron a ver *2 Fast 2 Furious: A todo gas 2*?

—Sí, y luego fuimos al Burger King de Newmarket y Casper intentó hacerme beber de un vaso en el que había mezclado todos los refrescos.

—Fue el mejor día de toda mi infancia —me dice—. Pensé en lo bonito que sería tener padres heteros que estuvieran casados, y hermanos con los que hacer cosas. Me sentí fatal cuando volví a casa. Thony es el mejor padrastro que podría tener, pero…

—Ya —le digo, y le doy un apretoncito en el brazo—. ¿Qué pasó en París?

—Casi le pongo los cuernos a mi novia porque me enamoré de uno del trabajo, y luego me dio una crisis porque pensé que me estaba convirtiendo en mi padre. Pero luego resultó que ella me estaba poniendo los cuernos a mí, así que daba igual. Me dio un ataque y me compré el billete a Bali como si fuera un blanco asqueroso que no sabe qué hacer con su vida. Ahora estoy solo, pero lo llevo mucho mejor.

—¿Conoces a Ben, el amigo de Casper? Está ahí, hablando con mis antiguos compañeros del laboratorio. El del traje azul y el pelo bonito.

—No.

—Esta mañana le he dado un beso.

—¿Qué?

—Sí, se ha acercado y me ha pedido perdón porque a principios de años intentó pedirme salir y se pensaba que me había ofendido. En su momento no me di cuenta. Tenía la autoestima por los suelos. Luego no he sabido qué hacer y le he dado un beso. A Xabi le ha parecido gracioso. No ha estado mal. Deberías acercarte.

Cosmo se encoge de hombros y se levanta.

—Venga, voy a probar. Delante de mi padre y mi madre, claro que sí.

—No se van a dar cuenta. Se han pasado la noche fumándose paquetes enteros de cigarrillos de la tienda del aeropuerto al lado de la casa. Oye, Cosmo...

Se gira hacia mí. Lleva una camisa y unos pantalones prestados y, aun así, parece un modelo.

—Me alegro de que estés en casa.

—Yo también me alegro de estar aquí.

—Y a partir de ahora tienes que llamarme tío V.

Se inclina y me da un beso en la cabeza.

—No me creo que quisiera que fueras mi hermano.

GENEVIÈVE

Giuseppe

Geneviève vuelve a salir con otro cigarrillo en la boca y se lo enciendo.

—¿Es mentolado? ¿De dónde lo has sacado?

—Se lo he confiscado a una niña —me responde, y se apoya en la pared de madera de la casa—. Era una de las amigas de Greta; es imposible que tenga más de diecisiete años.

—Greta cumplió veintiséis en septiembre.

Veo a Cosmo, que cruza el jardín en dirección a un chico con el pelo muy bonito que está decidiendo qué cerveza escoge de un capazo lleno de hielo. Me pregunto cuánto tiempo se quedará esta vez, si nos dará tiempo a hablar en condiciones.

—¿Quieres que tengamos otro? —me dice Geneviève; la miro, y veo que se está partiendo de risa.

—Con uno me basta y me sobra —le digo.

Xabi se sienta al lado de V sobre el bordillo, con un plato repleto de hāngī. Creo que jamás lo he visto tan contento como esta noche.

—¿Qué has hecho, Giuseppe?

—¿A quién?

Geneviève suelta el aire.

—Te has delatado tú solo. ¿Cómo ha acabado Xabi con un ojo a la funerala? ¿Le pegaste?

A Xabi apenas se le nota el ojo morado. V se ha pasado una buena hora esta mañana tapándolo, explicándole con calma cómo se aplica la teoría del color al maquillaje mientras yo me sentaba al lado de la bañera y me sentía fatal.

—Fue un acto reflejo: creía que iba a pegarme —respondo.

—¿Y por qué lo creías? ¿Cuándo le ha pegado Xabi a alguien? —responde Geneviève.

—Parecía que iba a hacerlo; a Betty también se lo pareció.

—¿Y cómo llegasteis a esa situación?

Me encojo de hombros. No veo a Betty. Antes estaba aquí con su vestido rojo. No le gusta que fume, pero no me ha dicho nada al respecto. Esta noche no.

—Bueno, pues me alegro de no haber ido a la fiesta española si os dedicasteis a pegaros y a escuchar «La bamba» —responde Geneviève.

—«La bamba» es una canción mexicana —le digo—. Si hubieras venido a la fiesta española, no te habrías podido ir a casa con mi suegro.

—¿Y durante cuánto tiempo va a seguir siendo tu suegro?

—No lo sé. —Thony está hablando con Tang, diciéndole que se quite la chaqueta de su traje melocotón para ver el forro. Hoy tiene buena cara. También hacía mucho tiempo que no lo veía así de contento—. ¿Te ha contado Thony lo que pasó? —le pregunto a Geneviève.

Ella asiente.

—Lo siento. Se sentía fatal; pero deberías habérselo contado a Xabi. Y no quiero que me digas que eres demasiado orgulloso como para reconocerle a tu propio hermano que te han puesto los cuernos.

—No, pero… tampoco soy inocente. No fui yo el que conoció a un fotógrafo rumano en el aeropuerto de Melbourne ni el que se fue a su hotel con él, pero sí el que creó un ambiente en el que era cuestión de tiempo que sucediera algo así.

—No eres inocente, pero Thony tampoco. Nadie es inocente. Xabi no habría intentado pegarte si lo hubiera sabido. —Geneviève sacude la cabeza y echa un poco de ceniza sobre las baldosas del patio—. Deberías habérmelo contado.

—Creo que le debía a Thony no contárselo a nadie.

—No, deberías haberme dicho que estabas enamorado de ella desde el principio. No me gustaría haber tenido una vida distinta, pero no me habría ido contigo si lo hubiera sabido. Es mi mejor amiga.

—Lo siento.

—Fue hace mucho tiempo. Gracias.

—¿Por?

—Por traer de vuelta a Cosmo. Lo echaba de menos.

HUECO

G

Entro en la casa a través de las puertas acristaladas y voy a la cocina en busca de mi madre. Tengo que contarle lo del viaje. Tengo que decirle que la quiero y que deberíamos aprender te reo juntas, aunque me aterra que sea el idioma que se me dé mal. Tengo que encontrar a mi padre y decirle que, si se la sabe, me gustaría cantar «Words», de F. R. David. Pues claro que tiene que sabérsela, esa canción es un clásico.

Creo que oigo a mis padres hablando en voz baja en la lavandería; suena como si estuvieran muy pegados. Espero que no haya ocurrido algo terrible y que nos lo estén ocultando para que la boda de V sea bonita. Ha sido un día precioso. Creo que nadie ha hecho nada raro; solo Casper, que ha llamado Johnny a Elliot tres veces en una conversación sobre la temporada de fútbol de verano. A Rashmika le ha hecho tanta gracia que ha escupido la tarta al suelo.

—¿A qué hora sale el vuelo? —oigo que pregunta mi padre.

—El viernes por la noche —responde mi madre.

—No tiene casa allí, ¿no?

—No. Nos quedaremos en el hotel de la otra vez. Solo tiene la casa de Wellington. Iba a mudarse allí, pero ahora no lo tiene tan claro porque quiere estar aquí por Xabi.

—Deberíais ir a Broome cuando lleguéis; las playas de allí son muy bonitas. Mándame fotos. Cuéntame dónde estás.

—Lo haré o, si no, comenzarás a rastrearme como si fueras el KGB.

—Sabe lo mucho que te gusta que...

Mi madre toma aire bruscamente y responde:

—No, eso solo lo sabes tú.

Salgo a toda prisa y me encuentro a V junto a una de las mesas, comiéndose unas uvas verdes; lleva un traje verdeazulado casi metálico, huele genial y le brilla la piel.

—Pones cara de que acabas de ver a un fantasma —me dice con tono animado.

—V, ¿te pone imaginarte a Xabi acostándose con otro?

—No. No siempre me gusta seguir el ejemplo de mis padres.

Ve la cara que se me pone y casi se ríe. La luz de las velas se le refleja en los ojos y me abraza con fuerza.

—Si quieres volver a esa época en la que no te enterabas de las cosas, dímelo, porfa. Pero ya no puedo seguir callándome las cosas hasta que rompo a llorar en un supermercado. Ahora soy un famoso neozelandés de segunda. Alguien podría irle con el cuento a la prensa.

Creo que no quiero que me suelte, pero, cuando lo hace y queda un hueco entre nosotros, veo lo contento que está.

Querido Ernesto:

Espero que estés leyendo esta carta porque has cumplido veintiún años y porque te la he dado para que la leas la mañana de tu cumpleaños, no porque la has encontrado en un cajón mientras buscabas dinero para el autobús o porque me guardas rencor por haberte dicho que no puedes ir de fiesta porque has visto demasiadas pelis de miedo de los años cincuenta. Espero que, cuando leas esto, ya no dejen pagar con dinero en efectivo en el bus, porque hace que se eternicen las cosas. También espero que el mundo no haya llegado a su fin por culpa del cambio climático. Cruzo los dedos.

Te escribo estar carta porque hoy me he casado con tu padre. Me encantaría que estuvieras aquí con nosotros, pero al menos estaremos juntos pronto; con suerte, será antes de Navidad. Hace un día precioso: estamos a veintidós grados y no hay ni una nube en el cielo, lo cual no es muy frecuente en Tāmaki Makaurau. Toda la familia está aquí: tu abuelo y tu tía están practicando una canción que se llama «Skandal im Sperrbezirk» (tengo la sensación de que no es una canción apropiada para una boda), y tu abuela está ahumando pescado en el patio. Xabi tiene un ojo a la funerala, pero no hace falta que hablemos de eso; fue el resultado de una serie de sucesos descabellados e increíbles en una fiesta española. De todos modos, está muy guapo. Todo el mundo tiene muchas ganas de conocerte, y quiero que sepas que aquí te querremos mucho, pase lo que pase.

Tengo miedo de ser tu padre. Me preocupa cagarla en algo, o que no nos entendamos, o que estemos haciendo mal al alejarte de tu hogar y de todo lo que conoces. Aunque sé que será complicado y que tendremos que enfrentarnos a toda clase de dificultades, espero de corazón que, al final, consideres que ha merecido la pena. Haría cualquier cosa por ti, y sé que Xabi también. Eres nuestra mayor prioridad, y lo serás durante el resto de nuestras vidas. Se trata de una clase de amor que no había conocido hasta este momento, pero que, ahora que lo conozco, no lo cambiaría por nada del mundo.

Te quiero muchísimo.

Tu padre,
Valdin V. Vladisavljevic

P.D. Si estás leyendo y, por algún motivo, ya no estoy contigo (no sé, a lo mejor me ha atropellado un coche que se conduce solo), hazme un favor y cómprale a tu padre claveles rosas y dile que lo quiero. Sé que están pasadas de moda, pero son sus flores preferidas.

AGRADECIMIENTOS

RR

Gracias a mi primera lectora, a mi asesora disponible a todas horas, Mikee Sto. Domingo. Jamás olvidaré aquella noche en la biblioteca de la Facultad de Derecho ni tampoco la tarde en que fuimos al centro y ambas estuvimos de acuerdo en que podíamos ser novelistas.

Gracias a Vondy Thornton. Gracias por creer en este libro lo suficiente como para pensar que se merecía tener un vaporizador de promo y un tour por Franz Josef, donde no hay ni una sola librería.

Gracias a la VUP. Gracias a todos los del IIML, menos al de la fotocopiadora. Gracias a la Adam Foundation. Gracias a todos mis compañeros de máster, por vuestras entradas dramáticas, vuestras desconcertantes suposiciones sobre lo que creíais que ocurriría al final de este libro y por todas las veces que nos reunimos en secreto. Gracias a Kate por no decirme que tenía unas ideas demasiado ambiciosas.

Gracias a la comunidad de escritores de Wellington y a las comunidades satélite. Gracias por pensar que decía en broma lo de que no era popular hasta que os conocí.

Gracias a la ACC por pagar para que me arreglaran la mano cuando tecleé tanto que dejó de funcionarme y a mi agente de la oficina de empleo, que lo único que hizo para ayudarme a conseguir un trabajo fue reenviarme un correo que hablaba sobre trabajar con caballos.

Gracias al sorprendente número de personas que se ha acercado para compartir conmigo su entusiasmo por mi brillante carrera como poeta. No sé quién os creéis que soy, pero me alegro mucho por esa persona, por sus publicaciones y por aquella actuación tan maravillosa que llevó a cabo en la galería.

Gracias a todo el mundo que sale a cenar conmigo, que me compra Coca-Cola, que me despierta demasiado pronto con mensajes dramáticos y me envía capturas de pantalla raras. Gracias a todos sus padres boomers: John, John, Bruce, Dave, Ted, Wayne, Paul, Murray, Grant, Grant, Reneechito y Grant.

¿TE HA GUSTADO
ESTA HISTORIA?

Escríbenos a...

plata@uranoworld.com

Y cuéntanos tu opinión.

Conoce más sobre nuestros libros en...

 plataeditores

 PlataEditores